KB248642

# 최강 심부름센터

초판 1쇄 찍은 날 § 2008년 8월 13일
초판 1쇄 펴낸 날 § 2008년 8월 23일

지은이 § 이진희
펴낸이 § 서경석

편집장 § 문혜영
편집책임 § 이종민
편집 § 한지윤

펴낸곳 § 도서출판 청어람
등록번호 § 제1081-1-89호
등록일자 § 1999. 5. 31
어람번호 § 제5-0206호

주소 § 경기도 부천시 원미구 심곡1동 350-1 남성B/D 3F (우) 420-011
전화 § 032-656-4452  팩스 § 032-656-4453
http://www.chungeoram.com
E-mail § eoram99@chollian.net

ⓒ 이진희, 2008

ISBN 978-89-251-1437-8 03810

최강
식부름
센터

# 최강 심부름 센터

이진희 지음

도서출판 책여람

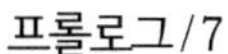
초강심부름센터

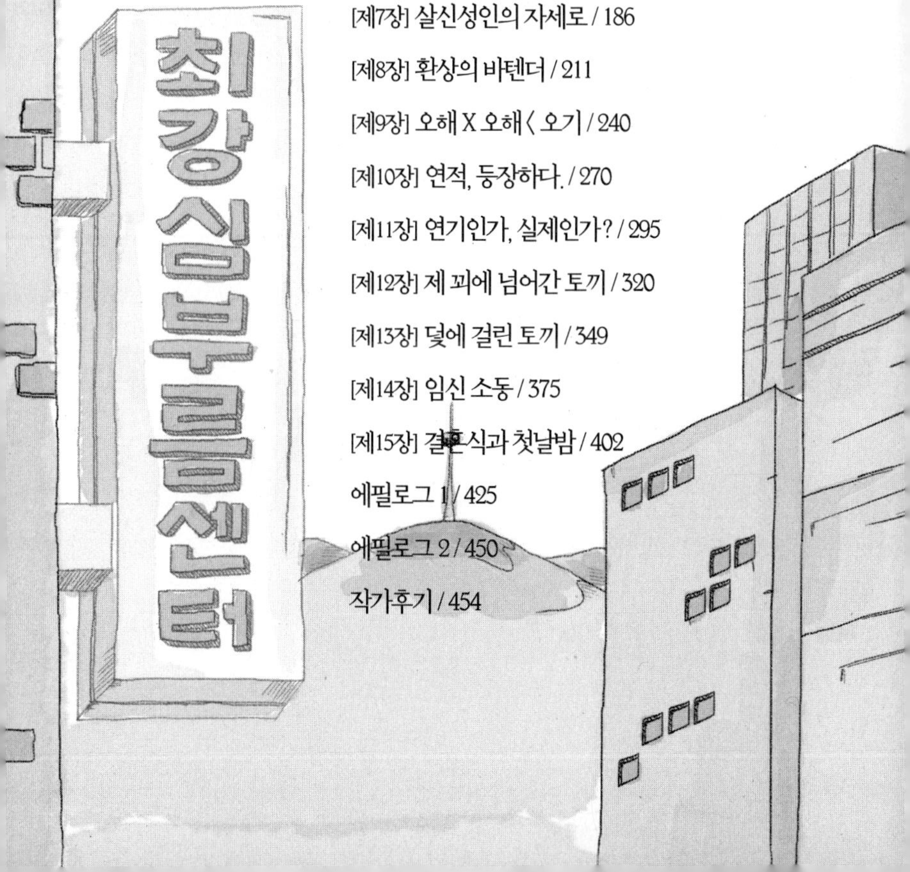

# [프롤로그]

**동**네에 위치한 초라한 상가건물 1층에 위치한 서너 평 남짓한 텅 빈 사무실을 바라보며 정석은 황당하다는 표정을 지었다.

"이게…… 뭐야?"

정석의 말에 소유는 두 손을 탁탁 털면서 기운차게 말을 했다.

"앞으로 우리의 밥줄."

"뭐?"

정석이 소유의 말에 어이없다는 듯이 그녀를 되돌아봤다. 며칠 사이 수척해진 소유의 모습에 안쓰럽기보다는 화가 나는 정석이었다. 무슨 일인지는 정확히 모르지만 미루어 짐작컨대 좋

은 일은 아닐 거라고 어렴풋이 생각은 했었다만. 불안한 마음보
다는 연민이 앞서는 바람에 정석은 쉽게 말을 이을 수가 없었
다.

"어떻게 된 거야? 정말 다 사기당한 거야?"

"……그렇게 됐다."

웃으면서 대답하는 소유의 모습에 정석은 가슴이 콱 막혀왔
다. 어떻게 번 돈인데! 정석은 애써 시선을 다른 곳으로 두며 자
신의 머리를 한 손으로 꾹꾹 눌렀다. 울컥하고 치솟는 뜨거운
감정을 다스리기 위해 정석은 잠시 동안 다른 곳을 바라봐야만
했다. 자신이 이럴진대 화장품 하나 제대로 사서 쓰지 못하고
모은 돈을 몽땅 사기당한 소유는 오죽할까. 답답한 마음을 가까
스로 달랜 정석이 퉁명스럽게 말을 이었다.

"하여간 칠칠맞지. 남들 다 하는 창업한다고 했을 때부터 알
아봤어. 제일 무서운 게 사람이라던데 무조건 믿는 것 같더라
니, 쯧."

"그러게. 나도 이렇게 뒤통수 맞을 줄은 몰랐어."

"바보같이, 그딴 사탕발림에 넘어가는 게 등신이지. 내가 아
무래도 이상하다고 했잖아? 공인회계사 사무실이 무슨 부동산
중개업소인 줄 아냐? 자격증 걸고 같이 일하게?"

"그러게."

정석이 화나 죽겠다는 듯이 말하자 소유가 멋쩍게 웃었다. 남
의 땀방울을 가로채어 날로 먹으려고 했던 것부터가 잘못인지

도 모른다. 하지만 그때는 정말 괜찮은 제안이라고 생각했었던 소유였다. 처음부터 작정하고 사기를 칠 생각이 아니었다면 이렇게 철저하게 속일 수가 없었을 거라고 소유는 생각했다.

얼마 전부터 다니는 아르바이트를 그만두고 취직자리를 알아보던 소유는 생각만큼 취업이 힘들다는 것을 알고는 고민하다 취업 정보라도 얻을까 하는 마음에 졸업한 모교를 찾아갔다가 그곳에서 서미연이라는 선배를 만났다. 수리통계학과를 나온 소유와는 달리 회계학과를 졸업한 그 선배는 이미 대기업 세무 부서에서 이 년 넘게 일을 한 상태였고, 회계사 사무실을 내려고 준비 중이라고 했었다. 하지만 혼자 하는 것보다는 여러 명이 같이 하는 것이 위험 부담도 훨씬 덜하고, 자본도 그만큼 덜 들기에 같이 일할 수 있는 졸업생을 알아보기 위해 학과 사무실을 찾은 거라는 말에 내심 마음이 동했던 소유였다.

학교 소식도 소유보다 훨씬 잘 알고, 후배들과는 안목이 있어 보여 소유는 추호도 의심하지 않았었다. 심지어는 학적부에 확인까지 해봤었다. 그래서 아무 의심 없이 그 선배와의 동업을 결심했던 그녀였다. 전문적인 일은 잘 모른다지만 자잘한 서류 정리나 손쉬운 일 정도는 그녀도 할 수 있을 테고, 어차피 투자한 것만큼 이익을 분배하는 것이니 손해 볼 것은 없다는 생각에서였다. 하지만 개업을 이틀 앞둔 날부터 연락이 안 되는 그녀 때문에 애가 탄 소유는 그제야 이상하다 싶은 생각에 부동산과 은행을 찾았고 비로소 사기를 당했다는 것을 알 수 있었다. 경찰서까지 가서야 서미연이라는 선배가 동명이인이라는 것도 알았다. 정말 하나부터 열까지 감쪽같이 속았다는 것을 알았을 때는 이미 늦은 상태였고, 소유는 눈앞이 캄캄해졌었다. 결국 그 모둔 뒷수습을 하고 나니, 소유는 빚만 떠안은 꼴이 되고 말았다. 소유는 한숨을 푹 내쉬었다. 그런 소유를 바라보는 정석 역시 마음이 편할 리가 없었다.

'참 나, 저렇게 풀 죽은 강아지마냥 서 있는 것도 보기 그러네.'

정석은 이왕 이렇게 된 거 앞으로 살길이나 걱정하자고 마음을 다스리며 짐짓 태평스런 투로 말을 이었다.

"사기당한 돈 생각하면 하루 48시간이라고 생각하고 일해야겠네. 가뜩이나 피부도 엉망인 노처년데 시집도 가기 글렀네?"

"그러게."

여전히 오른발로 툭툭 바닥을 차는 소유의 뒤통수를 정석이 가볍게 툭 쳤다. 저 조그만 머리통에서 사람을 무조건적으로 믿는 그 사고방식부터 뜯어고쳐야 되는 건데.

"그런다고 없던 돈이 들어와? 멀쩡한 신발마저 망가뜨리지 말고 이왕 이렇게 된 거 앞으로 어떻게 해야 할지 건전한 생각을 해보라고."

"그러게. 하지만 당장 떠오르는 게 없는데 뭐."

"그렇다고 다시 바텐더 한다고 하면 이참에 아예 술독에다 같이 산 채로 묻어버릴 거다?"

"이게, 고모한테 못하는 말이 없어!"

소유가 눈을 부라리며 말을 하자 정석은 여전히 못 미덥다는 듯이 말을 이었다. 재작년 아는 선배의 카페에서 일을 하면서 조주사 자격증을 딴 소유는 한동안 그 바텐더로 그 인근에서 꽤나 유명세를 탔었다. 지방신문에 이름이 오르내릴 정도였고, 무슨 대회에서도 몇 번인가 상을 타기도 했었다. 하지만 정석은 밤낮이 바뀐 그런 분위기에서 소유가 일하는 것이 싫었다. 직업의 특성상 술을 자주 접한다는 것도 불만이었고, 분위기상 술 취한 취객을 상대해야 한다는 것 역시 불쾌하기는 마찬가지였다.

언젠가 한 번은 만취한 취객과 실랑이를 벌이다가 곤란한 일을 겪을 뻔했다는 소유의 얘기를 들은 뒤부터 정석은 공부하는 시간을 쪼개서 매번 그녀를 마중 나가는 것이 하루의 일과처럼 되었다. 그러던 어느 날, 칵테일 바까지 소유를 마중 나갔던 정석은 술 취한 남자와 시비가 붙은 소유를 대신해서 실랑이를 벌이다 결국 몸싸움까지 가게 됐고 그 일은 경찰서까지 가서야 마무리됐었다. 더 이상 이래서는 안 되겠다는 생각에 정석은 소유에게 아르바이트를 그만둘 것을 부탁했었다. 소유 역시 정석의 그런 마음을 알기에 마냥 고집을 피울 수가 없었다. 하지만 항상 그런 불미스러운 일만 있는 것은 아니었기에 소유는 내심 아쉬움도 남았었다. 자신이 칵테일 쇼를 한 뒤에 오는 만족감과 감탄의 시선들. 그녀가 만든 칵테일을 마시고 행복해하는 이들의 모습을 보면서 자부심도 느낀 그녀였다. 개중에는 진지하게 고민을 털어놓는 이들도 있었고 그들의 고민을 들어주는 것만으로도 행복해하는 손님도 있었다. 한시적이긴 하지만 아쉬움을 느낀 소유에게 좀 더 건설적이고 안정적인 직업을 찾아보라고 말한 것은 정석이었다. 하지만 일이 이런 식으로 될 줄은 그도 몰랐었다. 하지만 상황이 이렇게 됐다 해도 정석은 예전의 일을 소유가 다시 시작하는 것만큼은 싫었다.

"잘 들어. 밤낮 바뀌어서 생활하는 직장은 건강을 해친다고, 알아?"

"남들은 잘만 하더라."

입을 삐죽이는 소유가 얄미웠던지 이번엔 정석이 소유의 발끝을 운동화로 툭 찼다.

"어, 야!"

"나도 이제 대학생이야. 같이 아르바이트하면 어때서? 고모도 이참에 좀 더 안정적이고 건설적인 직장을 알아보라고."

정석의 말은 일리가 있었기에 소유는 별다른 대꾸를 하지 않았지만 속이 쓰린 건 사실이다.

정석을 보기에도 민망하고 이번 사기당한 돈을 수습하다 보니, 본의 아니게 오빠 내외의 보험금마저 손대고 말았다. 다시 빠른 시일 내에 그 돈을 벌어 통장에 채워 넣어야 한다는 생각에 소유는 답답했다. 사무실 임대보증금 이천만 원과 한 달 월세 구십만 원, 그리고 같이 갔던 은행에서 받은 신용대출 삼천만 원까지. 실상 신용대출은 그 서미연 선배가 처음에 받으려 했는데 은행에서 안 된다고 하는 바람에 어쩔 수 없이 소유가 대신 받았던 거였다. 하필이면 그 은행엔 오빠 내외의 사망 보험금이 소유의 명의로 예탁되어 있는 상태였기 때문에 직업이 없었음에도 불구하고 상당한 금액을 대출 받을 수 있었다. 지금 생각해 보면 참으로 재수가 없었다고 생각하는 소유였다. 사고 수습을 하다 보니, 신용대출 받은 부분 중 일정액은 도저히 변제할 능력이 되지 않아 보험금의 일부로 갚을 수밖에 없었다. 그래서 더욱 돈에 대해 조바심이 이는 소유였다. 하루빨리 돈을 모아 그 일부분의 금액을 보충해야 되니까 말이다. 지금 이 사무실도 소유의 딱한 사정을 전해 들은 상가 건물 아저씨가 세가 날 때까지 무료로 쓰라고 했기에 정석에게 보여준 것이다.

"조카야, 자본은 없이 사무실만 있는데 할 수 있는 일이 뭐가 있을까?"

"낸들 알아?"

"그렇게 말하지 말고 좀 생각해 봐. 이게 우리 밥줄이라는 소리 아직도 이해 못했냐?"

소유의 말에 정석은 다시 한 번 한숨을 깊게 내쉬었다. 사무실 하나만 달랑 얻어놓고는 뭘 할지도 정하지 못했다는 게 말이나 되는 소린가. 그러다 불현듯 든 생각에 정석은 지나가는 투로 중얼거렸다.

"이런 조그만 사무실에서 뭘 하겠냐. 택배회사 정도?"

정석의 말을 듣던 소유가 인상을 찡그렸다.

"택배회사는 기동력이 돼야 되는데 그게 안 되잖아?"

"그렇기는 하지."

정석이 시큰둥하게 대답하자 소유는 잠시 동안 골똘히 뭔가를 생각하더니 이내 두 손을 다시 짝 하고 소리 나게 마주쳤다.

"심부름센터 어떠냐? '최강 심부름센터' 어때? 죽이지?"

소유가 흥분해서 말하자 정석은 기막히다는 듯이 그녀를 쳐다보았다.

"어. 정말 작명센스 죽인다. 이참에 아주 죽이고 싶은 생각이 무럭무럭 드니까."

"아이~ 조카야. 고모한테 힘 좀 실어주라, 응?"

애교스럽게 정석의 팔을 끌어당기는 소유의 모습에 정석은 마지못해 굳은 표정을 풀었다. 자신의 하나밖에 없는 혈육 아니던가. 어떻게 보면 자신 때문에 그 좋은 시절을 다 보낸 고모이니 당연히 들어줘야지.

"그래. 나도 도와줄게."

"땡큐, 우리 한번 잘해보자고."

즉흥적이긴 방법이긴 하지만 생각해 보니 그럴싸했다. 자본금도 없고, 부릴 수 있는 인원이라고 해봤자 고모와 자신 둘. 게다가 이 좁은 사무실에서 책상 하고 전화기 말고 다른 것은 들여놓지도 못할 판국이었다.

'어떻게 보면 오히려 잘된 건지도 모르지.'

"야, 당분간 월급은 없다?"

"뭐? 벌써부터 인력 착취할 생각밖에 없지?"

"야야, 상황을 보고 그렇게 말해라. 대신 심부름센터가 어느 정도 활성화되면 밀린 월급 줄게, 응?"

"그 말을 어떻게 믿어?"

"나정석, 너랑 나랑 그렇게 매정한 사이는 아니잖아!"

삐죽이며 말을 하는 소유를 쳐다보던 정석이 갑자기 생각났다는 듯이 인상을 풀었다.

"계약서 쓰자고. 각서도 쓰고, 공증 받아놔야지. 수수료도 고모가 내!"

"지독한 놈."

"흥, 그렇게 당하고도 그냥 또 어물쩍 넘어가려는 고모가 더 바보라고."

정석의 말에 소유는 더 이상 따질 수가 없었다. 자신이 바보같이 행동한 것이니 무슨 말을 하랴. 생각해 봤자 입맛만 쓸 뿐이지만 그래도 마음 한구석엔 안타까움이 자리했다.

'하여간 꼭 좋게 넘어가는 꼴이 없지.'

속으로 투덜거리면서도 소유는 마지못해 고개를 끄덕여야만 했다.

# [제1장] 협박하는 남자

**일**주일 동안 소유와 정석이 한 일은 무척이나 단순하고도 고된 노동이었다. 그 많은 홍보용 전단지를 배낭에 넣고 다니면서 사람들의 눈치를 보며 동네 곳곳에 모두 붙였고, 아파트 경비 아저씨의 눈치를 보면서 일일이 아파트 현관 입구에 붙이기도 했다. 배달하는 곳을 찾아다니면서 약간의 돈을 주고 전단지를 같이 끼워서 돌려달라고도 부탁했고, 상가에서 마련한 전화번호부에 상호명을 올리고 조촐하게나마 고사떡도 돌렸다.

하지만 처음 기대했던 것과는 달리 일의 양은 극히 미미하기만 했다. 개업한 지 일주일이 넘어서고 있는 지금, 일이라곤 고작해야 서류 몇 개 갖다준 것 하고, 티켓 전달한 것, 그리고 동네 아주머니들의 시장 보기를 대신한 것 정도가 다였으니까 말이다. 그리고 전단지를 돌리다 보니 무슨 놈의 퀵서비스며, 심부름센터 사무실이 이다지도 많은 것인지. 소유가 홍보를 위해 다른 곳의 전단지를 몰래 뜯어내고 그 자리에 자신들의 전단지를 붙인 것처럼 다른 곳에서는 그와 반대되는 상황도 벌어져 웃지 못한 촌극을 벌이기도 했다.

'끄응, 아무래도 창업을 잘못한 건가? 하지만 달리 다른 걸 할 수 있는 상황도 아니잖아.'

애써 스스로를 다독이며 소유는 여전히 수화기만을 노려봤다. 한참을 그러고 있는데 별안간 조용한 사무실에 벨이 크게 울렸다.

'억, 깜짝이야! 그보다, 일이야, 일!'

서둘러 수화기로 손을 뻗으며 소유는 목소리를 가다듬었다.

"네. 전화 주셔서 감사합니다. 최강 심부름센터입니다."

[저기, 지극히 개인적인 심부름도 가능한가요?]

조심스러운 여자의 목소리에 소유는 다급히 연습한 말을 내뱉었다.

"네. 저희 심부름센터는 의뢰자의 신분을 철저히 보장하며, 작은 일이라도 성심성의껏 처리해 드립니다. 손님, 무엇을 도와드릴까요?"

[그게…… 사실, 어떤 사람한테 선물을 하고 싶은데요.]

"선물이요? 그럼 선물 배달을 원하시는 건가요?"

기대했던 것에 비해 초라한 일이었지만 소유는 쾌활하게 질문을 건네었다. 일단 일이 없는 것보다는 이런 일이라도 있는 것이 나으니까 말이다.

[아뇨! 꼭 그런 것만은 아니구요. 죄송하지만 제가 돈은 부쳐 드릴 테니까, 선물하고, 선물 받을 사람 집에 가서 음식을 좀 차려주면 안 될까요?]

희한한 의뢰였기에 소유는 내심 망설였다. 선물 배달이면 배달이지, 굳이 그 받는 사람한테까지 가서 음식을 해줄 건 또 뭔가.

"죄송하지만 그럼 출장요리사를 부르는 편이 낫지 않을까요?"

[아니, 그 정도는 아니구요. 그냥…… 학생인데 혼자 살거든요. 내일이 생일이라 미역국이랑 간단한 식사 정도만 차려주면 되는데 안 될까요? 제가 차려주고 싶은데 외국에 출장을 나와 있는 상황이라 힘들어서요.]

"아!"

소유는 그제야 의뢰자의 말을 정확히 이해했다. 아무래도 친인척이 별로 없는 학생인데, 돌봐주는 사람마저 일이 생겨서 가질 못했나 보다. 그래서 어린 학생이 걱정돼서 전화를 한 것일 테고.

"아, 그런 거라면 염려 마세요. 생일상 정도는 차려줄 수 있습니다. 물론, 그래 봤자 미역국에 반찬이 몇 가지지만 말이죠. 그럼 선물은 뭘 사야 되나요?"

[아, 고맙습니다. 선물은……]

"아, 네. 그 시계 가격은 시중가로 이십만 원 정도라고요? 네, 그럼 선물 값하고 시장 장보는 값 십만 원 해서 우선 이십만 원을 먼저 영원은행 243-xxx-xxx으로 송금해 주세요. 송금이 확인되는 대로 일을 착수하겠습니다. 나머지 금액은 일을 마친 뒤, 학생과 통화 후에 정산해 주시면 됩니다."

빠르게 통화를 마친 소유는 전화를 끊고는 한숨을 쉬었다.

"아, 시간이 촉박하네. 우선 은행부터 간 다음에 서둘러서 준비해야겠다."

소유는 급하게 휘갈겨 쓴 메모지를 훑으며 사무실을 급히 나섰다. 은행에서 송금된 금액을 찾은 뒤 백화점에 들러 의뢰자가 말했던 시계를 사고 마트에 가서 대충 장을 본 소유는 서둘러 택시를 탔다.

"기사님, 이곳으로 가주세요."

"네. 알겠습니다."

소유가 건넨 메모지에는 아까 받아 적었던 주소가 적혀 있었다. 하지만 백화점과 마트를 돌며 소유가 그것을 쥐고 있던 탓에 중간의 글씨가 흐리게 지워지고 말았다. 결국 택시 기사는 '은평구 신사동'을 '강남구 신사동'으로 알고는 전혀 엉뚱한 곳으로 그녀를 안내하게 되었다.

차에서 내린 소유는 양쪽에 물건이 가득 든 봉투를 들고 있던 터라 택시 운전기사한테 그 메모지를 넘겨받을 생각을 못하고 그냥 내리고 말았다. 쪽지를 받지 못했던 것을 기억해 낸 소유는 당황하고 말았다. 그 메모지에만 의뢰자의 전화번호 적어놨을 뿐 달리 기억을 하지 못했던 터라 난감한 상황이었다. 애써 기억을 더듬으며 소유는 다시 한 번 한숨을 쉬었다.

"이런, 어떻게 하지? 기억해 보자, 무슨 타워 오피스텔이라고 했던 것 같은데. 가만, 지나가는 사람한테 물어봐야겠다."

자신이 내린 곳이 전혀 엉뚱한 곳이라고는 생각 못한 소유는 지나가는 여자를 붙잡고 지명을 물어봤다. 적힌 주소를 택시기사에게 주었으니 그 근처라고 생각했기 때문이다.

"저기, 죄송하지만 이곳에 무슨 타워 오피스텔이라고 있나요?"

"아, 펠리스 타워요?"

"아, 그런 것 같은데요."

비슷한 이름인 것 같아 소유는 고개를 급히 끄덕였다. 이 주소에 설마 같은 건물이 여러 개일 리는 없을 테고, 택시 운전수가 맞다고 했으니 이 장소가 맞을 거라는 안이한 생각을 하면서 말이다.

"저기 빵집을 끼고 오른쪽으로 돌면 나오거든요?"

"아, 예. 감사합니다."

서둘러 인사를 한 소유는 양손 가득 짐을 싣고 그곳으로 빠르게 걸어가기 시작했다. 그리고 이내 도착한 건물을 바라보며 감탄을 했다. 척 보기에도 상당히 고급스러워 보이는 건물이었다.

"이야, 어린 학생 주제에 좋은 곳에 사네. 하긴, 부모 잘 만났으면 그럴 수도 있는 거지."

감탄을 하던 소유가 씩씩하게 건물 안으로 들어서려 하자 경비실에서 급히 나온 남자에게 제지를 당했다.

"어디를 가시는 겁니까?"

"아, 이 건물 803호예요."

"잠시만 기다리세요. 확인하겠습니다."

소유를 쭉 훑어보던 경비가 인터폰으로 확인을 하더니 다시 나오며 급하게 되물었다.

"어떻게 오신 겁니까? 이름을 말씀해 주세요."

"아, 전 심부름센터 직원인데요, 심부름 때문에 왔습니다."

"아, 네. 잠시만요."

다시 인터폰으로 무슨 말을 하던 경비원이 이내 그녀를 향해 고개를 끄덕였다.

"들어가 보세요."

"네, 수고하세요."

현관으로 들어서며 소유는 과연 좋은 곳에 사니 경비가 이렇게 삼엄한 거구나 싶어 내심 기분이 들떴다.

'흐흐, 나중에 정석이 녀석에게도 알려줘야지.'

서둘러 엘리베이터에 몸을 싣고 8층에서 내린 소유는 803호 인터폰을 했다. 하지만 아무리 눌러도 반응이 없었다. 소유는 이상하다는 생각에 잠시 망설이는데 갑자기 문이 벌컥 열렸다.

"정말 귀찮게 구는군!"

"네?"

"얼른 들어와!"

버럭 소리를 지른 남자의 얼굴을 볼 사이도 없이 안으로 들어가 버린 남자의 뒤를 따라 안으로 들어선 소유는 상당히 넓은 거실에 입이 딱 벌어졌다. 학생 혼자 산다고 하더니, 재벌 후계자라도 되는 건가 싶을 만큼 넓은 거실엔 고급스러운 가구와 벽걸이형 TV, 벽면을 장식한 액자와 벽 하나를 가득 메운 책과 CD가 보였다. 정말 완벽한 내부 인테리어에 소유는 입이 딱 벌어지고 말았다. 이런 곳은 잡지책이나 영화에서나 볼 수 있는 장소가 아니던가. 정신없이 구경을 하는데 좀 전 목소리가 바로 귓전에서 들렸다.

"누가 시켜서 온 거지?"

갑자기 들린 목소리에 기겁한 소유가 서둘러 소리가 난 곳으로 시선을 돌리자 언제부터 그곳에 있었던 건지, 짙은 회색의 목욕가운을 걸친 남자가 머리를 털고 있었다. 아무리 카펫이 깔려 있다고 해도 그렇지, 이렇게 가까이 다가올 동안 어찌 모를 수가 있는 건지. 내린 시선 아래로 남자의 맨발이 보였다. 큰 발등 끝에 손질 잘된 발톱이 나란히 자리해 있었다.

'그러고 보니 아까 문을 열어준 사람이 이 사람이라면, 생일을 맞은 학생?'

하지만 아무리 봐도 고등학생처럼 보이지는 않았다. 뭐, 요즘 아이들이 워낙 신체가 발달했다고는 하지만 뭐랄까. 도저히 학생이 아닌 성인남자처럼 보였으니까 말이다.

'이상하네. 이 집에는 학생만 혼자 살고 있다고 했는데.'

그런 고민을 하는 사이 다시 재촉하는 남자의 목소리가 울렸다.

"대답 안 하는 건가, 아니면 못하는 건가?"

"네?"

눈앞 가득 펼쳐진 남자의 두툼한 가슴은 지독히도 현실적으로 다가왔다. 생전 처음 보는 남자의 넓은 가슴에 소유는 어디다 눈을 둬야 할지 몰랐다. 여전히 자신을 내려보고 있는 남자의 시선이 날카롭게 그녀를 노려보는 바람에 소유는 순간 숨이 턱 막혀왔다. 이 남자가 지금 뭐라고 말한 거지?

"두 번 말하게 하지 않았으면 좋겠군. 누가 시켜서 온 거냐고."

그제야 정신을 차린 소유가 서둘러 대답을 했다. 그사이에도 젖은 머리카락을 탈탈 털어대는 남자의 행동에 짜증이 잔뜩 배어 있었다. 그 간단한 동작의 반복에도 소유는 불안감을 느껴야만 했다.

"아, 네. 정유희 씨라는 분이……."

"젠장. 정유희라는 사람이 누군데?"

"네?"

그제야 소유는 뭔가가 잘못됐다는 생각이 들었다. 앞의 남자는 아무리 좋게 보려고 해도 고등학생으로는 절대 보이지가 않았다. 그렇다면 어디부터 잘못된 걸까? 순간 든 생각에 소유는 안색이 누렇게 변했다. 남자 역시 지그시 소유를 내려다보며 인상을 찡그렸다.

"너, 누구야?"

차가운 남자의 질문에 소유는 우물쭈물할 수밖에 없었다. 이런 상황은 생각도 못했던 건데. 대체, 뭐가 어떻게 된 것일까?

"저기…… 그러니까요, 악!"

갑자기 남자가 소유의 팔을 홱 잡아끄는 바람에 소유는 남자의 바로 앞에서 고꾸라질 뻔했다. 자신의 팔 부분을 난폭하게 움켜쥐고 있는 손을 바라본 소유가 성급하게 말을 이었다.

"뭐, 뭡니까? 갑자기 그런 식으로 잡아당기면 넘어지잖아요!"

"이렇게까지 대범하게 행동하다니, 애가 타긴 탔나 보군. 두말하지 않겠어. 누가 시켜서 온 것인지, 목적이 뭔지나 말하라고. 심부름센터라고? 그런 말도 안 되는 엉터리 수법에 넘어갈 거라고 생각했나?"

낮은 목소리로 빠르게 말을 내뱉는 남자의 모습은 척 보기에도 화를 참고 있는 모습이었다.

가늘게 뜬 눈으로 소유를 노려보는 통에 그녀는 입이 딱 붙어 버린 것마냥 아무런 말도 할 수가 없었다. 아니, 하고 싶었지만 그럴 수가 없었다는 말이 맞았다.

“저기, 무슨 오해가 있었던 것 같은데요, 대체 무슨 말씀을 하시는 건지 도무지 모르겠어요! 이해할 수 있게 자세히 좀 말씀해 주세요.”

“말로 해선 안 되겠군.”

“어, 어! 이봐요! 악!”

소유를 거칠게 잡아끈 남자가 그녀를 소파에 내동댕이쳤다. 잠깐 잡힌 어깨였지만 그 악력에 절로 소리를 지를 정도였다. 소파에 벌러덩 드러누운 상태에서 몸을 간신히 일으킨 소유가 황당하다는 표정으로 그를 향해 소리쳤다.

“이, 이게…… 대체 무슨 짓이에요?”

화를 내야 하는데, 너무도 겁이 난 나머지 소유는 말을 더듬어야만 했다. 지금의 상황은 도저히 이해할 수 없는 것 투성이었다. 반쯤 몸을 일으킨 소유가 소파에서 급히 몸을 일으키려 하는데 커다란 덩치의 남자가 휙 하고 그녀를 덮치더니 그녀의 배에 올라탔다. 너무도 순식간에 일어난 일이라 휘둥그레 눈을 뜬 소유는 남자를 올려다보며 다급하게 외쳤다.

“다, 당장 안 비켜요?”

양손으로 남자를 밀어내려던 소유는 가운이 벌어지는 바람에 가슴과 배를 드러낸 남자의 몸을 차마 밀지 못하고는 서둘러 고개만 돌렸다.

“훗, 그런 것치고는 묘하게 순종적인데?”

“우리, 이, 이성적으로 말합시다! 무슨 말인지는 모르지만 묻는 대로 다 말할 테니까 저기, 위에서 좀 내, 내려와요!"

"흐음, 묻는 말에 대답한다면."

"윽, 한다구요, 해요! 무슨 말이든 할 테니까 우리 정상적인 자세로 말하자구요."

찬혁은 자신의 아래에서 소리를 고래고래 지르면서도 자신의 얼굴을 쳐다보지 못하는 여자에게 새삼 흥미가 생겼다. 짧게 컬 한 머리카락이 삐죽삐죽 사방으로 뻗쳐 있어 마치 개구진 아이의 모습처럼 보였다. 모로 돌린 얼굴 역시 작은 편인지 가는 턱 선이 채 한 뼘도 되지 않았다. 제법 오똑하게 솟은 콧등이 열기로 벌게져 있었고, 그보다 연한 복숭앗빛의 볼이 산 경련을 일으키고 있었다. 하지만 무엇보다도 찬혁의 눈길을 끈 것은 머리카락에 가려져 반쯤 보이는 빨개진 귓불이었다. 살짝씩 드러났다 사라지는 그 앙증맞은 귓불은 붉다 못해 검게 보일 정도였다. 자신의 다리 아래 놓인 여자의 가는 허리를 보건대 그의 몸무게를 이기지 못할 것 같아 찬혁은 오른쪽 다리로 슬쩍 무게 중심을 옮겼다. 그러자 바로 경직되는 여자의 몸이 허벅지로 느껴졌다.

'호오~ 의외의 반응인데?'

슬쩍 몸의 무게를 왼쪽 다리로 다시 옮기자 바르르 떨며 바짝 긴장하는 모습이 보여 찬혁은 쿡 하고 웃음이 나왔다. 슬쩍 시선을 내려 얼굴을 살피자 시시각각으로 변하는 여자의 표정이 보였다. 더 놀렸다가는 정말 심장마비로 죽을지도 모른다는 생각에 찬혁은 이쯤에서 장난을 그만두기로 했다. 무척 아쉽지만 말이다.

"좋아. 이름."

"혁, 우, 움직이지 말아요! 그, 그게……."

소유는 무턱대고 남자의 손목을 움켜잡았다. 그럴 수밖에 없는 것이 자신의 배 위로 느껴지는 단단하면서도 물컹거리는 그 느낌에 온몸의 솜털이 일제히 솟아났기 때문이다. 소유는 울 것 같은 표정으로 애원하기 시작했다.

"저기요, 제발 좀 내려와요. 헉!"

찬혁의 손이 소유의 턱 부근을 맴돌자 소유는 급하게 숨을 들이켰다.

"이름을 말하라는 게 들리지 않나 보지? 그럼 이렇게 하면……."

"우왓! 소유요, 나소유예요!"

다급하게 외치자 소유의 바로 입가에 찬혁의 손가락이 멈췄다. 미친 듯이 쿵쿵 울려대는 심장이 조만간 안녕을 고할 것만 같았다. 순간 소유는 남자의 손이 자신의 목으로 갈지도 모른다는 생각에 눈앞이 캄캄해졌다.

"장난하나?"

낮은 목소리로 천천히 되묻는 남자가 몸에 힘을 주자 소유는 숨이 콱 막혔다. 천 근은 되는 것 같은 무게가 배를 압박하는 바람에 소유는 다른 의미로 숨을 쉴 수가 없었다.

"윽. 저, 정말이에요. 컥!"

빨개진 얼굴로 힘들게 대답하는 소유를 보던 남자가 다리에 힘을 주어 몸무게를 줄여줬다. 간신히 숨을 들이쉰 소유가 눈물까지 글썽거리며 남자를 노려봤다.

"왜, 대체, 나한테 왜 이러는 건지…… 이유나 알자고요! 정말…… 정말이지, 이런 행동은…….."

차마 범죄라는 말은 못한 채 소유는 씩씩대며 찬혁을 노려보는 것으로 대신했다. 하지만 그런 소유를 마주 보는 남자의 눈은 더없이 차갑게 가라앉아 있었다.

"거기서 더 지껄여 봐. 정말 이해 못할 수밖에 없는 몰상식한 일을 할지도 모르니까."

경고조의 낮은 말이었지만 소윤의 귀에는 너무도 똑똑하고 크게 들려 소유는 급히 숨을 삼켰다. 무슨 일이 어떻게 잘못된 걸까. 소유는 자신을 노려보는 남자의 시선을 마주하지 못하고 급히 시선을 내렸다. 분위기가 심상치가 않았다. 아무래도 뭔가 단단히 잘못되어 간다는 생각에 소유는 초조해지고 말았다.

"이봐, 사람이 대화를 할 때는 눈을 마주치는 거라고. 눈을 마주치지 못한다는 건 그만큼 숨기는 게 많다는 거지."

"누가 뭘 숨긴다는 겁니까?"

남자의 말에 고개를 홱 돌려 시선을 마주한 소유는 움찔했다. 바로 지척에 남자의 얼굴이 있었기 때문이다. 마구 흐트러진 머리카락 아래로 가늘게 줄진 이마의 주름이 희미하게 보이고, 그 아래로 다치지 않았다면 상당히 높았을 것 같은 콧대가 약간 휘어 있었다. 두툼한 입술은 상당히 육감적이라는 표현이 적당할 테지만 붉다 못해 검은색에 가까운 그의 입술 색은 소유에게 더욱더 큰 불안감만 더해줄 뿐이었다. 굉장히 자극적이고 위험해 보이는 그의 모습은 보는 것만으로도 충분히 상대방을 주눅 들게 만들고 있었다. 날카로운 남자의 외모는 아무래도 약간 길다 싶게 느껴지는 눈 때문인 것 같았다. 쌍꺼풀이 없는 눈은 다소 길게 찢어진 것처럼 보였는데 무척이나 매섭게 느껴졌다. 게다가 그런 위험천만한 얼굴 아래로 드러난 상체는 무척, 무척이나 외설적으로 보였다. 소유는 눈 한 번 깜빡이지 않고 침을 삼키며 조심스럽게 말을 이었다.

"저기……."

"뭐?"

불러놓고 보니, 다른 할 말이 생각나지 않아 소유는 급히 시선을 굴리다가 그의 옷차림에 시선이 머물렀다. 수없이 많은 동영상을 봐왔고, 정석 덕에 알고 있는 성 지식만으로 논문을 쓰고도 남을 정도지만 이렇게 현실적으로 남자의 벗은 몸을 보니, 말 그대로 머리가 딱 굳어버린 그녀였다.

"아, 저기…… 그러니까 옷을 입고 말씀을 하시는 게……."

"뭐?"

소유의 권고에 남자가 황당하다는 듯이 그녀를 쳐다봤다. 눈을 마주 보며 얘길 하고 싶어도 남자의 옷차림에 도무지 시선을 어디다 둬야 할지 난감한 소유였다. 하지만 자신의 얘기를 듣고 반문하는 남자의 모습에 소유는 속으로 혀를 찼다.

'하필이면 하고 많은 말 중에 이런 말을 하다니.'

단어를 골라 대는 것에 신중을 기하는 모습이었지만 찬혁은 소유의 변명이 이어질수록 더욱 웃음이 나왔다.

찬혁은 작게 한숨을 쉬었다. 호텔 합병 문제로 거의 일주일을 회사에서 지내다시피한 그였다. 물론 호텔 사우나도 있고, 개인 룸도 있지만 가끔은 자신의 아파트에서 몸을 쉬는 것이 필요했다. 겨우 시간을 내서 자신만의 보금자리로 온 찬혁이었고, 막 샤워를 하고 잠을 보충한 뒤 다시 호텔로 나가봐야 하는 상황. 물론 경쟁업체에서 그의 합병을 방해하려 하는 수작이 이번이 처음도 아니었고, 이런 식으로 여자를 보내 정보를 캐려 하는 것도 처음이 아니었다. 다만, 예전에 비해서 훨씬 덜떨어지고, 바보같이 행동한다는 것을 제외한다면 말이다. 하지만 이런 뻔한 수법에 넘어가는 자신이 더 우습다고 찬혁은 생각했다. 그쪽에서 보면 일단은 침입에 성공한 거라고 해야 하나. 찬혁은 잠시 그녀를 더 지켜보기로 했다.

스스로 생각해 내고도 찬혁은 어이없다는 듯이 조금 전의 생각을 지웠다. 처음 본 여자, 게다가 무슨 속셈으로 이곳에 온 것인지 뻔히 아는데 이런 생각을 하다니! 아무래도 요즘 일을 너무 무리하게 한 것 같다고 찬혁은 생각했다. 그러면서도 한편으로는 놀려주고 싶은 마음에 찬혁은 묘하게 말끝을 느리며 그녀의 말을 받아쳤다.

"……내 옷차림이 마음에 들지 않나 보군."

남자의 말에 소유는 화들짝 놀랐다. 마음에 들지 않냐고? 소유는 다시 한 번 남자의 차림새를 빠르게 훑었다. 차라리 TV에서 봤다면 침을 질질 흘리면서 봤을지도 모를 상황 아닌가. 다만, 지금 상황이 드라마가 아니고 현실이라는 것과 그가 풍기는 분위기가 절대 범인의 분위기는 아니라는 사실이 마음에 걸린다는 것이 문제였다. 거기다 일단 남자가 자신을 호의적으로 받아들이지 않는다는 것이 더욱 큰 문제지만.

"아니, 저기, 꼭 마음에 안 든다는 게 아니고, 예의상 그게……."

"남의 집에 함부로 들어온 주제에 예의를 찾다니 기가 막힐 일이야."

"문을 열어준 건 그쪽이잖아요!"

당황한 상태에서도 묘하게 꼬박꼬박 말대꾸를 하는 소유의 행동에 남자가 처음으로 픽 웃음을 터뜨렸다. 어쩌면 상대방 회사는 이런 점을 높이 사서 이 여자를 자기에게 보낸 게 아닐까. 너무 어색한 건지, 아니면 너무 어색하게 보여서 자신의 의심을 없애려 하는 건지 만약 전자라면 다행이지만 후자라면 위험하다고 생각될 정도였다.

"내 지금의 모습을 보고 마음에 안 든다고 했던 여자는 네가 처음이야. 보통은…… 상당히 좋아하는데 말이지."

찬혁은 은근히 낮게 속삭이며 발의 힘을 슬쩍 뺐다. 바로 얼굴이 빨갛게 달아오르는 소유의 모습에 찬혁은 은근한 즐거움을 느꼈다. 둔부와 허벅지에 닿는 배의 근육이 바짝 긴장하는 것이 느껴졌다. 찬혁은 알게 모르게 자신 역시 아래쪽에 힘이 가해지는 것을 느꼈지만 실로 미묘한 감각의 차이였다.

"하하, 그런가요? 그전에 만나오셨던 분들의 취향이…… 상당히 독특하고 에, 또 무척……고급스러우셨나 보네요."

"흠, 고급이라. 그래서?"

"그래서라기보다는 그냥, 저는…… 그 뭐랄까, 이 위치가…… 그러니까 대화하기에는 좀 불편한 자세라서요."

찬혁은 갑자기 나타난 눈앞의 자그마한 여자를 쳐다보며 속으로 웃음을 삼켰다. 여자의 반응이 너무도 엉뚱하면서도 순수해 보였기 때문이다. 이 상황에서 보여주는 여자의 반응은 정말 그를 압박하기 위해서라면 좀 더 성숙하고, 좀 더 기교있고, 뭐랄까, 좀 더 빤한 수법으로 그에게 접근할 만한 여자를 보내야 하지 않을까 하는 식의 생각. 지금 자신에게 어설프게 접근한 상대 측 여자는 너무도 어설퍼서 오히려 가르쳐 주고 싶을 정도였다. 어떻게 해야 상대방 남자가 의심을 버리고 그녀가 원하는 것을 내어주게 하는지에 대해서 말이다. 이건 마치 자신이 그녀를 겁탈할까 봐 벌벌 떠는 그런 모양새였다. 자신의 엉덩이 아래로 움찔거리는 납작한 배가 빠르게 숨을 쉴 때마다 오르락내리락거리며 그의 둔부를 자극하고 있었다. 게임을 하고 싶다면 어느 정도 호응을 해줄 마음이 생길 정도로 앞의 여자는 호기심을 자극했다.

"난 이 자세가 아주 마음에 드는데? 게다가 베갯머리 송사라고 들어봤나? 원래 대화라는 건 이렇게 은밀하게 하는 게 더욱 즐겁지. 좋아, 다음으로 나이는?"

굳이 나이까지 물을 필요는 없지만 왠지 더욱 놀려주고픈 생각에 찬혁은 작정하고 물어보기로 했다. 하지만 벌게진 얼굴로 시선을 이리저리 돌리는 소유의 행동에 슬쩍 자신의 아래를 쳐다봤다. 샤워하고 나온지라 자신이 입고 있는 것이 사각 트렁크와 가운이라는 것을 알고는 피식 웃었다.

'벗은 것도 아닌데 뭘.'

솔직히 평소의 자신이라면 이런 행동 따윈 하지도 않고 바로 여자를 내쫓았을 테지만 왠지 허둥대는 소유의 모습에 그럴 수가 없었다. 이렇게 위에서 내려다보니 올망올망 작은 얼굴이 꼭 붉은 사과처럼 보이기도 했다. 왜, 씹을 때 아삭거리고 시큼한 향기가 가득하지만 한 번 맛들이면 절대 벗어날 수 없는 그런 홍옥 같은 느낌. 동그랗게 뜬 눈 안에 동공이 이리저리 움직이는 모습이 꼭 피에로 인형 같아 웃음이 나오기도 했다. 순간 찬혁은 저거, 아무래도 툭 치면 빠지지 않을까 하는 어이없는 생각이 들었다. 하여간 찬혁이 익히 보아왔던 여자의 기준에서 한참 벗어난 인물이긴 했다.

"스, 스물일곱이요."

"거짓말하면 쥐도 새도 모르게 사라지는 수가 있다고."

말을 뒷받침해 주려는 듯 찬혁이 오른쪽 무릎을 내려 단단한 뼈를 소유의 배에 대고 꾹 누르자 바르르 떨리는 것이 피부로 느껴졌다. 찬혁은 다시 툭 터진 웃음을 가까스로 참았다.

'흠, 너무 부드러운데.'

오른쪽 무릎에 느껴지는 소유의 감촉에 너무 좋다고 생각하는 찬혁과 달리 소유는 정말 이대로 처음 보는 남자에게 죽을 수도 있겠구나 라는 공포감에 새파랗게 질려갔다.

'아줌마, 어린 학생이라니요! 이건, 완전히 성인인데다가 정신병자잖아요!'

아무리 얼굴이 멋지고 몸매가 좋고 돈이 많다고 해도 소유는 여기서 살아 나갈 수만 있다면 다시는 이런 정신병자 같은 남자하고는 마주치고 싶은 마음이 없었다.

"거, 거짓말이 아니란 말이에요! 저, 정말이에요."

"좋아."

답을 한 찬혁은 소유의 배에서 드디어 몸을 일으켰다. 소유는 다행이라는 듯이 커다란 숨을 내쉬고는 재빨리 소파에서 일어났다. 소유는 맞은편 소파에 여유로운 자세로 앉은 남자를 보며 눈살을 찌푸렸다.

"속고만 살아왔어요? 왜 사람 말을 못 믿는 건데요?"

배를 한 손으로 문지르며 소유가 투덜거리자 찬혁의 입술 끝이 슬쩍 올라갔다.

"난 믿을 사람만 믿어."

"기가 막혀서."

"그건 내 쪽에서 할 말이야. 그것보다 어떻게 이곳에 오게 된 건지 사실대로 말해봐."

"그게……."

소유는 어떻게 이 상황을 이해시키고 무사히 넘어가나 고민을 해야만 했다. 자신으로서도 왜 이곳에 오게 됐는지 솔직히 알 수 없었다.

'택시에서 내려 길을 알려준 대로 왔다고 하면 믿어줄까? 에구, 나라도 안 믿겠다.'

흘깃 쳐다보니 담배를 입 끝에 문 채 지그시 노려보는 폼이 보통내기가 아니었다. 좀 전 협박하는 말투 하며 자신에게 하는 행동으로 볼 때 이 남자는 아주 위험한 인물임에는 틀림이 없었다.

'조폭이나 마약범? 설마 칼 들고 날뛰는 야쿠자는 아니겠지.'

소유는 침을 삼키고는 불안한 눈으로 찬혁을 바라봤다. 소유가 인상을 쓰며 이런저런 생각을 하며 어떻게 말을 꺼내야 할지 고민을 하는데 남자가 다시 말을 이었다.

"다 생각했나? 그러면 어디 말해보시지. 단, 거짓말인지 아닌지는 내가 판단해."

여유있게 소파에 등을 기대며 말을 하는 통에 남자의 짙은 회색 가운이 더욱 벌어지면 탄탄한 가슴이 드러났다. 꽉 짜인 가슴 근육과 복근의 모습에 소유는 멋지다는 생각보다는 더욱 암울한 감정에 휩싸였다. 하지만 자신은 정말 잘못한 게 없었다. 물론, 집을 잘못 찾은 것은 미안하지만 자신의 설명에 집까지 들어오라고 한 것은 그가 아니던가.

"제가 왜 거짓말을 하겠어요? 그럴 이유도 없다구요. 다만, 상황이 아주 미묘한지라……."

"미묘하다?"

"그게, 네."

"흠."

찬혁은 소유의 말에 낮은 한숨을 쉬었다. 그렇게 시간을 끌더니 겨우 생각해서 한 말이라는 게 저것인 건지. 찬혁은 한심하다는 생각이 들었다.

"좋아. 일단 얘기를 듣고 결정하지."

꼭 얘기를 듣고 말겠다는 표정이어서 소유는 한숨을 쉬었다.

"거짓말은 아니에요. 정말은 어떻게 된 거냐 하면……."

소유가 한동안 상황을 설명할 동안 남자는 단 한 마디도 하지 않고 듣기만 했다. 간혹 시선을 들어 소유를 빤히 노려보기는 했지만 별달리 제지를 가하지는 않았다. 소유의 말이 다 끝나자 남자는 어이없다는 듯이 말을 이었다.

"심부름센터 직원이라고?"

"네."

"정유희라는 여자가 아들 생일상을 챙겨달라고 했는데, 엉뚱하게 곳에 온 것 같다?”

“네. 그런 것 같네요. 지금 상황이……."

“그걸 지금 날보고 믿으라고 한 건가?”

어이없다는 표정의 남자를 바라보며 소유는 땅이 꺼져라 한숨을 쉬었다. 하긴, 자신이라도 이런 바보 같은 짓을 저지른 사람 말을 믿기는 힘들 것 같았다. 하지만 사실인 것을 어쩌랴.

“바보같이 들리겠지만 사실이에요. 아직 심부름센터를 시작한 지 얼마 되지 않았고, 시간에 쫓기다 보니…… 이렇게 실수를 한 것 같아요. 죄송합니다.”

소유가 다시 고개를 숙이며 사과하자 남자의 표정이 모호하게 변해갔다. 남자의 시선은 집요하리만치 소유에게서 떠나지를 않고 있었다. 결국 참다못한 소유가 자신의 짐을 그의 앞으로 가져오며 재차 말을 이었다.

“못 믿겠다면 저 짐들을 확인해 보세요. 저녁상 차릴 음식 재료들이랑 그 학생에게 줄 시계 선물이거든요. 카메라라든지 녹음기 같은 건 하나도 없어요, 정말이에요! 아, 핸드폰 카메라 기능만 빼고 말이죠.”

남자가 흘깃 시선을 그 물건들에게로 옮기자 소유는 비로소 한숨을 내쉬었다. 그 시선에 조금만 더 노출되었다간 정말 심장마비라도 일으켰을 것만 같았다.

“그럼…… 제 말을 믿으시는 거죠? 그럼 전 이만 가보겠습니다. 아무래도 사무실에 다시 들어가서 의뢰인이랑 통화를 해봐야 할 것 같아서요. 그럼 이만……."

"잠시만."

"네?"

"핸드폰 내놔봐."

"뭐라고요?"

"직접 그 입으로 말하지 않았어? 핸드폰 카메라 기능. 뭘 찍었는지 봐야겠다고."

"아니, 그게…… 이곳에선 꺼내지도 않았다구요."

"일단 확인해 봐야겠어."

커다란 손을 내밀어 핸드폰을 달라는 바람에 소유는 미적미적 자신의 점퍼에서 핸드폰을 꺼내 건네었다. 그 핸드폰 안에는 정석과 기묘한 표정을 찍은 사진들이 잔뜩 들어 있었다.

'이거 보면 안 되는 건데.'

망설이는 소유의 손에서 잽싸게 핸드폰을 뺏은 찬혁이 그 물건을 보고는 눈살을 찌푸렸다.

"이게…… 핸드폰이라고?"

소유의 핸드폰을 받아 든 찬혁이 인상을 찡그리며 반문하자 소유는 고개를 끄덕였다. 초기 모델이라 무게나 크기가 제법 나갔기 때문이다. 아마 카메라 기능이 있는 것 중 가장 오래된 것이 아닌가 싶다. 정신없이 사기를 친 선배를 찾아다니는 통에 가지고 있던 핸드폰마저 잃어버렸던 터라 하는 수 없이 예전 기기를 다시 개통해서 사용하는 중이었다.

"좀 구형이긴 하지만 통화는 잘되거든요."

소유의 말에 그녀와 핸드폰을 번갈아 보던 찬혁이 핸드폰의 무게를 감안하듯 그것을 손에 쥐고 던졌다 낳다를 반복한다.

"무기가 아니고? 이 모서리에 찍히면 못해도 피는 볼 것 같군."

찬혁의 말에 소유의 안색이 파래졌다. 그런 삭막한 표정으로 이런 상황에서 얘기를 한다면 모두 진실로 들리리라. 소유는 몸서리를 쳤다. 순간 그 핸드폰에 머리가 찍혀 어두운 창고 안에 피 흘리고 쓰러져 있는 자신의 모습이 마구 상상이 되었다.

'헉, 나 목숨이 위험한 거 아니야?'

새파랗게 질린 얼굴로 찬혁을 바라보자 그녀의 모습을 쳐다보던 찬혁은 황당하다는 식으로 그녀를 바라봤다.

'설마, 방금 농담으로 한 말을 믿는 건가.'

그런 바보 같은 말을 진실로 믿는다는 것이 더 이해가 안 되는 찬혁이었지만 분명, 앞의 여자는 자신의 말을 진심으로 받아들이는 것 같았다.

'흠, 내가 그 정도로 험악하게 굴었나?'

조용히 생각에 잠긴 찬혁의 모습에 소유는 더럭 겁이 나고 말았다. 이곳을 몸 성히 나가려면 앞의 위험한 남자의 심기를 거스르지 말아야 하기 때문이다.

"하하, 그런 식으로도 사용할 수 있을 거라고는 생각조차 해본 적이 없어서요. 나, 나중에 한번 사용해 보도록 하죠 뭐."

소유의 바보 같은 대답에 찬혁이 다시 묘한 눈초리로 그녀를 쳐다보다 핸드폰을 그녀에게 다시 건네었다.

"그럼, 이제 괜찮은 거죠? 저도 다시 일을 해야만 하기 때문에 이만 가봐야 할 것 같네요."

소유가 일어서자 남자가 다시 말을 이었다.

"같이 가도록 하지."

"네?"

"네 말이 사실인지 직접 확인을 해야겠다고."

여전히 믿지 못하겠다는 남자의 말에 소유는 눈살을 찌푸렸다. 하지만 그래도 아예 못 믿겠다는 것이 아니니 다행인 건가. 소유는 내심 안도의 숨을 내쉬었다. 억울한 마음도 들었지만 그래도 지금보다는 낫지 않나 싶은 마음에 소유는 서둘러 고개를 끄덕였다. 자신은 아직까지 살고 싶은 마음이 많았다. 정석이 대학도 보내야 하고, 연애도 해보고, 이왕이면 결혼도 해봐야 하지 않겠는가. 처녀귀신 돼서 제 명에 못 살고 비명횡사하기는 정말 싫었다.

"……그, 그럴까요?"

소유가 소파에서 일어나서 쇼핑 봉투 쪽으로 향하자 내내 남자의 시선이 그녀를 따라온다는 것을 직감으로 알 수 있었다.

"금방 옷 갈아입고 나올 테니 꼼짝 말고 기다려."

"아, 예."

경고하듯 말을 한 찬혁이 방으로 사라지자마자 소유는 입을 삐죽였다.

"죽으라면 죽는 시늉까지 해야지 별수있나, 뭐. 나도 내 목숨 귀한 줄은 아는데. 조폭인지 야쿠자인지는 모르지만 산 채로 시멘트 발라져서 한강 밑에 가라앉긴 싫다고. 으윽, 상상하지 말자!"

약간 열린 문 안으로 소유의 말이 들리자 찬혁은 어이가 없었다.

'조폭이나 야쿠자라고? 설마 날 두고 하는 말인가?'

찬혁은 고개를 설레설레 흔들고는 옷을 갈아입기 시작했다. 자신이 조금(?) 심하게 행동하긴 했지만 설마 그런 류의 남자로 오해받을지는 생각조차 못한 그였다. 멀뚱히 서 있던 소유가 시선을 돌리다가 문틈으로 옷을 갈아입는 찬혁의 모습에 급히 숨을 삼켰다. 짙은 색의 사각 트렁크만 입은 찬혁이 눈처럼 하얀 와이셔츠의 소매 부분에 막 팔을 껴 넣는 중이었다. 커다랗고 탄탄한 상체의 작은 근육들이 꿈틀거렸다. 그리고 그 사이로 길게 나있는 것은 다름 아닌 상처.

'헉. 저, 저거 분명 카, 칼자국이지, 저거?'

소유가 스치듯 본 것은 분명 길게 난 상처자국이었다. 오른쪽 아래 부분에 가로로 그어진 상처는 봉합한 지 얼마 안 되었던지 붉게 부풀어 올라 있었다.

'젠장! 언제부터 내 짐작이 이렇게 잘 맞았지? 설마 영화에서처럼 지하 주차장에 내려가면 '나오셨습니까, 형님!' 이러는 거

아냐?'

상상만으로도 오금이 저려와 소유는 순간 무릎의 힘이 빠져 버렸다.

'미쳤어, 미쳤어! 황천행을 아주 고속으로 끊는구나, 내가.'

엉거주춤 몸을 구부린 상태에서 소유는 애꿎은 머리카락만을 쥐어뜯었다. 보통 사람들이 살면서 조폭을 만날 확률이 얼마나 될까. 게다가 그 조직의 우두머리쯤 되는 남자와 이런 식으로 인연이 꼬인다는 것은 정말 벼락을 맞을 확률만큼 작은 것이 아닐까?

연방 중얼거리던 소유는 방 안에서 찬혁이 그런 자신을 쳐다보는 줄은 꿈에도 몰랐다. 찬혁은 자신의 머리를 쥐어뜯으며 수시로 표정이 바뀌는 소유의 모습에 눈살을 찌푸리며 넥타이를 맸다. 그가 생각하기에 나소유란 여자는 이런 일을 벌일 만큼 영악해 보이지가 않았다. 어찌 보면 오히려 약간 모자라거나 맹하게도 보였다. 저런 말과 행동으로 스파이 노릇이라니. 절대 아니다.

'만에 하나 저런 행동도 다 트릭이라면?'

생각이 꼬리를 물자 찬혁은 서둘러 나머지 옷을 입으며 중얼거렸다. 일단 그녀의 말이 사실인지는 눈으로 확인해 보면 그만이라고.

문을 열고 나오는 찬혁의 모습에 소유는 소유대로 눈살을 찌푸렸다. 좀 전 몸에 난 칼자국을 못 봤다면 감쪽같이 속아 넘어갈 만큼 완벽한 인텔리 모습이었다.

'것 봐. 요즘은 인텔리 조폭이 트렌드라니까.'

올해 삼재가 낀 것인지 사기도 당해, 조폭도 만나, 더 이상 나쁠 수가 없을 것 같다는 생각을 하는 소유였다. 나머지 하나가 비명횡사가 아니기만을 바랄 뿐이었다. 완벽한 옷차림을 한 찬혁이 소유의 지척까지 와서 차갑게 말을 했다.

"가지."

"아, 네."

소유는 커다란 두 개의 쇼핑봉투를 다시 들고 그 아파트를 나왔다. 차를 타고 도착한 사무실에 들어선 소유는 서둘러 전화기로 향한 뒤, 발신자 표시를 확인하고는 서둘러 정유희에게 전화를 걸어 주소를 확인했다. 그러고는 택시가 자신을 잘못 내려준 것을 알고는 크게 고개를 끄덕였다. 다행이라는 생각에 소유는 긴장을 풀고는 슬쩍 나오는 웃음을 배어 물었다. 일단은 살 수 있다는 것만으로도 다행이니까 말이다.

"아무래도 글자가 지워지는 바람에 택시 운전기사가 잘못 간 것 같아요. 공교롭게 비슷한 건물 이름도 한몫했고요. 이제 확인 다 된 거죠?"

남자의 시선이 사무실 내부를 훑어보다 소유에게로 가서 멈췄다. 정확히는 웃음을 달고 있는 분홍빛 입술 위에. 아까와는 달리 긴장이 풀린 것인지 헤실헤실 웃는 입술이 유독 눈에 들어온 그였다.

"그럼…… 이제 확인은 다 된 거죠? 거짓말이 아닌 것도 확인 된 거죠?"

확인을 했으니 어서 가라는 느낌을 팍팍 풍기는 소유의 모습에 찬혁은 왠지 모를 아쉬움이 들었다. 게다가 초라한 사무실에 혼자 앉아 있는 소유의 모습이 은근히 신경이 쓰였다. 그리고 그런 생각을 하는 자신의 모습에 찬혁은 당혹감을 느낀다.

"그럼 원래 의뢰한 곳으로 가서 다시 일을 해야 되겠군."

"그렇죠."

소유는 냉큼 대답했다. 자신도 일을 해야 하니 어서 가달라는 눈빛으로. 찬혁은 잠시 망설이더니 천천히 말을 이었다.

"그럼 같이 가지. 내가 시간을 빼앗은 것도 있으니까 태워줄 게."

"어, 안 그러셔도 돼요!"

소유는 극구 사양했다. 아무리 겉모양이 좋고, 편하다고는 하지만 맘까지 편할 수는 없는 것이다. 무서운 조폭과는 되도록 마주치지 않는 게 상책이니까. 비록 앞의 남자가 카리스마 풀풀 풍기고 꽤 멋진 건 사실이지만 그렇다고 해서 그의 배경을 무시할 수는 없는 것이다. 소유는 앞의 남자와 얽히고 싶은 생각은 전혀 없었다. 극구 사양하는 소유를 두고 문을 열고 나가는 남자의 말은 간결했다.

"나와. 기다릴 테니."

소유는 허탈한 표정을 지었다. 그렇게 싫다고 했는데도 눈 하나 깜짝 안 하고 길을 나서는 남자가 원망스러웠다.

"대체, 나한테 왜 저러는 거야? 필요없다잖아, 필요없다고! 그딴 급 친절은 내가 사양한다고요!"

울상을 지은 소유는 마지못해 사무실 문을 잠그고 밖으로 향했다. 조잡스런 상가 건물 근처에 떡하니 서 있는 외제 승용차를 보고 다시 한숨을 푹 쉬는 소유였다. 분명, 상가며 동네에 소문이 파다하게 날 것이다. 가뜩이나 사기를 당했다는 소문이 돈 지 얼마 되지도 않은 상황인데다 거저 얻은 사무실에 심부름센터를 차렸다는 소문이 더해진 것이 바로 얼마 전이었다. 이 와중에 커다란 외제차를 탄 무서운 남자와 단둘이 돌아다닌다는 소문마저 난다면 어떻겠는가. 장담컨대, 필시 좋은 소문은 절대 나지 않을 것이다. 안 그래도 흘끔거리는 사람들의 시선이 보이는데 그런 시선을 못 느끼는 것인지 거만하게 서서 소유가 나오기를 기다리는 찬혁의 모습은 너무 당당해 보였다. 당당해도 너무 과도하게 당당해 보였다.

'당신은 이런 눈길을 못 느끼나 본데, 당신이 가고 난 뒤, 난 그 소문이 무섭다고!'

속으로야 오만 생각을 한다지만 소유는 겉으로는 비굴할 정도로 미소를 지으며 찬혁에게 다가가고 있었다. 이놈의 목숨이 무에 그리 중요하다고. 흑.

<h1 style="text-align:center">[제 2 장] 위험한 의뢰</h1>

**책**상 위에 어지럽게 놓인 종이들을 바라보는 소유의 표정은 무척이나 심란했다.

"이런 식으로는 비용처리 하고 나면 돈이 남지도 않겠네."

전화비며 전기세 청구서 등의 세금을 계산해 보니 한 달 수익이 정말 한심할 정도였다.

'다시 바텐더 일을 해볼까.'

지금 당장 자신의 나이로 직장을 구한다는 것은 어려웠다. 졸업장이 있긴 하지만 학점이 좋은 편도 아니었다. 그나마 아는 동아리 선배가 카페를 개업한 덕에 그곳에서 일을 하게 된 것이 어찌어찌하다 보니 조주사 자격증까지 따게 된 것이긴 하지만 이렇게 궁색한 상황으로 몰리다 보니 다시 바텐더 일을 해야 되지 않을까 하는 마음도 생긴 소유였다.

'사기당하고, 협박당하고, 올해가 삼재인가 보네.'

"그래도 다시 연락 안 하는 게 어디야. 다시 마주치지 않는 게 다행이지."

그 위험한 남자와 헤어진 지 일주일이 지났지만 아직도 소유는 상가와 집을 오갈 때마다 그가 나타나지 않을까 하는 생각에 가슴을 졸였었다. 서둘러 고개를 저으며 남자에 대한 생각을 지운 소유는 영수증을 정리하기 시작했다. 잠시 뒤, 상가 주인의 심부름을 하고 온 정석에게 소유는 말을 했다.

"정석아, 나 서울시청에 서류 떼러 가니까, 별일없으면 들어가. 사무실 전화야 내 핸드폰으로 걸어놔도 되니까."

"괜찮아. 별다른 약속도 없는 걸 뭐. 그것만 하면 오늘 끝난 거지?"

"응."

"알았어. 다녀와, 고모."

"그래."

소유가 사무실을 나서자 정석은 표정을 굳혔다. 대학 입학금이랑 회비랑 이것저것 등을 포함하면 꽤 큰 금액이었다. 물론 자신의 등록금은 이미 준비되어 있긴 했지만 그렇다고 마냥 놀 수는 없었다. 간간이 심부름센터 일을 봐주면서 정석은 부지런히 과외 자리를 알아보는 중이었다. 그 밖에도 아르바이트 자리를 알아보긴 하지만 워낙 아르바이트 비용이라는 게 박복한 형편이었다. 게다가 이제 신입생인 자신에게 과외를 부탁할 만큼 요즘 아줌마들은 녹록치가 않으니까 말이다. 물론 이렇게 궁상을 떨 필요는 없었다. 그래도 번듯한 집이 있고, 돌아가신 부모님의 보험금도 상당한 편이다. 하지만 그건 소유가 결혼할 때 결혼자금으로 줘야 하고, 나머지는 자신의 사 년 대학 등록금과 군대 갔을 때를 대비해서 놔둔 소유의 생활비였다. 조금은 여유 있는 생활을 할 수도 있지만 정석은 자신의 고모가 화려한 결혼을 하기를 바랐다. 그녀는 그만큼 그에게는 소중한 혈육이었고 충분히 그것을 누릴 만한 사람이었으니까 말이다.

이런저런 생각을 하는 사이 사무실 전화벨이 다시 울리자 정석은 한숨을 쉬며 전화를 받았다.

"안녕하십니까? 최강 심부름센터입니다. 무엇을 도와드릴까요?"

[아, 저기…… 가정사 문제도 취급하나요?]

"가정사요? 정확히 어떤 일을 말씀하시는 건데요?"

[그게…… 아, 원래 이런 업종이 개인적인 뒷조사도 하고, 사진도 찍고 그러잖습니까? 불륜 같은 거 말입니다.]

걸걸한 중년 남자의 말이 이어질수록 정석의 얼굴은 굳어져 갔다.

"죄송하지만 저희는 그런 업무는 취급하지 않습니다. 죄송하지만 다른 곳을 알아보시죠."

정석은 전화를 끊으려 했지만 상대편에서 다급하게 그를 불렀다.

[이봐요! 누구는 좋아서 그러는 줄 아십니까? 바람난 여편네가 호텔을 딴 놈이랑 들락날락거리면서 오히려 이혼 요구를 했다고! 게다가 집이며 자식까지 모두 갖겠다는데 앉아서 당할 놈이 어딨냐고! 당신도 생각해 봐! 바람피우느라 살림도 안 하는 여편네가 아이들을 데려가서 뭣 하겠어? 그게 다 위자료를 한 푼이라도 더 받겠다는 속셈이 아니면 뭐냐구! 그걸 알면서 내 새끼들을 어떻게 그런 여자한테 보내? 안 그래?]

흥분해서 악을 쓰는 남자의 말에 정석은 잠시 당황했다.

"그렇지만, 손님……."

[손님이고 나발이고, 나도 이런 식으로 일을 매듭짓고 싶지 않았다고! 당신도 남자라면 이해할 거 아냐? 내가 사람을 죽여달라고 하는 것도 아니고, 그저 바람난 여편네 증거 사진 좀 몇 장 찍어달라는데 그게 그렇게 어려워?]

"하지만 그건 범죄입니다!"

[젠장! 그게 문제가 아니잖아, 이 사람아! 생각해 보라구, 애들 미래가 어떻게 되겠어? 상처받을 애들을 생각해서라도 그 여자 맘대로 하게 놔둘 수는 없다구!]

한창 불륜이니, 이혼이니 하는 생활 속 얘기들을 못 들은 것은 아니기에 정석으로서도 남자의 심정이 충분히 공감이 갔다. 하지만 심부름센터 일을 시작한 지 얼마 되지도 않았고 그런 쪽으로는 전혀 문외한이었기에 더욱 일을 맡기가 불편한 그였다.

"죄송하지만 다른 곳을 알아보시는 게……."

[정말 답답한 사람일세! 이보라구, 바람난 여편네를 몇 날 며칠 쫓아다니라는 게 아니야! 나도 다 알아봤다구. 여편네 통화하는 걸 다 들어서 언제 어디서 몇 시에 만나는지까지 다 알아냈다고. 당신은 그저 거기 가서 몰래 사진만 좀 찍어다 주면 되는 거라구. 내가 해도 되지만 나중에 문제가 될까 봐 그러는 건데 너무 야박하게 구네, 정말!]

힘이 들었던 모양인지 정신없이 악을 쓰던 남자가 거친 숨을 삼키며 씩씩거리는 것이 수화기를 통해 다 들리는 바람에 정석은 서둘러 수화기를 귀에서 조금 뗐다.

[이봐요, 사례는 충분히 할게요. 지금 돈이 문제가 아니라구요. 내가 답답해서 그쪽한테 막말을 한 것은 미안한데, 오죽했으면 이러겠습니까? 돈은 원하는 대로 드릴게요. 지금 돈이 문제가 아니잖습니까? 애들을 뺏기게 생겼는데 그깟 돈이 대수랍디까?]

남자의 말에 정석은 가슴이 뭉클해졌다. 여전히 대답을 못하는 정석을 대신해서 남자가 다시 애원조로 말을 이었다.

[얼마면 되겠습니까? 어려운 일은 아니잖아요! 오백이든 천이든 달라는 대로 드리겠습니다. 창피해서 다른 곳에 다시 전화를 걸어서 이런 식으로 같은 말은 하고 싶지도 않아요!]

정석은 남자의 말에 마음이 움직이기 시작했다. 범죄라고는 하지만 아내 되는 여자 쪽이 너무도 안 좋았다. 게다가 아이를 빌미로 위자료를 얻어낼 속셈이라면 그 여자한테 갈 아이들이 너무도 불쌍했다. 그리고…… 솔직히 처음부터 뒷조사를 하는 것도 아니고, 이미 알고 있는 장소에 가서 사진 몇 장만 찍어주면 된다고 하지 않던가.

"저, 정말 사진만 찍으면 되는 겁니까?"

[그럼요! 제가 다 조사했다고 했잖습니까! 나중에 이혼할 때 문제가 될까 봐 제가 못 들어가는 거예요!]

"그럼, 정말…… 오백만 원이든 천만 원이든 사례금으로 준다는 겁니까?"

[거, 사람 말 정말 못 믿으시네. 그럼 계좌번호 불려줘요! 내가 일단 착수금조로 삼백만 원 붙여 드리죠. 나머지는 사진을 교환하는 걸로 해서 칠백만 원을 드리죠. 그럼 됩니까?]

중년 남자의 말에 정석은 침을 삼켰다. 단 한 번의 일로 천만 원을 버는 것이었다. 그 돈은 심부름센터 일 년 동안 일을 해도 벌지 못할 금액이었다.

"정말 지금 말씀하신 것 이외에는 다른 이유가 있는 것은 아니죠? 다른 용도로 그 사진을 쓴다든지 협박을 한다든지 그런 거 말입니다."

[절대 그럴 일 없습니다!]

"조, 좋습니다. 그럼 장소와 시간을 알려주세요. 그리고 착수금은 영원은행 234-xxx-xxx으로 입금해 주시구요. 입금이 확인되면 전화 드리죠.”

[아니, 연락은 제가 하겠습니다. 혹시라도 나중에 이 일로 문제가 되면 저 역시 곤란하거든요.]

“그, 그런가요?”

아무리 똑똑하다고는 하지만 아직 세상 물정을 모르는 정석으로서는 그 남자의 말이 맞는 것 같아 그렇게 하자고 대답을 하고는 전화를 끊었다.

‘처, 천만 원이 생기는 거잖아! 게다가 나쁜 일만은 아니야. 딱 한 번. 그래, 딱 한 번 눈감고 해보는 거야.’

마음을 다잡은 정석은 두근거리는 가슴을 누르며 생각에 잠겼다. 하지만 혼자서는 호텔에 들어가서 묵는다는 것이 아무래도 걸렸다. 혹, 나중에 일이 잘못되더라도 핑계될 만한 거리가 있어야 할 것 같아 고민하던 정석은 서둘러 다시 전화기를 붙잡았다.

“혜연이니?”

[어. 우리 내일 보기로 한 거 아니었어?]

“아, 그것 때문이 아니고, 너 별다른 일 없으면 나랑 어디 좀 같이 가자.”

[어디를? 대학 합격했다고 고모 품에서 이제 벗어날 생각하는 거야?]

장난스럽게 웃는 혜연의 웃음이 끝나길 기다린 정석은 조심스럽게 설명하기 시작했다.

"아니, 너 고모가 심부름센터 시작한 거 알지? 나도 요즘 틈틈이 도와주고 있잖아. 그래서 말인데……."

정석은 빠르게 상황을 설명하기 시작했다. 하지만 정석의 말이 다 끝나기도 전에 수화기 속에서 외마디 소리가 들렸다.

[미쳤어? 그거 범죄잖아!]

"들키지만 않으면 상관없잖아. 그리고…… 너도 내 상황을 잘 알면서 그러냐."

정석이 답답하다는 듯이 말하자 수화기 속에서 혜연이 길게 한숨 쉬는 소리가 들렸다.

[야, 그래도 그렇지 너무 위험하지 않을까?]

"괜찮아. 준비만 철저하다면. 게다가 사진만 찍어주고 나면 천만 원이 생기는 거라고. 그 정도면 한동안 걱정 없잖아. 한 번만 도와주라, 응? 너 아니면 내가 다른 어느 여자한테 이런 부탁을 하겠어? 안 그래?"

애원조로 매달리는 정석의 말에 한동안 건너편 수화기 속에서는 아무 소리가 들리지 않았다. 간간이 한숨 쉬는 소리와 투덜거리는 소리를 제외하고는.

[……좋아. 대신, 이번 딱 한 번뿐이다?]

"알았어. 대신 너도 이번 일은 우리 고모한테 절대 비밀이야, 알았지?"

수화기를 끊고 난 뒤, 정석은 소유가 꺼버린 컴퓨터를 다시 부팅하고는 서둘러 인터넷뱅킹으로 접속해서 은행 잔고를 확인

했다.

　'정말 삼백만 원이 들어왔어!!'

　은행 잔고를 확인한 정석은 빠르게 인터넷 사이트를 누비며 몰카를 촬영하기 위해 필요한 물품들을 조사하면서 하나하나 구입하기 시작했다. 아까 그 중년의 남자가 말한 날짜는 정확히 일주일 뒤였기에 시간은 충분했다. 물론 물건을 직접 보고 사도 되긴 하지만 괜히 이런 걸로 얼굴을 보일 필요는 없을 것 같아 인터넷 쇼핑으로 물건을 구매한 정석이었다.

　한참 뒤, 정석은 다시 컴퓨터를 끄며 크게 숨을 들이켰다.

　"좋아! 한번 해보는 거야!"

　고모에게 들킬까 봐 모든 물건들은 혜연의 집으로 배달을 시켰다. 정석은 다시 혜연에게 전화를 걸어 상황을 설명한 뒤, 물건을 받는 대로 자신에게 연락해 줄 것을 부탁하고는 전화를 끊었다. 그 뒤 정확히 사흘 후, 도착한 물건들을 확인하며 정석과 혜연은 어떻게 호텔에 잠입해서 사진을 찍을 것인지, 그리고 만에 하나 들키거나 실패할 경우 어떻게 그 상황을 모면해서 빠져 나올 것인지에 대해서 심각하게 토론을 했다.


　드디어 약속했던 일주일의 시간이 지나고 몰카 촬영을 하기 위해 호텔로 가려고 부지런히 준비를 하던 정석은 자신을 내내 쳐다보는 소유의 시선을 일부러 무시했다.

　"약속 있어?"

"어, 친구 모임. 좀 늦을 거야, 고모."

"야, 그럼 저녁은?"

"아씨, 내가 밥하는 기계야?"

정석이 화를 내자 소유는 멋쩍어하며 어색하게 웃었다.

"자식. 갑자기 화를 내기는. 그냥, 걱정되어서 그런 거지."

"……미안. 밥은 내가 아까 해났어. 김치찌개 끓여났으니까 혼자 먹는다고 대충 먹지 말고 제대로 챙겨서 먹어. 알았어?"

"아이구, 누가 보면 네가 아빠 줄 알겠다. 얼른 가. 참, 용돈은 있어?"

"그건 걱정하지 말고. 나, 간다?"

정석이 나가자 소유는 고개를 갸웃했다. 평상시라면 되도록 이런 저녁 시간에는 약속을 잘 잡지 않는 정석이었다. 친구라도 해봤자 소유가 모두 아는 터라 오히려 같이 만나서 저녁을 먹거나 맥주 등을 마셨던 터라 저리 나가는 정석이 이상하기도 했다.

"자식, 미팅 나가는 건가. 하긴, 그런 나이이긴 하지."

소유는 대충 일어나서 사무실을 정리하며 집으로 향했다.

그 시각 집을 나선 정석은 중간에 혜연과 만나 서둘러 한빛호텔로 향했다. 시내 번화가에 위치한 호텔은 그 외관부터 그들의 기를 죽였다. 긴장하며 들어선 호텔 로비의 번쩍거리는 대리석 바닥은 차마 내딛기가 민망할 정도였다. 정석은 짧게 여러 번 숨을 내쉬며 다소 어색하게 앞발을 다시 내디뎠다. 호텔 프런트까지 거리는 5m 정도. 옆에서 부산스럽게 자신의 소매 깃을 잡아당기는 혜연 때문에 정석은 눈살을 찌푸렸다.

[야…… 야, 저, 정말 할 거야?]

[이미 결정난 일 가지고 자꾸 이럴래? 다른 사람들이 이상하게 쳐다보잖아!]

불안하긴 정석도 매한가지였다. 하지만 정석은 이번 일로 받을 돈을 생각하며 마음을 다잡았다. 정석에겐 상당히 큰 금액이기도 했지만 무엇보다 소유의 마음을 편하게 해주고 싶었다. 그런 정석의 소매를 다시 잡아당긴 혜연은 연방 불안한 듯 정석을 쳐다보며 사람들이 그들 주위를 지날 때마다 몸을 움찔대며 울상을 지었다.

"야, 네가 자꾸 이러면 사람들이 더 이상하게 쳐다보잖아! 제발 아무렇지 않게 행동해!"

정석이 웃는 얼굴로 혜연의 귓가에 빠르게 속삭였다. 혜연은 애초에 이런 일에 자원을 하는 게 아니었다고 내심 후회했다. 물론 정석이 자신이 다닌 다른 누군가와 이번 일을 한다는 것이 내키지 않아 덥석 하겠다고 말은 했지만 솔직히 겁이 났다. 지금 이 상황이 정말 사랑하는 연인과의 짜릿한 첫날밤이라면 그나마 괜찮겠지만 그들이 지금 하고자 하는 일은 엄연한 범법 행위였다. 두려운 나머지 혜연은 다시 한 번 정석을 만류했다.

"……야, 좀 더 생각을 해봐, 응?"

그사이 정석은 거의 프런트에 가까워져 있었다. 결국 혜연은 정석의 뒤에 서서 고개를 푹 숙이며 어서 이 시간이 지나가기를 바랄 뿐이었다. 정석은 침을 삼킨 뒤 자신을 바라보는 세 명의 직원들의 앞으로 나섰다.

"무엇을 도와드릴까요, 손님?"

"루, 룸을 하나 예약하려고 하는데요."

"아, 네. 어느 룸으로 예약을 하실 건가요? 호텔 지정 룸과 스탠더드 일반실이 있습니다."

"아, 일반실로."

"아, 네. 그럼 스탠더드실로 싱글, 더블, 트윈, 삼 인실…… 등이 있습니다. 어느 룸으로 해드릴게요?"

"트윈으로 해주세요. 그리고 이왕이면 12층이면 좋겠는데. 아, 뭐 특별한 것은 아니구요, 전에도 묵었던 적이 있어서요."

정석이 붉어진 얼굴로 머뭇머뭇거리자 옆의 혜연을 한번 쳐다본 직원은 알겠다는 듯이 웃으며 대답을 했다.

"아, 네. 그러셨군요. 지내시긴 편하셨나요?"

"네."

"그럼 잠시만 기다려 주세요. 확인해 보고 알려 드리겠습니다."

직원이 컴퓨터로 뭔가를 열심히 조회하더니 이내 영업적인 웃음을 지으며 말을 이었다.

"1213호실입니다. 기간은 얼마나 하실 겁니까?"

"1박으로 해주세요."

“네, 알겠습니다. 모닝콜을 해드릴까요?”

“아니요, 괜찮습니다.”

모닝콜이라는 어감에 흠칫한 정석은 서둘러 거절을 했다. 잠시 뒤, 직원에게 키를 넘겨받은 정석은 여전히 고개를 푹 숙이고 있는 혜연을 재촉하며 엘리베이터를 탔다. 자꾸만 호텔 직원의 시선이 그들을 살피는 것 같았기 때문이다.

그들이 엘리베이터를 타는 것을 확인한 직원들이 서둘러 말을 하기 시작했다.

“쯧쯧, 머리에 피도 안 마른 것들이 벌써부터.”

“놔두세요, 이런 거 한두 번 보나.”

“근데…… 좀 이상하지 않아?”

“뭐가요?”

“그 커플 말이야. 나이도 그렇지만 굉장히 어색한 것도 그렇고, 아, 가방!”

“가방?”

눈을 동그랗게 뜨는 여직원을 쳐다보며 남자가 소리쳤다.

“호, 혹시, 그거 몰카 설치하는 거 아냐? 저번에 왜, 한번 그런 소동 때문에 날벼락 떨어졌잖아!”

무궁화 다섯 개짜리의 특급의 호화로운 호텔, 설마 몰래카메라가 설치되어 있다고는 생각도 못한 불륜 커플. 그 내용을 떠올리자 직원들의 얼굴은 하얗게 변해갔다. 그날 이후 비슷한 징조라도 보이면 우선 확인부터 해보라는 내부지침이 떨어지지 않았던가. 폭풍처럼 직원들을 훈육시키던 신임(新任) 사장의 모습이 떠오르자 그들은 몸을 부르르 떨었다.

"이, 일단 연락부터 해보자! 아니면 다행인 거고, 만약 그런 거라면 큰일이라구!"

서둘러 인터폰을 하는 남자의 얼굴은 검게 변해 있었다. 잠시 뒤, 빠르게 수화기 속에다 상황설명을 한 남자는 전화를 끊고는 이마를 짚었다.

"야, 뭐래?"

"총지배인님하고 통화됐는데, 일단은 객실팀의 하우스키핑(Housekeeping) 쪽에 연락을 해놓을 테니, 그들이 호텔에서 나가지 못하게 하라고 하시더군."

"흐음~ 그래. 그럼 어디? 인스펙터(Instpecor:고객 투숙 전 객실점검)팀은 안 될 테고, 그럼 오더테이커팀(Order Taker:고객 투숙 시 불편사항 접수)?"

"아무래도 그렇겠지. 그나저나 별일없어야 될 텐데."

걱정스러운 눈으로 엘리베이터를 바라보는 직원들의 눈에는 적잖은 공포감이 드러났다.

작년 한창 몰카가 유행되던 시절, 손님으로 위장한 남자에 의해 투숙객의 지극히 개인적인 모습이 드러나 곤욕을 치렀던 적이 있는 그들이었다. 그때 그 책임을 묻고 객실 정보시스템(Front Office System)의 팀장이 해임되었고, 대대적인 인사발령이 감행되었었다. 몰카의 피해자인 손님을 상대로 어떤 로비를 했는지는 신임 사장 외에는 아무도 모른다. 하지만 그 사건을 계기로 열 명이 넘는 직원이 해직되었었다. 게다가 그 시기가 교묘하게 신임 사장의 취임식과 비슷한 시기에 일어난 바람에 신임 사장으로 취임한 정찬혁 사장은 처음부터 곤욕을 치러야만 했었다. 하지만 어떻게 손을 쓴 것인지 정찬혁 사장의 지휘 아래 그 사건은 소리 없이 덮였다. 지금도 그 사건을 기억하고 있는 직원들은 아직도 새로 취임한 사장이 어떤 식으로 그들을 막았을지 궁금해할 뿐, 이렇다 할 대답을 하지 못하는 상황이었다.

자세한 내막은 모르지만 모두들 쉬쉬하는 가운데 한 가지 확실한 가설은, 새로 부임된 정찬혁 사장이 상당한 배경을 갖춘 인물이라는 것 정도였다. 그렇지 않았다면 신문에 날 만한 일을 그렇게 감쪽같이 막을 수는 없으니까 말이다.

한빛호텔은 서울뿐 아니라 다섯 개 도시에 각 지점 호텔을 경영하는 상태였고, 그 외에 연계된 사업으로 콘도와 별장, 리조트 등 다양한 부동산과 숙박시설 및 레저시설에 손을 대고 있는 상태였다. 갓 서른을 넘긴 새파란 사장이 맡기에는 너무도 거대한 사업이었지만 오히려 역대 사장들이 이끌어왔던 것보다 확연히 드러나는 영업 실적을 올리고 있었다. 그 예로, 얼마 전 열린 한·일·중 3개국 회담의 장소로 지정된 곳 역시 이곳 한빛호텔이었다. 얼마 전까지 한빛보다 다소 앞선 푸른호텔 측의 경계 대상으로 떠오를 만큼 급부상한 한빛호텔은 안팎으로 고속도로를 깐 듯 그 위용을 드높이고 있는 중이었다. 경제지에는 수시로 정찬혁 사장에 대한 얘기가 올랐었고, 얼마 전에는 각종 프로에서 그를 초빙할 정도로 유명인이 되기도 했다. 이런 상황에서 만약 다시 한 번 예전의 그 불미스런 일이 터진다면 그 파장은 그때보다 더욱 커질 것이 분명했다. 자라 보고 놀란 가슴 솥뚜껑 보고 놀란다고 그 일이 있은 뒤부터 직원들 교육에 항상 중시되는 것 역시 이런 불미스러운 상황을 미리 방지하기 위해서 손님들을 관찰하는 것이었다. 그랬기에 객실팀의 프런트 오피스 캐셔(Front Office Cashier)들은 눈을 벌겋게 뜨고 화장실도 번갈아 다녀올 만큼 엘리베이터나 혹시 모를 비상구를 뚫어지게 감시하는 것이 일과였다.

한편, 프런트에서 연락을 받은 총지배인에게 일말의 상황을 전해 들은 찬혁은 무표정한 모습으로 내내 자리를 지키고 있었다. 생각에 잠겨 있던 찬혁은 노크를 함과 동시에 들어온 이를 쳐다봤다.

"사장님, 부르셨습니까?"

들어온 객실 정보시스템(Front Office System) 팀장 서경원은 긴장한 모습으로 인사를 마친 뒤 꼿꼿이 몸을 세웠다. 필시 무슨 일이 일어난 것임이 분명하다고 서 팀장은 생각했다. 호텔의 상층 인사들을 모두 만날 수 있는 경우는 연말 리셉션(Reception) 때가 아니면 보기 드문 일이었다. 게다가 사장실도 아니고 단순한 하우스 유즈룸(House Use Room:업무상 부득이한 사정으로 호텔종업원이 공무로 사용하는 객실)에서라면 더더욱. 잔뜩 긴장한

서 팀장은 사장의 옆으로 오른팔로 불리우는 총지배인(General Manager:흔히 GM이라고도 불린다)과 그 옆으로 각 객실팀 매니저와 지배인이 있는 것을 보고는 침을 꿀꺽 삼켰다. 무슨 일일까? 설마 테러범이 폭탄이라도 설치했나? 라는 각자의 의문을 가지고 정찬혁 사장을 뚫어지게 쳐다보는 그들의 얼굴은 긴장감이 가득했다. 정찬혁은 그중 총지배인을 쳐다보며 빠르게 질문을 했다.

"리피트 게스트(Repeat Guest:다시 방문하는 고객)라고?"

"네."

"확인해 봤나?"

찬혁의 말에 객실팀의 매니저가 서둘러 대답했다.

"네. 지시대로 확인해 봤지만 최근 삼 년간 그런 이름으로 투숙한 손님은 없었습니다."

"……그래."

잠시 뭔가를 생각하던 찬혁의 표정은 딱딱하게 굳어 있었다. 이 년 전 자신의 사장 취임과 동시에 벌어졌던 불미스러운 일. 그 몰카의 기억이 떠오르자 찬혁은 이를 빠득 갈았다. 가뜩이나 어린 나이에 사장에 오른다고 풋내기라는 소리가 은연중에 업계에 돌고 있다는 것은 알고 있었다. 게다가 호텔업은 경험을 중시하는 일이니만큼 처음 호텔업에 뛰어든 찬혁을 동일업계에 종사했던 경영자들은 우려를 가장해 한껏 비웃었었다. 엎친 데 겹친다는 격으로 찬혁이 취임한 지 채 몇 달 되지 않은 상태에서 터진 그 불미스러운 일은 그들의 생각을 더욱 굳건하게 만들었었다. 쉬쉬하는 가운데 모두가 사건의 추이를 지켜보는 상황이었고, 자칫 호텔에 커다란 오점을 남길 만한 상황이었다. 찬혁은 그 소문을 막기 위해 모든 인맥을 동원했지만 소문은 알게 모르게 퍼졌다. 정말 이 년 동안 하루도 쉬지 않고 일을 해서 겨우 호텔을 정상의 자리로 올려놨는데, 다시 똑같은 일로 우를 범할 수는 없었다. 그런 저질스러운 일은 단 한 번으로도 충분했다. 그것도 아주 많이.

찬혁은 날카롭게 눈을 뜨고는 안에 모인 이들을 한 번씩 쭉 훑어봤다. 그때 일은 간신히 무마되었지만 그 배후를 캐지 못한 그였다. 만약 지금 든 투숙객이 이년 전 그 사고를 일으킨 자들의 소행이라면 단순하게 대처해서는 곤란한 상황이었다.

'아예 뿌리를 뽑아 두 번 다시 자신에게 장난을 치지 못하도록 아주 철저히 망가뜨려 주리라.'

찬혁은 무서운 표정으로 직원들을 쳐다봤다. 모두들 초긴장한 상태에서 찬혁의 지시만을 기다리고 있는 중이었다.

"1213호에 투숙한 그들을 커넥팅 룸(Connecting Room:객실과 객실 사이에 통용문이 있어 서로가 열쇠 없이 왕래할 수 있는 연결 문이 있는 객실을 말함)으로 옮기도록."

"하지만 그러려면 손님에게 양해를 구해야 하는데요."

불쑥 끼어든 객실팀장을 한심하게 쳐다보며 찬혁은 눈살을 찌푸렸다.

옆에서 그 모습을 지켜보고 있던 총지배인이 서둘러 말을 이었다.

"사장님, 일단 오더 테이커팀을 보내겠습니다. 적당한 불편사항을 이유로 룸을 옮기도록 유도하겠습니다. 물론 불편에 대한 서비스 차원으로 저희가 간단한 음료를 준비할 것이고, 그사이 직원들이 그들의 소지품을 확인하면 됩니다."

총지배인의 말에 찬혁은 고개를 끄덕였다. 특급 호텔의 총지배인이 한국 사람인 경우는 거의 없었다. 찬혁이 처음 총지배인을 경험자로 초대하지 않고 자신과 같이 호텔업에 처음인 친구를 내세웠을 때도 역시 비웃는 이들은 많았었다. 하지만 자신의 둘 도 없는 친구인 그는 그를 도와 이 년 동안 정말 군소리 하나 없이 찬혁이 지시하는 모든 일들을 완벽하게 하고 있었다. 지금의 그와 그의 친구는 이 업종에서 가장 짧은 시일에 가장 탁월한 업무 능력을 인정받고 있는 상황이었다. 지금도 그가 지시를 하지 않았음에도 불구하고 이미 기본적인 손을 써놓은 상태니까 말이다.

"좋아. 우선 불편사항을 핑계로 룸을 옮기도록 하고, 되도록 시간을 좀 더 끌어봐. 그사이 SBH(Service BY Hanbitt)팀은 그 방과 지금 이곳의 전화선을 연결하도록."

"그, 그건 도청이지 않습니까?"

객실팀장의 말에 이번엔 모두의 시선이 모아졌다. 그 눈길에 당황하는 그를 보며 총지배인이 차갑게 말을 이었다.

“객실팀장님, 그럼 이번 일로 저희 호텔이 다시 한 번 세간의 입소문에 오르내리길 바라십니까?”

“아, 아닙니다!”

당황스럽게 고개를 젓는 그를 바라보며 찬혁은 표정을 굳혔다.

“그들에게 호텔 플로어 매니저를 붙여. 하나부터 열까지 모든 것을 안내하고 호텔의 모든 것을 세세히 설명해 줘.”

“사장님!”

“아니, 문제 될 건 없어. 그게 스파이든 아니면 정말 몰카를 설치하러 온 것이든 말이야. 요는 그것들을 어떻게 잡냐는 거니까. 이번에는 확실히 배후를 캐고 말 거야.”

찬혁은 비릿하게 웃었다. 이 년 전 누군가의 사주에 의해서 일어난 그 사건은 오히려 찬혁의 입지를 굳히는데 요긴하게 돌아갔다. 과거 사장의 추종세력을 확실히 잘라낼 수 있었으니까 말이다. 지금 당장은 그의 수족처럼 믿고 부릴 수 있는 이들이 얼마 되지 않지만 조만간 이 모든 것은 자신이 장악할 것이다. 예전에 그랬던 것처럼 지금 이 일을 계기로 말이다. 더군다나 이번엔…… 그 배후가 누구든지 간에 그렇게 쉽게 놓아줄 생각이 전혀 없는 그였다. 결연한 표정의 찬혁의 모습을 옆에서 지켜본 총지배인의 표정 역시 비장함이 감돌았다.

위에서 그런 사항을 결정하는지 꿈에도 모르는 정석은 룸에 들어서자마자 안도의 숨을 내쉬었다. 서둘러 문을 잠근 뒤, 어깨에 메고 있는 가방을 내려놓으며 혜연을 쳐다봤다.

"야, 정말 할 거야? 그러다 들키면 어쩌려고?"

"여기까지 왔는데 당연하지! 그리고 이 정도는 고모가 아니어도 내 손에서 얼마든지 처리할 수 있어."

정석은 흔들리는 마음을 다시 다잡으며 이 일로 받을 돈만을 생각하기로 했다. 어차피 시작하기로 한 것, 좋은 쪽으로 생각하는 것이 훨씬 나았다. 오늘 이 불안한 몇 시간이 흐르면 자신의 수중엔 일 년 동안 일해도 벌지 못한 천만 원이라는 거금이 생기는 것이었다. 항간에 떠도는 그런 향락 위주의 몰카가 아니라 자신은 가정을, 아이들을 지키는 거라고 수시로 최면을 걸기도 했다. 그렇게 하면 조금이라도 불안한 마음이 덜할 것 같았기 때문이다.

"그렇지만 여긴 특급 호텔이라구! 너, 걸리기라도 하는 날엔 어쩌려고? 당장 경찰서로 직행해야 된단 말이야. 너 꿈이 검사라며? 법대 다니는 녀석이 신상기록에 흠집나면 끝장이라는 거 모르니?"

재차 다그치며 혜연은 이쯤에서 정석이 포기하기를 바랐다. 하지만 혜연의 말을 들었음에도 불구하고 정석은 마음을 바꿀 생각이 없어 보였다.

"들키지만 않으면 돼. 분명히, 1218호라고 그랬어."

가방에서 정석이 꺼내는 것은 작은 소형 카메라와 마이크, 몇 개의 기계가 다였다. 그 모습에 얼굴이 핼쑥해진 혜연을 긴장감을 느끼고는 바르르 떨었다.

"어, 어떻게 하려고?"

"넌 일단 망부터 봐. 1218호로 들어가서 이걸 설치해야 하니까."

"정석아, 그러다 들키면?"

"그래서 널 데리고 온 거 아니야? 일단 옷부터 좀 벗어."

"뭐얏?"

경악하는 혜연을 어이없다는 표정으로 바라보며 정석은 혀를 찼다.

"무슨 생각을 하는 거야, 지금? 내가 누누이 말해줬잖아? 만약 들킬 것을 대비해서 너한테 한 말 기억 안 나?"

혜연은 그제야 가슴을 쓸어내렸다. 정석의 생각은 간단했다. 호텔에 투숙한다. 둘이 사랑을 하는 사이지만 정석의 강요에 못 이겨 이곳까지 따라온 혜연이 결국 정석의 요구를 못 들어주고 룸을 뛰쳐나가서 들어간 곳이 1218호란 얘기였다. 어떻게 들어갔냐고 묻는다면 정신없는 와중에 문이 열렸었다, 라고만 말하면 된다고 했다. 혹시라도 있을지 모를 CCTV에 대해서 물어봤지만 그런 걱정은 하지 말라고 대답했던 의뢰자였다. 첫 의뢰라고 생각한 정석은 고모 몰래 자신이 이 사건을 해결할 거라고 굳게 마음을 먹었다. 마음을 굳게 다진 정석이 가방에서 준비한 촬영 장비들을 꺼내며 큰맘먹고 장만한 초소형 카메라를 확인하는데 갑작스레 노크 소리가 울렸다.

“누, 누구세요?”

[손님, 실례합니다. 저는 이곳 호텔 직원입니다. 문제가 생겨서 그러니 잠시 나와주시면 감사하겠습니다.]

“문제요?”

[네. 저희 측의 실수라서 일단 양해를 구해야 할 것 같아서요.]

망설이던 정석이 잠갔던 문의 손잡이를 돌려 문을 열자 호남형의 남자가 그를 향해 방긋 웃어 보였다.

“안녕하세요, 손님? 불편을 끼쳐 드려 대단히 죄송합니다.”

깍듯하게 인사를 하는 남자를 의심스럽게 바라보는 정석이 퉁명스레 질문을 던졌다.

“뭐가 문제라는 거죠? 말해두겠는데, 우린 둘 다 스무 살이라고요.”

정석의 말에 혜연은 얼굴이 벌겋게 달아오르고 말았다.

“실은 이 룸은 예약되었다가 취소된 룸입니다. 그런데 그분이 다시 예약을 하고 싶다고 하셔서요.”

“그럼 굳이 이 룸이 아니어도 상관없잖아요?”

정석이 곤혹스러운 듯이 말을 하자 남자는 더할 나위 없이 상냥한 목소리로 사과하며 설명을 했다.

“나이 드신 노부부이십니다. 신혼여행 때 들렀던 룸이라서 금혼식을 치른 지금 다시 이곳에 머물고 싶다고 하셔서요. 저희도 웬만하면 다른 룸을 권해 드리고 싶지만 그 손님들의 상황이 안타까워서요. 일단 손님께 여쭙고 저희가 다시 전화를 드리기로 했습니다. 무례했다면 용서하십시오."

너무나 깍듯한 행동과 사과에 정석은 머뭇거렸다. 자신은 굳이 이 룸이 아니어도 상관없었다. 12층이기만 하면 되니까. 하지만 듣고 보니 그 노부부의 상황도 이해가 됐기에 정석은 망설였다. 그 망설임을 눈치 챘는지 호텔 측의 직원이 다시 조심스럽게 말을 이었다.

"저희 측 불찰이기도 합니다. 프런트 데스크에서 좀 더 심사숙고해야 했던 건데. 다른 룸들도 많은데 이렇게 겹치다니."

"그럼, 이 룸 말고도 층을 옮기지 않는 상태에서 옮기는 거라면 상관없어요."

"아, 정말 그래 주시겠습니까?"

"네. 상관없어요."

정석의 말에 눈에 띄게 화색이 돈 직원이 서둘러 말을 이었다.

"노부부께서는 캔슬레이션 차아지(Cancellation Charge:예약되었던 내용에 대하여 어떤 이유로 인하여 취소할 경우, 지불해야 하는 예약취소 수수료를 말하며, 해약료라고 함)를 지급해 드릴 용의가 있다고 하셨습니다. 저희 측에서 받지 않겠다고 했더니, 그럼 그 룸을 예약하신 분에게 돌려달라고 하시더군요. 저희 호텔 측에서도 죄송한 마음에 객실료는 받지 않겠습니다."

"어, 그럴 필요까지는……."

정석이 당황해하며 손을 흔들자 여태까지 잠자코 있던 혜연이 불쑥 끼어들었다.

"그런 거 말고 다른 거는 없어요?"

"네? 아네. 그럼 어떤 서비스를 원하시는지요?"

정석이 팔꿈치로 혜연을 툭 쳤지만 요상한데서 기지를 발휘하는 혜연은 환한 웃음을 지으며 급하게 말했다.

"멋진 저녁식사 하고, 와인이요!"

"아, 네. 그 정도라면 저희 호텔 측에서 준비해 드리겠습니다."

"어머, 좋아라! 역시 특급 호텔이 다르긴 다르구나!"

손뼈까지 치며 좋아하는 혜연을 흘겨보며 정석은 불안하게 대꾸했다.

"그럼 저희가 묵을 룸은 몇 호예요?"

"아, 네. 가장 좋은 룸으로 준비했습니다. 물론, 객실료는 무료구요. 저녁식사는 저희 호텔을 다시 이용해 달라는 의미에서 서비스해 드리겠습니다. 그리고 아직 룸이 준비되지 않았으니까 잠시만 기다려 주시면 전화로 룸 호실 번호를 알려 드리겠습니다."

직원이 가고 나자 정석은 길게 한숨을 쉬었다. 문제가 잘못될지도 모른다는 생각에 워낙 긴장했던 모양인지 머리마저 아파 오는 정석이었다. 공짜라는 말에 기분이 좋아진 혜연을 보고는 정석이 눈살을 찌푸렸다.

"정신 좀 차려라, 응?"

"야, 야, 다 공짜라잖아! 이게 어디냐?"

"지금 그런 걸 따질 때가 아니야. 우리가 조금 일찍 오긴 했지만 빨리 룸으로 들어가야 된단 말이야."

막 혜연가 투정을 부리려는 듯 말을 하려 할 때 전화가 울렸다. 서둘러 전화를 받는 혜연의 얼굴이 더욱 환해졌다.

"정석아, 1219호래."

"정말? 잘됐다."

바로 옆이니까 오히려 더 잘된 일이라고 생각한 정석은 서둘러 가방을 메고는 혜연을 재촉했다. 잠시 뒤, 호텔 직원이 문을 두드린 다음에 들어왔다.

"안녕하십니까? 이 호텔의 플로어 매니저입니다. 저를 따라 오십시오."

나이가 지긋한 분을 따라 룸을 나서는 정석의 얼굴엔 강한 결심이 들어차 있었다.

그 시각, 모든 준비를 마친 찬혁은 사람들을 일사불란하게 움직이고 있었다.

"화면 켜."

찬혁의 말에 호텔 지하에 있는 객실 정보 시스템실은 긴장감이 돌았다. 조그만 14인치 화면들이 일시에 검은색에서 밝아지자 막 룸의 문을 열고 들어서는 두 명의 인영이 보였다.

"저 애들인가?"

찬혁은 다소 의외라는 듯이 그들을 쳐다봤다. 얼굴이 앳된 것
도 그렇고, 확실히 어색해 보이는 행동이었다. 눈살을 찌푸리며
찬혁은 잠시 의아해했다. 좀 더 프로다운, 전문적인 사람을 보
낼 거라고 생각했던 그의 생각과는 달리 화면에 보이는 아이들
의 모습은 솔직히 우왕좌왕하는 모습 같아 김이 빠져 버렸달까.
절로 작은 한숨이 나왔다. 다소 김이 빠진 만큼 안도감에 찬 한
숨. 찬혁은 인상을 쓰며 화면을 노려봤다. 원래 그런 일을 하는
사람들이 그러하듯 갑자기 장소가 바뀌면 사방을 살펴보거나
의심을 하기 마련인데, 저 화면 속의 아이들을 뭐가 그리 급한
지 가방에서 뭔가를 꺼내 고심하는 중으로 보였다.

"저건…… 뭐지?"

눈을 찡그리며 화면 속을 쳐다보는 찬혁의 옆에서 그것을 쳐
다보던 총지배인이 불쾌하다는 듯이 말을 이었다.

"아무래도 초소형 카메라 같습니다."

"그래, 그렇군."

어수룩하든 아니든 일단 몰카를 설치하러 온 것은 맞는 모양
이었다.

찬혁은 옆의 직원에게 눈짓을 했다. 작게 고개를 끄덕인 총지
배인이 서둘러 무전기로 말을 하기 시작했다.

"아페리티브(Aperitif:식욕을 촉진시키기 위해 식사 전에 마시는
음료를 지칭함)를 들여보내. 지시한 대로 처리해서."

여전히 화면을 쳐다보는데 문이 열리며 호텔 직원이 쟁반에

두 잔의 와인을 들고 들어오는 모습이 보였다. 잔을 건넨 직원이 나가자마자 목이라도 말랐던 것처럼 단숨에 와인을 들이키는 모습에 찬혁이 어이없다는 표정을 짓고 말았다. 저렇게 의심 없이 행동할 수 있을까. 아니, 저 애들은 자신이 보기엔 아예 생각이 없는 것처럼 보일 정도였다.

잠시 뒤, 여자에 이어 남자아이가 바닥에 툭 쓰러지는 모습이 화면에 잡혔다. 그나마, 밖에 연락을 안 한 걸 보면 그 정도 바보는 아니라는 건가? 혹시나 하는 마음에 룸의 전화에 도청까지 해놨던 찬혁은 고개를 설레설레 저었다. 이 년 전 그 몰카의 남자와 비교해 볼 때 너무도 아니라는 생각이 들 정도였다. 일어선 찬혁이 빠르게 1219호로 이동을 시작하자 뒤에 따르는 인영들의 얼굴은 무척 긴장되어 보였다. 서둘러 문제의 룸에 당도하자 바닥에 쓰러진 이들이 보였다.

"저들을 침대에 눕히고, 소지품을 확인해 봐."

찬혁의 말에 호텔 경비원이 서둘러 그들을 침대에 눕히고는 가방이며 옷가지를 뒤적이기 시작했다. 어이없게도 수첩에는 주민등록증부터 시작해서 핸드폰과 약간의 돈과 학생용 버스카드가 나왔다. 주민등록증을 확인한 총지배인의 얼굴이 어이없다는 표정으로 변했다.

"왜?"

"이 아이들…… 이제 스무 살이야."

총지배인 김성진의 말에 찬혁의 표정은 점차 굳어졌다. 고

의적으로 실마리를 흘리는 이유는 자신이 그들의 뒤를 따라오
길 바라는 걸까. 그게 아니라면 이렇게 아마추어를 보낸 의도가
뭘까. 잠시 그런 고민을 하던 차에 경비원이 뭔가를 들고 찬혁
에게 다가왔다. 그리고 그 서류를 보던 찬혁은 얼굴을 굳혔다.
서류내용이 아닌 서류양식에 찍힌 글자 때문이었다.


〈최강 심부름센터 의뢰서.〉


익숙한 상호 명이었다. 며칠 전 소유와의 일을 기억하며 찬혁
의 표정은 급속도로 굳어갔다. 성신에게 건네받은 서류를 뚫어
지게 쳐다보던 찬혁은 그 종이를 힘껏 구겼다.
'핫, 정말 완벽하게 속았군. 정말 감쪽하게 내 손을 빠져나갔
어.'
같은 이름, 비슷한 성. 그리고 비슷한 사무실 주소. 우연이라
생각했던 것은 우연이 아니었던 걸까. 이 좁은 서울 바닥에 이
렇게 특이한 성으로 이런 일을 할 사람이 많지는 않을 것이다.
아니, 이름도, 상호명도 이렇게 특이한 곳이 같은 지역 안에 더
있다는 것이 말이 안 되겠지. 찬혁은 이를 악물었다. 처음부터
계획적으로 자신에게 접근한 것이 분명했다.
'나소유, 처음 널 놓아준 게 첫 번째 실수이자 마지막이야. 내
가 다시 그런 실수를 할 거라는 생각은 버려.'
찬혁은 치미는 화를 가다듬으면서도 한편으로는 그녀를 다시

볼 수 있다는 기대감에 묘한 만족감을 느꼈다. 굳은 표정으로 그들을 지켜보던 찬혁이 다소 느린 목소리로 말을 했다.

"저들은 특실에 가둬. 속옷만 빼놓고 모조리 벗겨서. 그리고 이곳에 대해서 조사 좀 해봐."

찬혁이 구겨진 종이를 성진에게 건네었다. 성진 역시 굳은 표정으로 고개를 끄덕이더니 빠르게 그 장소를 벗어나 자신의 사장실로 올라갔다. 이 두 명의 신원확인은 간단했다. 잠시 뒤 조사한 내용을 팩스로 받은 성진이 서둘러 그것을 찬혁에게 내밀었다.

"어떻게 할 거야? 심부름센터라면 그냥 지나칠 일은 아니잖아."

아무 말도 안 하고 서류를 죽일 듯이 노려보던 찬혁은 잠시 뒤 악마 같은 미소를 지으며 성진을 바라봤다. 평소 무표정한 친구라서 표정 좀 신경 쓰라고 말은 하지만 이런 식으로 웃을 때면 솔직히 성진 자신도 무서워질 정도였다. 성진은 특실에 속옷만 달랑 입은 채 잠에 떨어진 두 명의 아이들도 그렇고, 최강 심부름센터 직원들에게도 명복을 빌었다.

"그 두 아이 사진을 잘 포장해서 찍은 뒤 둘의 정사 장면을 합성하는 게 좋을 것 같군. 이왕이면 얼굴 부분과 옷을 벗은 부분이 잘 드러나도록 말이야. 그런 사진을 찍으려고 했던 것 같은데, 반대로 본인들이 그런 사진이 찍힌다면 아마도 꽤 충격을 받겠지."

“뭐?”

성진이 놀란 눈으로 되묻자 별거 아니라는 투로 찬혁이 말을 하기 시작했다.

“눈에는 눈이라는 말이 있지. 협박할 대상이 바뀌는 것도 재미있을 것 같지 않아?”

찬혁은 서류를 쳐다보며 음산한 표정을 지었다. 동거인으로 표시되어 있는 그 둘의 관계는 무슨 관계일까. 지금 호텔에 몰카를 들고 투숙해 있는 남자아이는 스무 살, 그리고 나소유라고 자신을 소개했던 그 여자는 스물일곱. 같이 동거를 하고, 성이 같다는 것은 남매일 가능성이 많겠지. 친혁은 비릿한 웃음을 지었다. 설마했다. 천진하게 웃으며 있는 감정을 그대로 드러내는 얼굴을 해가지고 이렇게 자신을 감쪽같이 속일 줄은 몰랐다. 찬혁은 앞으로 다가올 소유와의 만남을 떠올리며 주먹을 꽉 움켜쥐었다.

‘어디, 그 순진한 표정을 언제까지 지을 수 있나 보자구.’

다음날 아침 일찍 출근한 찬혁은 성진이 내미는 핸드폰을 보며 의아한 표정을 지었다.

“어제저녁 늦게부터 오늘 새벽까지 나정석의 핸드폰이 쉴 새 없이 울리더라고. 받지는 않았지만 한 전화번호더라. 확인해 봐야 하지 않을까?”

성진의 말에 핸드폰을 살피던 찬혁은 손가락을 놀리기 시작했다. 무려 스무 통이 넘는 전화가 걸려와 있었다.

'밤새 전화를 했다는 말인데 누군지 모르지만 꽤나 똥줄이 탔
겠군.'

찬혁은 메모란을 확인하기 시작했지만 별다른 내용은 없었
다. 나정석이라는 아이가 이번에 대학 새내기가 될 예정이라는
것 정도만 알아낸 상태. 다시 손가락을 움직인 찬혁은 음성 메
모란을 보며 호기심이 일었다. 하지만 음성메모를 읽으려면 비
밀번호를 입력해야만 한다. 찬혁은 정석의 생년월일이나 걸려
온 전화번호를 가지고 여러 번 입력해 봤지만 알 수가 없었다.
그러나 이상한데서 오기가 발동한 찬혁은 정석의 핸드폰으로
끊임없이 비밀번호를 눌러대기 시작했다. 무언가 있을 거라는
기대를 하면서 말이다.

# [제 3 장] 원치 않는 재회

**전**날을 꼬박 새운 뒤, 토끼눈처럼 벌게진 눈을 한 채로 삐죽삐죽한 머리를 비니로 대충 눌러 잠재운 소유는 으드득 이를 갈고 있었다. 생전 없던 짓거리를 한 조카 때문에 뜬눈으로 날 샌 그녀였다. 멀쩡한 정신으로 날을 새보기는 이번이 또 처음이라고 투덜거리면서 애써 드는 불안감을 잠재우려 했다. 새벽이 다 되도록 들어오지 않는 정석 때문에 결국 그의 친구들에게 전화를 해봤지만 다들 모른다는 말뿐이었다. 결국, 처음부터 친구들과의 약속이 없었다는 것. 거짓말을 하면서까지 늦도록 들어오지 않는다는 건 분명 무슨 일이 일어났다는 뜻이다. 만나지도 않았다는 친구들 중 유일하게 연락이 안 되는 이는 오혜연뿐이었다. 하지만 혜연은 어렸을 때부터 친한 친구여서 동성만 아니다 싶을 뿐이지, 그 둘이 무슨 일을 벌인다는 것은 있을 수가 없는 일이었다. 그렇지만 생각은 자꾸만 다른 쪽으로 치솟기 시작했다. 아무리 친한 친구라지만 어느 순간 이성으로 느껴질 수 있는 것 아니던가. 거기다 둘만 연락이 안 된다는 것도 그렇고, 거짓말을 했다는 것도 마음에 걸리는 그녀였다.

결국 답답함과 불안함을 참지 못한 소유는 평소의 습관대로 입술을 잘근잘근 씹으며 콧등을 긁기 시작했다. 소유의 그런 행동은 그녀가 무의식중에 당황스럽거나 일이 잘 풀리지 않을 때 은연중에 나오는 행동이었다. 얼마나 씹어댔던지 소유의 입술을 톡하고 금방이라도 붉은 피를 토해낼 것만 같았다. 부푼 입술이 아팠던지 혀로 입술을 축인 소유는 인상을 쓰며 자리에서 벌떡 일어났다.

"여기서 이런다고 정석이 오는 것도 아니고, 일단은 출근부터 해야겠다."

사무실로 향하는 소유의 옷차림은 마치 동네 슈퍼를 가는 듯한 복장이었다. 물 빠진 청바지에 검은색 면 티셔츠와 먹색의 비니를 눌러쓴 소유의 모습은 앳돼 보였다. 하지만 외모와 달리 얼굴 가득 든 근심은 그녀가 정석을 얼마나 걱정하는지를 나타내고 있었다. 사무실에 들어선 소유는 자신의 책상으로 향했다. 의자에 앉아 여전히 고민하는 소유의 눈에 언뜻 보인 것은 형식적으로 갖춰둔 의뢰서였다.

"어? 이게 왜 나와 있지? 의뢰서는 만지지도 않았는데?"

소유는 의뢰서 뭉치를 손에 들고 들여다보며 눈살을 찌푸렸다. 형식적으로 만들어놓은 의뢰서에는 그간 해왔던 일들이 간단하게 적혀 있었다. 파일로 만들어야 되지만 워낙 일이 적은 것도 있고, 이렇다 할 근사한 일도 없기에 그저 한 파일에 보관만 하던 터였다. 일이 별로 없던 터라 소유는 자신이 정리한 서류를 정확히 기억하고 있었다. 당연히 서랍 안에 들어 있어야 할 서류가 다른 곳에서 발견됐다면 분명 누군가가 손을 댔다는 것이고 자신이 아니라면 나머지 인물은 정석밖에 없었다.

한동안 그 의뢰서 용지를 뚫어지게 쳐다보던 소유는 그 용지에서 무언가에 눌린 흔적이 희미하게 보임을 알 수 있었다. 잠시 생각을 하던 소유는 서둘러 연필을 꺼내 들고 휴지 위에서 연필심을 갈기 시작했다. 한동안 같은 동작을 반복한 소유는 상당량의 흑심가루를 의뢰서의 눌린 부분에 살살 뿌린 듯 입김으로 살살 불기 시작했다. 점차 잡혀가는 글씨체의 정체. 그것은 분명히 정석의 글씨체였다. 이 사무실에서 그렇게 글씨를 못 쓰는 이는 없었다. 급한 듯 휘갈겨 쓴 글씨는 '한빛호텔. xxx' 숫자는 아무리 봐도 모르겠지만 분명 호텔 이름이었다.

'이 자식이 설마, 의뢰를 받은 건가? 아니면 호텔에서 사고를 치겠다는 거야, 뭐야?'

머릿속에선 오만 생각이 꼬리에 꼬리를 물고 있었다. 그리고 그 생각의 끝은 하나같이 좋지가 않았다. 결국 책상머리에 이마를 쿵 하고 들이받은 소유는 악을 썼다.

"으아아악~ 나정석, 너 사고 쳤으면 내 손에 죽을 줄 알아, 이 개자식!"

씩씩거리며 서류를 구겨 던진 소유는 비니를 확 벗고는 들쑥날쑥 가뜩이나 짧게 컬된 머리카락들을 쥐어뜯으며 발광하기 시작했다.

"감히! 호테―엘? 위대하신 고모도 이런 호텔에 가본 적이 없거늘! 오기만 해봐라, 네 몸을 확실히 재활용 분리수거를 해줄 테니!"

차라리 친구들과 술을 먹고 아무 집에서나 자고 있다면 덜 걱정스러웠을 그녀였다. 불안한 마음에 좁은 사무실을 오가던 소유는 더 이상은 참지 못하고 옆에 있던 쓰레기통을 냅다 걷어찼다. 요란한 소리를 내며 굴러가 버린 쓰레기통을 쳐다보는 소유의 얼굴은 더욱 구겨지고 말았다. 누굴 탓하란 말인가. 자신에게 이 애물단지를 맡기고 먼저 죽어버린 큰오빠 내외가 원망스러울 뿐이다.

'이래저래 골치네, 정말. 둘 다 아주 나쁜 상황이잖아! 의뢰를 받아도 문제고 사고를 쳐도 문제고. 정력이 아주 남아도는 모양인데, 오냐, 오면 다시는 그런 생각을 하지 못하게시리 이참에 아예 확 분질러서 깁스를 해주마!'

눈에 핏발을 세우며 소유는 화를 삭여야만 했다. 완전 진퇴양난이 따로 없는 상황 아닌가.

"젠장! 설마 호텔에서 의뢰인 만나고 혜연이랑 사고 친 건 아니겠지?"

의뢰라고 해도 장소가 호텔이니 걱정이요, 여자를 만난 거라도 걱정이 한 보따리다.

소유는 자신의 책상으로 돌아가 자리에 철퍼덕 주저앉아 핸드폰을 눌러대기 시작했다. 연방 한 손으로는 제멋대로 곱실거리는 머리카락을 짜증스럽게 손으로 빗질을 하면서 말이다. 오늘 새벽부터 전화를 수없이 했지만 신호만 갈 뿐 받지를 않아서 은근히 걱정되던 그녀였다. 이런 식으로 통화가 안 된다는 건 사고가 났을 수도 있다는 말이었다. 소유는 초조한 맘에 연방 중얼거렸다.

"받아, 제발 받으라구!"

연거푸 전화를 해봤지만 핸드폰은 신호음만 갈 뿐 연결이 되지 않고 있었다. 결국 소유는 정석이 일부러 전화를 받지 않는다고 생각하고 음성 메시지를 남겼다.

"젠장, 나정석! 네 거시기를 확 잘라 버리기 전에 전화해! 이 음성 듣고도 전화 안 하면 넌 산 채로 나한테 회쳐져서 9,900에 팔릴 줄 알아! 새겨들어라, 조카. 산.채.로.다! 그것도 모자라면 팔다 남은 건 확실히 재활용 분리수거 해주마, 어?"

버럭 소리를 지른 소유는 거칠게 핸드폰을 닫았다. 그나마 이렇게 소리치고 나니 불같던 화가 조금은 가라앉는 것 같은 소유였다.

삼십여 분 동안 정석의 핸드폰을 갖고 비밀번호를 이리저리 알아보던 찬혁은 드디어 비밀번호를 알아냈다. 음성 메시지를 확인하자마자 들리는 외침에 황당해하기를 잠시, 그 내용을 듣자마자 배를 잡고 웃고 말았다. 악에 받쳐 꽥꽥 소리치는 목소리는 가늘었지만 그 목소리로 늘어놓는 걸쭉한 입담엔 그조차도 혀를 내두를 정도였다.

[젠장, 나정석! 네 거시기를 확 잘라 버리기 전에 전화해! 이 음성 듣고도 전화 안 하면 넌 산 채로 나한테 회쳐져서 9,900에 팔릴 줄 알아! 새겨들어라, 조카. 산.채.로.다. 그것도 모자라면 팔다 남은 건 확실히 재활용 분리수거 해주마, 어!]

거칠다, 거칠다, 이렇게 거친 표현을 하는 여자가 또 있을까? 첫 만남에서도 상당히 특이한 반응을 보이던 그녀였지만 이렇게 거친 입담의 소유자일 줄은 몰랐다. 하긴, 그 당시에는 이런 식으로 성격을 드러낼 상황이 아니었으니까. 하지만 자신을 깡패로 오해한 것부터 해서 심부름센터까지, 평범한 구석은 정말 하나도 없는 여자임에는 분명했다. 전화 목록을 확인한 찬혁은 같은 번호로 수십 번 입력된 숫자를 보며 회심의 미소를 지었다.

'후후. 분명, 나소유의 핸드폰 번호가 맞겠지?

잠시 핸드폰을 뚫어지게 쳐다보던 찬혁은 통화 버튼을 꾹 눌렀다. 궁금했다. 속내를 들킨 소유의 모습도 그렇고, 이번엔 어떤 변명을 하며 지금의 상황을 벗어날지도 궁금했다. 통화음이 가자마자 바로 전화를 받는 신호에 찬혁은 속으로 웃음을 삼켰다. 아마도, 핸드폰을 들고 이제나저제나 연락 오기를 기다리고 있었을 것이 분명했다. 그리고 정석의 핸드폰으로 했으니, 당연히 찬혁이 아닌 나정석이라고 생각을 했을 것이 뻔했다.

[나정석! 이 개념에 쌈 싸먹을 자식! 머리에 피도 안 마른 것이 감히 외박을 해? 첩첩산중에 파묻어 버리기 전에 어서 와라, 엉!]

역시나. 자신의 기대를 저버리지 않는 소유의 입담에 찬혁은 나오는 웃음을 간신히 눌렀다. 잠시 무슨 말을 할지 기다리는데 아무 반응이 없는 것이 이상했던지, 당황스럽게 숨을 삼키는 소리가 울렸다. 아무래도 실수를 했나 싶은 생각을 하는 걸까. 하긴, 정석의 핸드폰 번호이긴 하지만 꼭 그 핸드폰을 그가 사용하리라는 보장은 없으니까. 여전히 대답을 안 하자 이내 조심스러운 목소리가 다시 울린다.

[저기…… 정석이가 아니니?]

"아닙니다만."

[헉.]

찬혁의 말에 급히 숨을 삼키는 소리가 들렸다. 찬혁은 속으로 웃음을 삼키며 그녀가 어떻게 대응할지 기다리기로 했다. 찬혁은 이번에 자신을 끌어내기 위해 손을 쓴 사람들이 아주 똑똑하거나 아주 멍청하거나 둘 중의 하나일 거라고 생각했다. 그건 첫 만남에서도 그렇지만. 정말 감쪽같이 속아 넘어간 것이 어이 없을 정도였다.

[저기, 그럼 누구세요?]

"나정석이라는 학생을 보호하고 있는 사람이요."

간단한 찬혁의 말에 의아한 듯 되묻는 소유였다.

[보호요? 지금 경찰서입니까? 그 자식 사고 쳤어요?]

대뜸 묻는 말에 찬혁은 다시 한 번 소리 없이 웃고 말았다. 찬혁은 자신의 얼굴을 한 손으로 쓸어내린 뒤 되도록 사무적인 어조로 설명하기 시작했다.

"글쎄, 특급 호텔에서 몰래카메라를 불법적으로 설치해서 손님을 상대로 협박을 하려는 걸 미연에 방지해서 잡아둔 것도 사고라고 표현한다면 그렇다고 말할 수도 있고."

[……!]

"아니면 여자 친구와 만리장성을 쌓은 것도 보호자 입장에서는 사고라고 볼 수 있으려나."

[어헉! 이, 이…… 거기 어딥니까?]

말문이 막힌 모양인지 더듬거리며 장소를 묻는 소유의 말에 찬혁은 짐짓 엄한 목소리로 대답을 했다.

"한빛호텔. 지금부터 삼십 분, 딱 삼십 분만 기다리지."

찬혁은 시계를 흘끔 바라보며 다음 말을 이었다.

"사장실로 올라오도록."

전화를 바로 끊어버린 찬혁은 의자 깊숙이 몸을 기댔다. 사용할 수 있는 패인지 아닌지는 눈으로 보고 판단해도 늦지 않는다. 사용할 수 있는 패라면 철저히 사용하고, 만약 버릴 패라 하더라도…… 자신을 농락한 만큼 철저히 괴롭혀 주리라.

한편, 정석의 핸드폰 번호로 걸려온 전화를 받은 소유는 황당한 표정으로 자신의 전화를 살펴봤다. 분명, 전화번호는 정석의 것이었지만 그 전화를 갖고 있는 이는 다른 사람이 분명했다. 게다가 그의 말이 사실이라면 지금 그 호텔에 강제로 구금되어 있는 상태라는 것. 그리고 말하지는 않았지만 그 말의 속뜻은 언제고 마음에 안 들면 정석을 경찰에 인계할 마음이 있다는 뜻도 내포되어 있는 것이 분명했다.

"설마, 아닐 거야. 아무리 철이 없다 해도 그렇지 어떻게 호텔에 그런 몰카를…… 말도 안 되지. 게다가 만리장성? 젠장. 아주 골고루 사고를 치는구나, 네가."

그의 말을 다 믿을 수는 없지만 만에 하나 사실이라면 그건 정말 범죄였다. 게다가 그가 말한 호텔 이름은 의뢰서에 정석이 멋대로 휘갈겨 쓴 장소와도 일치했다. 정말 그런 행동을 하다가 들킨 거라면 그냥 사죄해서 끝날 일은 아니었다. 생각이 거기까지 미치자 소유는 안색이 새파랗게 질렸다.

"미친놈, 네가 정녕 살기를 포기했나 보구나. 맨정신으로라면 절대 그럴 리가 없어! 필시 약을 먹었을 거야. 차라리 그래라. 그러면 미친놈 취급 받아서 풀려날 기회라도 생길 테니까."

안절부절못하며 상상의 나래를 펼치던 소유는 결국 크게 한숨을 내쉬며 그 생각을 털어버렸다. 어제 오늘 한숨 쉰 걸로만 따지자면 평생 쉴 것을 몰아서 쉰 기분이 들 정도였다.

"삼십 분이라고 했지?"

서둘러 자리에서 일어선 소유는 전화 속 남자가 말한 시간을 지키기 위해 급히 사무실을 빠져나갔다. 자신이 밤새 입고 있던 평상복을 그대로 입고 간다는 것은 이미 그녀의 머릿속에 싹싹 지워진 상태였다. 그나마 다행이라는 것은 손에 달랑 들고 있는 검은색의 비니로 삐죽삐죽 엉망인 머리를 가리는 정도였다.

택시를 타고 한빛호텔에 내려선 소유는 시계를 보며 안도했다. 그가 말한 시간까지는 약간의 여유가 있었다. 급하게 오는 바람에 비로소 자신의 옷차림을 기억해 낸 소유는 저만치서 자신을 바라보는 벨보이의 모습에 움찔했다. 소유는 새삼 이곳이 그 유명한 호텔이라는 것을 다시 한 번 상기할 수 있었다.

푹 고개를 숙이고 회전문을 지나쳐 프런트로 향하는 소유의 표정은 긴장감에 굳어졌다.

"어서 오세요, 무엇을 도와드릴까요?"

"사장실을 찾는데요."

"나소유 씨입니까?"

"네? 네."

놀라움에 냉큼 대답을 한 소유의 얼굴과 옷차림으로 세 명의 이목이 집중됐다. 미리 언질을 주었던 모양인지 직원들은 그녀를 엘리베이터로 안내했다.

“맨 위층으로 올라가시면 됩니다.”

“아, 네. 고맙습니다.”

서둘러 인사를 한 소유가 엘리베이터를 타고 올라가자 남겨진 세 명의 직원들은 호기심을 드러내며 서로를 쳐다봤다.

“누굴 것 같아?”

“글쎄, 정중히 안내하라고 했으니까 관계가 있는 건 분명하고. 그렇지만 사귀는 사이라고 하기에는 무리가 좀 있다고 보는데. 우리 사장님 취향이 저런 쪽인가? 섹시하고 여자답고 뭐, 그런 스타일을 좋아하는 거 아니었어?”

“하여간 남자들은 항상 가슴 큰 여자만 보면 정신을 못 차려요. 저 여자가 뭐가 어때서? 꽤 매력적인데 뭐.”

“하긴, 눈이 초롱초롱 한 것이 꼭 강아지 같긴 하더라.”

말들을 주고받는 그들의 머릿속에서 소유는 금방 사라졌다. 지금 당장은 갑작스럽게 사장을 찾은 여자보다는 몰카의 후폭풍이 더욱 두려웠으니까 말이다.

엘리베이터를 타고 25층에 내린 소유는 불안감을 느끼며 복도를 걷기 시작했다. 중간쯤 왔을까, 사장실이라는 푯말이 붙은 문 앞에 멈춰 선 소유는 가볍게 헛기침을 하고는 문을 두드렸다.

“네, 들어오세요.”

문을 열고 들어선 소유의 눈에 젊은 남자가 책상에 앉아 분주히 뭔가를 하는 것이 보였다.

"저어······."

"나소유 씨?"

다소 의아한 표정으로 소유를 쳐다보는 남자의 눈에 잠시 의혹이 스쳤다.

"네. 만나뵙게 돼서 반갑습니다. 지금 상황이 반가운 게 맞는지는 모르지만 말이죠."

활발하게 인사를 한 것까지는 좋지만 말투와는 달리 불안해 보이는 표정에 성진은 의아해지고 말았다. 찬혁에게 자초지종을 들었던 터라 성진은 소유에 대해 꽤 예민한 상태였다. 하지만 생각과 너무 다른 그녀의 모습에 그 역시 당황하긴 마찬가지였다. 적어도 사람 보는 눈썰미는 좋다고 자부하던 그조차도 소유의 모습과 그녀가 한 일과는 전혀 매치가 되지 않았으니까 말이다. 그의 짐작대로라면 좀 더 프로답고, 좀 더 신중한 모습일 거라고 추측했는데 실제로 보니 그가 생각했던 이미지와는 정반대라고나 할까. 물론 찬혁의 말대로 고도의 심리전을 쓸 줄아는 그런 인물이라면 이런 식으로 상대방의 경계심을 무너뜨릴 수도 있다고 생각되지만 말이다.

"확인을 좀 해야 돼서요, 양해 부탁드립니다. 최강 심부름센터 사장이고, 나이는 스물일곱, 동거인인 나정석과 같이 지내고 계시죠?"

"네? 네."

소유는 자신의 개인적인 사항을 물어보는 남자의 모습에 얼

결에 대답했다. 인적사항까지 모두 알고 있다는 것은 그만큼 중
요한 일이라는 뜻이기도 했기에 소유는 겁이 더럭 났다.

"그런 개인적인 사항을 막 조사해도 되는 건가요?"

"요즘 돈 들여서 안 되는 게 없는 걸로 압니다만. 게다가……
그런 말을 할 입장이 아니라고 생각되는데요?"

성진의 지적에 눈만 땡글땡글하게 굴리는 폼이 꼭 어떤 동물
을 연상케 하지만 말하는 모양만을 본다면 영악한 다른 동물이
생각나기도 했다. 더군다나 머리 위에 뒤집어쓴 모자 덕에 진짜
얼굴까지 작아서 동글동글하게 보였다.

"저기…… 정석이는 괜찮은 건가요? 설마, 막…… 고문 같은
걸 하지는 않았겠죠? 아직 학생이고, 창창한 나이에 그런 호적
에 줄 긋는 일 같은 것은 막아야 하지 않을까요?"

두서없이 하는 말에 성진은 웃음이 나올 뻔했다.

'표정이나 말하는 걸로 봐서는 절대 이런 일을 할 사람으로는
보이지 않는데. 하긴, 이러니까 그 철두철미한 찬혁도 깜빡 속
았겠지.'

속으로 나름대로 소유에 대해서 평가를 하던 성진의 표정과
침묵을 오해한 소유는 파랗게 질린 얼굴로 성진을 불안하게 쳐
다볼 뿐이었다. 소유는 날카롭게 질문을 하며 자신을 관찰하는
남자를 보면서 뭔가 단단히 잘못됐다는 생각에 점점 초조해지
기 시작했다. 행동이나 말투도 그렇고, 저런 남자를 수족으로
부릴 정도면 좀 전 자신에게 전화를 걸었던 남자 역시 상당히

부담스러운 인물임에는 분명하기에 소유는 그와의 만남이 걱정
스러웠다.

'젠장, 어디서부터 잘못됐는지 어디까지 사고 쳤는지는 알아
야 사과도 하고 빌어도 빌 것 아니야?'

답답한 마음에 침을 삼키며 자신을 마주 보는 소유를 향해서
성진은 작게 한숨을 쉬었다.

"들어가 보십시오. 사장님께서 기다리십니다."

"아, 네. 삼십 분 안 넘겼죠?"

"네? 무슨 말씀이시죠?"

"아뇨, 아뇨! 아무 뜻 없습니다."

서둘러 부인을 한 소유가 다시 성진을 지나쳐 안쪽으로 난 문
을 두드렸다. 상당히 육중한 문이라 울리는 소리도 제법 묵직했
다. 검은색에 가까운 짙은 월넛색의 문을 노려보는데 명령조의
목소리가 들려왔다.

"들어와."

다소 짜증이 섞인 듯한 낮은 음성에 소유는 심호흡을 크게 하
고는 문을 열고 들어섰다. 집무실이라고 보기에는 다소 무리가
있어 보이는 곳이라고 소유는 생각했다. 우선 문을 열고 들어서
면 왼쪽으로 벽면 전체에 짜 넣은 책장에 책이 빽빽이 꽂혀 있
었다. 커다란 책상은 아무래도 맞춤인 듯, 심플하면서도 상당한
길이를 자랑하고 있었다. 그 뒤로 한쪽 벽면을 다 차지할 만큼
의 커다란 유화가 걸려 있고, 오른편으로도 다소 낮은 키의 수

납공간이 일률적으로 자리를 맞춘 상태. 그리고 그 수납장들 위로 일부러 만든 것이 분명해 보이는 상당한 크기의 유리 창문이 길게 이어져 있었다. 저걸 유리창이라고 부르기도 뭣하고, 얼핏 수족관의 비싼 어항이 생각난 소유는 피식 웃음이 나오고 말았다. 그것만 뺀다면 도서관을 그대로 옮겨놓은 것 같은 착각이 드는 인테리어였다. 그리고 사장으로 짐작되는 남자가 검은색의 양복 하의에 흰색 셔츠를 걸친 채로 등을 돌린 상태였다. 소유는 침을 삼키며 조심스럽게 말문을 열었다.

"저기…… 어헉!"

천천히 몸을 돌린 남자의 모습에 소유는 급히 숨을 들이켜다 말고 절로 입이 딱 벌어졌다. 설마 다시 만날 거라고는 생각지 못했던 인물이 눈앞에 나타났기 때문이다.

'다, 당신이 대체 왜 여기에 있는 거야!'

그와 첫 대면한 지 이 주일이나 지났지만 워낙 강렬한 만남에 그 이상으로 강렬했던 인상 때문에 그를 기억 못할 리가 없었다. 대체, 이 남자가 왜 여기 있을까? 설마 아까 전화해서 사장실로 오라던 남자가 바로 이 협박남이란 말이야? 아니야, 설마 그 남자가 이런 번듯한 호텔 사장일 리가 없잖아? 하는 행동으로 봐선 딱 조폭이나 야쿠자 같은데. 그렇지만…… 목소리도 그렇고 너무 똑같아!

'그, 그럼 그때의 그 협박남이 바로 이 호텔 사장?'

소유는 눈을 질끈 감았다.

'이건 정말 말도 안 되는 악연이라구!'

혼란스런 감정을 숨기고 소유는 혹시나 하는 마음에 다시 질문을 했다.

"아까 사장실로 오라고 전화를 하셨던 분이……."

"맞아. 내가 전화했어."

'젠장, 악연 맞네. 당신과 나.'

소유는 한숨을 크게 내쉬었다. 첫 만남부터 자신을 소파로 집어 던졌던 남자, 그리고는 대뜸 올라타서 갖은 협박을 하던 남자에게서 겨우 벗어난 지 이 주 정도 지났을 뿐이다. 다시는 보지 않는 것이 천만다행이라고 생각했으며 우연이라도 마주치지 말자고 다짐하던 그녀가 아니던가. 대체 자신과 무슨 원한이 얽혀 있기에 이런 식으로 다시 만나는 것인지. 소유는 순간 원망스런 감정이 마구 생겼다. 게다가 이번에는 자신이 아닌 정석과 얽히게 된 상황이었다. 게다가 정석이 얼마나 어마어마한 일을 저질렀는지는 좀 전 저 남자가 얘기해 줬기에 알 수 있었다. 이 남자의 말이 맞다면 이건 그냥 사과 차원으로 넘어갈 문제가 아니었다. 처음엔 목이 졸렸고, 두 번째는 압사당할 뻔했던 그녀였다. 하지만 이번엔 정말 그녀의 상상처럼 인천 앞바다에 시멘트 채 범벅이 돼서 내던져질 수도 있을 상황이었다.

소유는 상상만으로도 끔찍해 침을 꿀꺽 삼켰다. 살아야 된다는 생에 대한 욕구가 무럭무럭 솟아나고 식은땀이 이마와 등에 솟았다. 소유는 무조건 살고 보자는 생각에 어색하기 그지없는 웃음을 지었다. 표정은 굳은 상태에서 입술만 간신히 움직여 덜덜 떠는 목소리로 말을 하는 자신이 얼마나 이상하게 보일지는 안중에도 없었다.

"아, 안녕하세요? 하하, 다시 보니 반갑네요."

소유의 인사에 찬혁이 특유의 빈정거림으로 응수했다.

"다시 보니 반가워? 정말 의외의 반응이군."

"네?"

"난 전혀 반갑지가 않거든. 그래도 둘 중에 하나라도 반가워한다는 건 다행이야. 안 그래?"

심기가 상당히 불편하다는 것을 내비치는 남자의 표정은 무척이나 살벌해 보였다. 그러고 보니, 이 주 전에도 이렇게 날카로운 눈빛으로 자신을 노려보긴 했었다. 어쩐지 예전의 상황이 다시 반복된다는 생각에 소유는 겁이 덜컥 나기 시작했다. 그때야 정말 자신의 실수로 그런 것이지만 정석의 경우는 자신과는 또 다른 상황이었다.

'참 나, 이런 식으로 억지로 얽히려고 해도 힘들겠네.'

이 남자와는 정말 묘하게 얽혔다고 소유는 생각했다. 그것도 결코 좋지 못한 상황으로 말이다. 소유가 슬슬 자신의 눈치를 살핀다는 것을 알아차린 찬혁은 불쾌감에 눈살을 찌푸렸다.

'무슨 말을 할지 기대되는군.'

스스로 고백하게 만들 요량으로 찬혁은 아무런 말도 하지 않고 기다려 보기로 했다. 찬혁은 여유로운 동작으로 서랍에서 담배를 꺼내 입에 물었다. 무언의 경고라고나 할까. 뭐, 알아서 불어라는 차원으로 해석되는 거지만. 찬혁은 눈을 가늘게 뜨고 어쩔 줄 몰라 당황해하는 소유를 그저 지그시 쳐다볼 뿐이었다. 반면, 소유는 남자의 그 모습에 바짝 긴장해서 어디서부터 말을 꺼내야 할지 갈팡질팡하는 중이었다. 여전히 자신을 따라오는 그 시선에 불편해진 소유는 시선을 슬쩍 비키며 볼을 한 손으로 슥슥 긁었다. 이 난관을 어떻게 뚫어야 할지 아무리 머리를 굴려 봐도 묘안이 떠오르지 않는 그녀였다.

"저기……."

"그 다음으로 바로 넘어가는 법이 없군."

"네?"

"말할 때는 핵심만 간추려서 말하도록. 저기, 그러니까, 그런 식의 단어는 쓰지 마. 그런 사람을 보면 답답해서 한 대 치고 싶은 생각이 드니까."

찬혁의 말에 소유는 뜨끔했다. 그의 표정은 정말 진심으로 보였고, 만에 하나 그 주먹에 맞았다가는 최소한 사망 직전까지는 갈 거라고 소유는 생각했다. 아니, 주먹 전에 칼침을 맞을지도 모른다. 그도 아님 고문? 그 생각에 퍼뜩 정신을 차린 소유가 서둘러 질문을 했다.

"저기, 아니, 그럼 제 조카는 어디 있나요?"

"조카? 동생이 아니고?"

찬혁이 의외라는 듯이 되묻자 소유가 민망한 듯 다시 한 번 볼을 긁적였다.

"제가 큰오빠랑 나이 차가 꽤 나거든요. 게다가 오빠는 결혼을 상당히 일찍 했구요. 조카라고 하지만 일곱 살 차이밖에 안 나요. 어디 가도 조카보다는 남동생으로 보는 이들이 많죠."

찬혁은 소유의 대답에 고개를 끄덕이고는 이내 담배를 재떨이에 비벼 껐다. 자신이 여유를 부릴수록 상대방은 더욱 초조하기 마련. 천천히 시선을 들어 소유를 본 찬혁이 재미있다는 듯이 웃었다.

"이런 식으로 또 볼 줄은 몰랐지."

"네, 저도 정말 그래요."

소유가 크게 고개를 끄덕이자 찬혁이 피식 웃으며 고개를 끄덕였다.

"정정해야 하지 않나? 이렇게 들킬 줄 몰랐다고 말이야. 어떤 상황인지는 대충 알지?"

"전화로는 들었습니다만…… 솔직히 믿을 수가 없어요. 정석이는 그럴 애가 아니라구요."

소유의 대답에 찬혁이 슬쩍 웃음을 지었다. 전에도 이런 식이었다. 차분하고 조용히 얘길 하다가도 어느 순간 180도 바뀐 행동을 취했으니까 말이다. 만약 자신이 여기서 조금 더 부추긴다면 예전 자신에게 따졌듯이 대들지도 모를 일이었다. 마치, 고양이처럼. 찬혁은 서랍을 뒤져 서류봉투를 꺼내 소유 앞으로 툭 던져 주었다.

"열어봐. 당신 조카라는 나정석의 소지품에서 나온 거니까. 그리고 그걸 호텔 룸에 설치하려던 모습이 고스란히 우리 CCTV에 찍혔거든."

소유는 봉투 안에서 물건들을 꺼내고는 의아한 표정을 지었다. 작은 기계들만으로 봤을 때는 무슨 컴퓨터 부속품 내지는 요즘 잘나간다는 mp3 정도로 보였으니까 말이다.

"……이것들이 다 뭐죠?"

어리둥절한 표정으로 자신이 꺼낸 것들을 보던 소유가 질문을 하자 찬혁이 소유를 똑바로 쳐다보며 설명을 하기 시작했다.

"지금 손에 들고 있는 게 마이크로 비디오카메라 M모델. 2cm 지름의 마이크로 CCD 카메라가 휴대성을 한층 강화시켜 주며 최대 704x480 해상도(25fps)의 MPEG4 동영상을 촬영할 수 있지. 신체에 부착해서 사용할 수 있을 정도의 고가의 특수 카메라야. 바꿔 말하면 전문가가 아닌 다음에는 구입을 생각할 수 없다는 거지. 물론 그건 나정석의 소지품에서 나온 거야."

찬혁의 말에 소유는 속으로 신음성을 삼켰다. 저건 대체 언제 구입을 한 걸까? 찬혁의 말로 미루어보면 정말 대단한 물건 같은데. 거기다 상당히 고가일 거라는 생각도 들었다. 이 녀석이 대체 무슨 돈으로 이런 것들을 사들인 거지? 사태가 그녀가 생각했던 것보다 더욱 심각하게 돌아가는 것 같아 소유는 식은땀이 났다.

"그럼…… 이걸 호텔 객실에 설치하려 했다는 겁니까?"

믿을 수 없다는 표정으로 질문하는 소유를 보며 찬혁의 고개가 천천히 끄덕여졌다. 소유는 난감함에 자신도 모르게 머리에 쓰고 있던 비니를 확 벗고는 습관대로 자신의 머리를 헤집으며 인상을 찌푸렸다. 뭐라 말을 하려 해도 알아야 할 텐데 아무것도 모르는 상황에서는 변명도 할 수가 없었다. 그런 소유의 침묵을 스스로의 죄를 인정한 것으로 생각한 찬혁이 다시 설명하기 시작했다.

"그래. 정확히는 설치하려다가 잡혔다고 봐야지."

"정석이는 지금 어딨어요?"

'미쳤구나, 나정석. 네가 정말 제대로 미치지 않고서야 이런 일을 벌일 리가 없지, 암.'

소유는 자신의 머리카락을 쥐어뜯으며 속으로 정석에게 오만 욕을 다 했다. 찬혁은 그런 소유를 보면서 모호한 표정을 지었지만 소유는 앞으로 이 난관을 어찌 헤쳐 나가야 하는지 고민하는 터라 찬혁의 시선 따위는 안중에도 없었다.

"그 애들을 말하는 거라면 내가 아주 잘 데리고 있지. 물론, 조만간에 경찰서로 넘길 예정이지만 말이야."

찬혁의 말에 소유는 가슴이 철렁 하고 내려앉았다.

"아니, 애들이라면…… 정석이하고 혜연이를 말하는 건가요?"

소유는 자신의 최악의 상상이 현실로 나타나자 눈앞이 캄캄해졌다.

“그런 것 같군.”

“정말 그 둘이 그러니까…… 그렇고 그런 관계라고요? 혹시 잘못 안 거 아니에요? 걔네들은 절친한 친구거든요.”

“어제까진 친구였을지 몰라도 오늘을 기준으로 그 둘은 확실히 친구 그 이상이긴 하지.”

단정 짓듯 말하는 찬혁을 바라보는 소유의 표정이 믿을 수 없다는 듯이 고개를 저었다.

“그 애들은 말 그대로 애들이라고요. 도저히 믿을 수가 없어요. 게다가 둘은 아주 어렸을 때부터 친구였는데 어떻게 갑자기 그렇게 바뀔 수 있다는 건가요?”

“지금 뭔가 순서가 바뀐 것 같은데, 가장 중요한 것은 그 애들이 내 호텔에 불법 몰카를 설치하려 했다는 게 우선이라고. 그 애들이 탈선을 하든 애정행각을 벌이든 그건 나와 하등 관계가 없어. 무슨 말인지 알아들었나?”

찬혁이 차갑게 말하자 소유가 허탈한 표정으로 하늘을 바라보더니 이내 고개를 푹 숙이며 중얼거렸다.

“……내겐 둘 다 최악인 상황이네요. 어떻게 친구끼리 그럴 수가 있는 건지.”

“남녀 사이에 가장 쉽게 일어날 수 있는 일이야. 게다가 둘 다 피 끓는 이십대고. 당연히 방 안에 둘이만 있게 되면 섹스를 하고 싶겠지.”

쿵. 하고 소유의 심장이 철렁했다. 차마 입에 대지 못한 단어가 아무렇지 않게 찬혁의 입에서 나왔다. 자신조차 경험이 없거든 까마득한 조카가 그런 짓을 하다니.

"정말이에요?"

"내가 농담하는 것처럼 보이나?"

"정말 그 둘이…… 그러니까……."

말끝을 흐리는 소유를 보며 찬혁은 심드렁하게 대꾸했다.

"섹스."

"그렇게 강조 안 해도 알아들어요! 아무튼 그런 행위를 하는 걸 봤다구요?"

경악한 표정으로 소유가 찬혁에게 되묻자 찬혁의 입가가 슬쩍 벌어졌다. 물론 아무런 일도 일어나지 않았다. 하지만 그 둘을 잡기 위해서, 그리고 이들을 이용하기 위해서는 약간의 거짓 정도는 아무것도 아니었다.

"물론."

"어, 어떻게 그런!"

"확실히 초보이긴 한 것 같더군. 굉장히 서툴러 보였거든. 보는 재미도 별로였고. 차라리 나였다면 훨씬 더 잘했을 거야."

찬혁의 말에 소유는 입을 딱 벌리고 말았다. 세상에 그런 변태 같은 것들이 있다고는 들어봤지만 저렇게 아무렇지 않게 남의 그런 관계를 훔쳐봤다는 것 자체가 인정이 안 되는 그녀였다.

"다, 당신 그걸 지금 말이라고 하는 거예요? 어떻게 그럴 수가 있어요?"

다그치는 소유를 차갑게 바라보는 찬혁이 입을 열었다.

"그런 일을 하려고 우리 호텔에 들어온 건 그 애들이야."

찬혁의 말에 소유는 입을 닫을 수밖에 없었다. 일단은 정석의 애기를 들어봐야겠다고 소유는 생각했다. 자초지종을 알아야 앞의 이 인텔리 조폭과 얘기를 하더라도 할 수 있을 것 같았기 때문이다.

"저기, 일단 제가 그 녀석과 얘기를 좀 할 수 있을까요? 전후 사정을 들어봐야 알 것 같은데요?"

"그 사정을 듣는다고 해도 별다른 방법은 없을 거라고."

"이봐요!"

소유는 찬혁의 비꼼이 가득한 말을 듣고는 발끈할 수밖에 없었다. 물론 이렇게 명백한 증거가 있는 만큼 발뺌할 생각은 추호도 없었다. 다만, 정석이가 앞뒤 구분 없이 이렇게 무모한 일을 벌일 아이가 아니라는 건 알 수 있기에 그 사정을 좀 들어봐야겠다고 생각했기 때문이다.

"전에도 비슷한 상황이었지, 아마?"

찬혁의 말에 소유는 몸이 딱 굳고 말았다. 상황이 너무 안 좋았다. 자신이라도 우연이 겹친 거라고 말한다면 믿지 않으리라. 게다가 이번에는 처음과 달리 현장에서 잡았다고 했으니, 아무리 아니라고 부정한들 믿어주지 않을게 뻔했다.

"그때는 정말 오해라고 말씀드렸잖아요. 게다가……."

소유는 혼란스러운 듯 눈을 찌푸렸다. 은연중에 입술을 잘근잘근 씹는 버릇이 도졌는지 어느 순간부터 입술이 따끔하니 아파왔다.

"그러다 피 나."

"아, 이건 버릇이다 보니……."

손가락으로 입술을 톡톡 두드리며 소유는 어떻게 말해야 할지 고민했다.

"전에도 말씀드렸지만 심부름센터 개업한 지는 한 달 정도밖에 안 돼요. 이런 의뢰는 걸려오지도 않지만 솔직히 이런 쪽으로는 일을 안 하는데, 어떻게 된 건지 모르겠어요. 저도 모르는 일이라서. 일단은 정석이를 만나서 자초지종을 듣는다면……."

"다시 입을 맞춰서 핑계를 대겠지. 처음 그렇게 내 손을 빠져나간 것처럼 말이지."

"이봐요, 그건 오해라구요!"

소유는 기겁을 해서 얼른 대꾸를 했다.

'설마, 저 사람 자신의 실수까지 고의라고 생각해서 이 일과 연결 지어 생각하는 건 아니겠지?'

하지만 누가 봐도 충분히 오해를 살 만한 상황이었기에 소유는 조바심이 나기 시작했다.

"당신이 충분히 오해할 만한 상황이긴 하지만 정말 그 일과 이번 사건은 별개라구요. 정말이에요!"

"난 눈에 보이는 것만 믿어."

찬혁이 차갑게 대꾸하자 소유는 눈앞이 깜깜해졌다. 방금 전 그의 말은 그녀 역시 이번 일로 인해 무사히 넘어가지 못한다는 말이 분명했다.

"일단! 정석이를 먼저 좀 만나게 해주세요. 네? 그 애가 괜찮은지 눈으로 확인해 봐야겠어요. 그리고 자초지종을 듣는다면 뭔가 실마리가 잡히겠죠."

"대단한 연기야."

찬혁의 말에 소유는 입이 딱 벌어지고 말았다.

'지금 연기라고 했나? 대체 무슨 연기를 한다는 거지?

소유는 팔짱을 낀 채 자신을 재미난 표정으로 지켜보는 찬혁을 쳐다보았다.

"어수룩해 보이면서도 뒤로 할 일은 다 하는 걸 보면 프로 중에서도 A급 정도 되려나. 상대방이 방심을 하게 만든 뒤, 일을 하는 게 주특기인가 보군."

'오, 맙소사. 이 남자 대체 무슨 말도 안 되는 상상을 하는 거야?'

소유는 찬혁의 말에 경악스런 표정을 지으며 그를 쳐다봤다.

"그렇게 조카를 걱정하는 고모의 마음을 보여주는 것 역시 연기겠지. 아니면 어른 조카마저 그런 일을 하는데 경험이 많든지 말이야. 걱정은 마. 몸은 멀쩡하니까."

"서, 설마, 그, 그 아이한테 무슨 짓을 한 거예요?"

날카롭게 째진 목소리로 불안하게 되묻는 소유를 지켜보던 찬혁이 천천히 몸을 일으켜 그녀에게 다가왔다. 그가 다가올수록 소유의 심장은 이러다 터지지 않을까 싶을 정도로 무섭게 뛰었다. 쭉 째진 눈 가득 위험한 빛을 담고 다가온 찬혁이 바로 지척까지 와서 고개를 내려 그녀를 노려보자 소유는 숨이 딱 멈출 것만 같았다. 무서웠다. 소유는 솔직히 앞의 남자가 무섭게 느껴졌다.

# [제 4 장] 억울한 이중 스파이

**상**황이란 참으로 오묘해서 같은 상황이라도 기분이 천국과 지옥을 오간다. 소유는 자신의 바로 눈앞을 가득 매운 넓은 남자의 가슴에 두근거림보다는 무서움을 느끼고 있었다. 평소라면 꿈에도 그릴 상황이지만 지금은 정말 딱 죽고 싶은 만큼 벗어나고 싶은 상황.

"이, 이러지 말고 ……마, 말로 해결해 보자구요. 믿기 어렵겠지만 상황을 제가 납득하도록 설명할게요."

"글쎄, 문제는 내가 그 말을 믿지 못한다는 거지."

바로 앞에서 혹 느껴지는 그의 입김에 소유는 숨을 쉴 수가 없었다. 뒤로 물러나고 싶었지만 소파의 앞부분에 다리가 닿아 있는 상황이라 그럴 수도 없는 상황이었다. 말 그대로 진퇴양난의 상황. 자신을 빤히 쳐다보며 그녀의 반응을 살피는 남자의 모습에 소유는 소름이 돋았다. 마치, 사냥감을 죽이기 전에 가지고 노는 맹수 같다는 느낌을 받았기 때문이다.

"자, 잠시만…… 좀 물러나서 얘기해 주세요."

소유의 행동은 분명 겁을 먹고 있는 모습이었다. 당혹스러워 보이기도 하고. 이 상태가 정말 연기라면 이 여자는 영화배우를 해도 될 정도임이 분명하다고 찬혁은 생각했다. 하지만 한편 우습기도 했다. 뒤로 물러나서 말해달라니. 어울리지 않는 어린애 같은 말투였다. 지극히도 어울리지 않는 그녀의 말투에 화가 나기보다는 호기심이 먼저 이는 찬혁이었다.

'정말 눈에 보이는 것처럼 솔직하고 순수한 여자일까, 아니면…….'

바보같이 아직도 뒤죽박죽인 생각에 찬혁은 인상을 찌푸렸다. 이 여자는 자신에게 고의로 접근한 주제에 거짓말까지 하고 있는 거다. 저리 아무것도 모른다는 표정으로 말이다. 그러니, 자신 역시 그 장단에 어느 정도 맞춰주다가 혼쭐을 내주고 말거라는 아주 유치하고 아이 같은 생각이 들기도 했다.

장난이라, 아주 오랜만에 생각해 낸 생소한 단어였다. 요 몇 년 사이 자신은 꿈에서조차 그런 상상을 하지 못했으니까. 자칫 잘못된 판단 하나로 그의 인생이 송두리째 무너질 수 있는 상황에서는 생각해서도 안 되는 단어였다. 하지만 지금이라면? 찬혁은 일부러 보란 듯이 얼굴을 더욱 가깝게 들이밀었다. 자칫 조금만 움직인다면 코끝이 닿을 정도의 거리까지 와서 찬혁은 가볍게 대꾸했다. 그러고 보니 이미 하체는 거의 붙었다는 표현이 맞는 건가. 은근히 밀어붙이는 그 행동에 말 그대로 하얗게 탈색되어 버린 소유의 얼굴이 웃음이 나올 정도였다. 아닌 척 소파 옆으로 슬금슬금 움직이는 그녀의 행동에 오히려 자극받아 버린 찬혁이었다. 짐짓 모른 척했지만 두 장의 얇은 천 사이로도 확연히 느껴질 정도의 감촉. 그때마다 흠칫거리며 도화지마냥 하얗게 변한 얼굴이 순식간에 붉게 물들어 버리는 소유의 모습은 정말 볼만한 광경이었다. 이래서 장난을 치는 건가. 그 느낌에 더욱 놀려주고 싶은 마음이 강해진 그였다. 이러다 재미 붙이면 곤란한데. 슬쩍 다리를 움직이자 결국 다리 사이로 들어온 자신의 다리를 두 무릎으로 꾹 눌러 버린 소유는 거의 악을 썼다.

"스톱!"

"싫은데."

뭔가가 물컹했다. 그것이 무엇인지는 경험 없는 소유도 알 수 있을 정도의 느낌. 뭔가가 잘못됐다는 생각이 빠르게 들기 시작한 소유는 거의 필사적으로 외쳤지만 너무도 평이하게 냉큼 대답하는 찬혁 때문에 소유는 일시에 힘이 쭉 빠져 버렸다. 처음 만났을 때도 비슷한 상황이었었다. 그땐 자신의 배 위에 걸터앉아 있었지만 그때도 이런 느낌에 당황하지 않았던가? 소유는 필

사적으로 자신의 다리 사이로 들어온 남자의 탄탄하고 무거운
다리를 다시 움직이지 못하게끔 힘을 주었다. 이런 식의 자극
도, 이런 식의 행동도 정말 생각조차 못한 그녀였다. 자신이 지
금 다리 사이에 붙잡고 있는 것이 대체 무엇에 쓰는 물건인고.

"너, 넓은 장소에서 이러지 맙시다!"

"뭐?"

"아, 그러니까, 이런 건전한 사무실에서, 에 또, 그러니까 이
런 행동은 지극히 도덕적 관념에서 벗어난…… 윤리의식이 결
여된…….”

"쿡. 교과서 읽는 건가?"

조롱조의 말에 화가 났지만 그것보다는 지금의 상태 수습이
먼저였다. 소유는 등을 살살 움직여 벽면을 타고 옆으로 다시
이동하려 했지만 그럴 수가 없었다. 공기를 가를 정도로 거센
찬혁의 오른팔이 소유의 머리 옆 벽을 힘껏 막았다.

'이 남자, 조폭이라구. 저 주먹에 맞는다면 코뼈 갖고는 어림
도 없을 거야.'

움찔 놀란 소유가 움직임을 멈추자 그제야 인상을 푼 찬혁이
천천히 말을 이었다.

"더 이상 날 자극하지 않는 게 신상에 좋을 거야."

"자극이라뇨! 절대 아닙니다. 그냥, 단지 지금의 상황이 상당
히 불편해서."

"내 심기도 상당히 불편한 것 같지 않나?"

찬혁이 말을 할 때마다 너무도 가까운 까닭에 그의 입김에 의해서 소유의 머리카락이 날릴 정도였다. 차마 이 다리라도 좀 어떻게 하고 말을 해달라고 하면…… 화를 낼까?

"그럴 것 같아서 하는 말인데, 우리 좀 더 편한 자세에서 말을 하는 게 어떨까요?"

"편한 자세?"

"네?"

눈썹을 꿈틀 하고 움직인 찬혁이 순간 묘한 생각이 들었다는 듯이 천천히 고개를 숙이는 바람에 소유는 숨을 삼켜야만 했다.

"제일 편한 자세는 말이야…… 눕는 거지. 지금 나와 같이 이 넓은 사무실 바닥에 누워서 얘기를 하자는 건가?"

"절대 아니에요!"

"잘 생각했어. 난 누워서 말하는 취미 없거든. 내가 누워서 하는 일은 잠을 자거나 섹스를 하거나 둘 중 하나야."

"아하하하, 그런 무서운 말을. 저는 누워서 책도 보고, TV도 보고, 먹을 것도 먹고, 머리 갖고 장난도 치고, 할 수 있는 게 아주 많답니다."

찬혁은 소유의 말에 다시 한 번 웃음이 나왔지만 짐짓 시치미를 뚝 뗐다.

"우, 우선 아이들의 상태를 보고 나서 협상에 응해도 응해야 하는 거 아닌가요?"

"협상?"

“네.”

“뭘 잘 모르나 본데, 너와 나의 관계는 협상 차원이 아니야. 그건 어느 정도 비슷한 위치에서나 가능한 거 아닌가?”

“여, 여하간 우선 애들부터 좀 보고 말을 하자고요, 네?”

애원조로 말을 하는 소유의 모습에 찬혁은 더 이상 장난을 칠 수가 없었다. 이런 식의 행동엔 솔직히 이골이 난 찬혁이지만 소유의 그런 모습엔 그도 잠시 당황하고 말았다.

“후후, 조카를 향한 애정에 눈물 날 정도군. 도가 지나치다고 생각하지 않나?”

그제야 몸을 펴고 두어 걸음 물러난 찬혁이 그녀를 내려다보며 말을 이었다.

“게다가 내가 왜 그래야 하는 거지?”

다리를 옮겼음에도 불구하고 가까워진 사이는 넓혀질 줄 몰랐다. 이런 식으로 바짝 다가서서 대화를 할 거라고는 생각 못한 그녀였기에 소유는 기겁을 했다. 그런 소유의 모습을 재미나다는 듯이 쳐다보던 찬혁이 슬쩍 얼굴을 들고는 팔짱을 끼고 그녀를 지켜봤다. 소유는 찬혁에게 놀림을 당했다는 생각에 울컥해서 붉어진 얼굴로 서둘러 질문을 했다.

“그럼 왜 절 불렀어요?”

“……확인이 필요했지. 그리고 일의 배후를 캐야 되니까.”

당연한 걸 묻는다는 듯이 한심한 표정으로 찬혁이 소유를 쳐다봤다.

"배후라니요? 그리고 뭘 확인한다는 건데요?"

소유는 울듯이 말했다. 요즘 조폭들은 이런 식으로 사람을 협박한다는 것을 새삼 알았기 때문이다. 차라리 옛날 고문 방식이 더 나을지도 모른다는 생각이 들 정도로. 아니, 조폭이 호텔 사장이니까 같은 건가?

"당연히 몰카를 의뢰한 배후를 말하는 거야. 그리고 그들과 너의 관계까지."

찬혁의 친절한 설명에 소유는 막막하기만 했다. 오해도 이런 오해가 없다고 말하고 싶지만 무슨 상황이 이렇게 꿰맞춘 듯 일어나는 걸까. 소유가 잠시 말을 안 하는 것을 나름대로 생각한 찬혁이 다시 하체를 지그시 눌러왔다. 화끈거리는 것은 이제 얼굴에서 온몸으로 번져 가고 있었다. 불만 붙이면 확 타버릴 정도의 열기.

"그렇게 필사적으로 고민해도 도망갈 방법은 없어. 그러니 차라리 나한테 협력하는 게 어때?"

"협력이요?"

"그래. 네가 그렇게 억울해 마지않는 그 오해를 벗어날 수 있는 기회를 주지. 하지만 그 기회를 주면 넌 내게 뭘 줄 거지?"

"그, 글쎄요?"

갑작스런 그의 제안에 소유는 어리둥절했다. 좀 전까지 협박하던 사람이 뜬금없이 기회를 준다니. 대체 무슨 기회를 어떻게 준다는 건데. 근데, 이런 조폭들하고 관련되어서 좋은 끝을 볼

수 있을까. 기회라는 게 혹시…… 막 사기 치고, 사람 협박하는
그런 거?

"너희에게 이 일을 의뢰한 사람이 있을 거야."

"그, 그렇겠죠."

기회를 준다고 했을 뿐, 그녀의 말을 믿는다는 것은 결단코
아니었다. 어쩌면 믿을 생각조차 하지 않았던 것이 분명했다.
아마, 앞의 남자는 그 의뢰인을 끌어다 놔야 그녀가 결백하다는
것을 믿어줄 것 같았다.

"좋아. 그럼 계약 성립. 그 선택에는 많은 책임과 의무가 따른
다는 걸 명심하도록 해."

"이 상황에서 달리 선택권이 있는 건 아니잖아요?"

"당연하지. 자, 앉아서 나머지 얘기를 할까?"

"자, 잠시만요! 그 기회라는 게…… 그러니까 하, 합법적인 것
이 아니면 안 해요!"

"합법적? 이런 일을 하고도 그런 소리를 한다는 게 더 우습지
않나? 아직 이해를 못하나 본데 불법적인 일을 한 건 그쪽이지
내가 아니야."

찬혁의 말에 소유는 아무런 대꾸도 할 수가 없었다. 정황상
자신들이 잘못한 것은 사실이니까. 하지만 첫 만남은 정말 억울
하다고 해야 하나. 다시 한 번 설명할 필요성이 절실히 들어 남
자를 쳐다봤지만 완고해 보이는 모습에 결국 아무런 말도 못하
는 소유였다.

'바늘로 찔러도 피 한 방울 안 나올 표정이네. 옆에서 사람이 죽어나가도 아무렇지 않을 표정이네.'

"아, 알겠어요."

찬혁의 말에 비로소 자신이 아직까지 아까의 자세 그대로 서 있다는 것을 기억해 낸 소유는 어색하게 소파에 앉았다. 찬혁은 잠시 고개를 숙이고 있다가 천천히 말을 하기 시작했다.

"몇 년 전에도 이런 비슷한 일이 있었지. 뭐, 그땐 당신들처럼 허점투성이가 아니라 제대로 된 실력자들이어서 꽤나 난처한 입장에 처했었지. 같은 문제로 두 번 실수할 만큼 나는 바보가 아니야. 이번에는 아예 이 일을 빌미로 그들을 잡아 뿌리째 뽑을 생각이거든."

찬혁이 느긋한 표정으로 소유를 돌아보며 천천히 다시 말을 이었다. 느긋하게 말을 하면서도 이를 가는 소리가 들려 소유는 소름이 쫙 끼쳤다. 저런 남자를 적으로 돌리는 것만큼 멍청한 짓은 정말 사절이라는 생각을 다시 한 번 하면서 말이다.

"분명, 다시 접근을 할 거라고. 의뢰를 했으니, 그들이 갖고자 하던 것을 찾으려고 할 것이 분명해. 그때, 역으로 내가 너희들을 이용할 거라는 거지."

"하지만……."

"너한테 선택권은 없어. 아니면 그 금쪽같은 조카가 기어코 범죄자라는 낙인을 받아도 상관없다는 건가?"

"아, 알았어요. 그럼 얘기가 다 된 것 같으니 이젠 정석이를 봐도 되는 거죠?"

"좋아. 따라와."

그제야 찬혁은 자리에서 일어나 천천히 사장실을 벗어났다. 찬혁이 안내해 준 곳은 들어가기가 민망할 만큼 화려하고 요란한 실내 장식을 갖추고 있는 룸이었다. 아무렇지 않게 문을 열고 들어선 찬혁의 눈에 소파에 앉아 머리를 쥐어뜯고 있는 정석의 모습이 보였다.

"면회는 빨리 끝내도록 해."

차갑게 말을 한 찬혁이 쌩 바람 소리가 나도록 몸을 돌려 나가 버리자 소유는 참았던 한숨을 쉬었다.

"고모!"

"헉. 깜짝이야."

말을 하려던 차에 버럭 소리부터 지르고 달려오는 정석을 온몸으로 막느라 소유는 기겁을 했다. 파랗게 질린 얼굴로 구르듯이 다가온 정석을 노려보는 소유의 표정은 감히 소름 끼칠 만큼 살벌했다.

"너!"

으드득. 이 가는 소리에 정석은 어색한 표정을 지으며 소유를 쳐다봤다.

"고, 고모!"

"Stop! 더 이상 한 마디라도 더 하면 오늘이 바로 네 제삿날이라는 걸 명심해라."

"고모. 그나저나 나 큰일났어! 어떡하면 좋아, 응?"

"아무리 큰일났어도 설마 나만큼 하려고? 어?"

소유가 악에 받쳐 소리를 질렀다.

"고모, 장난 아니란 말이야!"

소유 앞에 바짝 다가와 무릎을 턱 꿇고 바지를 잡은 정석은 싹싹 빌기 시작했다. 화가 난 소유지만 파랗게 질린 얼굴로 울먹이는 자신의 조카를 못 본 척할 수는 없었다. 어찌 됐든, 자신의 유일한 가족이니까. 게다가 정석의 얼굴은 정말 어렸을 적의 오빠와 너무도 닮은 얼굴이었다. 일찍 돌아가신 부모님을 대신해서 거의 소유를 자식처럼 키웠던 오빠인지라 소유는 정석의 그런 모습에 화가 누그러지고 말았다.

"장난 같은 소리 하고 있네! 아무리 그래도 이번엔 그냥 못 넘어간다, 너!"

소유가 눈을 부라리며 노려보자 정석의 표정은 절망적으로 변해갔다. 그런 정석을 바라보며 소유는 한숨을 쉬고는 이마를 한 손으로 짚었다. 자신의 나이 스물일곱 살, 그리고 조카의 나이 스무 살, 고모라는 소리까지는 그냥 넘어가 줄 수는 있다 치지만 왜 이 녀석의 엄마 노릇까지 해야 하는지. 낼모레면 성인식도 치를 녀석이 핵폭탄 같은 사고를 치고는 자신의 뒤로 숨어버리니 정말 미칠 노릇인 소유였다. 차라리 일하는 녀석이라면 그냥 잘라 버리는 건데.

"고모, 그게……."

"잔머리 돌릴 생각 하지 말고, 있는 그대로 풀어놔라, 어? 그냥 봐도 한물간 386 주제에 어디서 586 펜티엄급 흉내를 내, 어? 버퍼링되기도 전에 과부하로 다운된다."

정석은 도저히 여자 같지 않은 말투에 고개를 설레설레 저었다. 정말 얼굴만 본다면야 전형적인 양가집 규수인데 입만 열면 깬다. 게다가 얼굴만 저러면 뭐 하냐고. 하고 있는 꼬라지가 아저씨 수준인데. 정석은 다시 한 번 숨을 쉬었다. 그 순간 뒤통수를 작열하는 아픔에 절로 신음 소리를 내고 말았다.

"으악!"

"으악? 으악 같은 소리 하고 있네. 이참에 아예 위아래 다 확 잡아 빼버릴까, 응? 대체 무슨 일인지 하나부터 열까지 토 하나 달지 말고 죄다 불어봐. 안 그럼 널 도와줄 수 없어, 알아? 이게 아주 대형 사고를 쳐? 엉?"

뒤통수를 부여잡고 화를 내는 정석을 바라보며 소유는 눈을 가늘게 떴다.

"아씨, 아프잖아! 고모는 어떻게 된 게 말보다 주먹이 먼저야!"

"어쭈? 하늘같은 고모님한테 그게 무슨 언행이신가, 조카?"

"말하는 것 좀 봐라, 봐. 저게 어딜 봐서 여자냐구. 그러니까 고모가 애인이 없는 거야."

팩 토라져서 화를 내는 정석을 보며 소유의 눈이 점점 가늘게 변해갔다.

"나정석. 내 누누이 말하지만 조만간 널 통째로 분리수거 할지도 몰라. 그런 충동이 마구마구 일기 시작했거든. 그렇게 해줄까, 어?"

쫙 깔린 소유의 말투에 비로소 정신을 차린 정석은 자신이 왜 소유에게 매달렸는지를 기억해 내곤 정신이 번쩍 들었다.

"나 정말 제대로 사고 친 거 같아."

"이제야 실감나냐, 어? 누구 맘대로 그딴 의뢰를 받은 거야? 게다가 너, 내가 몸 함부로 굴리지 말라고 했지, 어? 근데 고모도 해보지 않은 짓을 감히 새파랗게 어린 녀석이 호텔에서 만리장성을 쌓아?"

새삼 아까 찬혁이 했던 얘기가 떠올랐다. 분명 같이 들어온 친구가 있었고, 만리장성을 쌓았을 거라는 말 역시.

"그건 또 무슨 소리야?"

"이 호텔 사장이 그러더라! 너 사고 쳤다며?"

소유가 버럭 소리를 지르자 정석은 이해할 수 없다는 표정으로 자신의 이마를 탁탁 두드렸다.

"그게…… 잘 모르겠어. 분명히 몰카를 설치하려고 했다가 호텔에서 내온 칵테일을 마시고 나서부터 기억이 없으니까."

소유는 표정을 구기고는 정석에게 다가가 한자한자 힘주어 말하기 시작했다.

"그놈의 거지 근성 또 발휘됐냐? 아무거나 넙죽넙죽 주워 먹지 말라고 했지?"

“그게 왜 아무거나 야? 호텔 서비스인데.”

“이게, 꼬박꼬박 말대답이네? 그래도 뭘 잘했다고 그래? 너 현행범인 거 몰라? 이게 겁도 없이! 어떻게 특급 호텔에 몰카를 설치할 생각을 하냐고!”

“그, 그거야…….”

말을 더듬거리며 고개를 숙이는 정석을 노려보며 소유는 한숨을 내쉬었다. 더 이상 서 있다간 그냥 주저앉아 버릴 것만 같아서 우선 소파에 털썩 소리 나도록 앉는 소유였다. 그 모습에 놀란 정석이 외마디 비명을 지르자 소유는 귀찮다는 듯이 손사래를 쳤다.

“안 죽어, 이런 걸로는. 너 똑바로 말해! 무슨 의뢰 받은 거야?”

“그게…….”

“얼른!”

“실은 고모가 시청에 서류 떼러 간 직후에 전화가 왔었어.”

“그런데?”

“한 남자가 흥분해서 전화를 하는 거야. 부인이 바람을 피우고 있는데 증거를 잡을 수가 없다고 하잖아. 게다가 이혼을 요구하며 양육비와 위자료 문제로 의뢰자를 괴롭혔나 봐. 애초에 애들에겐 관심도 없는 여자라고. 그렇게 되면 아이들만 불쌍하다고 증거만 잡아달라잖아. 사례금은 원없이 준다고.”

“넌 그걸 그대로 믿었냐?”

"안 믿냐, 그럼. 얼마나 절실한 목소리였는데."

"근데 왜 하필 이 호텔인데?"

"부인이 전화하는 걸 들었대, 어제 이 호텔 1218호에 만날 약속을 잡는 걸. 그래서 그전에 먼저 이 호텔에 몰카를 설치해서 사진이든지 비디오든지 찍어만 달라고."

소유는 한숨을 깊게 쉬었다. 누가 봐도 뻔한 얘기. 대체 요즘 우리 사회가 어떻게 돌아가려고 그러는 건지, 원. 쯧쯧 혀를 차던 소유는 인상을 찌푸리며 다시 질문을 했다.

"신원 확인은 했어?"

"아니."

"그럼? 전화로만 의뢰를 받았단 말이야? 이런 일일수록 장난인지 아닌지 확인 정도는 해야 할 거 아냐? 넌 대체 무슨 생각으로 이런 일을 덥석 받냐!"

"창피해서 얼굴도 못 들겠다는데 그런 사람한테 어떻게 신분을 알 수 있게 등본이라도 갖다 달라고 그래, 그럼? 그러는 고모는 그렇게 똑똑해서 모았던 돈 다 사기당했어?"

정석의 말에 소유는 이를 꼭 물었다. 화가 나긴 하지만 정석의 말은 다 맞는 것이었다.

'그래도 그렇지. 이렇게 콕 집어 말하다니, 정말 못된 녀석이야, 넌.'

"미안. 그런 뜻으로 한 말은 아닌데……."

"됐어. 틀린 말도 아니고."

소유는 숨을 길게 들이마셨다. 오래 살다 보면 눈빛만 봐도 알 수 있다고 했던가. 소유는 정석이 왜 그런 일을 했는지 이미 맘속으론 알고 짐작했기에 더 화가 난 것이었다. 그저 공부나 하고 또래처럼 지낼 조카인데, 자신 때문에 돈 걱정을 해야 하는 게 안쓰럽고도 미안한 그녀였다.

"그럼 사건 의뢰한 사람의 연락처나 신상명세 그 밖의 개인적인 것은 다 모른다는 거네."

"……응, 미안."

마지못해 대답하는 정석을 보며 소유는 다시 한 번 한숨을 쉬었다. 아무래도 의뢰 자체가 문제가 있었던 것이 아닐까 싶다.

'그 남자 말대로 정말 이용당한 건가. 이러다 괜히 누명을 뒤집어쓰는 건 아냐?'

복잡한 표정을 지으며 소유는 정석에서 시선을 돌렸다. 그래도 대충 상황을 설명해 줘야 이 녀석도 다른 생각을 하지 않을 테니까 말이다.

"……여기 사장이 이번 일로 너 현행범으로 고소할 거래. 지금 당장 이 사건 의뢰한 사람을 찾지 못한다면 너랑 나…… 꼼짝없이 쇠고랑이라고. 사이좋게 은팔찌 찰 일 있냐."

풀이 죽은 소유의 목소리에 정석은 더욱 움찔하고 말았다. 잠시 침묵하던 소유는 인상을 찡그리며 주위를 휘휘 둘러보았다.

"너랑 같이 왔다는 애는?"

"아, 혜연이? 집에 갔어."

"뭐? 왜 혜연이 혼자만 집에 갔는데?"

소파에서 벌떡 일어서며 묻는 소유를 향해서 정석은 이상하다는 듯이 소유를 쳐다봤다.

"당연히 집에 가야지. 그럼 나랑 여기서 뭐 하게?"

"……너, 너! 정말 아무 짓도 안 했어?"

소유의 말에 정석의 얼굴이 빨갛게 달아올랐다.

"무, 무슨 소릴 하는 거야, 지금? 무슨 일이 일어날 게 뭐가 있어? 혜연을 그저 날 도와준 것뿐이라구."

"하지만 여기 사장은 다른 소리를 하던데?"

소유가 의심스럽다는 듯이 정석을 노려보자 정석은 어색해하며 시선을 돌렸다.

"이, 이상한 소리는 무슨."

정석의 모습이 이상하다 느낀 소유는 정석을 향해 한 발 더 다가섰다.

"나정석, 진짜 아무 일 없었어? 돌아가선 부모님께 맹세코?"

"저, 정말이야! 아무 일도 없었다구! 나, 아직 학생 신분인 거 몰라? 이거 왜 이래!"

버럭 화를 내며 정색을 하는 조카를 보면서 소유는 더 이상 다그칠 수가 없었다. 증거가 없으니 무조건 밀어붙일 수도 없는 노릇이고. 소유가 직접 확인을 한 것도 아니니 마냥 다그칠 상황도 아니었기에 이런저런 생각을 할수록 막막하기만 했다.

"사고 친 녀석들이 오히려 더 큰 소리친다더라."

"아, 정말! 안 했다니까? 하고 나서 이러면 억울하지도 않지! 악!"

다시 한 번 정석의 뒤통수를 빡 소리 나게 때린 소유가 이를 바드득 갈며 말했다.

"하고 나면 안 억울해? 이게 주민증에 윤기도 안 빠진 놈이 어디서 그런 소리를 해?"

"하여간 고모는 이 모양이니까 결혼을 못하는 거야."

"말은 바로 하자, 사랑스런 조카야. 고모는 결혼을 못하는 게 아니라 안 하는 거거든?"

"대학 때 만날 딱지만 맞았지? 하긴, 그 성격을 참아줄 남자들이 있기나 하겠어?"

"이게 정말? 그리고 만날 딱지만 맞았다고 누가 그래!"

소유가 버럭 화를 내자 정석은 자신의 무릎을 툭툭 치며 장난스레 웃었다.

"아빠가 그러시던 걸 뭐. 만날 미팅 가서 차이고 왔다고 말이야."

"잘 알지도 못하면서 그딴 소리는 하는 게 아니다."

"흐흐, 지금 고모 성격 생각하면 미팅한 남자들의 선택이 탁월한 거겠지."

"흥. 내가 찬 거야."

"아아, 어련하시겠어요? 우리 같이 늙어가는 처지에 그러지 맙시다!"

이십대에 반열에 오른 지 얼마나 됐다고 저것이 지금 같은 세대를 운운하는 건지. 네가 이제 이십대 반열에 올라 새싹을 피우는 거라면 난 지금 나이테 가지고 동서남북 방향을 설정해 주는 역할을 한다, 이놈아. 소유는 피식 실소했다. 이런 식으로 티격태격 싸우다 보면 정석은 조카가 아닌 친구처럼 느껴졌다. 하긴, 친구가 맞는 건가. 자신과 유일하게 연결된 사람이니까 말이다.

"그나저나 걱정이다. 그 의뢰자가 연락해 올지도 모르지만 연락해도 걱정 아니냐."

풀 죽은 소유의 모습에 정석이 그녀를 와락 껴안고 애교를 부렸다.

"고모, 고모~ 미안해, 정말 미안. 응? 일부러 그런 거 아니야, 정말이야."

"놔라, 조카. 무지 징그럽거든? 이렇게 아양 떨어봤자 떨어질 건 비듬하고 콧물밖에 없단다."

"으윽, 하여간 여자가 무드라고는 요만큼도 없지!"

정석이 소유의 어깨를 잡고 살살 흔들었다. 어느 틈에 이렇게 커버렸는지. 사춘기를 맞아 몽정한 팬티를 숨긴 때가 엊그저께 같은데, 지금은 소유가 고개를 들어봐야 될 만큼 커버렸다. 그게 기특하고 대견하기도 한 반면, 왠지 서운하고 서글퍼지는 소유였다. 그래서 품 안의 자식이라는 말이 나온 건지. 소유에게 정석은 조카이자 친구고 자식 같은 존재였으니까 말이다.

소유를 룸으로 안내한 뒤 찬혁은 모니터 앞에서 꼼짝을 안 하고 있었다. 그 특실은 찬혁의 명령에 의해 역으로 몰카와 도청을 동시에 설치한 상태였다. 둘만이 있게 됐을 때 무슨 실마리라도 찾을 수 있지 않을까 하는 생각에서였다. 아니라고는 하지만 혹시나 싶은 마음에 모니터를 뚫어지게 쳐다보던 찬혁은 둘의 대화에 헛웃음이 나왔다.

'정말 자신이 생각을 잘못하고 있는 것인가. 정말 말도 안 되는 우연이 겹친 것?'

하지만 단언할 수는 없었다. 그에게 이런 식의 조잡한 수를 쓰는 인물들 역시 그냥 평범한 사람들은 아니니까 말이다. 그녀가 이번 일을 알고 참여했든지, 아니면 그저 이용만 당한 것인지는 차후 문제다. 우선은 이 둘을 이용해서 뒤에서 수작을 부리는 것들을 잡는 것이 우선이니까 말이다. 찬혁은 고의든 아니던 이번 일에 휘말린 소유와 정석을 철저히 이용할 생각이었다. 누가 이런 일을 한 것인지는 심증이 왔지만 확보된 물증이 없었다. 일부러 보란 듯이 그 둘을 두고 나왔건만 그들의 대화 내용으로 보건대 특별한 것은 없어 보였다. 아니면, 자신이 이렇게 행동하리라는 것을 알고서 일부러 그의 방심을 불러일으킬 만한 행동을 하든지.

'정말 그녀의 말대로 이번 일과 연관이 없는 것일까? 단순히 우연히 겹친 정도?'

더 이상 모니터만 보고 있어봤자 오히려 머릿속만 복잡해지고 마음만 뒤숭숭해진 찬혁이었다. 한동안 뚫어지게 쳐다보던 찬혁은 한숨을 쉬었다. 그들, 정확히 소유를 이용한다고 마음은 먹었지만 솔직히 기분은 저조했다. 평소의 자신이라면 이런 일로 이렇게 고민하는 것조차 하지 않았을 텐데. 이상하게 그녀를 만나면서부터는 그 모든 것이 평소와는 달라지는 느낌이 든 찬혁이었다. 그리고 그런 자신의 감정 변화가 솔직히 껄끄러운 그였다. 일부러 그런 것인지, 아니면 정말 우연인 것인지. 대체 어느 쪽에 초점을 맞춰서 일을 진행해야 하는 걸까. 분명 처음 이곳에 몰카를 사주한 것과 동일범은 아니지만 그것과 비슷한 의뢰를 받았을 거라는 것은 분명했다. 공교롭게도 의뢰를 받는 사람을 확인하지 못한 그쪽의 실수로 인해서 상황이 묘하게 돌아가고 있었다.

'나소유, 당신을 믿어야 하는 건가?'

찬혁은 불편한 심기를 드러내며 작은 모니터를 다시 쳐다보았다. 여전히 모니터 안의 여자는 바삐 오가며 말을 하고 있었다. 지금으로선 이 호텔 합병과 관련된 스파이든지 아니든지 그들을 그냥 내보낼 마음이 없는 찬혁이었다. 우선 그녀는 자신의 손안에 있으니까 말이다.

문 두드리는 소리가 들려서야 찬혁은 생각을 접었다. 그사이 객실 정보 시스템실 안으로 성진이 들어왔다.

"사장님."

"무슨 일이지?"

성진은 평소 볼 수 없었던 찬혁의 표정을 보고는 다소 의아해 했다. 하지만 이내 표정을 수습하고는 간결하게 보고할 내용을 말하기 시작했다.

"푸른호텔을 조사해 본 결과 얼마 전 문영일보 기자들이 룸에서 회식을 했다고 합니다. 다른 안건이 있었던 것은 아닌 것 같습니다."

"역시 그쪽인가?"

"아무래도 그런 것 같습니다. 연말 리셉션의 건수도 그렇고 얼마 전 열린 한·중·일 회담이 푸른호텔에서 저희 한빛호텔로 넘어온 것에 대해 상당히 심기가 좋지 않을 겁니다."

"흐음."

"어떻게 하시겠습니까?"

성진의 말에 찬혁은 잠시 고민을 했다. 분명, 소유 일행과 푸른호텔은 관련이 된 것은 분명했다. 다만, 아무래도 그쪽에서 이용하려 했던 것 같은데 아까 모니터링을 해본 결과 그 둘은 그런 쪽으로는 전혀 모르는 듯했다. 찬혁이 아무 말을 않고 잠시 침묵하자 성진이 조심스럽게 한마디를 건네었다.

"아무래도 나정석 학생하고 오혜연 학생은 푸른 측에 이용을 당한 것 같습니다. 달리 피해를 본 것도 아니니까 그냥 훈방하고 보내주시는 게 어떨까요? 괜히 제재를 가하다가 오히려 안 좋은 쪽으로 소문이 날 수도 있습니다."

걱정스러운 성진의 말에 찬혁은 작게 고개를 끄덕였다.

"그래. 정석 일행이 별다른 악감정이 없던 것은 인정해. 하지만 지금 미끼를 물어야만 푸른호텔 측에서도 모습을 드러낼 거란 말이야. 이번에 완전히 그 못된 버릇을 고쳐 줘야지."

"하지만 어떻게 하시려구요?"

"어차피 푸른 쪽에서는 이번 건이 성사됐다 하더라도 소문이 무서워서 정석 일행의 입막음을 하려고 했을 거야. 적의 적은 친구란 말이 있지. 큭큭. 토사구팽(兎死狗烹)이라. 우리를 바보 같은 사냥개에 당할 순진한 토끼로 본다는 건가."

찬혁이 재밌다는 듯이 웃자 성진 역시 작게 웃으며 말을 했다.

"이번 푸른호텔 총지배인은 아무래도 보는 눈이 없는 것 같군요. 이제 슬슬 그 탈을 벗어야 하지 않겠습니까?"

"아니, 아직은 안 돼."

성진의 말에 찬혁은 정색을 하며 말을 잘랐다.

"아직은 순진하고 아무것도 모르는 토끼로 있는 게 나아. 하지만 자신들이 보고 있는 토끼 탈 속에 뭐가 들어 있는 줄은 꿈에도 모를 거야. 꿈을 꾸게 놔두는 것도 나름대로 괜찮지 않겠어? 조만간 악몽에 시달리게 될 테니까 말이지."

찬혁의 말에 성진은 속으로 중얼거렸다. 토끼의 탈을 쓰고 있는 커다란 호랑이가 날개를 달고 날아오를 날이 멀지 않았다고 말이다.

# [제 5 장] 계약을 가장한 협박

정석과의 대화를 끝으로 다시 찬혁과 얘기를 해야 한다는 생각에 사장실로 향하는 소유의 마음은 복잡했다. 분명, 이용당하고 있다는 것은 알겠는데 그를 증명할 만한 방법이 없어 답답한 그녀였다. 결국 찬혁의 말대로 의뢰인을 잡기 위해 그와 손을 잡는 방법 외에는 없는 것 같았다. 그리고 그 '계약'이 주는 무게감 때문에 소유는 불안함을 느끼는 중이었다.

사장실을 들어가려던 소유는 마침 사장실 문을 열고 나오던 성진과 마주쳤다.

"조카 분은 잘 만나봤어요?"

"아, 네. 그런데 사장님은 안에 계세요?"

“네. 기다리고 계십니다.”

성진의 말에 소유는 한숨을 푹 쉬었다. 어째 기다리고 있다는 것이 자신과 정석을 벼르고 있다는 것처럼 들리는 걸까. 얼굴을 찡그리며 곤란하다는 듯이 머리를 마구 헤집는 소유를 지켜보던 성진의 눈빛과 마주친 소유가 시큰둥하게 질문을 했다.

“제 얼굴에 뭐가 묻었어요?”

“아닙니다.”

정색을 하는 와중에도 설핏 웃음이 걸린 것을 보니, 뭔가 있구나 싶은 생각에 소유는 머리를 빠르게 굴렸다.

“자꾸 웃는 거 보니까 이상하네요. 왜요? 제가 아는 누구랑 닮기라도 했어요?”

“관심은 사양. 작업 거는 거면 환영입니다. 그리고 마지막 질문은 예스.”

넙죽 맞받아치는 성진의 말에 소유는 어라? 하는 심정으로 성진을 쳐다봤다.

“어라? 정말 저랑 닮은 사람이에요? 아참, 그것보다 직함이 어떻게 되세요? 뭐, 사장 비서쯤?”

“후후, 비슷합니다.”

“쯧, 안되셨어요. 성격 포악한 사장 밑에서 살아남으려면.”

“하하. 뭐, 그것도 적응하면 괜찮습니다. 가끔 아기 호랑이처럼 귀여울 때도 있지요. 손 대기는 힘들지만.”

성진은 소유의 말을 들으며 내심 유쾌해졌다. 여태까지 찬혁을 두고 이런 식으로 표현한 여자는 없었다. 아니, 여자들뿐만이 아니라 그를 아는 전부라는 표현이 맞을 것이다. 성진은 소유를 대할수록 이런 험한 일을 할 인물로는 보이지가 않았다. 물론, 그 어린 학생들도 그렇지만. 아마도 찬혁의 짐작대로 한빛호텔을 노리는 배후 인물에게 알지도 못하면서 이용당했을 것이 분명했다. 성진은 소유와의 만남이 앞으로 어느 식으로 전개될지 심히 궁금해지기 시작했다. 잘은 모르지만 요 며칠간 달라진 찬혁의 행동과도 연관이 있지 않을까 싶었다.

"그거 정찬혁 사장이 알면 큰일날 소리 아니에요?"

"하하, 그런가요? 아마 자기 얘기인 줄도 모를걸요?"

"뭐, 입 다무는 조건으로 절 좀 도와주신다면 상부상조하죠."

넙죽넙죽 말을 받아치는 소유의 모습에 성진은 솔직히 호감이 일었다.

"이런, 전 뇌물은 거래 취급에서 무조건 제외입니다만."

딱 잘라 대답했지만 성진의 입가엔 부드러운 웃음이 걸렸다. 소유는 찬혁과는 달리 부드러운 인상의 성진을 보며 내심 마음속에 꺼려하던 것을 물어보기로 결심했다.

"저기요."

"네?"

"저기…… 이런 거 물어봐도 될지 모르지만 정말 걱정되어서 그런데요."

"무슨 말씀이신지. 그렇게 망설이는 걸 보니, 제가 대답하기 곤란한 질문이라도 되는 건가 보군요."

무테안경을 슬쩍 치켜올리며 웃는 성진의 모습에 소유는 다시 한 번 망설이며 입을 열었다.

"저기, 정찬혁 사장님 말이에요, 그 나이에 이렇게 큰 호텔을 운영할 정도면 그…… 소위 말하는 집안 배경이 대단하겠죠?"

차마 대놓고 가계 중에 혹시 조폭이나 일본 야쿠자와 연관이 있는 사람이 있는 것이 아니냐는 식의 질문을 할 수는 없어 빙 돌려 말하는 소유였다. 그런 소유의 모습을 잠시 지켜보던 성진이 묘한 웃음을 지으며 대답을 한다.

"……배경이 대단하다기보다는 사장님의 능력이 탁월하다고 표현하는 것이 맞을 것 같군요. 뭐, 물론 배경 역시 무시할 수는 없지만."

그 말이 어찌 해석하다 보면 그런 인물은 없지만 바로 정찬혁 사장이 그 요주의 인물이라고 말하는 것처럼 들려 소유는 한층 마음이 무거웠다.

성진은 소유의 질문에 대답을 하면서 나름 고개를 끄덕였다. 찬혁이 호텔을 물려받기까지 얼마나 힘들었는지 잘 알고 있었다. 집안이야 이름만 대면 모두가 아는 그런 집안이었지만 그런 집안일수록 복잡한 가계와 달라붙는 친인척들이 많으니까 말이다. 그 모두를 물리치고 이 자리에 서기까지 찬혁이 얼마나 노력했는지는 옆에서 지켜본 성진이 가장 잘 알고 있었다.

하지만 성진의 대답을 곡해한 소유로서는 그의 대답이 애매

모호하기만 할 뿐이었다. 밑바닥부터 시작해서 두목까지 됐다는 건지, 아니면 인텔리 조폭답게 머리가 좋아서 두목이 되었다는 건지 판단키가 어려웠다.

"그, 저기…… 예를 들자면, 정찬혁 사장님 성격이 말이에요, 지고는 못 산다거나 받은 만큼 되돌려 준다거나 보복성이 강하다거나, 뭐 그런 성격인가요? 포악하고 극악무도하고, 아니, 별 뜻은 아니구요. 예를 들면 법보다 주먹이 먼저 나간다거나 폭행치사 비슷한 경험이 있거나 뭐, 하하, 그런 식으로 말이죠."

"네?"

"……아닙니다."

자신이 생각하기에도 너무 두서없이 한 말이라 소유는 손을 휘이 저었다. 하지만 성진은 소유의 말을 정확히 이해한 터라 고개를 슬쩍 돌려 웃음을 지었다.

'아니, 남은 심각해 죽겠는데 뭐가 재미있다고 웃어, 정말.'

다시 고개를 돌린 성진의 얼굴은 약간 붉어져 있었다. 눈가 역시 약가 붉게 물들어 보였다.

"아…… 흠, 흠, 죄송합니다. 정찬혁 사장님의 성격은 칼과 같죠. 칼은 어떻게 쓰느냐에 따라서 자신을 지킬 수도 있고, 상대를 베어버릴 수도 있다는 건 아실 겁니다. 저라면 무슨 수를 쓰더라도 사장님과 같은 편에 설 것 같습니다. 이러면 답이 된 건가요?"

"아아, 네."

역시나 칼을 다루는 사람이란 건가. 성진의 대답에서 유독 '칼'이라는 단어에만 집착한 소유는 망설이며 사장실 문을 쳐다 봤다. 커다란 사장실 문이 마치 지옥으로 향하는 입구처럼 느껴 져 소유는 소름이 쫙 끼쳤다.

심호흡을 한 소유가 안으로 들어서야겠다고 생각하는 사이 덜컥하고 문이 열리면서 찬혁의 모습이 드러났다. 무언가 잔뜩 못마땅한 표정으로 나온 그는 미미하지만 인상을 쓴 채로 그 둘 을 노려보았다. 정확히는 소유를 향한 시선이지만. 그 눈빛이 하도 살벌해서 소유는 인사조차 할 수가 없었다.

"김성진."

"네, 사장님."

"GM(General Manager)이 이런 식으로 노닥거려도 되는 건 가?"

찬혁이 노골적인 불만을 터뜨리며 말했음에도 불구하고 성진 은 부드럽게 맞받아쳤다.

"노닥거리는 게 아니라, 잠시 말 상대를 해드렸을 뿐입니다. 나소유 씨, 제 대답은 여기까지입니다. 이만 들어가 보시죠."

깍듯하게 인사하는 성진을 보며 어처구니없다는 식으로 고개 를 설레설레 젓던 찬혁은 소유를 한순간 쫙 노려보고는 성큼성 큼 사장실 안으로 사라졌다.

'눈에서 레이저빔이라도 나오겠다. 왜 저렇게 기분이 안 좋은 거야?'

소유는 속으로 중얼거리면서도 영문을 몰라 당황스러웠다. 물론 그로서도 기분 좋은 만남이 아니니 좋은 표정을 지을 수 없다는 건 이해한다. 자신 역시 그러니까 말이다. 하지만 저렇게 노골적으로 싫다는 표현을 할 건 또 뭐람. 여전히 비 맞은 중처럼 중얼거리는 소유를 성진이 재미있다는 듯이 지켜보다가 은근슬쩍 말을 건네었다.

"아, 이제야 생각난 건데요. 뭐, 가끔 물리더라도 쓰다듬어 주면 효과는 있을 겁니다."

"네? 그건 또 무슨 소리예요?"

"혹시 동물의 왕국을 보신 적이 있나요? 아니면 내셔날 지오그래픽 정도?"

"네? 아, 뭐. 자주는 아니지만."

"그럼 됐군요. 맹수들의 생활을 참고하시면 될 겁니다. 어서 들어가 보세요. 저희 사장님은 기다리시는 건 굉장히 싫어하시거든요."

알쏭달쏭한 말만을 지껄이는 성진을 바라보던 소유는 마지못해 사장실로 향했다. 열린 문으로 조심스럽게 들어서자 여전히 못마땅한 표정을 지으며 자신을 노려보는 찬혁과 눈이 마주쳤다.

"맘이 편한가 보지? 노닥거릴 시간도 있고 말이야."

"누가 노닥거렸다는 거예요? 동물의 왕국 얘기하고 있었다고요."

"동물의 왕국?"

"네. 맹수를 쓰다듬어라, 물려도 참아라 뭐 그런 내용이던데요?"

"그건 또 무슨 소리야?"

마침 문을 열고 들어선 성진의 손에는 어느 틈에 준비한 것인지 쟁반에 두 잔의 찻잔을 들고 있었다.

"차를 들면서 말씀들 나누시죠."

"이봐, 김 실장."

"네."

찬혁이 기분이 저조하거나 자신에게 불만이 있을 때 붙이는 호칭으로 그를 부르자 성진은 애써 나오는 웃음을 삼켰다. 찬혁의 저런 모습은 그와 알고 지낸 수년 동안 처음이었다. 마치 먹고 싶던 과자를 빼앗긴 어린애처럼 찬혁의 잘난 얼굴 가득 심술이 다닥다닥 붙어 있는 것이 성진의 눈에 보일 정도였다. 평소 포커페이스로 유명하던 그가 왜 이렇게 한순간에 감정을 드러내는 걸까. 그 이유는 분명 찬혁의 앞에 갑자기 나타난 저 여자와 관련이 있을 것이라고 성진은 짐작했다. 뭐, 성진이 보기에도 나소유란 여자는 여러모로 특이하고도 유쾌한 여자였다. 첫 대면부터 이렇게 성진의 호기심을 끌어내는 여자는 드물었다.

"TV를 볼 만큼 여유로운가 보지? 일이 부족한 건 아니고?"

"하하, 별말씀을. 단지 알고 있던 걸 말씀드렸을 뿐입니다. 도움이 될까 해서."

여전히 의문스런 말만을 지껄이는 성진을 쳐다본 찬혁은 작게 한숨을 쉬었다. 총지배인인 김성진, 자신의 둘도 없는 친구가 가끔 엉뚱한 말을 할 때는 무언가 있다는 거였다. 대체, 저 녀석은 알고 있는데 자신은 모르는 것이 뭘까. 찬혁은 은근히 조바심이 났다.

성진이 자리를 비키자 찬혁은 기다렸다는 듯이 질문을 던졌다.

"그래서 조카를 만난 결론은?"

"믿을지 모르지만 정석이도 다른 뜻이 있었던 것은 아닌 것 같아요."

"다른 뜻은 없었다?"

툭하니 던진 말의 느낌이 여간 깐죽거리는 것이 아니었다. 소유는 인상이 저절로 써지는 것을 간신히 눌러 참았다. 저것도 능력의 일종인가 보다. 말 하나로 사람 염장을 제대로 지르는 걸 보면 말이다. 저런 식으로 말할 때 보면 자신이 얼마나 얄미운 남자로 보이는지 그는 알까. 갑작스런 궁금증을 애써 누르며 소유는 진지하게 대답을 했다.

"아무래도 장난전화에 속아서 그런 것 같은데요. 고의도 아니었고, 실제 문제가 일어난 것이 아니니까……."

"용서해 달라?"

뒷말을 냉큼 잘라 하고 싶었던 말을 그대로 내뱉은 찬혁이 자신의 조카라면…… 머리통에서 북 치는 소리가 들리고도 남았을 거다. 아니, 아마 어쩌면 피를 봤을지도.

"……그래 주신다면 고맙겠어요."

소유가 눈치를 보며 말을 머뭇머뭇 하자 찬혁은 순간 손이 나갈 뻔했다. 저 삐죽삐죽한 머리를 슥슥 매만지면서 걱정하지 말라고 말하고 싶을 정도로. 눈치를 보느라 땡글땡글 눈동자를 굴리며 고개를 숙이는 모습이 손뿐만이 아니라 가슴 한곳까지 간지럽게 만들었다. 슬쩍 웃음이 나왔다. 하지만 이대로 용서를 한다면 소유와 다시 만나기가 힘들 거란 생각이 들었다. 게다가 그 배후를 캐는 것도 힘들고. 이런저런 생각에 찬혁은 잠시 침묵을 유지했다. 자고로 침묵은 대화를 하거나 토론을 할 때 적절히 써먹어야 그 효과가 발휘되니까 말이다.

반대로 소유는 찬혁이 아무런 말도 하지 않고 침묵하자 초조해지기 시작했다. 맘 같아서야 이 자리를 박차고 나가서 너 따위는 꼴도 보고 싶지 않다고 외쳤으면 좋으련만. 그 웬수 같은 조카의 안위가 걸린 문제이니 일단 자존심은 접어둬야만 했다.

"……물론 본인은 그렇다고 하지만 그걸 어디까지 믿어야 할지는 내가 정해. 의뢰가 장난이었다고 해서 조카가 한 일 역시 장난으로 치부할 수는 없다는 거야. 불법은 어디까지나 불법이니까."

딱 잘라 말하는 찬혁의 말에 소유는 얼굴이 일그러졌다. 물론 자신이라도 그렇게 말했을 것이지만, 막상 당하고 보니 속이 쓰리긴 했다.

“그럼…….”

긴장감에 소유가 뒷말을 잇지 못하자 찬혁은 잠시 그녀를 쳐다보다 여유로운 동작으로 찻잔을 들었다. 초조하게 자신을 바라보는 소유의 모습에 내심 만족감을 느끼며 찬혁은 천천히 말을 이었다.

“조카를 고발하지 않는 대신 우릴 위해서 일을 해줘야겠어. 물론 전(前) 의뢰자에게 알리지 않고 말이지. 예를 들면 이중 스파이라고 하면 이해되나?”

“이중 스파이라면 어떤……?”

얼떨떨한 와중에도 소유는 궁금증을 이기지 못하고 먼저 질문을 했다. 찬혁은 잠시 소유를 쳐다보다 뭔가를 결심한 듯 이윽고 묘한 웃음을 입가에 단 채로 천천히 말을 이었다.

“호랑이를 잡으려면 어디로 가야 된다고 하지?”

“그거야, 호랑이 굴에 들어가야…….”

“바로 그거야.”

“바로 그거라니? 그게 무슨 말이에요?”

소유가 알 수 없다는 표정으로 되묻자 찬혁은 이내 진지한 눈빛으로 소유를 쳐다봤다.

“의뢰인의 배후를 캐기 위해서는 그 의뢰인의 일을 들어주는 척하면서 오히려 우리가 그를 역 이용한다는 거지.”

“너무 위험하지 않을까요?”

소유가 걱정스럽다는 듯이 되묻자 찬혁이 찻잔을 내려놓고는 그녀를 빤히 쳐다봤다.

"사랑해 마지않는 조카가 경찰서 신세를 지는 것만큼은 아닐 거라고 보는데."

"좋아요. 하겠어요. 하지만 이 일이 끝나면 정석이의 잘못도 완전히 없어지는 거죠?"

"그래. 그리고 한 가지 더. 이 일이 잘만 해결된다면 충분한 사례를 보장하지. 뭣하면 사건 의뢰라고 봐도 무방하고. 물론, 내가 제시한 조건을 수락한다는 조건이 붙지만 말이야."

"의뢰요?"

일이라는 말에 소유가 정색을 하며 되물었다. 찬혁은 다시 한 번 여유롭게 찻잔을 들어 한 모금 마신 뒤 촉촉해진 입술을 혀로 슬쩍 핥았다. 그 모습이 무척이나 색정적으로 보여 소유는 얼굴이 확 붉어지고 말았다.

"그래. 아마, 당신네 심부름센터가 문을 연 이래 가장 큰 일일 거라고 내 장담하지."

찬혁의 말에 소유는 반신반의했다. 선택의 여지는 없는 상황, 하지만 무슨 일인지는 모르지만 그걸 통과한다면 자신을 믿고 일을 맡기겠다는 말이었다. 솔직히 구미는 당겼다. 보란 듯이 일을 멋지게 처리해 줄 거라는 생각과 찬혁과 좀 더 같이 있을 수 있다는 두근거림까지. 하지만 어떤 통과의례인지도 모르고 덥석 물기엔 왠지 꺼려지는 것이 있었다.

"저기, 그, 통과의례라는 게 그게, 아주 힘들다거나 어려운 건가요?"

"뭐, 별거 아냐. 단지 눈속임이 필요해서 그런 거니까."

"눈속임이요?"

점점 찬혁의 이야기 속에 빠져든 소유는 몸을 앞으로 숙이며 찬혁을 쳐다봤다. 찬혁은 자신의 말이 이어짐에 따라 진지하게 빠져드는 소유의 표정이 무척이나 맘에 들었다. 자신을 믿는다고 눈으로 말하고 있는 소유의 모습에 저릿하고 가슴이 감전된 것처럼 짜르르 울려댔다.

"흠, 흠."

갑자기 고개를 돌리고 입을 주먹으로 가린 채 연방 기침을 하는 찬혁을 보고 소유는 왜 그런지 모르겠다는 듯이 고개를 갸웃거렸다. 그 모습마저도 상당히 귀엽다고 느끼는 자신이 이상한 건가. 찬혁은 서둘러 정신을 차리고는 말을 이었다.

"우선은…… 몇 분만 연기를 하면 돼."

"연기요? 무슨 연기요?"

되묻는 소유를 바라보며 찬혁은 목소리를 죽이고는 조심스럽게 몸을 앞으로 수그렸다. 덩달아 같은 행동을 하며 사방을 둘러보는 소유의 표정은 정말 꽉 안아주고 싶을 만큼 예뻐 보였다. 이런 감정이 계속 쌓인다면 자신은 연기를 제대로 할 수 없을지도 모른다고 찬혁은 생각했다.

"……몰카 연기."

"뭐라구요?"

휘둥그레 눈을 크게 뜬 소유의 모습은 정말 얼굴의 반이 눈으로 덮인 것처럼 보였다. 찬혁은 잘못하면 정말 쏟아질지도 모른다는 생각을 하곤 피식 웃어 보였다. 어느 정도까지 사실을 드러내야 할지 약간 망설이긴 했지만 어차피 사업도 도박이다. 그리고 만에 하나 이 일이 잘못된다 하더라도 얼마든지 수습할 수 있다고 찬혁은 생각했다. 다소 난감하긴 하겠지만 그래도 그만큼 얻는 것도 있을 테니까. 찬혁은 진지한 표정으로 말하기 시작했다.

"네 말처럼 장난이라고 하기엔 걸리는 게 한두 개가 아니야. 우선 조카가 의뢰를 받은 그 룸에 투숙할 사람들은 그 의뢰인의 말처럼 불륜 관계가 아니라 우리 호텔의 단골손님이었어. 그것도 대단한 배경을 가진 신혼커플. 이름만 대면 알 수 있는 그룹 후계자의 결혼식 날의 첫날밤이 호텔 몰카에 찍히게 된다면 어떻게 될까? 그것도 자주 이용하는 특급 호텔에서 말이야."

찬혁의 말에 소유는 경악하고 말았다. 만에 하나 정말 그런 일이 벌어진다면 이건 그냥 몰카 문제로 끝날 것이 아니었다. 찬혁의 호텔도 커다란 타격을 받을 테고, 정석 역시 더욱 험한 꼴을 당하고 말 테니까 말이다.

"그, 그럼……?"

"내 생각은 누군가가 고의적으로 우리 호텔을 상대로 이런 일을 벌인 것 같다는 거야. 아마 지금쯤 어디선가 우리를 지켜보고 있을지도 몰라. 조만간 정석에게 연락을 해서 그 녹화한 테이프를 요구하겠지. 난 그 배후를 캐내야만 된다고. 그러려면 그 가짜 의뢰자와 접촉해야만 하거든. 그러기 위해서는 그 녹화된 테이프가 절대적으로 필요해.”

찬혁의 말에 소유는 침을 꿀꺽하고 삼켰다. 하지만 설마 그 비디오를 같이 찍자는 말은 아니겠지?

“설마 그 비디오 대역을 나보고 하라는 건가요, 지금?”

“정확히는 너와 내가 되는 거겠지.”

헉 하고 숨소리조차 삼키는 것을 잊을 정도였다. 그냥 숨이 절로 콱 막혔다고나 할까. 소유는 아무렇지 않게 자신을 향해 말하는 찬혁의 머리뚜껑을 열고 확인하고 싶을 정도였다. 제정신이냐고, 혹시 머리에 이상이 있는 것이 아니냐고 말이다. 하지만 그러기엔 찬혁의 표정이나 말투가 너무도 멀쩡해 보였다.

“굳이 우리가 그런 비디오를 찍을 필요가 있어요? 비슷한 걸로 그냥 넘기면…….”

“아니. 그들이 바보가 아닌 다음에야 투숙할 사람들의 신원조사나 외모 정도는 당연히 알고 있을 거라고. 물론 나도 생각은 해봤어. 비슷한 사람들을 찾아서 대역을 시키는 것도 말이지. 하지만 말이 새어나갈 가능성이 있어선 절대 안 돼. 절대 이런 일이 밖으로 유출되어서는 안 된다고. 우리 호텔 이미지도 생각해야지.”

“요샌 컴퓨터로 조작 같은 것도 한다고 하던데 그러면 안 되는 건가요?”

"어설프게 속이다 보면 놓치는 경우가 있다고. 그들 역시 프로야. 그런 가짜가 통할 것 같은가?"

근거 타당한 말이었기에 소유는 반박을 할 수가 없었다. 하지만 어떻게 자신이 찬혁과 그런 얼레리한 행동을 할 것이며, 그런 모습을 촬영할 수 있단 말인가.

여전히 고민하는 소유를 바라보는 찬혁의 눈빛이 반짝하고 빛이 났다.

"그 룸에 묵을 예정이었던 사람들은 이 불미스런 일에서 벗어날 수 있다면 얼마든지 도와준다고 했어. 우린 그 대역을 맞아 말 그대로 열연하면 되는 거지. 몇 분 동안 말이야."

"……"

소유는 순간적으로 말문이 막혔다. 열연이라는 말에 온통 야한 상상이 머릿속을 가득 메웠다. 몇 분이라고는 하지만 그 몇 분 사이에 별별 일이 다 일어날 수 있는 상황이 아닌가. 생각만으로도 얼굴이 확 불타 버린 소유는 당황스럽고 창피하고. 소유는 손으로 파닥파닥 얼굴 가까이 바람을 일으키며 어쩔 줄 몰라 했다. 그런 소유의 모습을 은근슬쩍 관찰하는 찬혁의 표정은 무척 즐거워 보였다.

"그, 그렇지만 우리가 속인다고 속아 넘어가 줄까요?"

"아, 그건 걱정 마. 내가 그 커플들을 잘 안다고 했잖아. 다행스럽게도 우리와 신장이 비슷하거든. 얼굴을 좀 멀리서 찍으면 되지 않을까 싶은데, 뭐, 네 쪽은 어떨지 모르지만."

그런 말을 하며 소유의 목 아래를 뚫어지게 내려다보는 바람에 소유는 얼굴이 아예 까맣게 타버리는 것 같았다.

"내, 내가 왜요?"

"흠, 여자 쪽의 몸매가 장난이 아니거든. 대역도 대역 나름이라고 좀 비슷해야 하지 않겠어?"

찬혁의 시선이 빠르게 소유의 몸을 훑어 내리자 소유는 얼굴이 벌겋게 달아올랐다. 물론, 자신의 몸매가 여성미를 자랑하는 그런 몸매는 아니지만 그래도 꽤 옷걸이가 괜찮다고 생각하는 그녀였다. 모델처럼 큰 키와 터질 듯한 가슴을 가지지 않았다는 것을 제외한다면 어디 가서도 주눅 들지 않을 자신이 있는 그녀였다.

"흥, 당신 걱정이나 하시죠? 이래 봬도 어디 가서 빠지는 몸매는 아니거든요?"

"그래? 그렇다면 다행이고. 하지만 이렇게 봐서는 말의 신빙성을 믿을 수가 없겠는걸?"

'이 남자가 정말!'

소유는 눈을 흘기며 속으로 화를 달랬다. 그렇다고 해서 지금 상황에 자신의 몸매가 보기 좋다고 옷을 벗고 보여줄 수도 없는 노릇 아닌가.

"원래 쓸모없는 선물일수록 포장지가 화려한 법이라는 거 몰라요?"

"후후, 글쎄. 좋은 선물은 포장도 신경 쓰는 법이니까."

말이나 못하면! 소유는 약이 잔뜩 올랐지만 더 이상의 말장난
은 그만두기로 했다. 소유가 침묵하자 찬혁은 다시 말을 이었
다.

"그리고 이 일이 해결될 동안 당신과 조카는 당분한 우리 호
텔을 벗어나면 안 돼."

"그건 왜요?"

"몰라서 묻나? 준비도 안 된 상태에서 그쪽에서 먼저 접근을
하거나 감시를 한다면 이 일은 모두 끝장이라고. 혹시라도 연락
이 오게 되면 적당히 둘러대라고. 아직 다 찍지를 못했다거나
테이프에 이상이 있다거나. 한동안 그 호텔 객실에 머물도록 나
도 손을 써놨으니까."

찬혁의 말에 소유는 한숨을 푹푹 내쉬었다. 불만스럽다는 것
을 온몸으로 표현하는 소유를 흘긋 쳐다보며 찬혁은 야속하게
한마디를 더 던졌다. 더 이상의 싫다는 소리를 아예 할 수 없도
록 말이다.

"이미 결정난 일에 후회하는 바보 같은 짓은 안 하는 거야. 하
지만 이 일이 잘못되거나 중도에 일을 포기한다면 내가 장담하
는데 당신 조카를 꼭 유치장에 보내 버리고 말겠어."

찬혁의 확고부동한 말에 소유는 나오는 신음을 애써 눌렀다.
이건 완전 창살 없는 감옥이나 마찬가지인 생활이었다. 물론,
평생 가도 특급 호텔에서 의식주를 해결하는 것이 쉽지는 않겠
지만 그것도 마음이 편할 때의 얘기가 아닌가.

"저기, 그리고 정석이의 그 몰카 테이프요."

"아아, 그거? 왜?"

"정석이는 정말 아니라고 하던데, 그게…… 정말 그런 일을 하긴 한 건가요?"

붉어진 얼굴로 어색하게 묻는 소유의 모습을 보며 찬혁은 심각한 표정으로 고개를 끄덕였다.

"당연히 본인은 모른다고 하겠지. 술 취한 상황이었으니까. 아, 그러고 보니, 이 테이프도 꽤 요긴하게 쓰이겠군."

"그게 무슨 말이에요?"

"만에 하나 몰카 비디오를 못 찍는다고 하면 뭐, 이 테이프를 인터넷에 공개하는 수도 있으니까 말이야."

"당신 미쳤어요? 누가 안 한대요? 해요, 한다구요! 몰카든 뭐든 하면 될 거 아니에요?"

소유가 바락바락 악을 쓰자, 찬혁이 웃으며 고개를 끄덕였다.

"좋아. 그런 각오로 임하면 못할 게 없는 거야. 이거, 은근히 기대되는걸?"

그제야 찬혁의 말장난에 놀아난 것을 안 소유는 찬혁을 노려봤다. 이 남자, 은근히 강하다.

찬혁은 전투적인 모습으로 자신을 노려보는 소유를 바라보며 느긋하게 담배를 입에 물고는 불을 붙였다. 천천히, 그리고 아주 여유롭게.

'어떻게 결정을 내리든…… 내 손안에 있어야 한다는 얘기지.

그 작은 머리로 아무리 생각해 봐도 결론은 내 의견을 받아들일 수밖에 없을 거야. 재미있군. 갑자기 생각해 낸 것이지만…… 꽤나 기대되거든, 나도.'

소유를 뚫어지게 쳐다보는 찬혁의 눈이 위험하게 번쩍였다. 아차, 싶은 순간 찬혁이 소유의 얼굴 가까이로 담배 연기를 내뿜었다. 매캐한 담배 향에 절로 코가 매워 눈꼬리에 눈물을 매단 소유는 속으로 이를 갈았다.

'그냥…… 폐암에나 걸려 버려? 나쁜 것은 혼자 다 하면서 왜 멋진 척인데!'

처음에도 그렇고, 지금도 그렇고. 이 남자 은근히 협박하는 것에 강하다고 소유는 생각했다. 상대방이 노라고 대답할 수 없을 정도로 몰아붙이는 모습이 너무 익숙해 보였다. 호텔 사장이 아니라 무슨 마피아 두목을 해도 어울릴 거라고 생각하며 소유는 공중에 떠 있는 담배 연기를 신경질적으로 휙휙 손으로 휘저었다. 소유의 머릿속은 복잡하기만 했지만 결국 찬혁의 마지막 말이 쌔기였다. 소유는 지금 얼레리한 비디오 촬영을 해야만 하는 상황에 처한 것이다.

벌게진 얼굴로 사장실을 나온 소유는 무슨 정신으로 정석이 있는 룸까지 내려갔는지 몰랐다. 멍한 상태에서도 좀 전 찬혁의 모습이 내내 눈앞에 아른거리는 그녀였다. 다소 거친 동작으로 머리를 흔든 소유는 신기하다는 듯이 이쪽저쪽을 뒤지고 다니는 정석의 뒤로 기척없이 다가가더니 대뜸 정석의 뒤통수를 손바닥으로 퍽 소리 나게 때렸다.

"으악! 뭐야, 고모!"

"어딜 죄다 뒤지고 다니는 거냐, 지금? 무슨 소풍날 보물찾기하는 줄 알아?"

"아씨. 왜 또 나한테 신경질인데?"

"이게 다 네가 화근이 됐기 때문이라구, 알아!"

갑자기 소리를 빽 지르는 소유의 모습에 정석은 붉어진 얼굴로 씩씩거리며 그녀를 쳐다보다가 조심스럽게 말문을 열었다.

"사장님이 뭐라고 그랬어, 또?"

"차라리 잔소리 정도면 2박3일 날밤 새면서도 들어줄 용의가 있다."

"그럼?"

진지하게 되묻는 정석을 보면서 소유는 결국 시선을 돌려 자신의 머리를 쥐어뜯었다.

'대체 무슨 속셈인지를 모르겠단 말이야. 굳이 내가 아니어도 되잖아? 입막음 정도야 뭐. 아, 여기서 막히네. 나야 약점이 잡혔으니까 말이 새어나갈 리가 없구나.'

"고모, 무슨 생각을 그렇게 골똘히 해?"

"알고 싶냐?"

"응. 고모가 그렇게 폼 잡고 있으면 꼭 사고 치잖아."

"그거, 내가 할 소리거든? 정신 사나우니까 왔다 갔다 하지 좀 마! 그리고 이리 좀 와봐라, 조카."

“왜?”

성큼성큼 걸어오는 정석을 보며 소유는 작게 한숨을 쉬었다. 안 되는 놈은 엎어져도 코가 깨진다더니만, 자신은 그보다 더한 면상 전체를 부딪친 것 같다는 생각을 했다.

“조카야, 네가 맡은 사건 의뢰가 실은 치정이 아니라 경쟁 기업 간의 신경 싸움에 말려든 것 같다.”

“뭐? 정말?”

눈을 크게 뜨고 놀라는 정석을 보며 소유는 한숨을 푹푹 쉬었다.

“어. 좀 전에 이곳 사장씨 만나고 왔잖아. 너한테 몰카 의뢰한 사람이 거짓말한 거래. 그 룸에 묵을 예정이었던 사람은 이름만 대면 다 아는 국내 굴지 기업의 후계자 양반이시란다. 결혼식 후 묵을 예정이었대.”

“그게 사, 사실이야?”

“그래. 그래서 지금 더 골치 아파. 몰카 건 자체도 문제지만 이걸 의뢰한 사람을 밝혀내야 한다고 난리잖아. 그래서 우리가 연기를 좀 해줘야 한단다.”

소유의 표정에 정석의 얼굴빛이 파랗게 변했다가 다시 붉게 변해갔다. 아무리 영특하다고는 하지만 아직은 스무 살, 어린 나이임에는 분명하니까 말이다.

“무슨 첩보 작전을 하는 것도 아니고. 뭐 하자는 건지, 흥.”

들뜬 표정의 정석을 보면서 소유는 콧방귀를 뀌었다.

"흥? 나도 흥이다, 이놈아. 끼어들지 말고 가만히 좀 있어봐. 그 경쟁업체를 잡기 위해서는 우선 의뢰자를 먼저 잡아야 되는데, 그 의뢰자가 우리한테 접촉을 할 거래. 그러니까 역으로 그들이 의뢰한 테이프를 넘겨주는 척하면서 그들의 배후를 캐야 된단다."

"혁, 그, 그러다 잘못되면 어떻게 해? 게다가 그 몰카는 찍지도 않았잖아!"

사색이 된 정석이 바로 되묻자 소유는 한숨을 쉬었다.

"그 몰카가 바로 요점이거든. 몰카를 가짜로 촬영해야 하는데 다소 문제가 복잡하단다."

"그냥 컴퓨터로 합성하면 되잖아."

"아둔한 조카야, 생각이라는 걸 좀 해봐라. 그들은 작정을 하고 일을 벌인 사람들인데 그런 조잡한 컴퓨터 조작으로 그들을 속일 수 있을 거라고 생각하니? 이 호텔 사장은 확실한 진품을 원한단다."

"지, 진품? 그럼 정말 몰카를 찍으래?"

"그건 아니고. 진품 같은 가짜를 만들어야 된단다. 그리고 그 일을 완벽하게 처리해 주면 우리 일을 덮어주겠다고 얘기하더라."

"그럼 먼저 사무실부터 가봐야 하는 거 아냐?"

"너, 바보냐? 사무실 전화를 핸드폰에 착신시켜 놓으며 되지. 그리고 우리 역시 못 믿는다고 이 호텔에서 한 발자국도 못 나간대.”

“그런 말이 어딨어?”

“우린 이 호텔에 반쯤은 인질로 잡혀 있는 거라구. 그러니까 좋다고 뒤지고 다니지 말란 말이야. 괜히 오해 사는 짓은 하지 않는 게 좋다구.”

“그럼 어쩌지?”

인상을 쓰며 중얼거리는 정석을 보면서 소유는 머리가 아파 옴을 느꼈다.

화는 나지만 저리 고민하는 정석을 보니 화낼 마음이 없어진 그녀였다. 하지만 그렇다고 대놓고 그 비디오 촬영을 직접 하라고 말했다고 말하기도 뭣했다. 그냥 촬영도 아니고 애로씬이 가득한 19금 빨간딱지 준 포르노급 아닌가. 자신이 그런 비디오를 모른다면 모를까, 그녀가 봐온 테이프만도 상당했기에 소유는 절로 얼굴이 붉어지고 말았다. 게다가 사장씨는 분명 말하지 않았던가. 그 테이프의 주인공은 다름 아닌 자신과 사장이라고 말이다. 보는 걸로 치자면 대학 졸업 논문도 한 번에 큐 할 정도 완벽하게 인지하고 있지만 그게 실전이라면 또 상황이 다르다.

‘아, 가만!’

대체 어떻게 해야 할지 고민스럽던 소유는 불현듯 든 생각에 정석을 뚫어지게 쳐다봤다.

정석은 남자치곤 좀 마른 편이었다. 얼굴도 제법 하얗고. 팔다리도 남자치곤 가늘고 곧은 편. 문제는 키라는 건데. 뭐, 촬영할 때 카메라는 어차피 떨어진 곳에 있을 테니 상관없지 않을까?

소유는 스스로의 생각에 흐뭇해지고 말았다. 게다가 아무리 그래도 한 침대에서 찬혁과 그런 짓을 하기엔 이 심장이 아마 버텨 나질 못할 것이다. 코피라도 터져 봐라, 얼마나 쪽팔린 상황이 되겠는가. 생각이 거기까지 미치자 소유는 자신의 생각에 여러 가지 상상을 첨가하며 흐뭇해지기 시작했다.

'그래, 하늘이 무너져도 솟아날 구멍이 있다지 않은가.'

"표정이 너무 음흉하고 괴기스러워, 고모."

"흐흐. 잘 봤다, 조카. 내가 지금 엄청난 걸 생각했거든? 일단 사장씨한테 가서 한번 찔러나 봐야지 뭐. 있다 보자, 조카."

자신의 생각에 스스로 만족한 소유는 내일 다시 찬혁을 만나 자신의 생각을 얘기해 보기로 했다.

'이렇게 쉬운 방법을 두고 그런 고민을 하다니!'

소유의 표정이 오랜만에 홀가분해 보였다.

# [제 6 장] 여자 주인공은 누가 될 것인가?

**다**음날 시간을 잡고 찾아간 사장실에 찬혁과 마주 앉은 소유는 어떻게 첫 마디를 꺼내야 할지 고민했다. 물론 밤늦게까지 생각을 정리하고 찬혁을 설득시키자고 마음먹은 것과는 달리 꿈속에서 자신은 찬혁과 아주 뜨거운 베드신을 연출하는 바람에 잠을 설친 소유였다. 빨간 눈을 한 소유가 연방 머뭇거리며 말을 꺼내지 않자 찬혁이 그녀를 재촉했다.

"그래, 할 말이라는 게 뭐야?"

서류에서 시선을 뗀 찬혁이 자신을 빤히 바라보자 소유는 다시금 머릿속이 복잡해지고 말았다. 그런 소유의 행동을 쳐다보던 찬혁이 돌연 픽 하고 웃더니 재차 질문을 했다.

"벌써 마음의 준비를 다 한 건가? 오늘 바로 찍자고?"

"아니, 그건 아니구요. 그 몰카를 찍기 전에 그저 의견을 하나 내는 것도 괜찮을 것 같아서요."

"의견?"

"네."

소유는 크게 고개를 끄덕이며 대답을 했다. 찬혁은 소유의 얼굴에서 눈을 떼지 않은 채 그 상태에서 양 손가락을 깍지 끼며 등받이에 등을 기댔다. 작은 동작이었지만 무척이나 매끄럽게 연결된 동작이어서 마치 한 마리의 호랑이를 보는 것 같다는 착각이 들었다. 아무래도 그 비서의 동물의 왕국 얘기를 들어서인가. 소유는 저 커다란 덩치의 머리를 슥슥 매만진다면 정말 물리는 걸로는 끝나지 않을지도 모른다는 생각이 들었다.

"무슨 의견이지?"

"저기, 그니까요. 그 몰카 연기라는 게요, 내용을 다른 곳에 퍼뜨리지 않을 만한 사람이면 된다는 거잖아요. 안 그래요?"

"계속해 봐."

소유는 침을 삼켰다. 이제부터가 본론인데, 정말 확 달려들어서 물어버리면 어떡하지?

"다시 말하면 말만 새어나가지 않고 그 연기를 할 수 있는 사람이 있다면 제가 아니어도 되죠?"

"그런 사람이 어디 있지?"

점점 표정이 굳어가는 찬혁의 모습에 소유는 괜한 얘기를 꺼낸 건가 싶은 생각도 들었지만 이내 말을 이었다. 찬혁의 말에 얼굴에 화색을 띠며 소유는 적극적으로 대답을 했다.

"제 조카가 있잖아요."

"……!"

찬혁은 순간 자신이 무슨 말을 들었는지 심히 의심하지 않을 수가 없었다. 그녀의 말대로라면 자신과 그녀의 조카가 그런 장면을 연출해야 된다는 건가? 생각이 거기에 미치자 찬혁은 소유를 잡아먹을 듯이 험악하게 노려봤다. 그 모습에 움찔한 소유는 서둘러 변명을 하기 시작했다.

"에, 그 연기라는 게 그니까…… 좀 더듬고, 키스하고…… 침대 위에서…… 한다면, 잘만 감추면……."

"그만."

정말 으르렁거린 것이 아닐까 싶게 찬혁의 목소리는 낮게 울렸다. 표정도 심상치가 않은 것이 아무래도 제대로 염장을 지른 것 같았다.

"지금 나보고 네 조카를 안으라고?"

"아, 아니, 그런 말이 아니라요, 어차피 연기니까……."

찬혁의 말에 펄쩍 뛸 듯이 놀란 소유가 고개까지 저으며 부정을 했다. 설마 자신이 그런 말도 안 되는 걸 찬혁에게 요구할 리가 없지 않은가. 하지만 마음과 달리 머릿속에서 그려지는 찬혁과 정석의 그 얼레리한 장면에 소유는 기겁을 하고 말았다. 아씨, 상상하지 마! 이건 정말 말도 안 되는 일이라구! 자신도 모르게 고개를 마구 젓는 소유의 모습을 지켜보던 찬혁이 천천히 자리에서 몸을 일으켰다.

"내가 미쳤다고 같은 거 달린 놈한테 그런 짓을 할 거 같아?"

"아니, 내 말은 그게 아니잖아요! 어차피 연기라면서요!"

당황하며 말을 하는 소유 곁으로 다가오기 위해 성큼 책상 모서리를 돌아온 찬혁이 고개를 수그리고 얼굴을 가까이 드밀었다. 맘 같아서야 냅다 도망치면 좋겠지만 어떻게 된 게 꼼짝을 할 수가 없는 그녀였다.

"아무리 연기라도 그렇지. 내가 왜 그딴 사내자식 몸을 변태처럼 더듬어야 되는데? 내가 기껏 도와주려고 했더니, 정말 기가 막히는군."

찬혁이 불같이 화를 내며 어이없어하는 모습에 소유는 속으로 중얼거렸다.

'어차피 연기라고 하더니만 왜 그렇게 열을 내는 건데? 그리고 이왕 도와줄 거면 제대로 좀 도와주지!'

"난 그런 변태적 성향이 없어! 아무리 연기라고 하지만 같은 사내 녀석을 더듬다니! 생각만 해도 끔찍하다고!"

한 자씩 힘주어 말하는 찬혁의 모습은 저러다 이가 부서지진 않을까 하는 생각이 들 정도였다. 오죽했으면 턱뼈 선이 저리 선명하게 드러날까. 마치 맹수가 으르렁거리며 달려들기 전의 모습 같았다.

"그, 그럼 나랑은 그렇게 할 거란 말이에요, 지금? 절대, 절대 안 돼욧!"

　힘껏 두 주먹을 꾹 쥐고 바락바락 대드는 소유를 찬혁이 지그시 노려보자 그나마 더 이상 말을 할 수도 없는 상황이었다. 찬혁은 여전히 살벌한 표정으로 분통 터진다는 듯이 소리쳤다.

　"젠장. 내가 호모인 줄 알아? 놀리는 게 아니라면 대체 무슨 의미로 그런 말을 한 거지?"

　"……그냥, 말이 퍼지지 않는 한도라면 조카도 해당되고. 또 정석이도 나름 예쁘장한 모습이니까…… 좀 키가 큰 게, 문젠가요?"

　"그게 문제가 아니잖아, 지금!"

　전혀 핀트가 어긋난 소유의 말에 찬혁은 기어코 버럭 소리 지르고 말았다. 찬혁은 정말 미치고 팔짝 뛸 노릇이라고 생각했다. 대체 무슨 생각으로 그런 의견을 내놓은 건지.

　'젠장! 어떻게 그런 상상을 할 수가 있지? 아무리 연기라고 해도 동성을…… 윽, 상상하기도 싫군.'

　오만인상을 다 쓰며 찬혁은 소유를 노려봤다. 아무리 연기라고 해도 자신이 남자를 안을 수 있다고 생각하는 소유의 정신세계가 심히 의심스러운 그였다. 하지만 소유는 소유대로 다급한 상황이었다. 차마 심장 떨려서 그 얼레리한 짓은 못하겠다고 말할 수 있으면 좋으련만. 소유의 표정을 보아하니 자신과 그런 짓은 절대 하기 싫다는 뜻이 역력히 보였다. 내심 괘씸한 마음에 찬혁은 일부러 그녀를 골려주기 위해 표정을 굳혔다.

"나랑은 싫다 이 말이군."

'아니, 왜 결론이 그런 쪽으로 흐르는 건데요?'

소유는 이를 꽉 물고 자신을 노려보는 찬혁을 보면서 울상을 지었다.

"그런 뜻이 아니잖아요."

"내가 아니면 된다? 그럼 다른 사람을 물색하면 되는 건가?"

느릿하게 말하는 찬혁의 모습에 소유는 숨이 탁 막혔다. 찬혁이 아닌 다른 남자라고? 이 남자, 정말 제대로 미친 게 분명했다.

"혁, 아, 아닙니다! 다른 남자라니요! 전 정말……."

"미안하지만 그런 남자를 고용하려면 비용이 상당히 들어갈 거야. 물론 그 비용은 전적으로 그쪽에서 책임져야겠지."

찬혁의 말에 소유는 석상처럼 굳어갔다. 자신의 생각과는 너무도 다른 방향으로 새어나가는 말을 어떻게 잡아야 할지 난처하기만 한 그녀였다.

"저기, 그건 좀 곤란하다구요. 우리가 이곳에 있고 싶어서 있는 것도 아니고……."

정석과 자신이 머물고 있는 룸은 딱 보기에도 호텔 특실 같았다. 하루만 따져도 기십만 원은 너끈히 나올 숙박비를 꼬박꼬박 낼 수 있는 경제적 여건은 절대 아니었다.

"어차피 먹고 자고 하는 데 드는 비용은 청구할 생각이었어."

찬혁이 어깨를 으쓱하며 말하자 소유가 순간 울컥했다.

"이곳에 있으라고 한 건 그쪽이잖아요! 왜 비용을 지불해야 하는데요?"

"그럼 숙박비는 받지 않을게. 하지만 먹을 건 어떻게 할 거지? 이 호텔에서 한 발도 못 나간다고 내가 말했지?"

"시, 시켜 먹으면 되잖아요."

"그걸 지금 말이라고 하는 거야? 호텔에 배달해 주는 식당이 있을 것 같아? 그리고 내부규정상 다른 곳의 음식물 반입은 금지야. 아마 삼시 세끼를 꼬박 사먹으려면 숙박비보다 더 많이 들어갈걸?"

찬혁의 말에 소유는 이를 꼭 물었다. 억지 쓴다는 것도 알고, 말도 안 된다는 것도 알지만 지은 죄가 있으니 차마 더 이상 대들 수도 없는 형편이었다. 가뜩이나 얇은 지갑인데, 대체 언제까지 이곳에서 있어야 될지.

"아르바이트 자리를 알선해 주지. 대신 임금 지급은 없어. 두 명이 먹는 식비만으로도 넘칠 테니까."

찬혁의 말에 소유의 표정은 더없이 구겨졌다. 한시라도 빨리 이곳을 벗어나고 싶었던 거지, 이곳에서 일을 할 생각은 추호도 없었으니까 말이다.

"내일부터 시작할 만한 일을 알아보고 연락 주지. 이만 나가 봐."

소유는 혹 떼러 왔다가 혹 붙인 격이 된 상황에 정신이 하나도 없어 결국 멍한 상태로 사장실을 나왔다. 패닉 상태인 소유에게 성진이 걱정스럽게 안부를 물었다.

"괜찮아요? 표정이 많이 안 좋아 보여요."

"아아, 이곳 사장님이 말로 사람을 죽일 수 있는 특기를 가지고 있다고 좀 말해주지 그랬어요. 저 방금 사장님한테 죽기 직전까지 몰렸거든요."

소유의 말에 성진은 간신히 웃음을 참았지만 어깨의 잔떨림만큼은 어떻게 하지를 못했다.

"웃기나 봐요? 다행이네요, 적어도 한 명 정도는 이 상황이 즐거울 수 있으니 말이죠. 하긴, 하루 종일 같이 보고 있으려면 스트레스가 장난이 아닐 것 같네요. 그렇게 웃기라도 해야지 안 그러면 미칠 거예요. 휴우~ 저는 이만 가볼게요."

소유가 사무실을 나가자마자 정석은 참았던 웃음을 터뜨렸다. 잠시 후, 표정을 정리하고는 사장실 문을 열고 들어갔다. 대충 어떤 말이 오갔는지는 일부러 닫지 않았던 문을 통해서 생생히 들을 수 있었던 그였다. 좀 전 대화 내용을 들었던 성진인지라 간신히 웃음을 자제하긴 했지만 다시 생각해 봐도 너무 경악할 만한 대화이긴 했다. 천하의 정찬혁이 몰카를 자진해서 찍는다는 것도 믿기 어려운데 그 대상을 남자로 하라고 추천까지 받았으니. 지인들이 알면 기함을 할 일이건만 그런 소리를 들은 당사자는 정작 아무렇지 않다는 듯이 자리에 앉아 있었다. 얼굴색이 약간 다르다는 것을 제외하면 전혀 평소와 같은 모습에 성진은 혀를 내둘렀다.

"나소유 씨가 뭐래?"

"……."

불편한 심기를 드러내는 찬혁의 모습에 실소하며 성진은 다시 한 번 그를 놀렸다.

"잠깐만 얘기하고 나온다고 해서 들여보냈는데 내가 실수한 건가?"

빙글빙글 웃으며 말하는 성진을 한번 노려본 찬혁은 거칠게 담배를 입에 물었다.

"시끄러. 다 들었으면서 새삼 확인은."

"하하, 그래서 넌 어떻게 할래?"

"어떡하긴! 말이 되는 소리를 해야지. 기가 막혀 말도 안 나와."

퉁명스레 내뱉는 말 하나하나에도 불편한 심기가 가득 담겨 있었다. 성진은 슬쩍 찬혁을 쳐다보고는 이내 어이없다는 듯이 고개를 살래살래 저었다.

"적반하장이라는 말이 있지. 네가 소유 씨한테 하는 건 말이 되는 거라고 생각하냐?"

성진이 정색하며 묻자 찬혁은 어쩔 수 없다는 듯이 픽 웃더니만 담배를 깊숙이 빨아들였다. 처음엔 괘씸하다는 생각에서였고, 그 다음은 호기심이었다. 만약 그런 조건을 들이댄다면 어떤 식으로 반응할지 직접 확인하고 싶었달까. 처음부터 그랬다. 이상하게 그녀가 당황하고 난처해하는 모습을 보고 싶었다. 그

리고 그런 모습들이 싫지가 않았다. 자신으로 인해서 그럴 경우
엔 더더욱 말이다.

아무래도 이번에 안 것이지만 자신이 새디스트적인 기질이
있는 게 아닐까 싶었다. 솔직히 막 괴롭히고 놀려주고 싶다는
생각이 들기도 했다. 아직 자신이 왜 그녀에게 신경이 가는지는
모르지만 그건 충분히 자극적이었으며 그만큼 기분이 좋기도
했다. 자신이 잘한 거라고는 생각지 않지만 그래도 그렇지. 어
떻게 조카와 자신이 그런 비디오를 찍을 수 있다고 생각한 건
지, 다시 생각해도 어이가 없었다.

"그만둬라, 김성진. 안 그래도 그 말에 잠시 퓨즈가 나갈 뻔했
으니까. 참, 나소유 씨와 그 문제아 녀석이 할 만한 일 좀 찾아
봐. 가능한 사고 안 날 쉬운 걸로."

담배를 입에 문 채 말하는 찬혁의 행동을 지켜보는 성진은 여
전히 빙글거리고 있었다.

"내가 도움을 좀 줄까?"

"필요없어. 내가 말한 일거리나 찾으시지."

"알겠습니다, 사장님."

찬혁은 내내 웃고 있는 성진이 못마땅했지만 굳이 표현하지
는 않았다.

사장실을 나온 성진은 소유와 그 조카에게 무슨 일을 시킬까
보다는 어떻게 하면 저 둘의 모습을 좀 더 구경할 수 있을까 하
고 고민하기 시작했다. 사무실에 내내 혼자서 일을 하다 보니,

이런 재미라도 있어야 되지 않을까 하는 생각을 하면서 말이다.

다음날 특실로 인터폰을 한 성진은 소유와 정석을 자신의 사무실로 불렀다. 찬혁은 다른 지점에 잠시 나간 상태였다. 잠시 뒤, 문을 열고 들어선 소유 일행을 본 성진의 모습은 부드럽게 풀려 있었다.

"어서 오세요. 이리 앉으세요."

"안녕하세요?"

"안녕하세요?"

동시에 인사를 한 소유와 정석이 테이블을 돌아 소파에 앉자 성진이 안경을 고쳐 쓰고는 서류철을 들고 맞은편 소파에 앉았다.

"자, 어제 사장님께서 말씀하신 일거리에 대해서 좀 알아봤습니다. 그전에 혹시 참고가 될까 싶어서 묻는 겁니다만, 자격증이나 개인적으로 잘하는 일이 있습니까?"

성진의 말에 정석과 소유는 눈빛을 교환했다. 실상 어제 찬혁의 그 말 후로 둘이 할 수 있는 일이 과연 무엇일까 고민에 고민을 거듭한 그들이었다. 이왕 하는 김에 제대로 하자는 것에 의견을 맞춘 그들은 자신들이 호텔에서 가장 잘할 수 있는 일이 아니라 하고 싶은 일을 하자는 쪽으로 의견을 모은 것. 그래서 결정한 것이 다름 아닌 바텐더였다.

"저기, 그전에 질문이 있는데요. 정석이랑 둘이 같이 하는 건가요, 아니면 각자 일을 따로 해야 하는 건가요?"

소유의 질문에 성진은 고개를 끄덕였다.

"아, 그건 어떤 일을 하느냐에 따라서 다르죠. 정석 군 같은 경우는 아직까지 엄연한 미성년자니까 나이에 관련된 일은 할 수가 없겠죠."

성진의 말에 정석의 얼굴이 확 일그러졌다. 그렇게 된다면 자신이 원하는 일은 할 수가 없기 때문이었다. 반면, 소유의 얼굴엔 화색이 돌았다.

"아, 그렇군요."

말을 하며 정석을 흘긋 쳐다보는 소유의 눈빛이 반짝반짝 빛나는 것을 본 성진은 이들이 뭔가 생각해 둔 일이 있나 싶어 다시 조심스럽게 말을 이었다.

"혹시 생각해 둔 일이 있습니까?"

"네. 그리고 아주 잘해요."

"하하, 그렇게 자신만만해하다니, 저도 굉장히 기대되는군요. 그래서 생각하신 일은 뭡니까?"

성진의 생각으로는 소유가 할 수 있는 일이라는 것은 어느 정도 정해진 것들이었다. 호텔 경영조직은 크게 세 가지로 구분된다. 객실 업무, 식음료 파트, 그리고 관리. 물론 크게 쪼개서 그런 것이지, 세세한 것들로 구분하면 끝도 없는 것이 호텔 업무이다. 하지만 직무 면으로 구분하다 보면 호텔, 면세, 레포츠, 기타로 구분되어지기도 한다. 호텔 업무는 물론 객실 파트를,

면세 업무는 면세점과 물건을, 레포츠는 호텔의 부가서비스 차원이고, 기타 업무로 마케팅 직무를 들 수 있다. 영업을 뒤에서 지원해 주는 마케팅부는 다시 마케팅 파트와 판촉 파트, 홍보 파트로 세분화되어 운영되고 있다.

"바텐더요."

"네? 바텐더요?"

너무도 의외의 말에 성진은 바보 같은 표정을 얼른 지웠다. 이런 식으로 자신의 예상이 빗나가는 경우는 극히 드문 편이어서 솔직히 당황스러운 그였다. 하지만 아무리 그래도 바텐더는 좀 너무하지 않을까? 식음료 파트는 지극히 전문적인 지식을 요하는 파트이기도 하다. 특히 바텐더 같은 경우 쇼맨십도 중요하지만 각계각층이 들리는 곳이며 비즈니스선의 연장선이기도 하기에 아무나 들일 수는 없었다.

성진의 얼굴을 쳐다본 소유는 작게 한숨을 쉬었다.

"저기, 저 조주사 자격증 있는데요."

"아! 따로 배우신 겁니까?"

"뭐, 아르바이트로 시작했다가 어쩌다 보니 그렇게 됐어요."

옆에서 킥킥거리는 정석을 흘기며 건성으로 대답하는 소유를 바라보며 참 묘한 여자라고 성진은 생각했다. 한빛호텔에도 여자 바텐더는 있다. 호텔이니만큼 자격증은 필수고, 경험도 중요하다. 아무래도 바(Bar) 매니저한테 언질을 해줘야 하나. 이런 식으로 들어온 인력들은 당연히 기존의 멤버들한테 눈총을 받기도 할 터, 잘못하면 팀의 분위기가 흐려질 수도 있고 루머에 시달릴 수도 있었기에 내심 걱정스러운 성진이었다.

"하하! 고모가요, 실은 주당이거든요."

"나정석! 그만 해라?"

"사실이잖아. 저희 집이 원래 한술 하거든요. 그것도 공짜로 술을 마실 수 있다는 것 때문에 배운 거지만 말이죠. 악!"

"닥치시게, 조카군."

"아, 쫌 그만 때리라고! 그리고 내가 못할 말 한 것도 아니잖아! 고모 전문분야는 폭탄주 제조 아니야?"

주먹을 쥐며 눈을 부라리는 그 둘의 모습에 성진은 웃음이 나왔다. 아웅다웅하는 모습이 참 보기 좋았다. 외동아들로 자란 탓에 저런 것을 경험해 보지 못했던 성진으로서는 한편으로 부럽기도 했다. 그나저나 대단한 여자인 것임에는 분명한 것 같다고 성진은 생각했다. 폭탄주를 아무나 만드는 건 아니니까.

"그럼, 나소유 씨는 식음료팀으로 제가 안내를 하죠. 정석 군은 제가 정해주는 일을 해도 되겠습니까?"

마지못해 고개를 끄덕인 정석을 끝으로 이야기를 마무리한 성진은 오후 다섯 시쯤 호텔 23층에 있는 바로 소유를 안내하겠다고 말을 했다. 그들과의 대화를 끝으로 사장실로 들어선 성진은 소유의 특이한 성격에 웃음이 나오고 말았다. 설마하니 이정도로 엉뚱할 줄은 몰랐던 그였다.

'아니, 어찌 보면 지극히 당연한 건가?'

사장실로 들어선 성진은 자신을 쳐다보는 찬혁에게 간단히 인사를 하고는 그 내용을 말해주었다. 그의 생각처럼 어이없다는 표정으로 바뀌는 찬혁.

"뭐? 식음료팀의 바텐더?"

"응. 알고 보니 소유 씨가 조주사 자격증이 있더라고."

"조주사 자격증? 그딴 건 대체 언제 딴 거래?"

"그거야 모르지. 정석 군의 말에 따르면 술을 공짜로 마시고 싶은 욕심에 땄다는 것 같던데?"

"공짜 술?"

"응."

싱글싱글 웃는 폼이 자신의 감정을 유도하려 한다는 걸 뻔히 알면서도 찬혁은 표정을 굳히고 말았다. 어느 세상 천지에 그런 사고방식으로 조주사 자격증을 딴단 말인가? 하여간 평범한 구석은 하나도 없다는 생각을 하면서 찬혁은 마지못해 고개를 끄덕였다.

"있다가 다섯 시쯤 호텔 바에 데려가려고."

"몇 층?"

"아무래도 지하보다는 23층이 낫겠지."

고개를 작게 끄덕인 찬혁은 한동안 뭔가를 골똘히 생각하는 것 같았다.

"그나저나 그 대단한 몰카 연기는 언제 하려고?"

"신경 끄시지."

뭐가 또 심기가 불편한 것인지 찬혁의 말투는 뾰족하니 날이
서 있었다.

"그럴 수 있나. 잘하면 네가 남자를 안는 것을 볼 수도 있는데
말이야."

"절대 그럴 일은 없어."

'그건 두고 보면 아는 거라네, 친구.'

성진은 속으로 그 말을 하며 보고를 끝내고는 자신의 자리로
돌아갔다. 찬혁은 여전히 그 자세 그대로 인상을 쓰고 있었다.
새삼스레 자신이 소유에 대해서 아는 것이 별로 없다는 생각에
가슴이 답답해졌다.

한편, 찬혁에게 보고를 마친 성진은 정석이 머물고 있는 객실
로 향했다. 나소유 씨는 다행히도 욕실에 들어간 상태였다. 일
이 잘 풀릴 것 같다는 생각에 성진은 조심스럽게 눈짓으로 정석
을 불러냈다. 찬혁이 알면 화를 내겠지만 성진은 정석과 찬혁이
비디오 촬영을 하는 것도 나름 재미있을 것 같다는 생각을 했
다. 찬혁이 소유에게 어느 정도의 관심을 갖고 있다는 것을 이
미 알고 있지만 그리 쉽게 진도를 나가는 것은 너무 재미가 없
었다. 약간의 기억에 남을 만한 해프닝 정도가 있어야만 더욱
감정적으로 몰입할 수 있지 않을까 하는 생각.

"무슨 일이세요, 지배인님?"

"이런 말…… 해도 될지 모르지만 걱정스러워서 아무래도 그
냥 지나칠 수가 없군요."

"무슨 일 때문에 그러시는 건데요?"

"소유 씨한테 전후 사정은 다 들었죠?"

"네."

몰카에 관련된 일은 고모에게 들었던 터라 정석은 쉽게 긍정을 했다.

"혹시 소유 씨가 몰카를 찍어야 된다고는 안 해요?"

"네? 아뇨. 그냥 몰카 때문에 복잡해졌다고만 하던데요?"

"아아, 아무래도 정석 군한테는 알리지 않는 게 나았을지도 모르겠군요."

"지배인님!"

이상한 생각에 서둘러 입을 닫는 성진을 붙잡고 눈으로 채근을 하자 성진은 마지못해 입을 열었다.

"우리 호텔이 지금 좀 난처한 상황에 처해 있거든요. 몰카 사건이 이번이 처음 아니었어요."

"고모한테 대충 얘길 들어서 알고 있습니다."

"그렇다면 저희 사장님이 왜 이렇게 민감하게 반응했는지에 대해서도 어느 정도 이해하시리라 생각이 되는군요. 전에 경쟁 호텔에서 우리 호텔의 경비 체제를 험담하려고 일부러 몰카 촬영을 하기 위해 사람을 보낸 탓에 한 번 크게 곤욕을 치른 적이 있었거든요. 신문에까지 날 정도였던 걸 사장님이 겨우 막으셨지요. 그래서 이번 일에 더욱 심기가 불편했을 겁니다."

"아아, 네."

충분히 공감 가는 말이었기에 정석은 오히려 미안해지고 말
았다.

"그 의뢰자한테 연락 온 거 없죠?"

"네."

"고모한테 대충 들었다고 하면 지금 저희 호텔 측에서 필요한
테이프에 대해서도 얘길 들으셨겠네요."

"네. 저희가 그걸 마련해야 된다고 하던데요."

"흠, 그럼 그 몰카를 찍어야 하는 상황 연기를 나소유 씨가 직
접 해야 한다는 것도 들었습니까?"

"네에?"

정석이 눈을 휘둥그레 뜨고 소리치자 성진은 그럴 줄 알았다
는 듯이 한숨을 쉬었다. 정석은 소유가 그 비디오를 만들어야
한다는 것에만 신경을 썼던 나머지 그 뒷일은 생각을 못했다.
실제처럼 보인다고 해도, 설마 정말 고모가 생전 듣도 보도 못
한 남자와 옷을 벗고 그런 촬영을 할 거라고는 정말 생각도 못
했기 때문에 충격은 꽤 컸다.

정석의 충격받은 표정을 본 성진이 은근슬쩍 안됐다는 듯이
다독이며 다시 말을 꺼냈다. 물론, 아주 계획적으로 말이다.

"그럴 줄 알았어요. 사실은……."

성진은 찬혁과 소유가 왜 몰카 연기를 해야 하는지, 그리고
촬영한 비디오테이프를 어떻게 넘겨줄지에 대해서 자세히 설명
을 해줬다. 물론, 세세한 장면 묘사도 적절히 섞어가면서 말이

다. 말이 이어질수록 하얗게 질린 정석의 모습에 내심 웃음이 나왔지만 성진은 시치미를 뚝 뗐다.

'자아, 이제 어떻게 반응할지 궁금한데?'

성진의 자세한 설명이 이어질수록 점점 더 창백해져 가던 정석은 성진이 마지막에 한 인사에 반응도 못하고는 비척비척 걸어가더니 근처의 소파에 털썩 주저앉았다.

'후후, 정찬혁. 넌 내게 고맙다고 해야 할 거다.'

좀 전의 안타깝다는 표정을 싹 지운 성진의 얼굴엔 재밌어 죽겠다는 표정이 가득 드러나 있었다.

반면, 성진의 말을 듣고 한동안 혼란스러워하던 정석은 마침 욕실 문을 열고 나오는 소유를 뚫어지게 쳐다봤다.

"뭘 그렇게 쳐다보냐? 새삼 보니 예쁘지?"

장난스러운 소유의 말에도 정석은 아무런 말도 하지 않았다. 샤워를 한 후라 젖은 머리에 지겹게 봐온 자주색 낡은 추리닝을 걸친 소유의 모습에 정석은 울컥하고 말았다. 정석이 태어나기도 전부터 한 집에서 살았던 터라 고모라기보다는 남매에 가까운 그녀였다. 부모님이 돌아가시고부터는 단둘이서 살았던 그들이기에 몸짓 하나, 표정 하나만 봐도 뭘 원하는지 알 수 있을 만큼 친밀한 사이였다.

갑작스런 부모님의 죽음은 열여섯 자신의 나이엔 감당하기 힘들었기에 그 감정은 비뚤어진 반항으로 표출되었다. 고등학교 때는 가출을 해본 적도 있고, 패싸움도 해봤던 그였다. 그런 정석을 다 보듬어 안고 정석이 제자리로 돌아오길 묵묵히 기다려 준 사람이 소유였다. 그런 그녀가 너무너무 고마운 정석이었다. 겉으로 표현은 안 하지만 정석은 누구보다도 소유가 행복해지고 잘살기를 바란다. 자신의 무모한 생각 때문에 소유가 그런 말도 안 되는 험한 일을 겪게 할 수는 없었다.

정석의 눈빛이 달라진 것을 안 소유는 성큼 다가가 정석의 뒷머리를 한 움큼 잡고는 당겼다. 하나도 힘이 안 들어간 손이었지만 정석은 힘없이 끌려가 작은 소유의 어깨에 머리를 묻었다. 코끝이 시큰하고 미안함에 가슴이 먹먹해져서 정석은 쉽게 말을 이을 수가 없었다. 물론 정석이 소유에 대해서 느끼는 감정은 남달랐지만 이런 감정을 울컥하게 느낄 수밖에 없었던 것은 성진의 말과 행동이 교묘히 자극한 것도 상당 몫을 했다. 성진의 말을 빌려 표현하자면 정석을 위해서 말 그대로 살신성인하는 소유였으니까 말이다. 자신의 잘못된 생각에 어쩌면 여자로서 치욕적일 수밖에 없는 일을 겪어야 하는 소유가 너무나 안타깝고 미안하기만 한 정석이었다.

소유는 정석의 표정이 심상치 않자 장난스런 표정을 지우고는 조심스럽게 물었다.

"너, 왜 그래."

걱정이 가득 담긴 소유의 말에 정석은 고개를 푹 숙였다. 코끝이 찡한 것이 소유를 그대로 마주 볼 수가 없었다.

"……고모. 고모, 미안."

"자식, 별 싱거운 소릴 다 한다. 무슨 일 있는 거야?"

조심스럽게 토닥이는 손길 하나에도 다정함이 담뿍 묻어나와 정석은 다시 한 번 울컥하는 가슴을 달래느라 말을 잇지 못하고 있었다.

"나, 조금 있다가 이 호텔 바에 가봐야 돼. 혼자 잘 있을 수 있지, 응?"

얼굴을 잡아 올리는 손길에 간신히 눈물을 참고 고개를 든 정석은 작게 고개를 끄덕였다.

"아이구~ 스무 살이나 먹은 녀석이 무슨 어리광을 이렇게 부려? 잘난 고모 다녀온다?"

엉덩이를 툭툭 두드리며 장난스레 말하는 소유를 향해 정석은 활짝 웃는 것으로 대답을 대신 했다. 소유가 준비를 하러 다시 방으로 들어가자 정석은 마음을 굳힌 듯 특실을 나와 사장실로 향했다.

문을 열고 들어서자 성진이 그를 향해 가볍게 눈인사를 건넸다.

"어쩐 일이에요? 소유 씨는요?"

"고모는 지금 출근 준비를 하느라 바빠요. 저기, 지배인님, 죄송하지만 잠시 자리 좀 비켜주실 수 있으세요?"

정석의 말에 성진은 아무 말도 안 하고 고개를 끄덕이며 자리에서 일어섰다.

"어차피 소유 씨를 만나러 가려던 참이었어요. 전 아무것도 못 봤습니다."

정석이 무엇 때문에 왔는지 아는 것처럼 행동하는 성진에게 정석은 작게 미소를 지었다. 성진이 그를 지나쳐 문을 닫고 나가자 정석은 사장실 문을 가볍게 두드렸다.

"들어와."

문을 열고 들어서자 서류에서 눈을 떼지 않고 말하는 찬혁의 모습이 보였다.

"바에 가려고?"

"아니요."

성진의 목소리가 아닌 다른 이의 목소리에 찬혁은 급히 고개를 들었다. 뜻밖의 정석의 모습에 찬혁은 의아한 표정을 지었다.

"무슨 일이지? 그것보다 어떻게 들어온 건가?"

"지배인님이 자리에 안 계시던데요."

그제야 시계를 보곤 작게 고개를 끄덕인 찬혁이 정석을 쳐다봤다.

"용건이 있어서 온 건가?"

"네."

잔뜩 긴장한 모습을 보이는 정석을 보며 찬혁은 새삼 그를 찬찬히 쳐다봤다. 아직은 어린티를 못 벗은 모습에서 얼핏 소유의 모습이 보이는 것도 같았다. 그래서였을까. 찬혁은 저도 모르게 느긋한 미소를 지으며 말을 이었다.

"좋아, 자리에 앉아."

턱으로 소파를 가리키자 후다닥 소파로 다가가 앉는 정석의 모습에 찬혁은 슬쩍 웃음이 나왔다. 일어서서 느긋한 걸음으로 정석이 앉은 곳을 향하는 찬혁은 그가 왜 자신을 찾아왔는지 어렴풋이 알 것도 같았다. 화를 내야 하는 건지, 아니면 웃으면서 넘겨야 하는 건지 정할 수가 없어 다소 곤혹스러웠다.

반면 정석은 긴장감에 침을 여러 번 삼켰다. 마음을 정했다고는 하지만 말이 그렇다는 것이지, 쉽게 받아들일 수는 없었다. 물론 의도된 것이고, 보여주기 위한 것이라고는 하지만 편한 마음을 가질 수는 없었다. 정석이 알고 있는 그런 몰카 비디오의 숱한 장면들이 머릿속을 떠나지 않았으니까. 새삼, 그런 것들을 다 알고 촬영에 임한다는 그런 배우들의 자세가 굉장히 용감하게 느껴졌다. 맞은편에 앉은 찬혁을 정석은 세세히 살펴봤다. 어린 시절 아버지가 돌아가시고 소유와 살아서인지, 유난히 남자 어른들하고 접할 기회가 적었던 그로서는 온몸으로 사내다움을 보여주고 있는 찬혁이 솔직히 불편하긴 했다. 게다가 자신감에 찬 모습이라든지 고압적인 명령조의 말투, 그리고 그의 배경. 그것들은 정석을 위축시키기에 충분했다.

"그래. 나한테 할 얘기가 뭐지? 일자리 얘기인가?"

"아니요. 그 몰카 촬영…… 고모 대신 제가 할게요."

찬혁은 짐작했던 말이 나오자 속으로 한숨을 쉬었다. 느낌상 소유가 그 말을 조카한테 했을 것 같진 않았다. 그렇다면 말을 전한 이는 그가 알고 있는 한 사람이 분명했다.

'김성진, 개자식. 꼭 이렇게 해야 속이 풀리냐?'

찬혁은 속으로 성진을 욕하면서도 겉으로는 냉정한 모습을 유지하고 있었다. 우선, 앞에 앉은 저 어린 녀석을 설득시켜 돌려보내야 한다. 생각만 해도 열이 뻗쳤지만 우선 지금의 상황부터 정리를 해야만 했다.

"저기…… 여자 몸으로 그런 거 하면…… 아무래도 좀 그렇잖아요. 제가 가발 쓰고 비슷하게 치장하면 되지 않을까요?"

고민한 끝에 말을 하는 정석의 표정은 안쓰러울 만치 창백했다. 문제는 그 모습을 보면서도 요만큼도 안됐다는 생각은 못하고 저걸 어떻게 처리해야 후환이 없을까 고민하는 찬혁의 마음이지만. 사고뭉치를 쳐다보는 심정으로 정석을 보던 찬혁은 별안간 든 생각에 은근한 눈빛으로 정석을 쳐다봤다.

"경험은?"

찬혁은 은근한 목소리와 노골적인 욕망을 담은 눈빛으로 정석을 위아래로 쭉 훑어보며 느릿하게 말을 했다. 물론 끝에 가서는 혀로 입술을 살짝 핥으면서. 그 모습에 하얗던 정석의 표정이 새파랗게 변했다. 아마도 이런 노골적인 눈빛은 처음 받아봤을 것이 분명했다. 저리 당황한 것을 보면.

"네? 무, 무슨 경험이요?"

경악하며 외치는 정석의 모습에 찬혁은 그럼 그렇지 하는 표정을 지었다. 애초에 진심으로 말한 것은 아니었다. 그저 소유의 반응이 궁금했고 깜짝 놀라는 반응이 재미있어서 그런 말을 했던 것인데. 물론 속마음엔 그보다 더한 것을 조금 그려 넣기도 하고 담보 설정이라는 핑계로 소유에게 자신을 각인시키고 싶은 마음도 없잖아 있었다. 어차피 겁만 주려 했던 것인데, 이렇게 되면 오기로라도 밀어붙이고 싶은 마음마저 생겨 버린다. 속으로 사악한 계획을 세우고 있던 찬혁은 더욱 연극조로 말을 하기 시작했다.

"하긴, 상관없지. 어차피 리드하는 건 나지 네가 아니니까."

쫙 깔린 목소리로 말하자 퍼런 얼굴이 이젠 누렇게 뜬 정석의 표정이 보였다. 그 모습에 찬혁은 더욱 그를 놀려주고픈 생각이 앞섰다. 이래서 애들을 놀리는 거라는 생각을 하면서 말이다.

'훗, 겁도 없이 고모 대신 네가 하겠다고 나섰겠다? 어디 얼마나 담담하게 받아들일지 두고 보지.'

찬혁은 비릿한 미소를 보란 듯이 지어 보이며 일부러 끈끈한 시선을 던지는 것을 잊지 않았다. 얼핏 그의 시선에 힘줄이 돋아날 만큼 꽉 쥔 상태에서 부들부들 떨고 있는 정석의 주먹이 보였다. 너무 놀렸나 싶은 생각도 잠시 들었지만 찬혁은 이내 생각을 털어버렸다. 그렇다고 자신이 정석과 그런 촬영을 하고 싶은 마음은 추호도 없으니까 말이다. 행여나 그런 생각을 하지 못하게끔 아예 뿌리를 뽑아놔야 된다고 생각하며 찬혁은 더욱 목소리를 낮게 깔았다.

"난 거친 걸 좋아해. 진짜는 아니지만 그것과 비슷할 순 있지.

그나마 네 고모는 여자라서 그런 생각을 안 했던 건데, 너라면 또 생각이 바뀌거든."

찬혁의 말이 채 끝나기도 전에 정석이 헉하고 숨을 삼키는 것이 똑똑히 들렸다.

"오히려 너라서 마음이 놓인달까. 넌 남자니까 좀 거칠게 나가는 것도 괜찮겠지. 어차피 여자에게 할 수는 없었으니까."

은근한 시선이 다시 한 번 정석의 머리끝부터 발끝을 훑어내렸다. 눈빛만으로도 가능한 것이 섹스라면 자신은 이미 그에게 범해지고 있다고 느낄 만큼의 노골적인 시선.

'그냥 시늉만 한다는 게 아니었단 말인가?'

안절부절못하는 정석을 보며 회심의 미소를 짓던 찬혁이 다시 강속구를 정석의 가슴에 팍 던지듯 말을 맺었다. 물론 눈빛은 여전히 음흉한 감정을 가득 담는 것을 잊지 않고 말이다.

"……의외로 좋을 수도. 뭐, 나도 이런 쪽으로는 경험이 전무하지만, 이왕 기록으로 남길 거라면 최상품이 낫지 않겠어? 난 항상 best of best라구."

정석은 온몸에 소름이 좌르륵 돋아난 상태에서 기절하고 싶은 심정이었다. 이게 대체 무슨 마른하늘에 날벼락 같은 얘긴가! 하는 시늉만 한다고, 그저 연기라고만 했는데!

"잘해보자구. 어차피 네 고모와는 그저 눈속임 정도로만 넘어가려고 했는데, 약간 걱정스러운 점이 없잖아 있었거든. 네가 자진해서 여자 역할을 해준다면야 나로서는 거리낄 게 없지."

"헉, 자, 잠시만요! 고, 고모랑은 그냥 그럼?"

"내가 아무리 사업에 미쳤다고 해도 내 몸을 함부로 굴리지는 않아. 욕망에 정신이 나갔다고 해도 만난 지 며칠 되지도 않은 여자를 그렇게 하지는 않지. 대체 날 어떻게 본 거지? 그저 가볍게 몇 컷 정도만 눈속임용으로 찍을 예정이었어."

"그, 그럼 진작 말씀을 해주셨어야죠!"

억울해서 두 손을 움켜쥐며 소리치는 정석을 찬혁은 느긋한 표정으로 바라봤다. 물론 자신은 충분히 그 기회를 이용할 것이고, 그걸 미끼로 소유를 잡을 생각이었지만 정석에게 그런 자신의 생각을 알려줄 생각은 눈곱만큼도 없었다. 눈물마저 글썽이며 얼굴이 붉어진 정석을 보는 재미가 쏠쏠하긴 했지만 더 이상 놀렸다간 심장마비를 일으킬 것 같아서 찬혁은 이쯤에서 미끼를 던지기로 했다.

"그러니 쓸데없는 생각은 그만 하지? 그러고 보니 고모랑 조카랑 생각하는 게 정반대로군."

"네?"

"아아, 네가 오기 전에 고모가 와서 그러더라고. 자신 대신 너와 그 몰카를 찍으면 어떠냐고 말이야."

책상 위에 아무렇게나 놓여 있던 담뱃갑에서 담배를 꺼내 입에 문 찬혁이 라이터로 불을 붙이고는 그것을 담뱃갑 옆에 툭 던져 놓았다. 그리고는 천천히 연기를 뿜으며 슬쩍 정석을 쳐다봤다. 경직된 얼굴이 점점 더 일그러지는 모습에 웃음이 나왔지만 찬혁은 여전히 별거 아니란 투로 말을 이었다. 마치 이용당했다는 표정과 배신감에 정석의 표정은 수시로 바뀌고 있었다.

'쿡. 저런 모습은 고모랑 똑같군.'

찬혁은 수시로 울긋불긋하게 변해가는 정석을 보며 다시 한 번 쐐기를 박았다.

"너 정도면 몸매며 얼굴 다 되니까 여장 하면 되지 않겠냐고 하던데?"

"그, 그럼 그때 사장씨를 만나러 나간다고 했던 게 그 말 때문이란 말이에요, 지금?"

거의 째지듯 외치는 정석을 보면서 찬혁은 내심 쾌재를 부르짖었다. 드디어 걸려든 것이다. 자신을 갖고 놀려고 했던 만큼 두 사람 다 똑같이 자신의 손안에서 벗어날 수 없다는 것을 그들은 알아야 한다고 그는 생각했다.

반면 정석은 정말 배신감에 치를 떨어야만 했다. 자신은 정말 살신성인을 하는 마음으로 이곳에 왔는데, 고모는 겨우 그런 생각을 했단 말인가? 같이 산 세월이 얼마인데! 자신이 이런 마음을 갖고 찾아온 것이 정말 죽고 싶을 만큼 억울하게 다가오는 정석이었다. 그런 정석을 쳐다보던 찬혁은 낮게 말을 이었다.

"오해할까 봐 말해두는데 먼저 제의를 한 건 네 고모야. 그리고 난 그런 쪽으로는 취미 없다고 했지. 그랬더니 절대 못 찍겠다고 버티더군. 그 소리는 즉, 너와 하라는 얘기 아니겠나?"

"……그래요?"

으드득 하고 이 가는 소리가 들리자 찬혁은 작게 웃고 말았다. 소유나 정석이나 단순하고 불같은 성격은 똑같은 것 같았다.

"그럼 어쩌시려구요?"

"미안하지만 내겐 그 몰카 테이프가 꼭 있어야 돼. 속일 수 있었다면 진작 속였을 거야. 하지만 그쪽도 만만찮거든. 쉽게 믿지를 않을 거라구."

"그럼 그 몰카 비디오를 촬영해야겠군요."

고개를 끄덕이는 정석을 보면서 찬혁은 어쩔 수 없다는 듯이 어깨를 으쓱했다.

"아쉽지만 그래."

"……그렇다면 제가 고모를 설득할게요."

"그게 가능할까? 알고 있겠지만 네 고모 고집이 장난 아니잖아."

은근슬쩍 밀고 빠지는 찬혁의 말투를 옆에서 성진이 지켜봤다면 분명 눈치 채고는 코웃음을 쳤겠지만 소유에 대한 배신감에 가득 찬 정석은 그런 찬혁을 살펴볼 여유가 없었다.

"그거야 하기 나름이죠."

투지가 활활 타오르는 정석의 모습을 보면서 내심 조금 미안한 생각이 전혀 안 든 것은 아니지만 자신이 없는 말을 한 것도 아니고, 그렇다고 둘 사이를 이간질시킨 것도 아니라고 생각하는 찬혁이었다.

'훗, 그렇다고 내가 저 녀석과 그런 장면을 찍을 수는 없잖
아.'

"참, 어떤 일을 할 것인지는 정했나?"

"아직이요. 고모는 조주사 자격증이 있으니까 바에서 일하는
걸로 얘기가 됐어요."

"아아. 그래. 좀 특이하다는 생각은 했지."

"네. 저는 비서님이 별도로 일을 확인해 보고 연락 주신다고
했거든요."

가볍게 고개를 끄덕이는 찬혁을 정석은 가만히 쳐다봤다. 자
신이 보기에도 정말 '남자' 라는 생각이 드는 남자. 그냥 생물학
적으로만 남자인 게 아니라 정말 같은 남자가 보기에도 정말 남
자라는 단어가 잘 어울리는 사람이라고 정석은 생각했다. 강하
고, 단단하고, 카리스마 넘치는 모습. 흔히 유행하는 꽃미남이
아니라 잘 절제된 스타일의 잘생긴 남자. 정석은 그를 볼수록
닮고 싶다는 생각이 절로 들었다. 겉모습뿐만이 아니라 풍기는
분위기 역시 무시 못할 위압감이 넘쳤다. 동경이라는 단어가 절
로 떠오를 정도로 멋진 모습.

"자, 그럼 고모 몰래 이 일을 처리하려고 했던 이유나 한번 말
해봐."

갑자기 질문을 하는 찬혁 때문에 생각에서 벗어난 정석은 다
소 어색하게 대답을 하기 시작했다.

"이번에 대학 입학을 하게 됐어요. 사립대학이니만큼 등록금

이랑 책값이랑 금액이 상당했거든요. 물론 돈이 없는 것은 아니지만 고모한테 더 이상 무거운 짐을 지게 하기 싫었어요. 저 때문에 많이 희생하고 살았으니까 이제부터라도 제가 고모를 위해주고 싶었거든요. 일이 이렇게 될 거라고는 정말 생각지 못했어요."

정석의 말에 찬혁은 고개를 끄덕였다. 제법 남자다운 생각이고, 올바른 사고관이라고 칭찬해 주고 싶을 정도였다.

"우리 고모가 실상은 저렇게 엉망으로 하고 다녀도 단장하면 상당히 예뻐요. 지금까지는 원래 성격이 개차반…… 아니, 좀 과격하고 말투가 험해서 그렇지 정말 심성도 고와요."

"글쎄, 그건 좀 믿기 힘들군."

이를 악물고 눈을 빛내며 말을 하는 정석을 보면서 찬혁은 일부러 헛웃음을 흘렸다.

"아니, 정말이에요. 경험이 전무해서 그렇지. 뭐, 꼭 실전만이 가능한 건 아니잖아요?"

"그걸 네가 어떻게 알지?"

정석의 말이 찬혁을 얼마나 부추길지는 생각 못하고 그는 고민스럽다는 듯이 대답을 했다.

"뭐, 실전 경험이 없어서 그렇지 간접 경험은 충분해요. 저랑 같이 본 포르노 테이프만도 열 손가락이 넘을 정도니까."

"허, 그런 걸 같이 본단 말이야?"

그제야 정신을 차린 듯 정석은 말 그대로 정색을 하며 서둘러 고개를 저었다.

"아하하, 그게, 어쩌다 보니 그렇게 됐어요. 제가 그런 것을 보는 게 탐탁지 않았던 모양인데, 알지도 못하면서 그런다고 해 줬더니, 한 3박4일을 꼬박 그것만 보대요. 그러더니 흥미 없으니, 질릴 때까지 보라고 하던데요? 그때 고모 말이 걸작이라 친구들도 다 뒤집어졌죠."

"뭐라고 했는데?"

"저희보고 바보라고 하던데요? 진짜인지 가짜인지 구분도 못하는 것들하고는 상종하고 싶지 않다고. 자신이 봐서 괜찮다 싶으면 권해준다고 하더라구요. 아무거나 보면 눈 버린다고, 그나마 있던 상상마저 날아가 버렸으니 오히려 자신이 손해라고 테이프 빌려준 놈한테는 협박까지 하더라구요. 연애에 대한 환상을 깨뜨린 것에 대한 손해배상을 청구할 테니, 각오하라고."

"어이가 없군."

"저도 그런 생각을 했어요. 어떻게 그런 식으로 결론을 내게 된 건지 말이죠. 그때부터 뭐, 친구들하고 고모랑 같이 어울리게 됐지만 말이죠."

정석의 말이 황당하긴 했지만 왠지 나소유라면 그런 생각을 하는 게 당연할지도 모른다는 생각이 들었다.

"사실 조주사 자격증도 술값 때문에 시작한 거예요. 우리가 하도 술에 미친놈들처럼 날뛰어대니, 눈에 보이는 곳에 있으면 걱정이 덜할 거라고. 그것 때문에 고모 술값 꽤 깨졌죠."

“허?”

“그래도 뭔가 하나를 하면 정말 열성적이에요. 그거 모르시죠? 고모 바텐더 할 때 꽤나 명성 날렸었어요. 지방까지 원정 간 적도 있을 정도니까. 대회만 안 나갔다 뿐이지 다들 싱글 부문에서는 손꼽을 정도였다구요.”

“그래서 한참 예민할 나이에 이성에는 관심이 없었다고?”

“아뇨. 궁금해할 나이에 워낙 적나라한 것들을 많이 봐서 오히려 그 반대가 된 것 같아요.”

“흐음.”

찬혁은 뭔가 마음에 안 든다는 듯이 눈가를 찌푸렸다.

‘너무 달라붙는 여자는 싫지만 그렇다고 목석같은 여자도 별론데.’

“여하간 걱정 마세요. 별일없을 거라는 것만 보장해 준다면 고모가 그 몰카를 찍을 수 있도록 제가 도울게요.”

“뭐, 그래 준다면야……..”

말끝을 흐리는 찬혁의 표정에 짓궂게 변했지만 소유를 설득할 생각에 정석은 그 표정을 볼 수 없었다. 결국 생각지도 않게 동맹관계를 맺게 된 찬혁과 정석이었다.

# [제 7 장] 살신성인의 자세로

며칠 뒤, 오후 다섯 시쯤 소유는 성진을 따라 23층에 자리한 호텔 바(Bar) '하이포시스 오리어(Hypoxis Aurea)' 에 들어섰다. 아직은 초저녁이라 그런지 손님은 거의 없었다. 넓은 곳 드문드문 양복을 입은 남자 두서너 명과 여자 몇 명이 보일 뿐이었다. 소유가 성진과 들어서자 바에서 열심히 청소 중이던 직원들이 다가왔다.

"어서 오세요, 총지배인님."

"아아, 다들 고생이 많으시군요."

"네. 이 시간에 어쩐 일이세요?"

김윤미라고 적힌 이름표를 단 여자가 상냥하게 웃으며 묻자 성진은 주변을 한번 둘러보더니 말을 이었다.

"바(bar) 매니저님은 아직 출근 전이신가요?"

"아닙니다. 이미 출근하셔서 안쪽에서 점검하고 계세요."

"아, 그럼 잠시 불러주시겠어요?"

"네."

인사를 하고 총총히 사라지는 직원에게서 시선을 돌린 성진이 창가 쪽 테이블로 걸음을 옮겼다.

"소유 씨, 이쪽으로 오세요. 일단 만나보셔야 할 분이니까."

"바(bar) 매니저요?"

"네. 이곳 총책임자라고 생각하시면 될 거예요. 인사 부분도 어느 정도 맡고 계시니까."

잠시 뒤 사십대 후반쯤 보이는 신사가 사람 좋은 웃음을 달고 성진과 소유가 있는 테이블로 다가왔다.

"안녕하세요, 지배인님. 절 찾으셨다고요."

"네, 매니저님. 오랜만이죠?"

"네. 자주 뵙기 힘드네요."

무척 서글서글한 인상이었다. 반듯한 얼굴에 주름 하나 없지만 눈빛은 세월을 고스란히 담아낸 듯 총명해 보여 소유는 그가 참 좋은 사람 같다고 생각했다.

"이쪽 분은 처음 보는 분이네요."

바 매니저 정상욱이라는 명찰을 달고 있는 남자의 시선이 자신에게 향하자 소유는 고개를 크게 꾸벅했다.

"안녕하세요, 나소유라고 합니다."

"나소유 씨요? 이름 한번 독특하네요."

웃음기를 머금은 그의 목소리에 소유는 지금은 죽고 없는 오빠를 만난 것 같아 가슴이 뭉클해졌다. 항상 자신을 동생이 아닌 자식처럼 여기며 돌봐줬던 오빠 내외. 사 년이라는 시간이 흘렀지만 아직도 소유는 집 안 곳곳에서 그들의 모습을 찾아내곤 했었다. 비록 생김새라든지 목소리가 다르지만 그 분위기만큼은 자신의 죽어버린 오빠와 너무 닮은 중년의 신사에게 처음부터 소유는 호감을 가졌다.

"매니저님, 나소유 씨를 당분간 이곳에서 일하게 했으면 해서요."

"아, 임시고용입니까?"

"그런 건 아닙니다. 단지…… 경험 쌓는 것을 좀 도와주셨으면 해서요. 길게 기간을 잡을 건 아닙니다."

"알겠습니다."

고개를 끄덕인 정상욱 매니저는 별다른 질문을 하지 않았다. 자리에 일어선 성진은 소유에게 눈짓을 하며 다시 말을 이었다.

"오늘부터는 좀 힘들 것 같고, 내일부터 근무하는 걸로 했으면 하는데요."

"알겠습니다."

"소유 씨, 한번 둘러봐요."

"네."

소유가 일어서서 주변을 둘러보러 가자 성진은 매니저에게 바짝 다가가서 말했다.

"직원들 간에 혹시라도 불미스런 일이 일어나지 않도록 신경을 써주십시오."

성진의 말에 정상욱은 곤혹스럽다는 듯이 그를 쳐다봤다.

"중요한 분이신가 보군요."

"네. 그것도 굉장히."

"잘 알겠습니다."

성진은 시치미를 뚝 떼고는 빠른 걸음으로 소유에게 다가섰다.

"자, 대충 봤으면 그만 나갈까요? 영업 방해하면 안 되거든요."

"아! 알았어요."

서둘러 둘이 나가자 저만치 있던 직원들이 우르르 몰려들었다.

"매니저님, 누구예요?"

"무슨 일인데 총지배인님이 직접 데리고 온 거래요?"

"하하, 관심은 이쯤에서 끝내고 우리는 할 일이 따로 있지 않나요?"

정상욱의 말에 직원들은 궁금하다는 표정을 지우지 못한 채 각자의 자리로 되돌아갔다.

그사이 찬혁과 모종의 합의를 본 정석은 자신들의 객실로 내려갔다.

생각지도 못하게 다시 바텐더 일을 하게 된 소유는 내심 만족스런 상태였다. 바(bar) 인테리어도 상당히 맘에 들고. 무엇보다 호텔 바(bar)라는 특수성 때문인지 훨씬 고급스럽고 일하기도 편할 것 같았기 때문이다. 객실 문을 열고 들어선 소유는 묘한 표정으로 자신을 바라보는 정석을 보면서 의아해했다.

'저거 왜 저러는 거야, 또?'

"뭔 일 있냐?"

소유가 시큰둥하게 물어보는데도 평소처럼 바락바락 대드는 것이 아니라 어째 이상해 보였다. 꾹 다문 입술도 그렇고 자신을 마주 보지 않는 정석의 눈빛도 그렇고. 무슨 걱정거리가 있지 않은 다음에야 저런 표정은 나올 수가 없었다. 불안한 마음에 소유가 계속해서 정석과 눈을 마주치려 했지만 그가 자꾸 시선을 피하자 결국 소유는 화를 내었다.

"야! 너 또 왜 그래? 무슨 일 있는 거 맞지? 그치?"

재빨리 정석의 바로 코앞까지 다가가 고개를 획 치켜든 소유를 정석은 한사코 멀리하려 했다.

"일은 무슨. 고모는 내가 만날 사고만 치는 줄 아나. 일 없어! 아무 일도 없다고!"

"조카군. 강한 부정은 긍정이라는 말이 있지. 사고 친 놈들은 눈빛이 올곧지 못하거든? 하늘같은 고모님의 눈을 마주하지 못한다는 건 분명 무슨 일이 있다는 게지, 암! 좋게 말할 때 불어라, 응?”

장난 삼아 정석의 가슴을 주먹으로 툭툭 치자 정석이 그 손을 탁 쳐냈다. 이상하다 싶어 소유는 정석을 쳐다봤다.

“너, 정말 왜 그래?”

“뭘?”

“지금 네 행동 말이야.”

“내 행동이 뭘 어때서?”

“몰라서 묻는 거냐, 지금?”

“됐으니까 신경 쓰지 마.”

“야! 나정석!”

“아씨! 지금 나 골치 아프니까 장난 치지 말라고.”

“그니까 뭐가 골치 아프다는 건데, 지금?”

“그럼 고모는 남자랑 같이 그런 비디오 찍을 건데 맘이 편해?”

정석이 버럭 소리 지르자 소유는 그 자세 그대로 굳었다. 설마하니 자신의 의견대로 그 대단한 정찬혁이 그런 얼레리한 비디오를 찍을 생각이 들었던 걸까? 소유는 패닉 상태에 빠지고 말았다.

“저기, 정석아, 그러니까……”

“괜찮아. 걱정하지 마.”

정석의 말에 소유는 말을 못하고 머리를 이리저리 굴렸다. 자신이 생각해 놓고도 어이없는 것이라고 치부했는데 이 상황을 고스란히 받아들이는 두 남정네는 대체 무슨 생각인 건가. 설마 둘이 좋아하는 건 아니겠지. 스스로의 생각에 기막혀하며 내심 정석을 살피는 소유였다. 그런 소유의 행동을 곁눈질로 모조리 지켜보던 정석은 단순한 소유의 행동에 웃음이 나오는 것을 간신히 참았다.

"……어차피 내가 뿌린 씨앗이야. 당연히 내가 거둬야지. 이미 각오한 일이기도 하고."

결연한 정석의 모습에 소유는 왠지 모를 불안감을 느껴야만 했다.

"무슨 소리야?"

"그 비디오 내가 찍을 거야. 어차피 이참에 첫 경험을 한다는 걸로 생각하면 그만이야."

"뭐?"

경악한 소유가 되묻자 정석은 얼굴을 붉히며 소유의 시선을 피했다. 대체, 저 녀석 왜 저러는 거야?

"정찬혁 사장 정도면…… 첫 상대치고는 괜찮은 편이지."

"너, 너……!"

소유는 정석을 보며 혼란스러운 표정을 지었다. 저러다 애 하나 망가지는 건 정말 순식간이 아닐까 싶었다. 누구 말처럼 한 번의 실수가 내 성정체성을 바꿔놨어요, 라는 식이 될지도 몰랐다.

소유는 덜컥 겁이 나기 시작했다. 정찬혁이 정말 멋진 남자이긴 했지만 이건 아니다 싶었다. 차라리 자신이 하고 말지 정석의 저런 태도는 무척이나 불안해 보였다. 만에 하나 잘못된다면 정석이 자신처럼 찬혁을 마음에 둘지도 모를 일이었다. 어쨌거나 아직은 어린 녀석이니까.

'이건 말도 안 되는 일이라구! 하늘에 계신 오빠랑 올케 언니를 내가 어떻게 보냐구!'

수만 가지 생각이 빠르게 소유의 머릿속을 드나들었다. 혼자만의 생각에 빠진 소유는 정석이 묘한 표정으로 자신을 쳐다보는 것을 미처 몰랐다.

"조카야, 그건 좀 더 심사숙고해 봐야 하지 않을까?"

침을 삼키며 조심스럽게 말문을 열자 정석은 알 수 없는 눈빛으로 소유를 쳐다봤다.

"아니, 방법이 없어. 그렇다고 소중한 고모에게 그런 일을 시킬 수는 없다구."

'아니, 조카야. 왜 안 하던 생각을 다 하고 그러니. 네가 언제 날 그토록 소중하게 생각해 줬다고!'

소유는 열불이 일었지만 차마 입 밖으로 내어 말할 수가 없었다. 소유가 바라보는 정석은 말 그대로 터지기 직전의 폭탄처럼 느껴졌다. 안달하는 소유를 쳐다본 정석이 성큼 걸어와서 소유의 어깨를 잡았다.

"고모, 걱정 마. 이런 일로 설마 나랑 사귀지 않겠다는 여자애들은 없을 거 아냐? 돌아가신 엄마, 아빠도 다 이해해 주실 거야."

마지막 말이 결정타였다. 만약 정말 이런 일이 벌어진다면 죽었던 오빠 내외가 스스로 땅을 파헤치고 뛰쳐나와 자신을 죽을 때까지 괴롭힐 것이다. 생각만으로도 온몸의 털이 곤두서는 소유였다.

"거기까지! 스톱!"

"고모!"

"안 돼! 안 돼! 죽어도 안 돼! 넌 절대 그런 비디오를 찍으면 안 된다고. 알아? 내가 하마, 내가! 그러니까 넌 그런 생각은 꿈에도 하지 맛!"

소유의 말에 고개를 돌려 버린 정석의 얼굴엔 참기 힘든 웃음이 가득이었다. 그러나 소유는 그런 정석의 모습에 울컥해서 눈물이 나오려 했다.

'자식, 그렇게 내가 소중했냐? 나도 너밖에 없다구!'

소유가 그런 정석을 껴안아서 다독일수록 정석의 떨림은 커져만 갔다.


다음날 정석과의 전화통화를 끝낸 찬혁의 얼굴엔 회심의 미소가 번졌다. 생각지도 못한 발상의 전환이라는 게 이런 건가. 처음엔 얼토당토않던 내용이었지만 묘하게 설득력이 있는 것 같았다. 꽤 신빙성이 있기도 하고. 내심 그런 연기를 펼쳐야 된다는 것이 조금 꺼려지긴 했지만 그래도 소유의 마음을 확인할

수 있는 계기도 되고, 무엇보다 안절부절못하는 소유의 모습을
보고 싶기도 했다.

'후후, 나소유. 난 그저 동조하기만 했어. 실제 일을 벌인 것
은 다름 아닌 네 조카라고.'

정석의 말은 간단했다. 자신이 소유를 설득해서 그 비디오를
찍게끔 만들었다고. 다만, 찬혁의 도움이 좀 필요하다고 했다.
그 도움이라는 것이 잠시 자신을 여자처럼 생각하라나. 황당한
그의 요구에 화를 내려던 찬혁을 설득시킨 것은 정석이었다. 고
모 성격에 그런 일은 죽어도 안 할 거라고. 하지만 자신이 찬혁
을 좋아하는 것처럼 행동한다면 걱정을 할 것이 분명하고, 결국
은 정석과 찬혁의 사이를 멀리하기 위해서 고군분투할 것이라
고 말이다. 물론 시작은 정석이 시도했지만 그 말 하나로 모든
계획이 머릿속에 들어찬 찬혁이었다. 조만간 소유는 자신이 원
하는 대로 행동하고 말리라. 묘한 만족감에 웃음을 짓는데 성진
이 문을 두드리고 들어왔다.

"무슨 일이야?"

"나소유 씨가 만나고 싶어하는데요."

"들여보내."

드디어 시작인 건가. 찬혁은 눈을 빛내면서 들어서는 소유를
지켜봤다.

"아, 안녕하세요?"

고개를 끄덕이는 걸로 대답을 대신한 찬혁은 소유의 뒤를 돌

아보며 의아한 표정을 지었다.

"정석은 같이 안 왔나?"

헉하고 소유의 숨을 삼키는 소리가 찬혁의 자리까지 들려왔다. 너무도 즉각적인 반응에 오히려 찬혁이 민망할 정도였다.

"하하, 정석이가 좀…… 컨디션이 별로라서요."

"뭐? 어디가 아픈 건 아니고?"

찬혁의 걱정스런 표정에 소유는 얼굴색이 점차 하얗게 변해갔다. 대체, 정석이가 아픈 게 자신하고 무슨 상관이라고 저리 걱정스런 표정을 짓는 건지. 그러다 별안간 든 생각에 소유의 얼굴은 말 그대로 온몸에 힘이 쭉 빠졌다. 설마하니, 찬혁도 정석을 내심 생각하고 있었던 건 아닐까. 소유는 심장이 쿵쿵 무섭게 뛰며 식은땀이 흐르기 시작했다.

찬혁은 반대로 그런 소유의 모습에 그녀가 무슨 생각을 하는지 쉽게 짐작하고도 남았다. 대체 저 머릿속은 무슨 생각이 들어찼기에 저리 쉽게 넘어오는 건지. 한심하다는 생각도 들었지만 내심 놀리는 재미가 쏠쏠찮다고 생각된 찬혁은 좀 더 소유를 놀려줄까 고민했다.

"그냥, 가벼운 감기 증상 같은 거예요. 절대, 절대 관심 가질 필요도 없고…… 아니아니, 그게 아니라 그냥 괜찮다고요."

두서없이 말하는 소유를 바라보며 찬혁은 피식 웃고 말았다. 안절부절못하는 폼이 재미를 넘어 안쓰러울 정도였다.

"그래도 한번 내려가 봐야겠군. 비디오를 찍기 전까진 나아야 할 텐데 말이지.”

찬혁의 말에 소스라치게 놀란 소유가 자신도 모르게 큰 소리로 대답을 했다.

“저요! 제가 할게요, 제가! 절대적으로 제가 해야 된다구요!”

순식간에 얼굴이 붉어진 소유가 손까지 들며 하고 싶다고 하는 바람에 찬혁은 결국 웃음을 참지 못했다.

“푸하하! 그렇게 비디오를 찍고 싶었나? 난 아닌 줄 알았는데 말이지. 그렇게 손까지 들고 하고 싶었다면 진작에 말을 하지 그랬어.”

‘젠장!’

소유는 스스로 민망해져 슬쩍 손을 내리고 말았다. 대체 어쩌자고 이렇게 망가지는 건지. 하지만 정석을 찬혁에게 떼어놓기 위해서라면 뭐든지 해야 된다고 생각하며 다시금 결의를 다지는 소유였다.

“맞아요. 정말 하고 싶어요. 그러니까 처음 말한 것처럼 그냥 저랑 찍죠, 그거.”

웃음을 멈춘 찬혁은 잠시 소유를 쳐다봤다. 그 눈빛에 소유는 묘한 긴장감을 느껴야만 했다. 장난스런 표정도 아니고, 화난 표정도 아니고. 묘하게 다정한 눈빛이랄까. 대체 이 느낌이 맞긴 한 건가? 혼란스러움을 드러낸 소유의 얼굴을 보며 찬혁은 작게 한숨을 쉬었다.

“처음엔 싫다고 했잖아. 이런 식으로 자꾸 번복하는 건 불쾌해.”

“다음엔 절대 그런 일 없을 겁니다.”

“그놈의 ‘절대’란 소리 좀 빼고.”

“넵!”

소유의 행동에 찬혁은 어이없다는 듯이 고개를 저었다. 그 모습에 소유는 하루라도 빨리 이곳을 벗어나려면 얼른 찍어버리는 것이 나을 수도 있다는 생각을 했다.

“쇠뿔도 단김에 빼라고 얼른 준비해서 찍죠?”

적극적인 소유의 행동에 찬혁은 묘한 표정을 지으며 그녀를 쳐다봤다.

“왜 맘이 바뀐 거지?”

조용한 말투였지만 소유에겐 천둥 소리보다 더 크게 들렸다. 자신의 속내를 들킨 것일까 싶어 내심 당황하는 소유였다.

“아하하, 그게…… 그냥 한번 정도 빼본 거였어요. 남자끼리 그런 것을 찍을 수가 없잖아요!”

“그게 왜? 네가 모르나 본데 의외로 좋아하는 사람들도 많아.”

천연덕스런 찬혁의 말에 소유는 화들짝 놀라며 찬혁을 쳐다보았다. 그런 소유를 지켜보며 찬혁은 좀 더 은밀하게 말을 이었다.

“뭐, 나도 그런 쪽은 처음이긴 하지만. 정석이 정도면 할 수도 있을 거라는 생각이 들었거든. 물론 정석이가 하겠다고 한 것도 있지만."

언제부터 저런 식으로 조카 녀석을 부른 건지는 모르지만 찬혁이 정석의 이름을 말할 때마다 피부 표면을 뚫고 소름이 쑥쑥 치솟는 것만 같았다. 머릿속으로 수만 가지 의문부호가 떠다녔다. 언제부터 친해진 걸까? 둘이서 무슨 얘길 한 걸까? 어느 정도까지 감정이 발전된 걸까 하는 등등.

"아무리 남자가 여자 역할을 한다 해도 실제 여자처럼은 못하지 않을까요? 분명 이번 일을 꾸민 사람들도 눈치 챌지도 몰라요. 그런 위험함을 고집하면서까지 정석이랑 찍을 필요는 없죠. 제가 하면 그만이니까. 그리고 정석이보다 훨씬 잘할 수 있어요. 그건 장담하죠."

소유는 너무도 적극적으로 말을 하는 바람에 찬혁의 표정이 심심찮게 변하고 있다는 것도 몰랐다.

"그래? 그 적극성을 한번 믿어보도록 하지, 그럼."

"탁월한 선택이에요!"

"그전에……."

"네?"

"얼마나 잘하는지 한번 볼까?"

찬혁의 갑작스런 질문에 소유는 처음엔 무슨 뜻인지 이해를 못했다. 하지만 이내 일어서서 천천히 책상을 돌아 소유의 앞으로 다가온 그의 모습에 얼굴이 새파래진 소유였다.

"그런 비디오는 익숙하게 찍어야 되는데, 그러기 위해서는 어느 정도 호흡이 맞아야 하지 않겠어? 우린 둘 다 그런 면에서는 문외한이잖아. 안 그래? 무턱대고 찍는다면 분명 들통나고 말 거야. 연습을 한 뒤에 찍는 것이 훨씬 안정적이지. 아직 테이프를 건네받으려는 연락은 없으니까, 그전에 의심하지 못하도록 연습을 해야 하지 않겠어?"

"여, 연습이요? 대체 무슨 연습을 말하는 건데요?"

소유의 얼굴 가까이 고개를 내린 찬혁의 머릿속에 순간 번뜩이는 생각이 떠올랐다.

"……내게 재밌는 테이프가 몇 개 있는데 말이지."

"재밌는 테이프요?"

"그래. 그걸 보면서 우선 눈으로 연습을 한 뒤, 실전에 임해보는 거야."

"아니, 그러니까 그게 뭔데요?"

"보면 알아. 오늘 일이 몇 시에 끝나지?"

갑작스런 화제 전환에 소유는 멍한 상태에서 대답을 했다.

"잘 모르겠는데요?"

그 모습에 찬혁이 다시 웃었다.

"있다가 일 끝나면 내 방으로 와. 그런 건 은밀하게 같이 봐야 하는 거거든."

끈적끈적한 말투와 무언가를 바라는 듯한 눈빛에 소유는 소름이 쫙 돋고 말았다.

“우선 가서 열심히 일을 하라구.”

피식피식 웃음을 지으며 손으로 나가라는 제스처를 하는 찬혁을 뒤로한 채 사무실을 나온 소유는 막연한 불안함을 느꼈다.

소유가 맡은 시간대는 저녁 여섯 시부터 열 시까지로, 소위 말하는 보조 바텐더의 위치였다. 시간에 맞춰 소유는 10층의 ‘하이포시스 오리어(Hypoxis Aurea)’로 들어섰다. 이미 얘기가 되어 있었던 듯 바텐더 복장으로 짐작되는 옷을 입은 여자가 소유에게 다가왔다.

“나소유 씨죠?”

“네. 안녕하세요.”

인사를 하는 소유를 바라보는 여자의 눈매가 활처럼 휘어졌다. 소유는 자신과 비슷해 보이는 연령의 여자를 마주 쳐다보며 웃어주었다. 느낌이 꽤 좋았다.

“김윤미라고 해요. 보시다시피, 바텐더죠.”

소유보다 머리 하나는 더 있어 보임직한 신장에 깔끔하게 맞춰 입은 바텐더 복장은 윤미의 모습을 한층 단정하게 보이게 했다.

“잘 부탁드려요.”

김윤미의 안내에 따라 들어간 바 안쪽에서 소유는 익숙한 물건들을 보며 눈을 빛냈다. 요 며칠 금주를 한 까닭도 있었고, 한동안 만들지 않았던 탓에 손가락이 근질거렸다. 쿵쿵거리며 냄새를 맡는 소유를 보고 김윤미가 의아한 듯 그녀를 쳐다봤다.

"이상한 냄새가 나나요? 난 못 느끼겠는데."

"하하, 아니에요. 오랜만에 맡아보는 알코올 냄새라 무지 반가워서요."

"어머, 호호호. 소유 씨는 주당인가 봐요?"

장난스런 미소가 윤미의 얼굴에 걸렸다. 소유는 윤미의 인상이 참 매력적으로 다가왔다. 단발머리에 웃을 때마다 한쪽 볼에 패인 볼우물이 무척 인상이 깊었다.

"주당은 아니지만 인생에서 꼭 필요한 것 중 하나죠. 소위 알코올 예찬론자라고나 할까요?"

능청스런 소유의 대답에 윤미는 다시 한 번 킥킥거리며 웃고 말았다. 실상은 위에서 내려온 낙하산 인사라고 들었던 터라 내심 긴장했던 그녀였다. 물론 바텐더 경력 칠 년의 베테랑이라고는 하지만 그래도 솔직히 껄끄러웠던 것은 사실이었다.

"음, 이런 거 물어봐도 돼요?"

한참 컵을 닦고 준비를 하는 와중에 시간은 이미 저녁 아홉 시를 가리키고 있었다. 이젠 익숙하게 주변을 둘러볼 정도까지 된 소유는 갑작스런 윤미의 질문에 그녀를 쳐다봤다.

"뭐, 아주 대답하기 곤란한 것만 아니라면요."

통성명을 하다 보니 윤미는 스물아홉 살로 소유보다 연상이었다. 나이를 알고 호칭에 고민하던 소유를 향해 윤미는 말했었다. 사회 친구는 위아래로 열 살은 커버가 된다고.

"소유 씨, 낙하산 인사라고 하던데. 우리 호텔 사장님하고는 어떤 사이예요?"

이런 질문이 나올지도 모른다고 이미 짐작했던 터라, 소유는 멋쩍은 표정으로 머리를 긁적이며 대답을 했다.

"아아, 그거요? 음, 채무관계에 있다고 해야 하나요? 사장님한테 빚을 갚아야 해서요."

"빚이요? 돈 빌렸어요?"

"뭐, 빌린 건 아니지만 갚을 상황에 처했다고나 할까요?"

말끝을 흐리는 소유를 보며 윤미는 대충 납득이 갔는지 고개를 끄덕였다.

"하긴, 그런 면으로 우리 사장님이 상당히 철저하긴 하죠."

윤미의 말에 소유는 입을 비죽였다. 철저한 정도가 아니라 소유가 보기엔 자린고비라고나 할까. 그 와중에도 식비 계산을 하는 것을 보면 참으로 쪼잔한 인간이라는 생각까지 들었다.

"어? 저 남자가 웬일로 이 시간에 왔지?"

"누구요?"

"저기, 지금 막 입구 들어서는 키 큰 남자 말이에요. 저 남자, 푸른호텔 사장 둘째아들이라는 소리가 있던데. 사장님하고 친구 같기는 한데 좀 아리송한 관계 같아요, 내가 보기엔 말이죠."

눈살을 찌푸리는 윤미를 흘긋 쳐다본 소유는 그들 쪽으로 다가오는 남자를 보면서 입맛을 다셨다.

"뭐, 허우대는 멀쩡하네요."

"멀쩡한 정도가 아니라 무지 잘생겼죠. 하지만 이곳에 오면서 여자를 동반하고 온 적은 단 한 번도 없었어요. 올 때마다 사장님하고 말싸움하다가 가는 게 대부분이었지만. 그래 봤자 항상 지는 주제에 성깔은 있어가지고, 어휴. 근데 왜 이 시간에 우리 호텔로 온 거지?"

그사이 남자는 점점 다가오더니, 길게 이어진 바 중간에 앉아 그녀들을 쳐다봤다.

"아무거나 한 잔."

쾌활한 목소리로 말하는 남자를 보며 소유는 눈살을 찌푸렸다.

"손님, 죄송하지만 '아무거나'는 호프집을 찾아가셔야 할 것 같은데요."

"뭐?"

"그거 호프집 술안주 아닌가요? 뭐 시킬까 귀찮아하는 이들을 위해서 내놓은 안주 종류로 알고 있는데."

소유의 대답에 남자는 주변을 살피던 시선을 거두고 소유를 쳐다봤다.

"무슨 소리지?"

"말 그대로예요. 바에 왔으면 바에 맞는 주문을 해주셨으면 합니다. '아무거나'라고 하시면 대체 뭘 달라는 건지 헷갈려서요."

처음 보는 남자였지만 말이 곱게 나가지가 않는 소유였다. 생각해 보니, 푸른호텔일 거라고 추측되는 곳에서 의뢰를 받은 정석 때문에 이런 고생을 하는 것이 아닌가. 그래서 찬혁에게 발목을 붙잡혀 이 모양 이 꼴이 된 거고 말이다. 아니, 솔직히 그것보다는 윤미의 말을 듣고 나니 괜히 화가 나는 소유였다. 정석이를 겨우 찬혁의 곁에서 떼어놓았더니 어디서 기생오라비 같은 녀석이 나타나다니. 산 너머 산이라는 말은 바로 이런 걸 두고 하는 건가 보다. 김윤미가 소유의 옷자락을 잡아당기며 당황스러워했지만 소유는 눈 하나 깜짝하지 않았다.

권시원은 자신을 똑바로 마주 보며 말을 하는 여자 바텐더가 새삼 흥미로웠다. 보통의 경우, 자신을 보고 좋은 감정을 갖는 것이 기본이요, 그가 웃어만 줘도 바로 반응할 정도였는데 어떻게 된 게 이 여자 바텐더는 가자미눈을 하고 자신을 노려보고 있었다. 순간 자신이 이 바텐더에게 무슨 잘못을 한 건가 싶기도 하고. 하지만 아무리 기억해도 이 여자 바텐더를 만났던 기억은 없었다. 슬쩍 시선을 내리니 '나소유'란 이름표가 보였다.

'이름 역시 범상치 않네.'

시원은 속에서 나오는 웃음을 누르며 다시 한 번 고민을 해야만 했다. 대부분 이렇게 말하면 알아서 기본적인 것으로 갖다주곤 했다. 바텐더의 기본 자세 중 하나가 손님을 편안하게 모시는 것도 포함되니까 말이다.

"그런가? 그럼 그쪽에서 자신있는 건 뭐가 있지?"

"자신있는 건 없지만 자신없는 것도 별로 없거든요. 주문만

하시죠, 만들어 드릴 테니.”

소유의 말에 시원은 눈을 빛내며 그녀를 관찰하기 시작했다. 한빛호텔의 분위기도 살필 겸 정보를 알아볼까 하고 종종 오곤 하던 시원은 눈앞의 여자 바텐더가 새로운 인물이라는 것을 금방 알아차릴 수 있었다. 뭐, 이곳이 의외로 이직률이 높기도 하기 때문에 바텐더 따위가 바뀐 것은 새롭지도 않았다. 하지만 이런 식으로 시비를 대놓고 거는 이 또한 드물었기에 시원은 약간의 불쾌감과 더불어 호기심이 일었다.

‘음, 뭐 봐줄 만한 것은 얼굴밖에 없네.’

푸른호텔과 한빛호텔은 경쟁사이다 보니, 소소한 것까지 서로의 귀에 잘 들어오는 편이었다. 정찬혁과 자신은 라이벌 관계로 은근히 신경 소모전이 많았던 탓에 어떻게 보면 서로에 대해서 가장 많이 알고 있는 편이라고 해도 과언이 아니었다. 그리고 시원이 아는 한, 정찬혁은 이런 식으로 종업원을 교육시키지 않는다는 거였다. 요점을 정리하자면 들어온 지 얼마 되지 않았든지 든든한 빽이 있다든지. 하지만 그가 보기에 앞의 바텐더는 아무래도 전자 같았다.

“무례하네. 이곳 사장이 이런 식으로 종업원을 교육시키나 봐? 손님은 왕이란 말 몰라?”

시원이 비웃으며 질문하자 옆에 있던 윤미의 얼굴마저 확연히 굳어갔다. 소유는 앞의 저 곱상하게 생긴 남자가 처음부터 시비를 걸기 위해 온 것이라는 확신이 들었다. 그리고 자신은 걸어오는 시비는 당연히 받아주는 센스가 있는 여자였다.

"요즘 트렌드는 그게 아닌데요. 그런 구시대적인 발상으로 이 고급스런 바를 찾으시다니, 차라리 변두리 술집을 추천해 드리고 싶습니다만."

"뭐? 변두리 술집? 그거, 내가 그 정도밖에 안 된다는 건가?"

시원이 발끈해서 되묻자 소유는 화사하게 웃으며 맞대응해 줬다.

"설마요. 그저 제가 알고 있는 상식선에서 말씀드린 겁니다, 손님. 어떻게 왕한테 그런 말을 할 수 있겠습니까?"

바 안의 긴장감이 한층 고조되는 순간이었다. 김윤미는 소유의 이런 대범한 대처에 박수를 보내야 할지 아니면 말려야 할지 순간 갈등했다.

'매니저님은 이런 때 하필 안 보이실 건 또 뭐야.'

권시원 같은 거물 손님은 대부분 바 매니저였던 정상욱이 말 상대를 해주곤 했었다. 물론 칵테일도 직접 만들어 대접했다. 괜한 트집으로 호텔의 이미지가 손상될 수 있다는 생각에 권시원이 오면 당연히 모든 것을 바 매니저에게 맡기곤 했었으니까. 하지만 공교롭게도 권시원은 오던 시간보다 다소 이르게 왔고, 매니저는 지금 자리에 없는 상태였다. 난처한 상황에서 소유와 권시원을 번갈아 보는 윤미는 발을 동동 구를 수밖에 없었다.

시원은 조그만 여자 바텐더에게 흥미가 일었다. 자신이 누군지를 분명 알고 있을 텐데도 굽히지 않는 모습이 맘에 들었다.

하지만 그 센 기세를 조금은 죽여놔야겠다는 생각이 들었다.

"뭐든지? 그것참, 대단한 자만심이네. 이곳 호텔은 바텐더도 사장을 닮아서인지 굉장히 싸가지가 없는가 봐?"

느릿하게 이어지는 시원의 말에 소유는 여전히 웃는 얼굴로 대답을 했다.

"그럴 리가요. 우리 사장님이 싸가지는 없을지 몰라도 프로 정신은 투철하거든요. 누구처럼 바에서 호프집 안주를 찾는 무매너는 아니시라구요."

소유의 대답에 시원은 눈을 가늘게 떴다. 분명 자신에게 시비를 걸고 있는 것 같은데, 대체 왜 그러는지 이유를 알 수 없었다. 그러고 보니 한 달 전인가, 이곳에 왔을 때도 전혀 보지 못했던 인물 같았다.

"신입인가 보지?"

"보시다시피."

어깨를 으쓱하며 퉁명스레 말을 하는 소유의 모습에 호기심이 동한 시원은 눈을 반짝이며 소유를 바라보았다. 보통 이런 표정을 지으면 여자들은 백이면 백, 다 넘어오기 마련. 하지만 이 나소유란 바텐더는 콧방귀도 안 뀌고 있었다. 오랜만에 투지가 활활 타오른다고나 할까. 재밌는 일이 생길 것 같아 내심 기대되는 시원이었다.

"스카이랜드 피즈(Skyland Fizz). 아, 색이 보라색인 것은 물론 알고 있겠지?"

사악하게 웃는 시원을 쳐다보며 소유는 살짝 눈살을 찌푸렸다. 스카이랜드 피즈는 우리나라에서는 그다지 대중적인 칵테일이 아니었다. 그렇게 때문에 일반적으로 리큘의 바이올렛을 사용하여 자색(紫色) 칵테일을 만들어 마시는 경우가 대부분인데 시원의 표정으로 봐서 일반적인 것을 원하는 것은 아닐 것이다. 분명 그가 원하는 칵테일은 보라색. 난처해하는 윤미를 쳐다본 소유는 가볍게 그녀의 손등을 두드렸다. 알고 있으니 걱정 말라는 식의 위로였다.

"난 평범한 것은 별로라서 말이야. 그렇게 자신있다고 했으니 내가 원하는 칵테일의 색이 뭔지도 알 수 있을 거야."

"당연히 알고 있죠. 하지만 그거 아십니까? 보라색을 좋아하는 사람들 중에는 정신 이상자가 많다네요."

소유의 능청스런 대답에 긴장하고 있던 윤미마저 웃고 말았다. 시원은 묘한 미소를 지으며 소유를 쳐다봤다. 작고 당차지만 뭔가 그녀만의 독특한 매력이 느껴진다. 시원은 어쩌면 이 여자는 자신이 판단한 것보다 훨씬 상회하는 실력을 가진 바텐더일지도 모른다는 생각이 들었다.

"좋아. 그럼 이왕 미친놈 소리 들었으니 대접은 확실히 받아야겠네. 그리 자신만만하니 손님을 유혹하는 환상적인 칵테일 쇼까지 보여주기 바라."

시원의 도전적인 말에 소유는 인상을 썼다.

"여기서 말입니까?"

“왜, 안 되나? 손님은 왕이라며? 만약 나를 만족시켜 준다면
오늘 골든 벨이라도 울려줄 수 있는데 말이지.”

평소라면 그냥 웃으며 지나쳤을 말이지만 그 ‘골든 벨’이 주
는 의미를 너무도 잘 알고 있는 소유로서는 도저히 그냥 지나칠
수 없을 만큼 매력적인 것이었다.

“그 말 잊지 마시죠.”

소유가 시원을 바라보며 묘한 웃음을 지었다.

# [제 8 장] 환상의 바텐더

지금 시간대는 초저녁인 여섯 시, 게다가 호텔의 이 바에서 그런 칵테일 쇼는 무리였다. 윤미 역시 플래어마스터 과정을 거쳤기 때문에 시원이 원하는 것이 무엇인지 정도는 알아들었다. 하지만 장소가 협소한 데다가 시간대도 너무 좋지 않았다. 계속해서 소유를 눈짓으로 말렸지만 소유는 요지부동이었다. 오히려 그런 윤미의 걱정을 일축하더니 자신있다는 표정으로 그녀를 향해 엄지를 치켜올렸다.

"아, 윤미 씨, 걱정 말아요. 만약 이 일로 문제가 된다면 제가 그만두면 되죠 뭐."

웃음으로 마무리한 소유는 바 테이블 안쪽에 있는 도구들을 보면서 윤미에게 질문을 했다.

"윤미 씨, 여기 있는 일반 틴(Reqular Tin) 말고 추틴(Weighted Tin) 없어요?"

"아, 그거 맨 아래 오른쪽에 있어요."

서둘러 대답한 윤미는 소유의 질문에 놀랐다. 보통 칵테일 쇼를 하더라도 일반적인 틴을 사용하는 데 비해 소유가 추틴을 찾는다는 것은 그만큼 고난이도 기술을 갖고 있다는 말이었다.

"음, 간단하게 원 틴 원 보틀(one tin one bottle)로 시작해 볼까요?"

노란색의 보틀(Bottle)과 추틴을 한 손에 하나씩 든 소유가 시원을 쳐다보며 눈을 찡긋했다.

"오늘 매상 제대로 올려주시길. 윤미 씨, 오래된 음악이지만 람바다 틀어줄 수 있어요?"

"람바다요?"

"네."

얼결에 고개를 끄덕인 윤미는 서둘러 한쪽 구석에 있는 노트북으로 음원에 접속을 했다. 그사이 갑자기 상의를 벗기 시작하는 소유를 놀란 듯이 쳐다보는 시원에게 소유는 어깨를 으쓱했다.

"간단한 쇼이긴 하지만 최선을 다해야죠. 이 제복은 아무래도 불편해서요."

넥타이와 조끼, 상의를 벗자 검은색의 딱 붙는 반팔 티가 드러났다. 티의 정중앙에는 금색의 원 안에 커다란 별이 반짝이고 있었다. 눈짓을 하자 윤미가 음악을 틀었고 곧 람바다의 경쾌한 음악이 흘러나왔다. 소유는 좀 전의 표정을 싹 지우고는 정말 즐거워 죽겠다는 표정을 지었다.

쇼를 할 때의 소유는 평소의 그녀와는 달랐다. 웃는 웃음도, 손짓 하나도 상당히 유혹적이고도 관능적이었다. 예전 선배의 바에서 아르바이트를 할 때에도 소유의 이런 모습에 매혹된 손님들이 상당수 있었다. 물론, 그중 대시를 해오는 이들도 적잖았지만 소유는 그들에게 그저 바텐더의 역할만을 수행했을 뿐이었다.

프로의 정신으로 돌아간 소유가 시원을 보며 눈을 반짝였다. 시원은 갑자기 변한 분위기에 어리둥절해지고 말았다. 좀 전의 모습이 아이의 치기 어린 모습이라면, 지금은 무척 대범하면서도 관능적인 모습이었다. 같은 사람이라고 보기 힘들 정도로 완벽한 분위기 전환이었다. 그런 눈빛으로 소유가 시원을 보고는 슬쩍 웃음을 흘렸다. 그러는 찰나 손짓 한 번에 머리 위로 보틀이 회전하면 반대편 틴(Tin) 안으로 가볍게 착지했다. 그러자마자 바로 소유의 몸이 빙그르르 턴을 한다. 그사이 틴 안에 있던 보틀이 다시 반대편 공중으로 회전하더니 소유의 손등 위에 가볍게 착지했다. 절로 탄성이 나오는 순간이었다.

람바다의 음악이 흐느낄 때마다 소유의 손이, 그리고 매혹적인 허리선이 움직인다. 쳐다보는 시원과 눈을 맞추고 한쪽 눈을 찡긋거린다. 다시 한 번, 이번에는 틴이 반대편으로 날아오르며 손등 위에 착지, 다시 보틀을 던지자 손등 위에 있던 틴 안으로 정확히 들어가는 보틀.

음악 볼륨이 커지자 온몸을 흔들면서 람바다 춤을 추는 소유의 모습은 정말 한 마리의 공작 같았다. 시원은 물론, 윤미마저 넋을 빼놓고 그 모습을 구경하기에 정신이 없었다. 장난스런 표정, 개구진 눈짓, 하지만 너무도 요염한 몸짓. 그리고 소유와 한 몸인 것처럼 이리저리 날아가며 원을 그리는 틴과 보틀.

사 분여 정도의 음악이 흐를 동안, 그 누구의 숨소리도 들리지 않을 만큼 소유의 칵테일 쇼는 환상적이었다. 마지막으로 완성한 음료를 칵테일 잔에 부어 시원의 앞으로 내밀 때까지도 그의 시선은 소유에게서 떠나지를 못했다. 시원은 넋을 놓고 있다가 자신 앞에 놓인 칵테일을 보고는 화들짝 정신을 차렸다. 그제야 그녀가 칵테일을 만들 때 무엇을 넣었는지는 확인하지 못했다는 생각이 든 것이다.

"뭘 넣는 거지?"

자신도 모르게 목소리가 꽉 잠겨 나오자 시원은 당황했다. 평소 가벼운 분위기로 모든 것을 처리하는 그였기에 이런 식의 진지한 감정은 그로서도 좀처럼 드문 경우였다. 게다가 여자를 보고 이런 식의 진심 어린 찬탄을 느끼는 것 또한. 시원은 점점 더 소유가 마음에 들었다. 아니, 그의 곁에 그만의 여자로 두고 싶다는 강렬한 생각이 들었다. 숨찬 표정의 소유의 모습은 묘한 분위기를 자아내고 있었다. 다소 흐트러진 숨, 땀에 젖어 사방으로 뻗친 머리, 상아빛 볼과 수시로 오르락내리락 내쉬는 가슴. 그 모든 것이 그를 유혹하는 것만 같아서 그는 그녀에게서 시선을 뗄 수가 없었다. 그사이 소유는 옆에 벗어놓은 옷을 얼른 걸쳐 입으면서 퉁명스럽게 대답했다.

"모르면서 시키신 겁니까? 그렇게 자신만만해하더니 이상하네요. 최소한 자신이 뭘 마실지, 그 재료가 뭔지 정도는 어느 정도 알아야 하지 않을까요? 바이올렛 1온스, 레몬주스 1/2온스, 우유 1티스푼, 얼음, 소다수를 넣었습니다. 주문하신 칵테일이 맞죠?"

시원은 소유가 내민 칵테일을 바라보며 감탄 어린 표정을 지어 보였다. 멍한 정신이 차츰 제자리로 돌아오고 있었다. 천천히 고개를 든 시원은 좀 전의 장난스런 표정이 싹 지워진 모습이었다. 뜨거운 시선으로 소유를 바라보며 시원은 작게 고개를 끄덕였다.

"좋아. 정말 좋아. 나랑 같이 일할 생각 없어?"

"무슨 소리예요?"

"진심이 되어버렸다고. 능력도 대단하지만 그쪽한테 개인적인 감정을 느낀다는 거야, 난."

"미안하지만 난 둘 다 사양하고 싶은데요?"

"날 조금이라도 알고 나면 그런 거절, 쉽지 않을 거야."

장담하는 시원의 말에 소유는 피식 하고 어이없다는 웃음을 지었다.

"전 첫 느낌을 중요하게 생각하는 편이라서 말이죠. 그쪽한테는 관심도 없고, 직장을 바꾸고 싶은 마음은 더더욱 없습니다."

"하긴, 첨부터 너무 쉬우면 재미없지."

소유의 말에 시원은 고개를 끄덕이며 중얼거렸다. 단지 예쁘다거나 멋지다 라는 표현만 갖고는 부족했다. 좀 전 이 나소유란 여자는 말 그대로 시원의 혼을 쏙 빼놓았다고나 할까. 시원은 소유를 뚫어지게 쳐다보며 천천히 입을 열었다.

"이곳 보수의 두 배를 주지. 꽤 파격적인 조건 같은데 그래도 할 마음이 없나?"

"네. 전 이곳이 좋거든요?"

"우리 푸른호텔도 한빛만큼 좋은 곳이야."

"그래도 사양하겠습니다."

소유의 거절이 생각 외로 단호하자 시원은 내심 조바심을 느꼈다. 좀 전 소유의 모습을 봐서 그런지 이상하게 목도 타는 것 같았다. 시원은 소유가 내민 잔을 집어 들어 그녀에게 약간 흔들더니 그것을 단숨에 들이켰다. 그 모습에 속으로 혀를 차는 소유였다.

'아이구? 이 녀석아. 그게 무슨 폭탄주라도 되는 줄 아냐?'

혀를 찬 소유가 문득 따가운 시선을 느껴 문가로 고개를 돌리자 그곳에는 언제부터 와 있었던지 찬혁이 서 있었다. 무서운 표정으로 자신을 노려보는 통에 그녀는 좀 전 상황을 그가 모두 지켜봤다는 것을 깨달을 수 있었다.

'헉, 언제부터 와 있었던 거야? 설마 다 본 건 아니겠지? 이러다 진짜 쫓겨나는 거 아냐?'

슬쩍 옆을 보니 윤미 역시 얼굴이 하얗게 질려 있었다. 그렇게 윤미와 소유가 당황해 있는 사이 찬혁은 긴 다리의 보폭만큼이나 빠르게 다가왔다.

"오셨습니까, 사장님?"

윤미의 인사에 가볍게 고개를 끄덕인 찬혁은 소유를 뚫어지게 쳐다봤다. 어정쩡한 상태에서 인사마저 못한 소유는 그저 울상을 지을 수밖에 없었다.

"여어~ 오랜만이지? 앉지 그래?"

시원의 인사에 찬혁이 마지못해 시선을 그에게로 돌렸다. 한두 번 봐온 사이가 아니었기에 지금 시원이 무슨 감정으로 소유를 보고 있었는지는 충분히 짐작이 가는 찬혁이었다. 아무 감정이 없는 상태였어도 그런 유혹적인 쇼를 본 후라면 자신 역시 소유를 향해 시원처럼 뜨거운 눈빛을 보내고 있었을 것이다. 찬혁은 소유의 그런 쇼가 자신이 아닌 시원을 위해서였다는 것에 상당히 기분이 나빠진 상태였다.

"어쩐 일이지, 이곳까지?"

"아아, 뭐. 심심해서 너랑 한잔할까 하고 들렀지."

"그럴 만한 사이던가?"

무뚝뚝하게 대답을 한 찬혁이 시원의 옆에 앉자 소유는 식은

땀이 주르륵 흘렀다. 대화 내용으로 보아 둘은 친하다고는 할
수 없지만 알고 있는 사이가 분명했다. 이를 어쩐다.

"내가 안 온 사이 보석을 하나 주웠나 봐?"

"보석?"

"응. 가슴에 반짝반짝 금색별을 달고 있는 보석."

시원의 시선이 소유의 가슴을 가리키자 그녀는 얼굴이 화끈
달아올랐다. 시원의 말에 천천히 소유에게로 다시 시선을 모은
찬혁이 그녀의 붉어진 얼굴에서 시선을 내려 가슴을 뚫어지게
쳐다봤다.

'헉, 뚫어지겠다고요.'

찬혁의 시선은 너무도 노골적이면서도 무척이나 자극적인 시
선이었다. 마치, 눈으로 그 부분을 더듬는 듯한, 그런 느낌. 순
간적으로 온몸의 털이 곤두서는 그녀였다. 어찌할 줄 몰라 당황
하는 사이 찬혁이 느릿하니 말을 했다.

"일은 할 만한가?"

"네? 아, 아주 좋습니다. 하하하."

"너무 좋은 나머지 제멋대로 그런 행동을 하는 거였나?"

찬혁의 차가운 질책에 소유는 딱 굳어버렸다. 옆에 서 있던
윤미 역시 당황스런 표정으로 어쩔 줄 몰라 했다.

"저기, 그건……."

당황한 표정의 소유가 어떡해서든 상황을 수습하려 하는데
시원이 중간에 말을 잘랐다.

"내가 부탁했어. 손님의 부탁 정도는 들어줄 수 있지 않나? 게다가 난 그 쇼 대가로 어마어마한 요금을 낸다고 했거든."

그 말에 찬혁의 시선이 다시 시원에게로 옮겨갔다. 소유는 그제야 한숨을 쉬며 난감한 표정으로 두 남자를 바라봤다. 잠시 시원과 찬혁의 시선이 엉키고 침묵이 흘렀다.

"나도 한 잔 주지."

"아아, 정찬혁 사장, 이곳 바텐더 무지 무서워. 아무거나 시키면 저 단단해 보이는 셰이커로 머리라도 칠 기세였다구."

시원의 짓궂은 표정에 찬혁의 시선이 다시 소유에게 꽂혔다.

"우리 직원들은 손님을 구별할 줄 아니까."

"흠, 그 말은 내가 손님이 아니다?"

"얼른 마시고 네 호텔로 가지 그래?"

"그러고 싶은데, 우리 호텔에는 이렇게 재미난 바텐더가 없거든."

시원이 손가락으로 소유를 가리키자 소유는 그 손가락을 확 잡아뜯고 싶을 정도였다.

"그런 바텐더를 못 구한 건 그쪽 사정이고."

"너무 차갑게 구네. 그래도 같은 업종에 종사하고 있으면서 말이지. 그나저나 얼른 주문해. 대충 주문하면 큰일난다고. 그래서 나도 얼른 생각나는 거 하나 얘기했지."

시원의 말에 소유가 입을 비죽였다.

'그게 얼른 생각한 거냐? 그 희귀한 칵테일을 주문하면서?'

시원이 눈을 빛내면서 소유를 쳐다보자 소유는 홱 하고 시선을 돌려 버렸다. 정말 하나부터 열까지 예쁜 구석이라곤 하나도 없는 남자였다. 뭐, 그래도 얼굴 하나는 볼만하지만.

"흥, 그 칵테일이 얼른 생각날 정도면 아주 문외한은 아닐 텐데, 그렇게 소주 마시듯 칵테일을 마시면 어떡해요?"

"하하, 저거 봐. 바텐더 무서워서 제대로 마시지도 못한다고. 한빛호텔 직원 기강이 너무 무른 거 아니야?"

무섭다고 하면서도 할 말을 다 하는 시원을 소유는 어이없다는 듯이 쳐다봤다. 그러다 돌린 시선에 여전히 자신을 빤히 바라보고 있는 찬혁이 들어오자 다시 한 번 움찔하는 그녀였다.

"난 저것 말고, 네가 만들어주고 싶은 것을 만들어봐."

찬혁의 말은 간단했지만 왠지 테스트를 받는 것 같아 순간 욱해 버린 소유였다. 비슷한 기억이 예전에도 있었다. 여자라는 것 하나 때문에 은근히 희롱하며 무시하던 손님들. 그것들을 다 발 아래 둘 때까지 소유는 무척이나 열심히 연습을 했었고, 그 뒤로는 정말 닉네임만 대면 다 알아주는 바텐더가 됐었다. 물론, 정석의 만류로 그만두긴 했지만 말이다. 괜한 오기에 소유는 인상을 썼다.

'어디 보자, 가장 쓰고 가장 맛없는 칵테일이 뭐였더라?'

하지만 만약 정말 그런 것을 만들어준다면 오늘부로 옷을 벗어야 할지도 모른다. 찬혁의 성격상 분명 그냥 넘어가진 않을 테니까 말이다.

소유는 다시금 손을 움직이며 칵테일을 만들기 시작했다. 슬쩍 쳐다보니 윤미는 단골손님을 만난 듯 웃으면서 이런저런 얘기를 하며 칵테일을 만들고 있는 것이 눈에 보였다. 잠시 뒤, 소유는 찬혁의 앞에 투명한 엷은 호박색의 칵테일을 내밀었다.

"뭐지?"

"파리의 하리즈 바의 하리 막켈롱의 작품이죠. 화이트 레이디의 변형이에요. 페퍼민트를 주재료로 하는 화이트레이디에서 베이스를 브랜드로 바꾼 거죠. '사이드카(Sidecar)'라고 부릅니다."

소유의 설명이 이어지자 시원은 물론 찬혁 역시 얼굴에 감탄의 표정이 나타났다. 처음 바텐더를 한다고 했을 때만 해도 이 정도일 거라고 생각 못했던 찬혁은 새삼 소유의 지식에 놀랐다. 아까의 그 쇼도 그렇고, 찬혁은 정말 소유에 대해서 새로운 모습을 연이어 발견한 듯 해서 만족스러웠다. 단지, 그 모습을 혼자만 본 게 아니라는 것이 좀 마음에 걸리지만 말이다. 옆에서 연방 소유에게 농담을 건네는 시원만 아니라면 좀 더 은밀한 대화를 나누고 싶을 정도였다.

"이걸 잘 만드나 보지?"

찬혁이 잔을 바라보며 묻자 소유는 잠시 망설이다 이내 짧은 한숨을 쉬며 말을 이었다.

"탄생화나 탄생수처럼 탄생주가 있거든요. 대부분의 사람들은 잘 몰라요. 칵테일도 그 달의 생일을 대표하는 것들이 있어요. 사이드카는…… 8월의 탄생주죠."

망설이던 소유의 말에 찬혁은 잠시 동안 그녀의 얼굴을 살폈다. 8월, 그냥 넘겨짚었는지는 모르지만 그 달은 자신의 생일이 있는 달이기도 했다.

'나에 대해서도 조사를 했나 보군. 아니면 이것도 우연?'

찬혁은 혼란스런 감정을 감추었다. 소유와 얽힌 사건만 아니라면 그녀를 좀 더 가깝게 두고 싶었다. 하지만 지금 상황에서는 더 이상의 관계는 무리라는 생각이 들어 쉽게 다가서지 못하는 찬혁이었다.

"미안하지만 난 블루 문(Blue Moon)으로 다시."

슬쩍 찬혁을 흘겨본 시원이 심술맞은 말투로 말했다.

"흠, 이곳 바텐더는 사장님에 관한 것도 다 숙지해야 하나 봐? 8월 탄생주면 그쪽 탄생주 아닌가?"

시원의 말에 소유는 다시 한 번 온몸이 경직되고 말았다. 이런 걸 정말 우연이라고 할 수 있을까? 그저 머릿속에 생각나는 걸 만든 것인데 하필이면 찬혁의 탄생주라니. 사이드카는 그녀의 탄생주이기도 했었다. 하지만 지금 이런 말을 한다는 것도 웃기고 더 이상의 오해를 받고 싶지 않았던 소유로서는 후회만 가득한 선택이었다.

"필요없어."

시원의 대구에도 찬혁은 차갑게 말을 하고는 이내 고개를 외면해 버렸다. 또 오해를 한 것이 분명해 보이는 그의 행동에 소유는 답답함에 한숨을 쉬었다.

'이런 우연 하나도 안 반갑다고. 하지만 아무리 그래도 같은 달에 태어난 게 그렇게 기분이 나쁘다는 거야, 뭐야?'

소유대로 기분이 상해서 재빨리 칵테일을 만들어서 찬혁의 앞으로 내밀었다.

"드시죠."

소유를 바라보는 찬혁의 시선이 평소와 다르다는 것을 느낀 시원이 흥미로운 눈빛으로 그 둘을 번갈아 쳐다봤다. 그가 알기로 정찬혁이란 인물은 저리 쉽게 감정을 드러내는 인물이 아니었다. 그렇다는 건 앞의 바텐더에게 어느 정도의 마음이 있다는 것하고. 그 약간의 마음이 관심인지 아닌지는 모르지만 이렇게 감정을 드러내는 찬혁의 모습은 의외의 수확이기도 했다.

"뭘 그렇게 쳐다봐?"

시원의 시선이 자신에게 계속 머물자 찬혁이 퉁명스럽게 질문을 했다.

"아니, 정찬혁이라는 인물이 좀 달라 보여서."

"그런 싱거운 소릴 하려면 너희 호텔로 돌아가. 영업 방해하지 말고."

"어이, 영업 방해라니? 난 오늘 이 바텐더와의 약속을 지키기 위해서라도 이 자리를 지켜야 한단 말이야."

"무슨 약속?"

"아주…… 은밀하고도 개인적인 약속이지."

시원의 말에 찬혁의 눈이 가늘게 접혔다. 천천히 소유를 향하는 시선이 마치 저승사자의 그것처럼 보여 소유는 급 당황하고 말았다.

"그, 그게 무슨 말도 안 되는 소리예요! 은밀하기는 개뿔이 은밀! 쇼가 마음에 들면 골든 벨 울려준다고 한 거 잊지나 마요!"

"골든 벨?"

"네. 오늘 하루 매상을 다 책임진다고 했거든요."

서둘러 대답하는 소유를 보고 있던 찬혁의 표정이 순간 묘하게 변해갔다.

"골든 벨…… 좋지. 이렇게 매상을 올려주다니 고맙다고 해야겠군."

"뭐, 별로."

시원이 으스대며 대답을 하자 찬혁의 눈빛이 반짝였다. 그때 마침, 들어오는 바 매니저를 본 찬혁이 그를 불렀다.

"피켓을 걸어. 오늘 하루는 하이포시즈 오리어에서 마음껏 술을 마셔도 된다고. 물론 그 비용은 여기 푸른호텔 부사장께서 내실 테니까. 전 직원들에게 알리는 게 좋겠군."

"아, 그렇습니까? 알겠습니다."

찬혁의 지시에 칵테일을 마시던 시원이 콜록 하며 사레들리고 말았다.

"정찬혁! 그게 무슨 말이야?"

"무슨. 골든 벨을 평생 동안 몇 번이나 울릴 수 있을 것 같아?

기회는 왔는 때 바로잡아야 하는 거라고. 고마워. 대신, 자네가 마신 것은 내가 사지.”

가볍게 말을 한 찬혁이 칵테일을 마시고는 자리에서 일어서서 문가로 향했다. 소유는 내심 다행이라는 생각을 하면서 가슴을 쓸어내리는데 돌연 몸을 돌린 찬혁이 다시금 다가오자 혼비백산하는 그녀였다.

“왜, 왜요?”

천천히 바 테이블을 짚고 상체를 숙이며 소유의 얼굴 가까이 고개를 숙인 찬혁이 조용히 속삭였다.

“아까 그 쇼 잘 봤어. 굉장하던데? 몰카 연기에 응용해도 될 것 같아. 기대하지.”

찬혁의 말에 소유의 얼굴이 새파랗게 질렸다.

“그, 무, 무슨!”

“기대하지. 아, 그리고 앞으로 여기서 칵테일 쇼는 금지야. 한 번만 더 그랬다가는 눈물이 쏙 빠지는 경험을 하게 될 거라고.”

말을 마치자마자 찬혁은 소유의 대답을 기다리지도 않고 몸을 돌려 바를 벗어났다. 엘리베이터를 끼고 비상구로 향하던 찬혁은 자신의 뒤를 다급하게 쫓아오는 발소리에 걸음을 멈추고 뒤를 돌아봤다. 언제부터 따라온 것인지 시원이 빠르게 다가왔다.

“무슨 일이지?”

“정찬혁, 저 바텐더 맘에 든다.”

"그래서?"

'이놈이나 저놈이다 다 마음에 든다는 것투성이군.'

성진이 녀석도 소유를 꽤 맘에 들어하는 것 같고, 시원이도 맘에 든단다. 웃긴 건 그 역시 마음에 들긴 하는데 표현할 수가 없다는 것이 문제였다. 이 와중에 시원까지 소유에게 관심을 보이다니. 그건 정말 사양하고 싶었다.

"스카우트할 거야."

눈을 빛내며 말을 하는 시원을 보면서 찬혁은 콧방귀를 뀌었다.

"누구 맘대로?"

"두고 봐. 꼭 우리 호텔로 데려갈 테니까."

"능력 때문이냐, 아니면 개인적인 호감이냐?"

찬혁의 질문에 시원의 표정이 변했다. 물론 호감도 있지만 그보다는 찬혁의 관심을 갖고 있는 소유를 뺏어오고 싶은 마음이 더욱 컸다.

"물론 둘 다야."

"후후, 맘대로 안 될걸? 이미 임자 있는 몸이거든."

찬혁의 대답에 시원의 표정이 굳었다. 하지만 도전적인 시선으로 찬혁을 바라본 시원이 고개를 끄덕이며 다음 말을 이었다.

"상관없어."

찬혁과 시원의 시선이 중간에서 얽혔다. 찬혁은 소유를 푸른 호텔에 뺏길 생각도 없고, 소유를 그에게 준다는 것 역시 상상조차 하기 싫었다. 소유는, 그녀는 자신이 이미 마음에 담아둔 여자였기 때문이다.

"뭐, 일단 오늘 골든 벨은 고맙게 생각하지."

"뭐, 바텐더의 아름다운 모습을 본 대가라고 생각하면 억울할 것도 없지."

시원의 말에 찬혁이 눈살을 찌푸렸다.

"훗. 잘 봐뒀다니 다행이군. 앞으론 다시 볼 기회가 없을 테니까."

말을 마친 찬혁은 비상구 계단으로 내려가기 시작했다. 시원은 잠시 망설이다가 앞으로의 전진을 위해 뒤로의 후퇴를 택하기로 했다. 너무 몰아세우면 경계하기 마련이니까.

'나소유, 당신은 나한테 완전히 찍혔다고.'

항간에 바람둥이로 소문이 난 시원은 자신의 매력을 누구보다도 잘 알고 이용도 잘하는 편이었다. 게다가 물질적인 것이 풍부하니 작업 거는 여자들은 모두 그에게 넘어갔었다.

"수단과 방법을 가리지 않고 온몸으로 유혹해 주지. 내가 나서서 안 넘어온 여자는 없었거든."

가벼운 휘파람을 불며 시원은 엘리베이터로 향했다.


둘이 시야에서 사라지자 소유는 정말로 가슴을 쓸어내렸다. 이렇게 긴장한 적은 단연코 단 한 번도 없었다. 그사이 윤미가 소유에게 다가와 엄지손가락을 추켜세웠다.

"최고였어요. 정말 반했다구요."

"어? 어. 네. 고마워요."

그 뒤, 소유가 퇴근할 시간까지는 별다른 무리가 없었다. 다만, 골든 벨의 소리에 직원들이 퇴근을 하면서 이곳으로 다 몰리는 바람에 의외로 소유는 그들에게 때아닌 영웅 대접을 받게 됐다. 대부분이 다시 그 쇼를 관람하기를 원했지만 사장의 명령이 있었던 터라 소유는 거절했다. 그 많은 사람들 중에 잠깐이라도 보여달라는 사람은 단 한 사람도 없었다. 그만큼 정찬혁 사장의 명령은 절대적인 것이었다.

열 시가 조금 못 미친 시각, 다시 나타난 찬혁의 모습에 소유는 눈을 동그랗게 떴다.

"매상이 얼마나 올랐지?"

찬혁의 질문에 바 매니저인 정상욱이 계산을 하더니 빙긋이 웃었다.

"연말 소득의 세 배 정도는 됩니다."

"흐음. 출혈이 꽤 크겠군. 뭐, 바라던 바야."

장난스런 표정을 지으며 웃던 찬혁이 시선을 소유에게로 향했다. 좀 전, 정석과 같이 저녁식사를 마친 찬혁은 소유에 대해서 여러 가지 많은 것을 들을 수 있었다. 그중에는 실로 놀라운 일도 있었기에 확인차 나온 찬혁이었다. 물론 그녀를 다시 한 번 보고 싶다는 생각도 들었고.

"적응을 잘하는 것 같군."

"네. 정말 좋았습니다."

소유가 대답하자 찬혁이 얼굴을 가까이 가져왔다. 왜 자꾸 이런 식으로 얼굴을 들이미는지 소유는 그때마다 당황스럽기만 했다. 무섭다고 느낀 그 얼굴도 이렇게 수시로 보니 그 느낌보다는 오히려 남자다운 찬혁의 얼굴에 가슴이 두근거리기까지 했다.

"정석이가 폭탄주가 전문이라고 하던데. 사실인가?"

"네?"

당황한 소유가 놀라서 되묻자 찬혁이 재미나다는 듯이 살짝 눈가를 접으며 웃었다. 소유는 순간 찬혁의 주변으로 수많은 꽃이 날리는 듯한 착각이 들었다.

'이 남자, 의외로 웃는 모습이 매력적이구나.'

"왜 그렇게 놀라는 거지?"

"아니, 뭐. 폭탄주가 전문은 아니고, 그냥 재미 삼아서 좀 해 봤을 뿐이에요. 그런데 정석이가 언제 그런 말을 또 했어요?"

찬혁의 입에서 정석에 대해서 얘기가 나오자마자 바짝 긴장하는 소유였다. 언제 그런 개인적인 이야기까지 한 건지. 있다가 정석을 붙잡고 다시 한 번 물어봐야겠다고 소유는 생각했다.

"하하. 나소유 씨 취향이 독특하군요. 폭탄주가 재미있다고요."

근처에서 장부를 마저 정리하고 있던 바 매니저의 말에 소유는 어색하게 웃음을 흘렸다.

"그냥 한때 재미로 좀 해봤어요. 특기랄 것까지는 없구요."

"흠, 폭탄주는 잘못 마시면 큰일나는 수가 있다고."

찬혁이 점잖게 말을 하자 소유는 내심 발끈하고 말았다.

"사장님, 그건 잘 몰라서 하시는 얘기구요. 알고 마시면 정말 좋은 게 폭탄주라구요."

"이야~ 다시 만나니 반갑네."

언제 다가왔는지 빠르게 다가온 권시원이 냉큼 찬혁의 옆자리에 앉는 바람에 분위기가 급속도로 굳어갔다.

"무슨 일로 다시 온 거지?"

"아아, 골든 벨 매상이 얼마나 올랐나 궁금해서 말이야. 그래서 다시 돌아왔지."

"할 일도 없군. 전화 한 통이면 될 걸 가지고."

"무슨 소리야? 자주 봐야 정이 든다고. 그러는 당신은 한가한가 보지? 이곳에서 노닥거리고 있는 걸 보면."

시원의 시비조에 찬혁은 무표정하게 대꾸했다.

"아아, 나는 오늘 바 매상이 상당히 오른 것에 대해 격려를 해주려고 온 거야."

찬혁의 말에 시원의 표정이 구겨졌다. 옆에서 쿡쿡거리는 윤미를 팔꿈치로 툭 친 소유는 시원에게 고개를 숙였다.

"오늘 정말 고마웠습니다."

"천만에. 출혈이 있는 만큼 보람도 있을 거라 생각하니까."

"네?"

"아아, 뭐 그런 게 있어. 간단한 걸로 하나만 줘."

시원은 대답을 하면서 다시금 찬혁을 바라봤다.

"근데 무슨 폭탄주 얘기를 하는 것 같던데. 누가 폭탄주를 마신 건가?"

"아아, 그건 아닙니다. 나소유 양이 폭탄주를 잘 만든다고 해서 그 얘기를 하고 있었습니다."

찬혁이나 소유에게 물었다면 대답을 하지 않았을 거라는 걸 안 시원이, 돌연 가장 끝에 있는 정상욱에게 질문을 던졌다. 정상욱은 여전히 사람 좋은 웃음을 지으며 좀 전의 상황을 설명했다.

"정말인가? 호오~ 볼수록 놀라운 사람이야, 당신은."

"별로 놀라울 것은 없는데요 뭐."

시큰둥하게 대답을 한 소유가 시원의 앞에 방금 만든 칵테일을 내놓았다.

"이번 건 뭐지?"

"보드카 마티니(Vodka Martni)입니다."

"왜 이걸 나한테 준 거지?"

흐뭇한 표정으로 되묻는 시원에게 소유는 콧방귀를 뀌었다.

"노란색은 경고를 뜻하죠. 알아서 새겨듣기 바랍니다."

"쿡."

소유의 설명에 찬혁이 웃고 말았다.

"흠, 그럼 더블로 주도록 해. 두 번 경고면 바로 퇴장 아닌가?"

찬혁의 말에 주변 모두는 폭소를 터뜨렸다.

"퇴장할 때 퇴장하더라도 이왕이면 레드카드까지 받아봐야겠네. 그러는 동안 궁금증 좀 해결해 주지? 폭탄주가 좋다는 건 첨 듣는 소리라고. 그거 알코올 중독자들한테 너무 위험한 말 아닌가? 뭐든 과하면 부족한 것보다 못한 법이거든."

시원이 아는 체를 하며 대화를 해보자는 식으로 말을 잇자 찬혁이 작게 눈살을 찌푸렸다. 누가 보더라도 뻔한 모습, 시원은 지금 소유에게 일명 작업을 걸고 있는 중이었다. 하지만 그걸 아는지 모르는지 혈기왕성한 소유는 시원을 노려보며 말을 하고 있었다.

"알고 마시면 폭탄주가 얼마나 좋은 건지 아시게 될 겁니다."

소유의 말이 끝나자마자 시원이 장난스럽게 다 마신 잔으로 테이블을 탁탁 치며 말했다.

"어딜 봐서 그게 믿을 소리야? 폭탄주가 좋다는 소리 하면 너 금주가들한테 몰매 맞는다? 게다가 폭탄주는 우리나라에만 있는 거라구."

생글생글 약을 일부러 올리는 게 눈에 다 보이는데 그것에 넘어가는 소유의 모습에 찬혁은 한숨이 나왔다. 그러고 보니, 둘 다 똑같은 부류의 인간인가.

"잘 알고나 그런 소리 하시죠? 폭탄주의 원조는 우리나라가 아닙니다. '흐르는 강물처럼(A River runs through it)'은 1920∼30년대 미국 몬태나 주의 아름다운 전원을 배경으로 제작된 영화에서 처음 시도한 거라구요. 그 영화를 보면 주인공 형제가 마을의 술집에서 폭탄주를 마시는 장면이 나와요. 실연한 형이 '위스키 믹스'를 주문하자 바텐더가 맥주가 가득 채워진 잔에 위스키 잔을 떨어뜨려 건네거든요. 내가 그 영화를 보고서 바로 학원에 등록했단 말입니다. 조주사 자격증은 폼으로 달고 다니는 줄 알아요?"

"헤에~ 의외로 감수성이 예민했나 봐? 난 만날 술만 먹다가 저절로 터득한 건 줄 알았지."

소유는 시원의 말에 들고 있던 컵을 던져 버리고 싶은 충동을 느꼈다. 하지만 소유의 말을 듣고 있던 찬혁은 더욱 기분이 가라앉았다. 소유는 정말 첫사랑을 잊지 못해 술을 배운 것이 맞았나 보다. 그 영화를 보고 학원을 등록할 정도면 말이다. 그렇게 한 선배를 잊지 못했다는 게 찬혁으로서는 무척이나 화가 났다. 점점 험악해지는 찬혁의 표정은 안중에도 없다는 듯이 소유는 이를 갈며 시원을 노려봤다.

"알려면 좀 제대로 알고 말씀하시라구요. 알았어요?"

"어어, 알았어, 알았어. 거 되게 무서운데?"

"그만 해라, 권시원."

낮아진 목소리로 말리는 찬혁은 내심 불쾌했다. 둘의 모습이 투닥이는 것처럼 보이지만 그만큼 가깝게 느껴졌기 때문이다. 차츰 무겁게 가라앉는 찬혁과는 반대로 시원은 생글생글 웃으면서 소유를 자꾸만 도발시키고 있었다.

"그만 하긴 뭘. 우리가 모른다고 그냥 막 대충 둘러대는 것 같은데?"

"뭐라구요? 누굴 지금 사기꾼으로 모는 겁니까? 폭탄주가 시작된 곳은 미국이라는 게 정설이라구요. 1900년대 초 미국의 탄광과 벌목장, 부두, 철강공장 등에서 일하던 가난한 노동자들이 즐겨 마신 '보일러 메이커(Boiler Maker)'가 폭탄주의 시초라는 것을 이제 좀 알고 마시면 절대 나쁜 거라는 소리는 못하죠. 폭탄주는 말 그대로 '끓게 만드는 술' 이란 말입니다."

소유는 정말 속이 부글부글 끓는다는 생각이 들었다. 찬혁과의 관계만 아니라면 정말 이 자리에서 무슨 일을 저지르고도 님았을 거라고 소유는 생각했다.

정색을 하는 소유를 보며 시원은 피식 웃고 말았다. 재미있다. 이리저리 찔러댈 때마다 빠르게 반응하는 소유의 모습은 확실히 매력적이었다. 시원은 점점 더 소유가 욕심이 생겼다.

'미운 정도 정이라고 하잖아. 이렇게 시작해도 괜찮다고. 어느 순간 모르게 네 맘속으로 들어가 주겠어.'

마음을 다지는 시원을 바라보는 찬혁의 마음은 더더욱 착잡하게 가라앉았다. 결국 자리에서 일어난 찬혁은 아무런 말도 하지 않고 그곳을 벗어났다. 그런 찬혁을 바라보는 시원의 표정은 즐거웠다.

"이런, 사장이 그냥 가버리네? 격려는 다 해줬나 봐?"

"흥, 신경 *끄시죠*?"

"몇 시까지 일하지?"

"왜 물으시는 겁니까?"

"데이트하려고."

"즐거운 시간 보내십시오, 그럼."

깍듯이 인사하는 소유를 보며 시원이 가슴을 부여잡았다.

"으윽. 그러면 내 맘이 아프다고. 난 지금 데이트 신청을 하는 거라고."

"이런, 미안하지만 호텔 규정상 그건 곤란한데요."

"왜? 그런 규정이 있을 턱이 없는데."

의아하게 되묻는 시원을 보면서 소유는 과장된 표정으로 그를 쳐다봤다.

"몰랐어요? 우리 사장님이 푸른호텔 사람하고는 절대 데이트 하지 말라고 그랬거든요."

"뭐? 언제?"

어이없다는 듯이 되묻자 소유는 상큼한 웃음을 지으며 말했다.

"그쪽이 오기 바로 전에 그렇게 말했죠."

소유의 재치있는 대답에 시원은 짓궂은 웃음을 지었다. 말을 할수록 정말 새록새록 마음에 드는 소유였다.

"잘됐네. 이참에 나랑 데이트해서 잘리게 되면 우리 호텔로 오지?"

"아아, 그건 좀 곤란해서요. 경력에 차질이 생겨서 안 됩니다."

넙죽넙죽 잘 받아치는 소유가 시계를 보더니 빠르게 인사를
하고 뒤돌아섰다.

"그럼 즐거운 시간 되시길."

인사를 마친 소유는 직원 휴게실로 쪽 들어가 버렸다. 시원은
빠르게 사라진 소유를 보면서 그저 안타까운 마음에 입맛을 다
실 뿐이었다.

"자꾸 그런 식으로 도망간다면 정말 진심이 되어버린다고. 전
력을 다 하게 만드네, 정말."

더 이상 이곳에 있을 필요성을 못 느낀 시원은 고민을 했다.

'흠, 어차피 집에 갈 거라면 데려다 줘야지.'

서둘러 바를 벗어난 시원은 1층 로비로 향했다. 그곳에서 퇴
근하는 소유를 기다리기 위해서 말이다. 탈의실로 들어선 소유
는 옷을 갈아입으며 윤미의 얘기를 듣는 중이었다.

"참, 우리 바 이름이 왜 하이포시스 오리어(Hypoxis Aurea)인
줄 알아?"

"음? 왜 그런데요?"

"후후, 우리 사장님 말이야. 은근히 감성적인 거 알아? 우리
바 이름 사장님이 직접 지으신 거래. 잘은 모르지만 무슨 꽃 이
름이라고 하더라. 근데 그 꽃말이 '빛을 찾다' 라는 거래. 굉장히
의미 있는 말 아니야? 정말 세상에 자신의 빛과 같은 반쪽을 찾
고 싶어하는 거 아닐까?"

윤미의 말에 소유는 한숨을 푹 쉬었다. 자신이 보기엔 그 빛

이 그게 아닐 거라는 생각이 들었다.

'그건 아닐 테고 아마도 어둠 속의 생활을 청산하고 싶다는 뜻이겠지.'

찬혁의 또 다른 모습을 먼저 접했던 그녀로서는 찬혁의 이미지가 아무리 반듯하고 멋있어도 위험스럽게만 보여 투덜거렸다.

'어딜 봐서 그런 로맨티스트라는 거야.'

투덜거리면서 자신의 룸으로 향한 소유는 1층에서 시원이 자신을 기다리고 있을 거라고는 꿈에도 몰랐다. 한동안 기다려도 내려오지 않는 소유를 기다리던 시원의 인내심은 순간 끊어져 버렸다.

"날…… 이렇게까지 고민하게 만든 걸 축하해 줘야겠네. 좋아, 이렇게 나온다면 나도 수가 있지."

시원은 전화를 하려다가 저만치 걸어나오는 여자의 모습에 멈칫했다. 분명 소유와 같이 있던 그 여자 바텐더였다. 누군가와 얘기를 주고받느라 시원의 옆을 지나치면서도 그녀는 그를 몰라본 것 같았다. 슬쩍 전화를 하는 것처럼 몸을 돌린 시원이 조심스럽게 그들의 뒤를 쫓았다.

"나소유 씨 정말 대단해, 그치?"

"정말이야. 난 사장 낙하산이라고 해서 되게 안 좋게 봤었거든. 일도 하나도 할 줄 모르면서 남자나 한번 꼬셔볼까 하고 바에 온 줄 알았지. 우리 바에 오는 남자들 꽤 괜찮은 손님들이 많잖아. 근데 와아~ 아까 칵테일 쇼 하는 거 보니까 완전 반한 거 있지?"

여자들의 수다에 이어 까르르 웃는 웃음이 들리고 그들은 호텔 회전문을 빠져나갔다.

"사장의 낙하산이라고?"

윤미와 같은 직원의 대화를 몰래 듣던 시원은 눈살을 찌푸렸다.

"흠, 그럼 임자가 있다고 했던 건 바로 자신을 두고 한 말이란 거군. 이거 묘하게 돌아가는데?"

시원은 잠시 생각을 하더니, 이내 즐겁다는 표정을 지었다.

"좋아. 그렇다면 이쪽에서도 꽤 괜찮은 정찬혁의 임자를 대령해야겠군."

핸드폰을 연 시원은 장난스런 표정으로 전화를 걸었다.

"어. 나다."

[어쩐 일이야, 오빠?]

"너, 한빛호텔 사장하고의 약혼 설은 어디까지 진행된 거야?"

[그건 왜? 아빠가 계속 말씀 중인 걸로 알고 있는데?]

"흠~ 내가 사촌오빠로서 충고 한마디 하마. 정찬혁 지금 다른 여자한테 눈독 들이는 것 같더라. 한시라도 빨리 고삐를 채우지 않는다면 금방 도망가고 말 거야."

[정말이야? 어떤 여잔데? 얼마나 친한 건데?]

새된 목소리로 악을 쓰는 선영의 말에 시원은 작게 눈살을 찌푸렸다.

"그러니까 얼른 약혼 날짜를 잡도록 해봐. 그러다 닭 쫓던 개 지붕 쳐다보는 격 된다, 너."

전화를 바로 끊은 뒤 시원은 씨익 웃었다. 선영의 부친과 정찬혁의 부친은 절친한 친구 사이였다. 정찬혁의 부친이 건강을 빌미로 사업에서 물러선 뒤, 물심양면으로 도와준 것이 바로 선영의 부친이었다. 그것이 꽤 못마땅한 시원이었지만 지금은 오히려 다행이라는 생각이 들었다. 정찬혁의 집에서도 선영과의 약혼을 쉽게 거절하지는 못할 테니까 말이다. 그사이 자신은 착실하게 소유에게 작업을 걸면 되는 것이었다.

"후후, 약혼녀가 생긴다면 너라도 별수없겠지."

시원은 흔쾌히 고개를 끄덕이고는 이내 자신의 차로 향했다.

## [제 9 장] 오해 X 오해 〈 오기

그 뒤 일주일이 흐르도록 권시원은 소유의 아르바이트 시간대에 어김없이 나타나 그녀의 속을 뒤집어놓곤 했다. 처음 얼마간은 상대를 해주다가 이내 소유는 시원을 무시하기 일쑤였고, 그때마다 시원은 어린애처럼 징징 우는 흉내를 내며 소유에게 매달리곤 했다. 이상한 것은 시원이 바에 나타날 때마다 기다렸다는 듯이 찬혁 역시 나타난다는 것이었다. 처음 한두 번이야 그럴 수 있으려니 하고 넘어갔던 소유도 이젠 찬혁과 시원이 앙숙이 아니라 실은 친한 것이 아닌가 생각이 될 정도였다.

오늘도 분명히 같은 시간에 바를 찾을 시원을 생각하니 골머리가 아파온 소유는 눈살을 찌푸리며 주변을 살펴보다가 이내 두 눈을 크게 떴다.

'서미연 선배?'

분명 그녀였다. 그렇게 애타게 찾아 헤맬 때는 그림자조차 볼 수 없던 그녀가 지금 호텔 뷔페에 다른 남자와 동행하여 나타난 것이었다. 소유는 얼결에 근처 커다란 화분 뒤로 몸을 숨겼다.

"뭐 하는 거야?"

뒤따르던 정석이 기이한 행동을 하는 소유를 이상히 여겨 묻자 소유가 얼른 정석을 화분 뒤로 끌어들였다.

"쉿, 조용해!"

"왜 그러는 거야?"

"그 여자란 말이야!"

"누구?"

"그 사기꾼! 내 피땀 같은 돈이랑 신용대출금을 홀랑 가지고 날랐던 가짜 선배 말이야!"

"뭐? 정말?"

"그래! 그러니까 좀 조용해 봐. 여기서 들켰다간 다시 도망갈지도 모르잖아."

"알았어, 고모. 근데, 어디에 있는 여잔데?"

"저기, 저 검은색 양복, 보이지? 붉은색 타이 맨 남자 오른쪽에 분홍색 꽃 치마 입은 여자, 그 여자야!"

정석이 소유의 손끝을 쫓아 여자를 확인하고는 급히 인상을 굳혔다.

"어떻게 할 건데?"

"일단은 두고 보다가 뒤쫓아가서 잡아야지."

두 손을 불끈 쥔 상태에서 힘주어 말하는 소유를 보며 정석은 한숨을 쉬었다.

"아무 증거도 없이 무턱대고 잡았다가 오히려 전처럼 당하는 수가 있어. 우선, 미행해서 어디 사는지, 뭘 하는지부터 확인해야지."

"그래? 좋았어!"

"고모, 우선 들켜서 좋을 거 없으니까 내가 지켜볼 동안 얼른 가서 옷이라도 갈아입고 와."

"야, 무슨 옷을 갈아입으라는 건데?"

"지금 그 모습을 들키면 모두 끝장이라구! 고모 얼굴 알려서 좋을 건 없잖아! 룸에 내가 아르바이트할 때 입는 유니폼 있으니까 그거라도 갈아입고 와. 내가 여기서 감시할게."

"알았어!"

자리에서 일어선 소유는 후다닥 엘리베이터로 향했다. 잠시 뒤, 정석의 유니폼을 입은 소유는 자신의 모습을 보고는 혀를 찼다.

'이 정도로 해서는 들키겠어! 아, 가만! 윤미 씨가 직원 로커 룸 선반에 가발을 뒀었지?'

어제 파머를 하고 염색을 한 것이 너무도 짙은 색이라 당분간 가발을 써야 할 것 같다면서 온 윤미의 모습에 소유는 무척 놀랐었다. 긴 머리를 뒤쪽에서 쪽을 져 깔끔하게 넘긴 모습과는 사뭇 다른 모습이기 때문이었다. 검은색의 샤기컷이 제법 길게 된 가발을 쓴 윤미의 모습은 무척이나 달라 보였었다. 퇴근 무렵, 가발을 놓고 나간 것이 기억난 소유는 다시 부리나케 바로 향했다.

'나중에 미안하다고 말하면 되지 뭐.'

바의 아르바이트를 하기까지는 아직 두어 시간 정도 시간이 있었다. 윤미의 가발을 쓰고 옆에 놓은 붉은색 테두리의 안경이 눈에 들어와 그것도 일단 얼굴에 쓴 소유는 그 모습을 거울에 이리저리 비춰보았다. 안경이 약간 크긴 하지만 도수가 없는 까닭에 별 무리는 없었다. 하지만 호텔 종업원 복장에는 너무도 안 어울려 소유는 망설이다가 윤미의 벗어놓은 사복에까지 손을 대었다.

'미안해, 윤미 씨. 나중에 내가 정말 밥 한번 살게. 내가 급해서!'

서둘러 옷을 벗고 윤미의 검은색과 은색이 적절이 들어간 티와 미니스커트를 입은 소유는 급히 정석이 기다리는 곳으로 향했다.

서둘러 다시 뷔페가 있는 곳으로 간 소유는 자신의 모습을 보고 경악하는 정석을 보며 멋쩍어했다.

"어디서 그런 변장 도구를 준비한 거야?"

"이상하니?"

"아니…… 그게 뭐, 좋아."

정석은 어색하게 말끝을 흐릴 수밖에 없었다. 항상 편한 복장의 소유만을 봐와서인지 저리 긴 머리도 그렇고 짧은 미니스커트 하며 깊게 파인 셔츠가 어색하기만 했다. 하지만 그 모습이 무척…… 생소하지만 예뻐 보여 놀란 정석이었다.

"근처 자리에 가서 앉자."

정석의 손을 잡고 서미연의 근처까지 온 소유는 등을 지고 근처 테이블에 앉아 촉각을 곤두세웠다. 상황으로 보아 남자는 사기 대상이 아니라 그녀의 애인 같았다. 어제부터 이 호텔에 투숙한다는 걸로 봐서는 깊은 관계임이 틀림없었다. 빠르게 자리를 다시 벗어난 소유는 정석을 붙잡았다.

"어떻게 하려고?"

정석의 말에 소유는 심각한 표정을 지으며 설명하기 시작했다.

"이 호텔에 묵고 있는 게 분명해. 그렇다면 어디 묵고 있는지 알아낸 뒤에 그 룸에 잠입해야지."

"미쳤어? 그러다 들키면 어떻게 하려고?"

"호텔 종업원으로 위장해야지, 별수있어? 너도 좀 도와줘야겠다."

"내가 어떻게?"

정석이 걱정스럽게 묻자 소유가 정석을 쳐다보며 긴장 어린 목소리로 말을 이었다.

"이 사람들 뒤를 밟아서 어디서 묵는지를 알아내는 거야. 그리고 그들이 빈틈을 노려서 그 룸에 들어가서 소지품을 확인해야지."

"고모!"

정석이 소리치자 소유가 크게 숨을 들이쉬었다.

"이판사판이야. 돈이 자그마치 오천이나 걸린 거라구. 다 찾지 못한다고 해도 어느 정도는 받아낼 수 있을 거야."

"알아낸 다음엔 어떻게 하려고?"

놀란 정석이 눈을 크게 떴다. 소유는 그런 정석을 향해 빠르게 설명하기 시작했다.

"신상명세를 확인한 뒤엔 사기를 친다는 것에 대한 증거물이 될 만한 걸 확보해야겠지."

"그 정도로는 그 여자가 사기를 쳤다는 걸 증명하기엔 부족해."

"알아. 그래서 생각해 낸 것이 있는데, 그들의 밀애 장면을 촬영해서 역으로 협박하는 거야."

"고모, 미쳤어?"

"인터넷에 뿌린다고 하면 최소한 자신이 나한테 사기 친 돈은 줄 거 아냐?"

"고모, 그거야말로 범죄야!"

"들키지만 않으면 돼. 저 여자도 지은 죄가 있으니 고소는 못 할 거라구."

소유의 말에 정석은 점점 불안한 심정이 되어갔다. 일이 너무 커지고 복잡해지는 것 같았기 때문이다. 게다가 그 몰카 장비는 지금 정찬혁의 수중에 있지 않는가?

"……고모, 그리고 그 장비는 지금 정찬혁 사장이 가지고 있어."

"알아. 훔쳐 내야지."

"뭐?"

"훔쳐 내야지 별수없잖아. 어디다 놨는지는 내가 알아."

처음 그 장비를 보여주며 자신을 협박하던 그를 기억해 내며 소유는 침을 삼켰다.

"고모, 다시 잘 생각해 봐. 차라리 경찰서에 고발하자."

"안 돼. 그사이 도망갈지도 몰라. 잡아놓을 만한 구실이 있어야 된다고! 참, 그리고 아직까지 그 의뢰인한테 전화 온 것은 없지?"

"응."

"할 수 없어. 우선 내가 정찬혁 사장 방에 몰래 들어갈 동안 네가 그를 좀 상대해 봐."

"미쳤어? 무슨 수로 그 사람을 붙잡으라구?"

"의뢰인 얘기를 해도 좋고, 고민을 털어놔도 좋고, 일단 시간을 조금만 끌어봐. 그 사이 내가 몰래 사장실에 들어가서 찾아볼 테니까."

가뜩이나 요 며칠은 뭐가 그렇게 마음에 안 드는 것인지 사사

건건 시비에 차가운 눈초리라서 바에서 일을 하면서도 내내 긴장한 상태에서 눈치만 보는 소유였었다.

"이러다 내가 제 명에 못 죽지. 내가 시집도 못 가고 죽어버리면 기필코 처녀귀신 돼서 정찬혁 사장하고 권시원이는 꼭 데리고 저승 간다!"

힘주어 말을 하던 소유는 별안간 울리는 핸드폰 소리에 화들짝 놀라고 말았다.

"여보세요?"

[사장실로 당장 와.]

"……네. 알겠습니다."

전화를 끊고 비장한 표정을 한 소유가 정석을 쳐다봤다.

"넌, 여기서 기다렸다가 저들이 어느 호실로 들어가는지 살펴봐."

소유는 정석에게 말을 마친 뒤, 결연한 표정으로 찬혁이 있는 사장실로 향했다. 사장실로 들어서기 전 항상 성진의 책상을 지나쳐야 했던 그녀는 성진의 모습이 보이지 않자 오히려 다행이라는 생각을 하고는 사장실 문 앞에 섰다.

'잘됐어. 어떻게 해서든 그 장비를 훔쳐 내야 돼.'

다시 한 번 다짐을 한 소유는 흔들리는 마음을 잡기 위해 눈을 감고 사장실 문을 두드렸다. 마침 문을 연 찬혁 때문에 소유는 본의 아니가 찬혁의 가슴을 두드리는 꼴이 되고 말았다.

"내 가슴이 문처럼 보이나 보지?"

“엇! 죄, 죄송합니다. 잠시 다른 생각을 하는 터라⋯⋯.”

자신의 주먹을 슬그머니 내리며 눈치를 살피는 소유의 모습에 찬혁 역시 간신히 정신을 차렸다.

“⋯⋯머리랑 옷차림이 달라졌군.”

“아!”

그때서야 자신이 변장한 상태라는 것을 안 소유는 머쓱한 표정으로 말을 얼버무렸다.

“하하, 가끔은 이렇게 달라진 모습이 좋아서요, 이, 이상한가요?”

“아니, 별로.”

찬혁은 소유의 모습에서 간신히 눈을 떼었다. 짧은 머리도 맘에 들었지만 저렇게 다소 길게 자유롭게 손질된 머리도 상당히 소유에게 어울렸다. 게다가 짧은 스커트 아래로 드러난 다리는 그의 욕망을 자극하기에 충분했다.

“눈이 안 좋은 편인가?”

“네? 아, 이거요? 요즘 애들이 멋으로 쓰고 다니기에 한번 써 본 것뿐이에요.”

서둘러 안경을 벗어 손에 쥐는 소유의 모습에 찬혁은 작게 실소했다. 저런 모습을 하고 대체 어디를 가려 했을까. 자신이 호텔에서 나가지 못하게 말을 했음에도 불구하고 저런 모습을 한 것에는 남다른 이유가 있지 않을까 하는 생각이 들었다. 찬혁은 저런 모습으로 바에서 일을 한다면 시원뿐만이 아니라 그곳을

찾는 다른 남자들도 모두 자신처럼 소유의 매력에 빠질 거라고
생각했다. 아니, 소유의 저런 모습을 다른 그 누구와도 공유하
고픈 마음이 없었다.

'젠장. 골치 아파.'

요즘 들어 부쩍 결혼 문제로 찬혁을 힘들게 하는 부모님도 그
렇고, 소유를 두고 시원과의 신경전도 나름 그를 피곤하게 만들
고 있었다. 그리고 무엇보다도 그를 힘들게 하는 것은 바로 눈
앞의 소유였다. 아무것도 모른 척, 하는 행동에도 스스로 애가
달고 있는 그였으니까 말이다.

찬혁의 뒤를 따라 안으로 들어선 소유는 자신을 빤히 바라보
고 있는 찬혁을 보면서 내심 긴장하고 있었다. 시선을 돌리자
좀 전까지 술을 마셨던 모양인지 테이블 위에는 와인병과 간단
한 술안주가 놓여 있었다. 소유의 시선이 거기에 닿자 찬혁은
작게 한숨을 쉬었다.

"아아, 알코올이 절실히 필요해서 한잔하고 있었지. 이미 퇴
근 시간은 지났다고. 같이 한잔할 텐가?"

"아니, 괜찮아요. 그보다 무슨 일로 부르신 거지요? 조금 있
다가 일을 나가야 하는데요."

권시원과 말을 할 때면 아옹다옹 살갑게 굴면서도 자신과 애
기를 할 때는 항상 저렇게 긴장한 상태에서 딱딱한 모습만 보이
는 소유였다. 그것이 내심 불만이고 약이 오른 찬혁이었다. 찬
혁은 슬쩍 비디오의 전원을 아무 말 없이 눌렀다. 이내 화면 가

득 펼쳐지는 적나라한 정사신과 더불어 신경을 건드리는 신음들이 흘러나왔다.

"전에 내가 말한 촬영을 위해서는 이런 것들을 봐둘 필요가 있어서 말이야. 나야 괜찮지만 도움이 될 것 같아서 부른 거야."

찬혁의 뻔뻔한 말과 행동에 소유는 얼굴이 확 달아올랐다. 물론, 그와 그런 얼레리한 비디오를 촬영하기로 한 것은 사실이지만 그렇다고 이렇게 찬혁과 단둘이 이런 비디오를 볼 필요까지는 없었다. 소유가 슬쩍 찬혁을 쳐다보자 짓궂은 표정으로 그녀를 바라보는 그의 얼굴이 보였다.

'흥, 한번 해보자는 거지, 지금?'

소유 역시 실전 경험만 없을 뿐 한창 반항기의 정석과 그 친구들 때문에 이런 류의 비디오는 모두 섭렵한 상태였다. 그녀의 놀라는 모습을 기대했던 것인지 찬혁의 표정이 의아하게 변하자 소유는 시큰둥한 표정으로 화면을 보며 한심하다는 투로 말을 이었다.

"설마, 저 비디오를 참고로 해서 촬영을 할 생각은 아니죠?"

"왜? 저게 어때서?"

한심하다는 투로 말하는 소유 때문에 민망해진 찬혁이었다. 자극적인 장면을 보여주면 당황할 소유를 보면서 놀려줄 심산이었는데. 오히려 놀림을 당한 꼴이 되고 만 것이다.

"생각해 봐요. 저 장면에서 저런 신음 소리가 나온다는 게 웃기지 않아요? 온몸이 성감대면 모를까. 봐요, 막 만지자마자 저렇게 자지러진다는 게 웃기죠. 저 정도면 악수만 해도 오르가슴 느낄걸요, 아마?"

"픕! 뭐?"

찬혁은 기가 막힌 표정으로 소유를 쳐다봤다. 이게, 정말. 나를 남자로 보긴 하는 건가?

"어떻게 그렇게 잘 알아?"

"내가 정석이랑 산 지가 몇 년인데 그래요? 저런 비디오는 딱 보면 저건 진짜 하는 거다, 아니다. 저런 체위는 나올 수가 없다, 오오, 신기한데, 거의 체조선수 수준이다 뭐, 그 정도로 평가할 만한 수준은 된다는 거죠."

찬혁은 입을 딱 벌린 채 소유의 말을 듣고 있었다. 그런 찬혁을 쳐다본 소유는 속으로 고소를 금치 못했다. 처음엔 이상하다 싶었는데 아무래도 자신을 놀릴 목적으로 이런 비디오를 보여준 것이 분명했나 보다. 저렇게 당황하는 걸 보면 말이다. 소유는 나오는 웃음을 참고 다시 시큰둥한 표정으로 화면을 응시했다.

"흠, 아직 어리시네요. 저런 걸 보고 혼자 흥분하다니. 이럴 줄 알았다면 내 비장의 컬렉션을 들고 나올 걸 그랬죠?"

한술 더 뜨는 소유의 모습에 찬혁은 웃어야 할지 울어야 할지 감이 안 잡혔다. 소유는 그런 찬혁을 보면서 애가 탔다. 그가 자리를 비워야만 그 장비를 가져갈 수가 있기 때문이다.

"퇴근 안 하세요? 가끔은 일도 좋지만 친구도 만나고 좀 즐겨

보세요.”

소유가 은근히 그가 자리를 비울 것을 권고하자 찬혁이 잠시 그녀를 쳐다봤다.

“좋지. 그럼 오랜만에 편하게 술이나 한잔해야겠군. 날 위해 그렇게까지 말해줬는데 술 상대 역도 해줄 수 있겠지?”

“네? 하지만 전 일이 있는데요?”

당황한 소유가 어색하게 말을 하자 찬혁은 별거 아니라는 투로 대답을 했다.

“뭐, 직권남용이라고 해도 좋고. 하루 정도 빠진다고 해서 크게 문제 되진 않을 거야.”

찬혁의 말에 소유는 더 이상 거절을 할 수 없어 망설였다. 그런 그녀의 행동을 달리 오해한 찬혁이 덧붙여 말을 이었다.

“조카도 같이 불러 합석을 해도 괜찮아.”

찬혁의 말에 소유는 잊고 있던 사실을 깨닫고는 뜨끔했다.

‘설마, 정말 그 녀석에게 마음이 있는 거 아닌가?’

혼란스런 마음으로 일어선 소유는 서둘러 정석이 있는 뷔페 식당으로 향했다.

“알아봤어?”

“어. 룸 호실까지 알아놨어. 그보다 정찬혁 사장이 왜 고모를 부른 거야?”

“이곳 사장이 술이나 같이 한잔하재.”

“지금?”

“응. 그러니까 어서 나가자. 술집에서 술 취하게 만든 다음에 열쇠를 훔쳐서 사장실 문을 열고 들어가는 거야. 그 다음에 그 장비를 훔치고 다시 그 열쇠를 술 취한 사장의 옷에 넣어두면 된다고.”

잔뜩 긴장한 채로 말을 하는 소유를 바라보며 정석 역시 긴장하긴 마찬가지였다.


호텔이 아닌 다른 곳을 가자고 한 것은 다름 아닌 찬혁이었다. 택시를 타고 소유가 살던 동네 근처까지 온 일행은 익숙하게 주점 안으로 들어섰다.

“이모, 저희 왔어요.”

“아이구, 오랜만이네. 어여 와~ 세상에, 같이 온 이 멋진 신사 분은 또 누구야?”

멋쩍어하며 찬혁이 아줌마에게 살짝 고개를 숙여 인사하자마자 그를 재촉해서 저쪽 구석으로 자리를 이동하는 소유 일행이었다. 투박한 나무로 깎은 테이블은 어두운 불빛을 받아 더욱 시커멓게 보였다. 그 모습에 눈살을 찌푸리는 찬혁의 모습에 소유는 피식 웃고 말았다.

“사람 사는 거 다 거기서 거기예요. 좋은 자리 나쁜 자리 따져가며 앉기에는 삶이 너무 피곤하지 않겠어요?”

초롱초롱 눈을 빛내는 소유를 흘긋 쳐다본 찬혁은 아무 말 없이 커다란 신장을 그 테이블 아래로 구겨 넣듯 자리에 앉았다.

아까와 다르게 가발을 벗은 소유였지만 찬혁의 눈에는 마냥 귀엽게만 보였다.

"고모, 평소 시키는 대로 시킬까?"

"응."

"그럼 우선 이모, 여기 주문 좀 받아요!"

소유의 말에 정석이 익숙하게 주문을 하고 음식이 나오길 기다렸다. 잠시 뒤 표주박과 다소 투박한 옹기에 담긴 막걸리가 나왔다. 그 모양새를 뚫어져라 쳐다보는 찬혁을 보며 소유는 다시 한 번 한숨을 쉬었다.

'하긴, 저 사람 분위기가 이런 막걸리 분위기는 아니었지.'

"막걸리라고 생각하지 말고 곡주라고 생각하면 좀 편해지지 않을까요? 아무튼 뱃속에 들어가면 다 똑같은 거니까."

"고모, 지금 장난해?"

어이없어하는 정석을 보면서 소유는 잠시 눈을 빛내며 찬혁을 바라보았다.

"우리나라에 백 년 전쯤에 막걸리 반 사발에 소주 한 잔을 섞어 마시는 '혼돈주' 또는 '자중홍(自中紅)'으로 불리는 술이 있다는 기록이 있어요."

소유의 설명에 찬혁이 고개를 들어 소유를 쳐다보았다. 천장에 달린 등이라고 해봤자 어두운 데다가 창호지로 만든 사각 등으로 둘러싸여 그 밝기가 미미할 정도였다. 어둑하니 지는 어두운 그림자 사이로 소유의 얼굴이 커졌다 작아졌다 하는 것이 새삼 신기할 정도였다.

"사람들이 알고 있는 요즘 형태의 폭탄주가 국내에 처음 등장한 것은 1983년경 당시 박희태 춘천지검 검사장이 춘천 지역의 검찰과 경찰, 언론사 관계자들과의 술자리에서 선보였을 때라는 거 알아요? 거의 정설로 굳어졌죠."

소유는 투박한 옹기로 된 술잔에 막걸리를 떠서 찬혁에게 건네었다.

"들어봐요. 죽을 만큼 나쁘진 않을 테니까. 원래 술이 나쁜 건 없어요. 같이 마시는 사람들의 분위기 따라 달라지는 거니까. 난 그렇게 생각해요. 술이 좋고 나쁜 것보다 같이 마시는 사람에 따라서 맛이 달라진다고."

조근조근 말을 하는 소유의 목소리가 꼭 다정한 속삭임 같아 찬혁은 묘한 설렘을 느꼈다. 자신에게 건넨 잔을 받아 단숨에 마시자 막걸리 특유의 냄새와 맛이 났다. 잔을 내려놓자 기다렸다는 듯이 김치를 집어주는 소유의 행동에 놀란 찬혁이 눈을 커다랗게 떴다.

"모름지기 음식 궁합이라는 게 있잖아요. 막걸리엔 신 김치가 최고죠."

천천히 고개를 숙여 김치를 먹는 찬혁은 마치 이게 무슨 의식처럼 느껴졌다. 깊은 눈빛을 하고 소유를 바라보자 소유가 희미하게 웃는 모습이 눈에 들어왔다.

"맛있군."

정석은 소유와 찬혁의 모습을 지켜보면서 둘의 분위기가 묘하게 돌아간다고 느꼈다. 분명 정찬혁 사장은 고모에게 어느 정도의 마음이 있는 것이 분명했다. 옆에서 지켜보니, 정찬혁 사장은 무척 잘나고 멋진 남자였다. 정석이 닮고 싶을 만큼. 게다가 그것에 걸맞는 부와 명성도 같이 지니고 있지 않는가. 내심 정석은 그 비디오 촬영을 하면서 정찬혁과 소유가 깊은 사이로 발전하기를 바랐다.

"잠깐 화장실 좀 가게 일어서 봐."

좁은 탁자를 빠져나가기 힘들어서 소유가 먼저 일어서 찬혁 쪽으로 비켜섰다. 정석은 통로를 빠져나오는 척하면서 슬쩍 소유를 찬혁에게 툭 밀더니 빠르게 화장실 쪽으로 사라졌다.

"어, 어!"

얼결에 발이 꼬인 소유는 탁자 모서리에 허벅지를 부딪쳤고 그녀를 잡아주려고 손을 내민 찬혁의 무릎에 앉는 꼴이 되고 말았다.

"아, 죄, 죄송해요! 저 녀석이 무척 급했나? 갑자기 왜 저래."

민망해진 소유가 투덜거리자 찬혁이 그녀의 어깨를 톡톡 두드렸다.

"아까는 문 취급이더니 이번엔 내가 의자처럼 보이나 봐?"

피식 웃는 찬혁의 웃음소리에 소유는 얼굴을 붉혔다.

"아깐 실수였다고요."

"지금은?"

"지금도, 실수…… 읍!"

일어서려던 소유를 한 팔로 꽉 안은 찬혁이 소유의 입술을 훔쳤다. 몸 안에 쏘옥 소유의 부드러운 육체가 들어온 순간 이미 찬혁의 인내심은 날아가 버린 상태였다. 바로 지척에서 유혹하듯 벌어진 그 붉은 입술이 연방 움직일 때마다 찬혁은 갈증은 커져만 갔었다. 더 이상 참기 힘들었던 찬혁은 부드럽게 말캉거리는 입술 안으로 혀를 넣으며 그 만족감에 작게 신음했다. 바짝 긴장한 상태로 몸을 경직시킨 소유의 등을 살살 매만지며 찬혁은 소유의 힘이 점차 풀릴 때까지 그 부드러운 키스를 반복했다. 한참 만에야 입술을 뗀 찬혁이 붉게 달아오른 소유를 보며 작게 속삭였다.

"의자 대신 사용했으니 사용료를 받아야지."

후다닥 일어선 소유가 급히 자리에 앉자 찬혁은 작게 웃었다. 좀 전까지의 감촉이 고스란히 그의 입술과 혀에 남아 있었다. 굉장히 부드럽고, 달콤한, 그리고 자극적 감각.

"어, 뭐가 그렇게 재밌어요?"

언제 다가왔는지 정석이 의심스런 표정으로 둘을 번갈아 쳐다봤다. 찬혁은 나른한 웃음을 달고는 정석을 향해 의미있는 말을 했다.

"후후, 어른들의 놀이를 했거든."

"그런 게 어딨어요? 저도 대학생이거든요? 그 대열에 낀 사람이라구요!"

정석의 말에 소유는 서둘러 정신을 차리고는 정석을 노려봤다. 왜 좀 전의 상황에서 자신과 정석의 모습이 바뀐 건지.

"민중에 기스도 안 난 것을 데리고 왔더니 아주 기어오르네."

좀 전의 키스로 당황해하던 소유가 일부러 타박을 주며 정석을 몰아붙였다. 좀 전 정석만 아니었다면 이런 식의 어색하고 당황스런 상황은 벌어지지 않았을 것이다.

"풉."

찬혁은 소유의 말에 저도 모르게 웃음이 튀어나왔다. 찬혁은 내심 소유가 자신에게도 그렇게 대해주길 바랐다.

"뭐야? 나도 이제 어엿한 성인이라고!"

"웃기지 마셔. 내가 너 똥 기저귀 갈 때부터 내가 지켜봤거든? 어디서 어른 행세를 하려고 들어? 넌 평생 나한텐 똥오줌 못 가리는 아기에 불과하다고."

"아씨, 고모!"

투닥거리는 모습이 무척 다정해 보여 찬혁은 그 둘을 지켜봤다. 그렇게 시작한 막걸리는 서너 동이를 넘어서게 됐지만 세 사람 모두 멀쩡한 모습이었다. 소유는 내심 조바심이 났다. 찬혁이 얼른 술에 취해야만 그녀가 계획한 걸 행동으로 옮길 수 있으니까 말이다. 소유의 눈짓에 정석이 얼른 말을 했다.

"자고로 술은 취하라고 있는 건데 너무 낮은 걸로 시작한 거 아닌가요? 이참에 고모의 전문적인 폭탄주를 한번 맛보실래요?"

소유는 정석의 말에 혀를 찼다.

"어이, 조카군. 폭탄주의 도수가 높다는 생각은 버리게나. 내가 수학적으로 알려줄까?"

말을 마친 소유가 슬쩍 찬혁을 쳐다보자 찬혁은 피식 웃고 말았다. 그녀가 술에 대해서 조예가 깊다는 것은 저번에 이미 알아버린 찬혁이었다.

"잘 들어라. 이거 돈 주고도 못 듣는 강의니까. 보통 맥주(알코올 도수 4~5도) 한 잔의 용량은 230cc거든? 양주(40~43도) 한 잔은 35cc 정도고. 이 둘을 섞게 되면 맥주 양은 양주 양만큼 줄어 195cc가 되지만, 양주 양은 그대로 유지된다고. 이를 기준으로 환산해 보면 폭탄주 한 잔의 도수는 10.35도가 된단 말이다. 비슷한 도수의 12~13도인 청주나 백세주보다도 오히려 낮은 수치지. 같은 방법으로 소주와 맥주를 섞으면 알코올 도수는 9도 정도 된다고."

"뭐야, 그럼? 근데 폭탄주를 마시면 왜 이렇게 빨리 취하는 건데?"

정석이 이해할 수 없다는 표정으로 되묻자 소유는 그럴 줄 알았다는 듯이 고개를 끄덕였다.

"그건 맥주에 포함된 탄산가스가 위에서 높은 도수의 양주를 빠르게 흡수하도록 만들기 때문이야. 그래서 과음이 위험한 거라구. 알아듣겠나?"

소유가 말을 하면서 정석의 이마를 주먹으로 툭툭 장난스럽

게 치며 웃었다. 정석은 마주 웃다가 돌린 시선에 찬혁을 보고
는 깜짝 놀랐다. 고모를 바라보고 웃고 있는 그의 모습은 너무
도 다정해 보였으니까.

"그래서 싫다고? 거 사장님께 권할 만한 폭탄주 없어?"

정석의 말에 잠시 생각을 하던 소유가 의미심장한 눈빛으로
그를 바라보며 조심스럽게 물었다.

"생각 있으시면 한 잔 만들어 드릴까요?"

"좋아. 기대하지."

찬혁의 말에 소유는 다시 점원을 불러 간단한 주문을 했다.
잠시 뒤 맥주와 막걸리, 그리고 소주가 각 한 병씩 나왔다.

"이걸…… 다 섞어 마시는 건 아니겠지?"

"하하, 설마요."

"일명 '막사이사이주' 라고 불리는 건데 우선 사이다와 막걸
리를 1:1 비율로 섞습니다. 이게 먹을 때는 참 좋거든요?"

팔까지 걷어붙이고 술을 섞는 소유의 모습에 찬혁은 저 술을
마시는 것은 자신이 될 것 같았다. 무엇보다도 이 둘은 자신을
술 취하게 만들려고 애쓰는 것이 보였다. 대체 자신을 술 취하
게 만든 뒤에 무얼 하려는 것일까? 찬혁은 일단 그들의 행동에
장단을 맞춰주기로 했다.

"달짝지근하고 막걸리랑 비슷한게 수~울술 넘어가는데 이게
또 한 명씩 픽픽 나자빠지거든요. 응용해서 동동주 섞으면 동사
주가 되죠."

장난스럽게 씨익 웃는 소유의 모습에 찬혁은 순간 그녀의 얼굴을 잡아 키스를 하고 싶은 충동을 간신히 눌러야만 했다. 눈가를 접고 웃는 소유의 모습은 찬혁을 충분히 달아오르게 만들었으니까 말이다.

"예전에 말이에요, 야밤에 슈퍼가 문을 닫아 술은 별로 없고 먹기는 해야겠고, 그럴 때 술을 두 배로 늘려주는 고마운 스킬이었거든요. 지금은 거의 하지 않지만 자신의 주량을 정확히 알기 전까진 절대 오버해서 많이 먹지 말아야 해요. 골로 가는 수가 있거든요."

"……그걸 지금 나에게 먹이려고?"

"에이, 이 정도는 기본이죠. 후후."

차마 못 먹겠다는 소리는 하지 못하고 그저 잔을 받아놓자 소유는 다시 부지런히 폭탄주를 제조하기 시작했다.

"이번 건 일명 은테 주~ 맥주잔에 맥주를 80% 정도 채운 후에 이렇게 잔 위에 냅킨을 놓죠. 그리고 그 위에 소주를 한 잔을 천천히 붓는 겁니다. 냅킨을 여과해 맥주잔에 흘러내린 소주가 비중의 차이 때문에 맥주와 섞이지 않고 윗부분에 뜨거든요. 봐요, 신기하죠? 마치 은테처럼 보인다고 해서 붙여진 이름이죠. 뭐, 소주 대신 양주로 만들면 '금테 주'가 되는 거고. 그럼 이 잔은 제가 마시죠."

그렇게 시작된 술은 새벽까지 이어졌다. 정석이 화장실을 간

사이 찬혁은 소유에게 조심스럽게 말을 붙였다.

"괜찮겠나?"

"킥킥. 뭐가요? 나, 이 정도 가지고는 아무렇지 않아요."

고개를 설레설레 저으며 말하는 소유의 모습에 찬혁은 빙그레 웃음을 지었다.

"술 취한 사람은 본인이 술 취했다고 말 안 하거든. 이리 가까이 와봐."

얼결에 소유는 찬혁의 말에 찬혁에게 고개를 쑥 밀었다.

"왜요?"

"직접 알아보는 수밖에."

갑자기 다가온 찬혁의 얼굴에 소유는 깜짝 놀랐다. 말캉하니 부딪치는 찬혁의 입술에선 막걸리의 단내가 났다. 소유는 얼결에 이도저도 못한 상태에서 찬혁의 키스를 고스란히 받아들여야만 했다. 아랫입술과 윗입술을 번갈아 핥던 찬혁이 소유의 입술을 가르고 그녀의 입 안으로 들어오자 소유는 몸 안의 힘이 쑥 빠지고 말았다. 찬혁은 소유의 입 안 곳곳을 꼼꼼히 핥았다. 한참이나 그렇게 소유에게 키스를 하던 찬혁이 천천히 입술을 떼었다. 민망함에 시선을 어디다 두어야 할지 몰라 당황하는 소유를 보며 찬혁은 낮게 웃으며 말했다.

"……거짓말. 온통 술맛이던데."

찬혁의 말에 소유는 얼굴이 벌겋게 달아올랐다.

"근데, 그 술 참 달다."

싱긋 웃는 찬혁이 손을 내밀어 소유의 입술을 엄지손가락으로 살살 문질렀다.

"이제까지 마셔본 술 중에서 가장 달았던 것 같아."

소유는 찬혁의 말에 머릿속이 뒤죽박죽되었다. 그사이 다시 겹쳐진 입술에 소유는 몽롱해졌다. 입술을 가르고 들어온 찬혁의 혀는 좀 전 마신 술맛이 가득했다. 치열을 일일이 훑던 찬혁의 혀가 입 안으로 들어와 입천장을 살살 긁어대자 소유는 감전이라도 된 듯 바르르 몸이 떨렸다. 작은 울림이 찬혁의 입술과 혀를 통해서 새어나왔다. 아마도 그녀의 행동이 우습게 느껴졌나 보다. 술기운에 소유는 그런 찬혁을 벌 주기라도 하듯 혀로 툭툭 쳤다.

"으, 읍!"

그 순간 소유의 혀를 강하게 휘감은 찬혁의 혀가 좀 전의 움직임과는 전혀 다르게 움직이기 시작했다. 입술과 혀를 이용한 키스지만 소유는 도무지 정신을 차릴 수가 없었다. 마치 온몸이 찬혁에게 빨려 들어가는 느낌이었다. 그 느낌은 무척이나 적나라하면서도 뜨거워 도무지 정신을 차릴 수가 없었다. 자연스럽게 소유의 뒷목을 한 손으로 잡고 거칠게 밀어붙이는 찬혁의 행동에 소유는 속절없이 흔들리고 있었다.

한참이나 소유의 입 안에서 격렬하게 움직이던 찬혁이 간신히 입술을 떼고는 기분 좋게 웃었다. 그리고는 소유의 앞머리를 살살 옆으로 넘겨주더니 다시 드러난 이마에 입술을 꾹꾹 눌렀다.

"아주 좋아."

만족스런 찬혁의 말에 소유는 몽롱한 와중에도 두 볼이 뜨거워지는 기이한 현상을 느꼈다. 소유는 몽롱한 와중에도 찬혁에게서 사장실 열쇠를 가져가야 한다는 생각에 손을 내밀어 그의 몸을 더듬기 시작했다. 그런 소유의 손길에 찬혁은 여지없이 타올랐다. 소유의 적극적인 행동을 마다할 찬혁이 아니었다.

"호텔로 가지."

낮은 목소리로 말을 마친 찬혁이 여전히 움직임이 둔한 소유를 거의 안다시피 해서 술집을 나왔다. 정석은 내심 불안하기도 하고, 잘됐다는 마음도 들어 일단 그 둘을 지켜보며 뒤따랐다.

"……힘드시면 제가 들게요."

"괜찮아. 그보다 이대로 호텔에 들어가면 아무래도 소문이 날 것 같은데?"

소유를 안아 든 찬혁은 호텔로 가려던 걸음을 멈추고는 작게 인상을 썼다.

"그, 그런가요?"

"그래. 그래서 말인데 내 아파트로 가는 게 나을 것 같군."

정석은 찬혁의 말에 당황했다. 그를 따라가야 할지, 아니면 그대로 호텔로 돌아가야 할지를 말이다. 그런 정석의 모습에 찬혁이 걸음을 멈추고 그를 쳐다봤다.

"난 술 취한 여자를 덮칠 만큼 굶주려 있지 않아. 그걸 걱정하는 거라면 따라와도 좋아."

"아, 아니요. 그, 그럼 고모 좀 부탁드릴게요. 둘 다 자리를 비우면 아무래도 소문이 나겠죠?"

정석은 서둘러 말을 하고는 앞쪽으로 가며 다시 손을 흔들었다.

"우리 고모 잘 돌봐주세요."

"이대로 가면 고모가 위험할지도 모르는데? 날 너무 믿는 거 아냐?"

찬혁의 말에 정석은 빙그레 웃었다.

"전 사장님을 남자로서 믿어요."

정석의 말에 찬혁은 슬쩍 웃음을 짓고는 택시를 잡기 위해 도로 쪽으로 나섰다. 그런 둘의 모습을 보면서 정석은 중얼거렸다.

"차라리 잘됐어. 괜히 열쇠를 훔치고 그러다가 잘못되면 어떻게 해? 어차피 손 떠난 돈인데. 그보다 정말 별다른 일은 없겠지? 아니, 아니지. 있는 게 좋은 건가, 없는 게 좋은 건가?"

다소 걱정스럽게 중얼거리던 정석이 다시 뒤를 돌아봤을 땐 소유를 안고 있던 찬혁의 모습은 이미 사라지고 없었다.

'잘…… 된 거겠지?'


새벽에 목이 말라 눈을 뜬 소유는 자신의 옆에서 잠이 든 남자를 보며 손으로 벗은 등을 툭툭 치고는 일어났다. 머리가 쪼개질 듯 아파온 그녀는 끄응 신음을 삼키며 중얼거렸다.

"대체, 얼마나 마신 거야? 정석아, 우리 언제 왔냐?"

여전히 대답이 없는 등을 바라보며 소유는 눈살을 찌푸렸다. 아무래도 정석 역시 자신처럼 만취했던 모양이었다.

"그나저나 정찬혁 사장한테 사장실 열쇠를 가져와야 했는데! 그 사기꾼한테 돈을 되찾으려면 그 촬영 장비가 있어야 했다구!"

여전히 묵묵부답인 남자의 벗은 등이 다소 움찔했지만 소유는 여전히 자신의 머리를 움켜잡고 신음했다.

"젠장. 내 돈 오천만 원을 사기치고 이런 곳에서 지낼 줄을 누가 알았겠어? 객실 번호 외웠다고 했지? 이름도 모르는데. 게다가 남자 이름으로 투숙할 수도 있잖아. 어떻게 그들을 찾지?"

중얼거리던 소유는 눈에 힘을 주어 주변을 살펴보다 무언가 자신의 룸과 달라진 시야에 인상을 썼다. 스탠드의 옅은 불빛으로 비추어진 방 안의 풍경은 익숙한 자신들의 룸이 아니었다.

"……여기가 어디야?"

"내 아파트지."

"헉!"

뒤에서 들린 소리에 기겁한 소유가 고개를 돌려 쳐다보자 침대에서 반쯤 일어난 찬혁의 벗은 상체가 보였다.

"내, 내가 왜……?"

"그보다 좀 전에 한 말을 자세히 해주어야겠어."

차가운 찬혁의 말에 소유는 울상을 지었다. 이런 식으로 일을 마무리하게 될 줄은 몰랐다. 자리에서 일어선 찬혁이 불을 켜자 파자마만 입은 찬혁의 모습이 먼저 눈에 들어왔다. 팔짱을 끼고 자신을 차갑게 노려보는 그 모습에 소유는 낮은 신음을 삼켰다.

'왜 이렇게 일이 꼬이는 건데!'

정말 소리치고 싶은 소유였지만 우선 저 차갑게 얼어붙은 남자부터 설득을 시켜야 한다는 생각에 소유는 어색하게 말을 이었다.

"아무래도……."

"또 오해라고 할 셈인가? 날 술 취하게 만들어서 사장실로 들어가서 무엇을 할 생각이었지?"

"그게……."

"기업 기밀이라도 빼내서 오라고 권시원이 시키던가?"

"뭐라구요?"

"그래서 나한테 일부러 접근해서 술을 마시라고 권한 거였나? 그리고 보란 듯이 술 취한 상태에서 사장실로 침입하려고?"

"그게 아니에요!"

"너는 항상 나한텐 아니라고만 하지."

차가운 찬혁의 말에 소유는 말문이 막혔다. 왜 이렇게 그와는 꼬이는 일만 많은 건지 도무지 이해가 안 되었다. 바로 지척까지 다가온 찬혁이 소유의 얼굴을 한 손으로 잡고 들어 올렸다.

"그래서 그런 유혹적인 몸짓으로 날 취하게 만들었군. 차라리, 속 시원히 말을 하지 그랬어? 그랬다면 네가 원하는 것을 주는 대신 나도 그렇게 속만 끓이진 않았을 텐데 말이야.”

“무, 무슨 말이에요?”

“네가 원하는 게 뭔지는 모르지만 들어주지. 대신, 너도 내가 원하는 것을 들어줘야겠어.”

소유는 침을 삼켰다. 찬혁의 눈빛이 무섭게 그녀를 향해 타오르고 있었다.

“아니에요, 그게 아니라구요! 제 말 좀 들어봐요!”

하지만 찬혁의 손은 이미 소유의 옷가지를 벗기는 데 여념이 없었다.

“이봐요! 정말이에요!”

서둘러 찬혁의 손길을 뿌리친 소유가 옷을 추스르며 두서없이 말을 하기 시작했다.

“사기당했다고 말했잖아요! 그 사기친 여자가 그 호텔에 묵고 있더라구요. 그런데 얼굴 외에는 아는 게 없단 말이에요! 알고 있는 이름도 가짜였다구요! 그래서, 그 객실을 몰래 들어가서 몰래 카메라를 설치해 그것을 빌미로 사기당한 돈을 찾으려고 했어요! 정말이에요!”

필사적인 소유의 말에 찬혁은 더없이 표정을 굳혔다.

“그 말을 내가 믿을 거라고는 생각하지 않지?”

“정말이에요! 경찰서에 가서 조서를 꾸미고 싶어도 상대 이름도 모른 상태에서는 접수밖에 못했단 말이에요!”

찬혁은 한동안 하얗게 질린 소유를 뚫어지게 쳐다봤다. 아까까지만 해도 정말 천국 같은 기분으로 잠자리에 들었던 그였었다. 좀 전 그녀가 깨어났을 땐 어떤 식으로 그녀에게 말을 건네야 할까 행복한 고민에 빠진 그였었다. 그랬었는데……. 찬혁은 이를 갈면서 소유에게 외쳤다.

"지금 당장 호텔로 돌아가! 돌아가서 내가 부를 때까지는 꼼짝 말고 그 룸에 있는 것이 신상에 좋을 거야."

말을 마친 찬혁이 안 방문을 요란하게 닫고는 나가 버렸다. 소유는 어찌할 바를 몰라 발만 동동거리다가 이내 아파트를 나서는 수밖에 없었다.

소유가 아파트를 나서는 소리가 들렸지만 찬혁은 서재에서 꼼짝도 하지 않고 앉아 있었다. 이용당하는 줄도 모르고 그렇게 행복해했던 자신의 모양새가 실로 우습기 그지없었다.

"젠장!"

자리에서 벌떡 일어선 찬혁은 욕실로 들어섰다. 샤워를 하고 나온 시각은 이제 새벽 여섯 시를 막 넘기고 있었다.

# [제 10 장] 연적, 등장하다

**삼**일이 지나도록 찬혁에게선 아무런 소식이 없었다. 정석과 소유는 아르바이트도 그만둔 상태에서 숙식을 해결하고 있는 터라 시간은 무척이나 더디게만 흘러갔다. 오해는 시간이 지나면 풀린다지만 그때의 찬혁의 모습을 기억한 정석은 길게 한숨을 쉬었다. 둘 사이에 무슨 일이 있었는지는 모르지만 둘의 사이가 소원해진 것은 사실이었다. 그렇지 않다면 삼 일 동안 단 한 번도 연락조차 하지 않을 정찬혁 사장이 아니었다.

소유 역시 기다리기는 매한가지였다. 자신의 말이 사실이었다는 것도, 그 사기꾼에 대해서도 알아볼 방법이 전혀 없었다. 차갑게 자신이 알아서 할 테니, 다시 부를 때까지 룸에 있으라고 말한 그에게 반론조차 하지 못했던 그녀였다. 이유야 어찌 됐든 자신들이 잘못한 것은 사실이니까 말이다. 하지만 그날 찬혁과의 그런 감정은 억지로 만든 것이 아니었다. 그녀 역시 찬혁을 상대로 감정이 두근거렸고 행복했었다. 그 모든 것을 꾸민 것으로 생각하는 찬혁이 원망스러운 소유였지만 언젠가는 그 오해마저 풀릴 거라고 스스로를 위로하며 하루하루를 보냈다. 요 며칠 찬혁은 몰카를 찍자는 말도 없었고, 배후를 알아내야 한다는 재촉 전화조차 없었다. 서운해야 하는 건지 아니면 다행이라 여겨야 하는지 소유는 수시로 갈팡질팡하는 중이었다. 그럼에도 전화벨이 울릴 때마다 깜짝 놀라는 자신이었다. 욕실에서 나온 소유는 풀 죽어 있는 정석을 보며 조심스럽게 질문을 했다.

"우리 말을 믿어줄까?"

"당연히 믿어야지. 진실인데."

말을 하면서도 정석 역시 장담할 수 없었다. 그날 그렇게 자신을 마주한 찬혁은 무척이나 차갑고 냉소적이었으니까 말이다. 정석의 대답을 듣고 소유는 침대로 다가가 풀썩 소리가 나도록 앉았다. 매 시간마다 답답함이 점점 더 쌓여만 가는 것 같았다.

"점심 안 먹어?"

"……먹어야지. 혹시 연락 온 곳은 없니?"

소유가 망설이는 눈치로 질문하자 정석은 고개를 저었다.

“아니, 없어.”

“……그래.”

소유는 낮게 한숨을 쉬었다. 그 술집에서의 일 뒤로 소유는 삼 일 내내 찬혁과의 키스 장면만 떠올라 민망한 경우가 한두 번이 아니었다. 하긴, 그리 찐한 키스를 그것도 여러 번 했으니 아무렇지도 않다면 그게 더 이상한 거였다. 붉어진 얼굴로 연방 한숨을 푹푹 쉬어대는 소유를 보다 못한 정석이 그녀를 재촉했다.

“밥이나 먹으러 가자.”

“으응.”

정석의 뒤를 따라 룸을 나선 일행은 4층에 위치한 뷔페로 향했다. 익숙하게 뷔페로 들어서서 양쪽 코너를 시점으로 준비된 접시에 먹을 만큼의 음식을 담아 빈 테이블을 찾아가려던 소유는 저만치에 서 있는 여자를 보고는 걸음을 멈추고 말았다.

“……김서영?”

놀랍다는 표정으로 혼잣말을 중얼거리는 소유를 본 정석이 슬쩍 물었다.

“누구야? 아는 사람이야?”

“그, 아니. 고등학교 동창.”

“흐음~ 고모 주변에 저렇게 멀쩡하고 예쁜 동창이 있을 줄은 몰랐네.”

“야, 넌 말을 해도 꼭 그렇게밖에 못하지, 어?”

정석에게 타박을 하며 테이블로 자리를 옮기던 소유는 하필이면 이런 상황에서 서영과 마주친 것이 후회됐다. 자리에 앉아서 음식을 먹던 소유는 누군가가 자신의 자리로 다가온 것을 느끼고 고개를 들었다.

"오랜만이네. 식사하러 온 거야?"

"어, 오랜만이다. 너도 식사하러 온 거야?"

"아니, 나는 업무 차 왔다가 식사 대접 받는 중이야."

"아아, 그래."

소유가 시큰둥하게 대답하자 서영이 방긋 웃으며 정석을 향해 인사를 한다.

"안녕하세요? 소유야, 누구?"

서영의 말에 소유는 인상을 팍 썼다. 소유는 서영과 같이 학교에 다녔을 때에도 별로 사이가 좋지 않았었다.

"조카야. 정석아, 인사해. 고모 고등학교 동창. 이름은 김서영이라고 해."

"아, 안녕하세요, 나정석이라고 합니다."

"그래."

건성으로 대답한 서영은 저만치서 누군가를 보더니 이내 빠르게 발걸음을 옮기며 말을 매듭지었다.

"아, 미안. 동료들이랑 같이 먹기로 했는데, 너무 시간을 지체했네. 나중에 한번 봐."

서둘러 자리를 뜨는 서영을 바라보는 소유의 표정은 서영이 정찬혁 사장의 팔에 매달리는 모습에 인상이 딱하고 굳어버렸다. 정석 역시 그 모습을 보며 난감한 표정을 지으며 소유를 살펴보았다.

"정찬혁 사장이랑 친한가 보네."

소유는 서영의 직장동료로 보이는 사람들과 정찬혁 사장이 인사를 하는 것을 보며 퉁명스럽게 대구했다.

"아는 사이인가 보지 뭐."

내심 퉁명스럽게 대구한 소유의 시선이 자꾸만 그들에게 향하는 것을 정석은 놓치지 않았다. 불안한 마음에 마지못해 돌린 시선에 소유가 음식을 먹는 모습이 보였다.

"어휴~ 하여간 입에 대줘도 못 찾아 먹지, 정말! 작작 좀 먹어! 호빵처럼 퉁퉁 부으려고 그래?"

"이게 정말 고모한테 못하는 소리가 없어! 내가 뭘 어쨌기에? 먹는 것 가지고도 생트집이야, 어?"

정석과 소유가 투닥이는 사이 멀리서 그런 두 사람의 모습을 지켜본 찬혁의 표정이 빠르게 굳어갔다. 오늘 어제부로 '서미연'이라는 여자에 대해 일을 마무리한 찬혁이었다. 소유의 말처럼 그녀는 이미 사기전과를 가지고 있던 여자였고, 경찰서에 가서 조서를 꾸미면서 자초지종을 모두 전해 들은 찬혁이었다. 오해가 풀리긴 했지만 서운한 것은 서운한 것이었다. 자신에게 차라리 도움을 청하면 됐을 것을 이런 식으로 일을 벌인 소유와 정석이 못마땅한 것은 사실이었으니까 말이다. 그들에게 사건

의 전말을 알려줘야 하지만 꽤씸한 마음에 아직까지 연락을 하
지 않았던 그였다. 그래도 보고 싶은 마음에 이렇게 그들이 드
나드는 식당에 모습을 드러낸 자신이 바보같이 여겨지기도 했
다. 소유를 보기 위해 나선 자리에 공교롭게도 이번 회계 실사
를 하고 있는 감사팀과 마주친 그는 서영의 모습에 불쾌감을 드
러냈다.

"오랜만이네요, 오빠."

"아아, 네가 있는 줄은 몰랐다."

찬혁의 말에 서영이 예쁜 웃음을 한가득 지으며 장난스럽게
대꾸했다.

"에이, 저번에 우리 부모님이 오빠네 부모님께 나 회사 취직
한 거 말씀드렸다던데. 피이, 오빠가 관심이 없었나 보죠. 그래
도 이렇게 보니까 좋다~"

애교스럽게 말한 서영이 찬혁의 팔을 슬며시 잡고는 다시 한
번 화사한 미소를 지었다.

"아, 김서영 씨, 정찬혁 사장님과 아는 사이예요?"

팀장의 말에 서영이 자랑스럽다는 듯이 고개를 끄덕였다.

"네. 집안끼리 친해요."

"아, 그러면 이번 감사는 소프트 하게 해야겠네?"

"호호호, 팀장님도 참. 그래 주시면 저야 고맙지요. 남의 회사
도 아니고."

서영은 회심의 미소를 지었다. 서영의 친아버지인 김선출은

국세청 감사관으로 찬혁의 친부와 대학 동문인 동시에 업무적으로도 친분이 꽤 깊은 사이였다. 찬혁의 친부인 정원석 회장은 삼 년 전 갑자기 몸이 안 좋은 관계로 찬혁에게 모든 것을 일임하고 뒷전으로 물러나자 김선출은 그런 찬혁을 물심양면으로 도와줬었다. 그때부터 줄곧 찬혁을 마음에 둔 서영은 이번 감사에 일부러 파견 근무를 나온 것이었다. 게다가 시원의 말로는 지금 찬혁이 한참 다른 여자에게 열을 올린다고 했었다. 그 전화를 받은 직후부터 서영은 부모님을 설득해서 양가 혼사를 재촉하고 있는 중이었다. 이런 식으로 자주 부딪치다 보면 소문이 무성해질 테고, 그사이 자신은 찬혁이 관심을 가진다는 여자를 찾아 내치면 그만이라고 생각하는 서영이었다. 하지만 아무리 관심 있게 지켜봐도 찬혁의 주변에 특별한 여자는 없었다. 하지만 오늘 찬혁의 시선 끝에는 자신의 고등학교 동창인 소유가 있었다. 처음엔 설마 싶었던 서영은 그녀를 보는 찬혁의 눈빛이 흔들리는 것을 알고는 속으로 경악했다.

"그럼, 이만."

짧은 인사를 끝으로 그 테이블을 벗어나는 찬혁을 바라보던 서영이 시선을 돌려 여전히 자신의 조카와 중얼거리는 소유의 모습을 노려봤다.

'흥, 설마 너 같은 애한테? 그래도 혹시 모르니까 정찬혁이라는 남자가 누구의 남자인지 확실히 알려는 줘야겠지? 못 올라갈 나무는 쳐다보는 게 아니야, 알았어?'

서영은 자리에 앉아 식사를 하며 마음을 다졌다. 저만치서 둘의 모습을 소유는 아까부터 슬금슬금 훔쳐보고 있었다. 특히 서영이 찬혁의 팔을 잡았을 때는 저도 모르게 손에 힘이 들어갈 정도였다. 어떻게 그가 서영을 아는지는 모르지만 꽤나 친분이 있는 것임에는 분명했다. 그사이 인사를 마친 찬혁이 자신들의 테이블로 다가오자 소유는 바짝 긴장했다. 며칠 동안 전화 한 통 없는 위인이 갑자기 아는 체를 한다는 것 자체가 기분이 나빠진 것이었다.

"안녕하세요, 사장님."

찬혁을 먼저 알아본 정석이 일어나서 인사를 하자 마지못해 일어선 소유가 머뭇거리며 고개를 숙였다.

"아, 안녕하세요, 사장님."

"안녕하세요."

"아, 그래."

잠시 소유를 살피던 찬혁은 돌연 그들의 테이블 빈자리에 엉덩이를 걸쳤다.

"합석을 해도 괜찮겠지?"

"그럼요."

정석이 냉큼 대답하는 바람에 소유는 거절의 말을 할 기회를 놓쳤다. 정석은 찬혁이 자리에 앉자마자 일어서더니 음식을 가지러 간다는 말을 남기고는 테이블을 떠났다. 누가 보더라도 너무도 고의적인 느낌이 확 드러나는 행동.

'저 자식이 갑자기 왜 저래?'

이상하단 표정으로 정석의 뒤꽁무니를 냅다 노려보는데 찬혁이 툭 말을 던진다.

"서미연의 일은 해결됐어."

"네? 정말이요?"

"그래. 확인 차 경찰서에 가야 하는 일은 남았지만."

"그건 언제라도 갈 수 있어요! 그럼 이제 오해는 풀린 건가요?"

희망 어린 표정으로 찬혁을 바라보는 소유의 모습에 찬혁은 차갑게 대답을 했다.

"아니. 그것과는 별개지. 난, 당신이 날 이용하려 들었다는 것에 대해 감정이 상한 거니까."

딱 부러지는 찬혁의 대답에 소유는 할 말을 잃고는 시선을 얼른 돌렸다. 순간이지만 눈물이 나올 뻔했기 때문이다.

"하지만 나도 당신과 마찬가지지 할 말은 없어. 몰카 건으로 당신을 이용하려 한 것이니까. 그럼 서로 한 번씩 주고받은 셈이 되는 건가?"

찬혁의 말에 소유는 마음이 상했다. 자신은 그날 이후로 내내 찬혁과의 키스를 상상하며 잠조차 설쳤건만 찬혁은 아무렇지가 않았다. 그저 술김에 그런 것인지, 그녀를 바라보는 그 시선 어디에도 감정이라고는 없어 보였다.

"아직까지 의뢰인에 대해서 연락 온 것은 없는 건가?"

“네.”

“좋아. 언제까지 기다릴 수만은 없으니까 우리 쪽에서 먼저 준비를 하는 걸로 하지. 우선 몰카 촬영부터 하고, 의뢰인과 연락이 닿는 대로 일을 마무리하는 걸로 하지.”

찬혁의 말에 소유는 아무런 말도 할 수가 없었다. 이런 식으로 그와의 인연이 끝나나 싶어 가슴이 답답해진 그녀였다.

“안녕하십니까, 사장님? 식사를 도와드릴까요?”

Food&Beverage의 연회 팀의 담당 매니저가 그를 알아보고 빠르게 다가와 인사를 하자 찬혁이 가볍게 고개를 저으며 사양을 했다.

“아니, 괜찮습니다. 그냥 제가 알아서 갖다 먹도록 할 테니까 신경 쓰지 마십시오.”

차분한 찬혁의 말에 담당 매니저는 급히 고개를 숙이고 나갔다.

“그럼 내일 밤에 촬영을 하는 걸로 하지.”

“내, 내일이요?”

“왜? 하루라도 빨리 일을 매듭짓고 싶어할 줄 알았는데 아닌가?”

“아니요, 내일 해요, 내일…….”

소유는 어물거리며 대답을 했지만 심장 소리가 찬혁에게까지 들릴까 봐 조마조마했다. 아무렇지 않은 그의 모습을 볼 때 억울하기도 했지만 바보 같은 심장은 여전히 두근거렸다.

“그럼 내일 밤 열한 시에 내 룸으로 와.”

소유는 마지못해 고개를 끄덕였다. 어차피 할 거 미룬다고 될 일도 아니고, 차라리 빨리 해버리는 것이 나을 성싶었기 때문이다. 그사이 정석이 접시에 한가득 음식을 담아 테이블로 왔다.

“고모, 이거 먹어. 고모가 좋아하는 거지?”

“어? 어. 고마워.”

얼결에 접시를 받고 보니 찬혁의 표정이 오묘하게 변한 것이 눈에 들어왔다. 왜 그러냐는 식으로 쳐다보자 순간 찬혁의 눈빛이 반짝였다.

“그거 다 먹고 나면 볼만하겠군.”

찬혁의 말뜻을 알아들은 소유는 붉어진 얼굴로 서둘러 대답했다.

“흥, 전 아무리 먹어도 배 나오는 체질은 아니에요.”

“고모, 그건 좀 아니지. 내가 고모랑 같이 살아봐서 아는데 말랐다고 해서 다 비만이 아닌 건 아니거든? 게다가 그런 식으로 먹다 보면 조만간 살이 찌고 말 거라고.”

“그 입 좀 닥쳐 주련? 아니면 이걸로 막아줄까?”

다른 생각을 하면서 스파게티를 말다 보니 상당한 양이 포크에 말려 있었다.

“……그걸 먹을 생각인가?”

찬혁의 질문에 포크를 본 소유는 인상을 확 구겼다.

‘이게 대체 언제 이렇게 커진 거야?’

슬쩍 포크를 내려놓으려 하자 찬혁의 손이 포크를 잡은 손을 잡고는 얼굴을 가까이 가져왔다. 순식간에 포크에 돌돌 말린 스파게티가 찬혁의 입 안으로 사라졌다.

"어어?"

"흠, 맛있군. 역시 우리 호텔 뷔페가 최고지."

소스 한 점 안 묻히고 그 큰 걸 다 먹은 찬혁이 대단해 보이는 소유였다. 저 커다란 입으로 자신과 키스를 했다는 생각이 새삼스레 들자 얼굴이 다시 확하고 붉어진 소유였다.

"고모, 스파게티 처음 먹어? 너무 티 나잖아. 그러게 연애도 하고 좀 그러지 그랬어."

옆에서 연어를 먹으며 깐죽대는 정석이 오늘처럼 얄미워 보인 적은 없을 거라고 소유는 생각했다.

"흠. 이런 걸 한 번도 안 해봤다고?"

찬혁이 의아한 듯 묻자 정석이 고개를 끄덕였다.

"우리 고모 완전 숙맥이거든요. 아마 데이트는커녕 미팅 한 번 안 해봤을 걸요?"

"아니거든? 미팅은 해봤어."

말해놓고 보니 그게 또 자랑은 아니라는 생각에 소유는 정말 창피했다. 오늘따라 두 남자가 왜 이리 자신을 쪽팔리게 하는 것인지.

"오빠, 아는 사이예요?"

갑작스런 목소리에 소유는 화들짝 놀랐다. 고개를 들고 보니,

언제 다가온 것인지 서영이 그녀를 내려다보며 불쾌한 표정을
드러내고 있었다.

"아아, 그래."

"소유, 너는 찬혁 오빠를 어떻게 알아?"

서영의 채근하는 말투에 소유는 기분이 나빠졌다. 자신의 남
자라도 되는 양 그의 팔을 잡고 있는 모습에 기분이 급속도로
나빠진 소유는 서영의 질문을 무시했다.

"네가 알아서 뭐 하게?"

"뭐? 너 정말 웃기는 애구나?"

어이없다는 듯이 말을 하는 서영의 손을 풀어버린 찬혁이 자
리를 벗어나자 서영은 고개를 돌려 소유를 노려봤다.

"찬혁 오빠에게 그런 식으로 꼬리 치지 마. 불쾌하니까."

"네가 왜 불쾌해하는 건데?"

"몰랐니? 찬혁 오빠랑 나 조만간 결혼하는 거?"

"뭐?"

정석 역시 놀라긴 했지만 소유는 그야말로 숨이 턱하고 막히
는 순간이었다. 그 모습을 보며 서영은 홀가분하다는 듯이 웃었
다.

"하긴, 몰랐으니 너 같은 아이를 데리고 논 것이지. 쯧, 오빠
도 이러면 안 되는데."

"뭐가 말입니까?"

말문이 막힌 소유를 대신해서 정석이 질문을 하자 서영은 눈

을 크게 뜨고는 안됐다는 듯이 그들을 쳐다봤다.

"찬혁 오빠 여성 편력은 어렸을 때부터 같이 자라온 내가 잘 알아. 이런 식으로 여자들을 상대해 온 것이 한두 번인 줄 알아? 이러다가 항상 끝내고 말지. 여자들만 불쌍하다니까. 찬혁 오빠도 날 생각해서 더 이상의 가십을 만들지 않을 뿐이야. 난 그리고 그것에 동의했고. 하지만 고등학교 동창까지는 좀 그렇다, 애. 상처받기 전에 충고 하나 해줄게. 정신 차려, 찬혁 오빠는 네가 가질 수 있는 그런 사람이 아니야."

"그 말을 어떻게 믿어요?"

정석이 말도 안 된다는 듯이 말하자 서영은 기다렸다는 듯이 비웃음을 날렸다.

"호호, 믿기 싫은 건 아니고? 이 업계에서 오빠 집 하고 우리 집이 사돈관계가 된다는 것은 정설로 굳어진 상태야. 지금 한참 혼인 날짜를 정하느라 바쁘거든. 물론 믿든 말든 그건 네 자유야. 난 분명히 충고해 줬다?"

말을 마친 서영이 몸을 돌려 자신의 자리로 돌아가자 정석은 걱정스런 표정으로 소유를 살펴봤다. 서영의 말이 사실이라면 소유와 자신은 말 그대로 찬혁에게 놀아난 꼴이었다. 하긴, 그러고 보니 정찬혁 사장이 소유를 두고 개인적인 감정을 직접적으로 말한 적은 없었던 것 같았다.

"고모."

"……밥 다 먹었으면 일어나자."

소유는 자리에서 일어나 뒤도 돌아보지 않고 빠르게 그 식당을 빠져나왔다. 머릿속이 혼란스런 소유는 급하게 걷느라 마주 오는 남자를 피하지 못하고 부딪치고 말았다.

"이런, 한동안 안 보이더니 이런 데서 다시 만나네?"

사과를 하기 위해 고개를 들던 소유는 시원의 모습에 눈살을 찌푸렸다.

"아, 죄송합니다."

"죄송은 무슨. 그보다 벌써 식사를 마친 건가?"

"네."

말을 마친 소유가 그를 비켜 다시 걸어가려 하자 시원이 그런 소유의 팔을 잡아당겼다.

"대체 며칠 동안 어딜 가 있었던 거지?"

"그걸 왜 내가 당신한테 말해야 하는 건데요?"

시원이 소유의 팔목에 저도 모르게 힘을 주었다. 요 며칠 보이지 않는 소유 때문에 이리저리 사방으로 그녀의 위치를 알아보러 다닌 그였다. 그래서 알아낸 것이라고는 소유가 이 호텔에 투숙한다는 것, 그리고 그 비용을 모두 정찬혁이 부담한다는 것 정도였다. 정말 정찬혁의 말대로 이미 그녀는 그의 여자가 된 것일까?

"아, 아파요!"

"그 손 못 놔요?"

뒤늦게 나왔던 정석이 서둘러 시원의 손에서 소유의 팔을 떼어내었다.

"당신, 뭔데 우리 고모한테 그러는 겁니까?"

시원은 정석을 잠시 노려보더니 이내 짧은 한숨을 쉬고는 소유에게 손을 내밀었다.

"미안. 한동안 안 보여서 내심 마음이 좀 급했거든. 그런데 보자마자 너무 쌀쌀맞으니까 나도 모르게 이렇게 됐네."

시원이 사람 좋은 웃음을 지으며 말했지만 정석은 의심스런 표정으로 여전히 그를 쳐다보며 소유를 그의 시선에서 가렸다.

"정말이야. 나쁜 뜻은 없었어."

"좋아요. 우리 고모한테 왜 그러는 건데요?"

"반했으니까."

"뭐라구요?"

"한눈에 반했다고. 그래서 매일 쫓아다녔는데 요 며칠 안 보여서 좀 당황했지."

시원의 표정을 유심히 살피던 정석이 여전히 의심스러운 표정으로 그를 쳐다봤다.

"나이도 있으신 분 같은데 애들도 아니고, 반했다고 무턱대고 쫓아다니는 거 아니라는 거 더 잘 아시지 않습니까?"

"안 만나주니 할 수 없잖아? 게다가 난 정말 괜찮은 남자라고."

"어딜 봐서요?"

"권시원, 나이는 이 호텔 정찬혁 사장과 동갑인 서른두 살. 현재 푸른호텔 부사장으로 재직 중. 얼마 전 칵테일 쇼에 반해서 스카우트하기 위해 쫓아다니다가 그냥 필이 꽂힌 거거든."

장난스럽게 웃는 시원의 모습에 그제야 정석은 의심을 풀었다.

"약속이 있어서 온 거 아닙니까? 여기서 이래도 되는 거예요?"

"아아, 약속이 있긴 하지만 그 무엇보다도 이쪽이 급해서 말이야. 참, 내 명함이야. 나중에 한번 연락해. 정말 괜찮은 제안으로 스카우트하려는 것이니까."

시원이 자신의 명함을 꺼내 정석에게 건네주었다. 말을 하는 내내 지켜본 결과 소유의 표정은 무척이나 어두웠다. 그랬다는 건 서영이 드디어 찬혁의 주의를 끈 여자가 소유라는 걸 알았다는 것이고, 무슨 일이 일어났다는 것을 암시하기도 했다. 시원은 내심 안타까운 마음도 들었지만 일단 소유의 마음을 먼저 돌려놔야 했기에 슬쩍 말을 흐렸다.

"나도 알아보니, 이곳 사장이 일자리를 주선했다고 하던데, 얼마 후면 정찬혁 사장도 결혼할 거라고. 혹시라도 괜한 소문에 오르내리기 전에 도와주려는 것뿐이야."

"……그 말, 정말입니까?"

"무슨 말? 정찬혁 사장이 결혼한다는 말?"

"네. 정말 결혼하나요?"

"아마 그럴걸? 이미 호텔업계 쪽으로는 소문이 파다해. 게다가 같이 결혼할 김서영의 아버지와 정찬혁 사장의 부친은 무척 친한 사이라고 하니까, 곧 사실이 되겠지. 뭐, 이곳이 원래 그렇고 그런 곳이니까.”

아무렇지 않게 설명하는 시원의 말이 이어질수록 소유의 표정은 급속도로 나빠지기 시작했다.

“나 먼저 갈게. 정석이 넌…… 더 있다 오든지.”

소유는 더 이상 듣고 있기가 힘들어 그 자리를 벗어났다. 정석은 시원에게서 더 얘기를 듣고 싶었지만 소유가 걱정되어서 인사를 하고는 빠르게 소유의 뒤를 쫓았다.

“이거, 너무 나쁜 역할을 맡은 거 아냐? 이러다 나중에 나마저 미워하면 안 되는데.”

말과는 달리 시원의 표정은 환하기만 했다.


그날 저녁 하이포시스 오리어에서 일을 하면서도 소유는 내내 기분이 저조했다. 정찬혁의 결혼 사실을 안 지금, 그와 그런 비디오 촬영을 해도 되는지 고민이 되었다. 물론, 어차피 가짜로 하는 것이라지만 자신의 마음마저 속일 수는 없는 것이었다. 그저 좋은 감정으로만 생각했던 것과는 달리 정찬혁의 결혼 소식을 접한 순간, 소유는 자신의 마음이 얼마나 깊은지를 새삼 깨달은 상태였다. 하지만 자신의 그런 마음을 찬혁에게 보일 수는 없었다. 아니, 그래서도 안 되는 거였다.

“소유 씨, 뭐 안 좋은 일이라도 있어?”

"아니에요."

"근데 얼굴 표정이 왜 그래? 미안해하지 마. 아까 그것 때문에 그러는 거 아니지?"

어떻게 얘기가 된 것인지 김윤미를 포함해서 다른 사람들도 소유가 삼 일이나 나오지 못한 것에 대해 별다른 말이 없었다. 미안한 마음도 있고 해서 소유는 출근하자마자 윤미에게 그녀의 옷과 가발을 쓴 것에 대해서, 그리고 피치 못할 사정으로 출근 못한 것에 대해서 미안하다는 말을 건네었었다.

"그냥 사는 게 참 힘들다는 생각이 들어서요. 왜 이 모양밖에 안 되나 싶은 생각도 들고."

풀 죽은 소유의 대답에 윤미는 그녀를 찬찬히 쳐다봤다. 낙하산이라고 생각해서 거리를 두려 했지만 칵테일 쇼 한 방에 그녀의 팬이 되어버린 윤미였다. 꾸밈없고 솔직한 모습도 좋고, 아이처럼 순진한 모습도 보기 좋았다. 며칠 동안 무슨 일이 있었는지는 모르지만 제법 수척해진 모습에 은근히 신경이 쓰이기도 한 그녀였다. 내내 어두운 표정을 한 소유의 모습을 보면서 그녀는 뭔가 소유에게 해줄 말을 고르는 중이었다. 곱슬거리는 짧은 머리카락을 긁으며 웃는 모습은 같은 여자가 봐도 매력적이었다. 그래도 그중에서 가장 매력적인 모습은 언제나 활기찬 생기발랄한 모습이었다.

"뭣 때문에 그렇게 생각하는지는 몰라도 내가 보기엔 안 그래 보여, 나소유 씨."

"위로 고마워요."

컵을 닦으며 웅얼거리는 소유를 보던 윤미가 그녀의 손을 잡았다.

"컵은 이렇게 닦아야지. 그리고 위로가 아니라 사실이야. 내가 보기에 소유 씨 정말 매력적이거든. 그냥 느낌이 좋아. 그리고 소유 씨 웃는 모습 보면 나까지 기분이 좋아진다니까 그러네. 그런 사람 흔치 않거든. 주변에 활기를 불어 넣는 사람."

윤미의 말에 소유는 그제야 얼굴 표정을 풀었다.

"하긴, 그런 게 나죠. 내가 노력한다고 해서 다른 사람 되는 것도 아니고. 지금의 내가 가장 나다워야 좋은 것 아닌가 뭐."

"맞아. 그러니까 힘내라고."

"네. 고마워요."

"뭘. 그나저나 여기 오기 전에도 바텐더 했었어? 그럼 스카우트?"

"아니요. 바텐더는 잠시 재미로 했던 거예요. 그리고 그걸 스카우트라고 불러도 되는지 모르겠네요."

"왜? 그럼 여기 오기 전에는 뭘 했는데?"

윤미가 궁금하다는 듯이 묻자 소유는 콧잔등을 찡그리며 어색해했다.

"심부름센터요."

"심부름센터? 남의 심부름 대행해 주는 그런 거?"

"뭐, 비슷하죠. 어쩔 수 없이 시작한 건 맞지만 정말 잘해보려고 생각 중이에요.”

소유의 말에 윤미는 고개를 끄덕였다. 좀 괴짜처럼 보이긴 했지만 또 묘하게도 수긍이 가기도 했다. 그 뒤로 제법 표정이 밝아진 소유의 모습에 내심 안도하고 있던 윤미는 퇴근하기 전 소유가 갑자기 그녀를 붙잡자 의아한 표정으로 되물었다.

“왜?”

“만약에 말이에요, 정말 좋아하는 사람이 생겼는데, 그 사람한테는 결혼할지도 모를 여자가 있다면 윤미 씨는 어떻게 할 거예요?”

진지한 그녀의 질문에 윤미는 잠시 소유를 쳐다봤다.

“글쎄, 결혼할 여자가 있다는 건 안타깝지만 그렇다고 해서 그 감정마저 숨길 필요는 없다고 봐. 아직 결혼을 한 것도 아니잖아? 나 같으면 일단 고백은 해볼 거야. 뭐, 결정이야 상대방 몫이겠지만 고백마저 안 한다면 정말 후회할 것 같은데?”

윤미의 말에 소유는 혼란스런 표정으로 작게 고개를 끄덕였다.


다음날, 일을 하러 가기 전 정석은 소유를 붙잡고 심각한 표정을 지었다.

“고모.”

“왜 그러냐? 무섭다, 너 이러는 거.”

“아, 사람이 진지하게 대하면 좀 진지해져 봐.”

“알았다. 무슨 일인데 그래? 또 무슨 사고 친 건 아니지?”

“사고는 내가 아니라 고모가 쳐야지.”

“그건 또 무슨 소리야?”

“그 비디오 촬영 말이야, 그 몰카.”

“어, 어. 그게 왜?”

소유는 심장이 콩닥콩닥 뛰기 시작했다. 그렇잖아도 오늘은 밤 열한 시에 찬혁과 만나 그걸 찍기로 한 날인데 정석이 그걸 어떻게 알았을까? 놀란 표정을 애써 지우며 소유는 마음속 갈등으로 여전히 고민하는 중이었다.

“고모, 며칠 전에 본 그 고모 동창 말이야.”

“김서영?”

“응. 그 여자랑 그 권시원이라는 푸른호텔 부사장이 같이 있는 것을 봤어.”

“뭐? 두 사람이 왜?”

“몰라. 무척 친한 사이 같았거든. 아무래도 느낌이 별로야. 정말 정찬혁 사장이 결혼하기 전까지는 모르는 일 아냐?”

“그건 무슨 소리야?”

“아무리 생각해도 기분 나쁘거든? 아직 결혼이 확정된 것도 아니니까 이참에 고모가 확 뺏어버려!”

“뭐?”

정석의 말에 소유가 화들짝 놀라 반문했다.

“내가 보기엔 정찬혁 사장은 그 김서영이라는 여자한테 별 마음이 없는 것 같아. 정말 권시원의 말대로라면 진작 둘이 모습을 자주 목격했을 거라구. 오늘 내가 슬쩍 같이 일하는 사람들한테 물어봤는데 아무도 김서영이라는 여자에 대해서 모르던 걸? 결론은 혼자 김칫국을 들이키고 있다는 거지.”

“그, 그러냐?”

다행이라는 안도감이 몸을 감쌌다. 그러고 보니, 나 정말 정찬혁이라는 남자를 사랑하게 된 걸까? 그런 고민을 하는 사이 정석이 다시 힘주어 말을 이었다.

“그러니까 이참에 그 몰카 촬영을 계기로 정찬혁 사장의 마음을 고모가 빼앗는 거지.”

“저기, 조카야. 어째 단어 선택이 좀 잘못된 것 같지 않니?”

“전혀. 고모는 얼굴이 안 되니까 온몸으로 유혹을 해.”

“그걸 지금 말이라고 하는 거냐, 어? 너는 어떻게 하고?”

“나? 내가 왜?”

정석이 의아한 듯 되묻자 소유는 크게 숨을 쉬었다. 더 이상 쉬쉬한다고 해서 될 일도 아니고, 현식을 바로잡아야 될 듯싶었기 때문이다.

“너…… 정찬혁 사장 좋아하지?”

“당연하지. 그 정도면 꽤 멋지지 않아? 능력도 많고, 배경도 화려하니까.”

“그래서 하는 말인데, 아무래도 사회적인 이목도 있고 네 감정이 즉흥적일 수도 있는 거고. 고모는 말이지 그게…….”

“지금 무슨 소리를 하는 거야?”

"아니, 난 네가 걱정돼서……."

소유의 말에 정석은 잠시 한숨을 쉬었다. 물론, 소유가 자신을 상대로 몰카를 찍으라고 한 것에 대해 화가 나서 한 행동이긴 했지만 아직도 그런 오해를 하고 있을 줄은 몰랐다. 지금 상황에서라면 얘길 해도 되지 않을까 하는 생각이 들었다.

"후유~ 그런 걱정은 하지 마. 내가 정찬혁 사장을 통해서 느끼는 건 그런 감정이 아니야, 고모. 일종의…… 동경이랄까. 그런 감정이라고."

정석의 말에 소유는 참았던 숨을 일시에 몰아쉬었다. 막혔던 가슴이 일시에 뻥하고 뚫린 듯했다.

"그, 그래? 다행이구나. 난 그것도 모르고 괜한 오해를 했지. 하지만 너 그때는 분명히 정찬혁 사장이 첫 상대라는 게 오히려 다행이라고 하지 않았어? 그 정도면 괜찮다고 말하면서."

"그거야 고모가 나를 대신 그 몰카 상대로 내세웠으니까 그런 거고."

그 내용을 정석이 알고 있다 생각하자 소유는 얼굴이 붉어진 채로 급히 변명을 했다.

"그, 그거야…… 그런 얼레리한 연기를 어떻게 하나 싶어서 그런 거지. 같은 남자라면 좀 다르지 않을 까 하고 말이야."

소유가 코를 찡그리며 미안한 듯 대답하자 정석이 피식 웃었다.

"그 모양이 더 우스워. 어떻게 같은 남자랑 그런 걸 찍어. 어차피 연기일 바에야 실감 나려면 고모가 하는 게 낫지.”

“야. 하지만 여자가 그런 거 찍으면 좀 그렇잖아?”

“그냥 연기라고 생각하라고. 그렇다고 그 비디오가 유통되는 것도 아니고, 그저 확인 차원인데 뭐.”

아무것도 아니라는 정석의 말에 소유가 발끈했다.

“야! 너, 너무 뻔뻔한 거 아니야?”

“자자, 내가 뻔뻔한 건 세상이 알고 고모가 다 아는 거고. 지금 그게 중요한 게 아니잖아? 이 촬영을 계기로 정찬혁 사장이 고모한테 쏙 빠지게 만들라니까.”

“그전에 심장마비로 돌아가시겠다.”

“쯧, 그러다 그 김서형이라는 여자가 정찬혁 사장을 날름 가져가 버리면 어떻게 하려고? 그래도 좋아?”

“아니, 그건 아니지만.”

“그럼 힘내자고, 어? 좀 잘하란 말이야.”

“어떻게 잘하라는 거냐?”

한숨을 푹푹 쉬는 소유를 보며 정석은 회심의 미소를 지었다.

“그냥 모르면 따라주는 척만이라도 해봐. 기겁하고 도망치지 말고.”

“그냥 그러면 되는 걸까?”

“당연하지.”

고민하는 소유를 바라보는 정석은 들뜬 모습이었다.

# [제 11 장] 연기인가, 실제인가?

**하**이포시스 오리어에 출근한 소유는 수시로 시계를 보며 다가오는 퇴근시간에 침을 삼켰다. 아닌 척해도 걱정스러운 것은 당연한 거였다. 거의 십 분 간격으로 시계를 보던 소유를 윤미가 이상하다는 듯이 쳐다봤다.

"소유 씨, 저녁에 약속 있어?"

"네? 아, 네."

"흐음, 고백하러 가는구나?"

"무, 무슨 소리예요! 아니에요!"

"고백? 무슨 고백?"

소유가 아니라고 말을 하기도 전에 불쑥 끼어든 목소리는 다름 아닌 권시원이었다.

"자주 오시네요?"

"아아, 일하러 오는 거지, 일."

시원이 윤미의 질문에 대답하자 그 뻔뻔스러움에 소유가 혀를 찼다.

"무슨 일을 퇴근 시간 다 지난 다음에 그것도 바에서 하는 겁니까?"

"당연히 멋지고 섹시한 바텐더를 스카우트하기 위해서지. 그게 싫다면 바로 우리 호텔로 가면 더욱 좋고."

그 호텔이라는 뉘앙스에 소유는 눈을 부라렸다. 모르는 이가 들었다면 분명 오해의 소지가 다분한 단어니까.

"전 분명히 싫다고 했습니다. 그리고 바텐더 일도 더 할 생각도 없지만 하더라도 그쪽 호텔은 죽어도 안 가요!"

소유는 속으로 이를 갈았다. 자신이 도대체 지금 이 고생을 하는 이유가 무엇 때문인지 정말 알려주고 싶었다. 하지만 찬혁도 그러지 않았던가? 심증만 있을 뿐 물증은 없는 상태라고. 그러기 위해서 소유와 정석이 필요한 것이라고 말이다. 고로, 자신이 이런 몸 고생, 마음고생 하는 이유는 다 푸른호텔에서 못된 짓을 했기 때문이라는 결론이 나온다. 게다가 시원은 그 푸른호텔의 부사장이면서 찬혁과는 라이벌 관계라지 않던가. 그러니 당연히 시원이 밉보일밖에. 상황이 이러다 보니 시원의 잘난 얼굴 따위는 눈에도 들어오지 않는 그녀였다. 시원은 여전히 까칠한 반응을 보이는 소유를 바라보며 여전히 능글맞은 웃음을 지어 보였다.

"흐음, 그럼 좋다고 할 때까지 매일 와야지 뭐. 열 번 찍어 안 넘어가면 별수있나. 뽑아버리는 수밖에 없지. 털끝 하나 건드리지 않고 고이 모셔다가 우리 호텔에 박아놔야지."

"누구 맘대로요?"

"어어 너무 뜨거운 시선을 주는데? 내 말이 그렇게 좋았나?"

'저 인간. 정말 밉상, 밉상 하니까 제대로 얄밉게 보이네.'

"영업에 방해되니까 얼른 마시고 가시죠."

"어어, 이봐. 오늘은 나 혼자가 아니야. 누구를 만나러 온 거거든."

"그래요? 그쪽 호텔 놔두고 왜 하필 이곳인데요?"

여전히 삐딱한 반응에 시원은 재미나다는 표정으로 그녀를 바라보며 비밀스런 얘기라도 하는 듯 목소리를 죽였다. 고개를 숙이고 사방을 살피는 모습이 무척이나 즐거운 표정이었다.

"내 사촌 여동생이 여기 사장한테 애가 달아 있거든. 그래서 겸사겸사. 이러다 못생긴 정찬혁이랑 사돈 되는 거 아닌가 몰라."

소유는 시원의 말에 가슴이 철렁했다. 놀라서 눈을 크게 뜨자 시원은 고개를 끄덕이며 아주 중요한 비밀을 털어놓는 것처럼 행동했다.

"좀 있으면 이리 올 거야. 내가 이리로 오라고 했거든."

왜 하필 여기란 말인가. 소유는 솔직히 찬혁과 관련된 그 누구와도 마주하고 싶지가 않았다. 그사이 누군가가 바 안으로 들어섰다. 시원에게 칵테일을 내려놓던 소유는 다가오는 여자의 모습에 숨을 삼켰다. 그녀는 며칠 전 본 김서영이었다.

'설마 권시원의 사촌동생이라는 여자가 김서영?'

소유는 놀랍다는 표정으로 다가오는 서영을 바라봤다. 이런 식으로 서영과 얽히는 상황이 불편하고도 속이 상하는 그녀였다.

서영 역시 소유를 보고는 다소 놀란 모습이었다. 하지만 이내 그녀의 모습을 찬찬히 관찰하던 서영의 입가에 알 듯 모를 듯한 웃음이 걸렸다.

"그간 맘고생을 좀 했나 봐? 얼굴이 안되어 보인다?"

"맘고생 할 게 뭐 있나. 사는 게 다 그런 거지."

"이런 곳에서 일할 줄은 정말 몰랐어. 의외로 수단이 좋다?"

"이왕이면 능력이 있는 거라고 말해주지 않을래?"

소유 역시 만만찮게 받아치자 서영은 눈을 가늘게 뜨고 그녀를 살펴봤다. 자신이 한 말도 그렇고 시원이 건넨 말도 있으니 정찬혁에게서 이미 마음이 떠났을 줄 알았던 그녀였다. 이런 식으로 아무렇지 않게 일을 하면서 말을 할 줄은 몰랐던 그녀였다.

서영의 말투에는 그녀의 직업에 대한 경멸이 뚜렷이 드러나 있었다. 옆에서 지켜보는 시원이 순간 눈살을 찌푸릴 정도로 말이다.

"둘이 아는 사이야?"

"그렇게 친한 건 아니고 고등학교 동창."

"흐음, 동창 같지 않은 동창이네."

"동창이라고 다 친한 건 아니니까요."

소유는 시원의 말에 정말 그렇다고 맞장구를 쳤다. 다시는 보고 싶지 않은 인물들이 그것도 세트로 자신의 앞에 서 있으니 말이다.

"그럼 찬혁 오빠와는 이 일 때문에 알게 된 거니?"

바의 의자에 걸터앉은 서영이 따지듯 묻는 질문에 소유는 사실대로 대꾸해 줄 마음이 없었다.

"글쎄."

애매모호한 소유의 대답에 서영이 눈살을 찌푸리더니 이내 시원을 쳐다봤다. 어떻게 된 거냐는 식의 눈빛에 시원은 그저 어깨를 으쓱할 뿐이었다.

"오빠는 소유를 어떻게 알아?"

손가락으로 소유를 가리키는 서영의 행동에 소유는 다시 한 번 울컥했다.

"아아, 굉장한 바텐더라 우리 호텔로 스카우트하려고. 그런데 안 넘어오네."

"그 정도야?"

못 믿겠다는 표정을 지으며 소유를 바라보는 서영의 눈빛을 소유 역시 싹 무시했다.

"그나저나 정찬혁 사장은?"

"오늘 저녁에 만나기로 했어. 당연하잖아? 결혼할 사이인데."

들으란 듯이 말을 한 서영이 이내 거만한 표정으로 소유에게 주문을 했다.

"어디 네가 제일 잘 만드는 걸로 하나 줘봐. 얼마나 잘 만드는지 맛이나 보게."

소유는 이마에 힘줄이 돋았지만 군소리 없이 칵테일을 만들기 시작했다. 그나마 서영이 찬혁을 만나지 않았다는 것에 묘한 안도감을 느끼면서 말이다.

"오늘도 쇼를 보여주면 안 될까?"

매일 와서 소유에게 칵테일 쇼를 보여달라고 종종 조르는 시원이었다. 평소라면 대꾸 역시 안 했을 소유지만 이번에는 들으라는 듯이 일부러 큰 목소리로 대답을 했다.

"사장님이 금지하셨거든요."

쉐이커를 흔들며 소유는 고개도 들지 않고 대답을 했다.

"왜?"

"그건 잘 모르죠."

"흠, 나라면 매일 쇼 하라고 할 텐데."

그래서 내가 그쪽 호텔엔 죽어도 안 간다니까. 속으로 중얼거리며 빠른 속도로 칵테일을 만든 소유가 서영에게 그것을 건네었다.

"색이 이상해. 뭐니, 이건?"

'네가 더 이상해. 색맹이냐?'

소유는 일그러지는 인상을 다스리며 새침한 표정으로 서영을 쳐다봤다. 소유가 서영에게 건넨 것은 시티칵테일 중에서도 가장 대표적인 맨하탄이었다. 소유는 한심하다는 표정으로 서영을 쳐다보면서 일부러 손님을 대하듯 정중한 몸짓으로 설명하기 시작했다.

"칵테일에는 여러 종류가 있습니다, 손님. 물론, 맛으로도 먹지만 역사나 그에 관련된 얘기로 만들어진 유명한 칵테일도 많죠. 지금 제가 건넨 것은 '맨하탄'이란 칵테일입니다."

소유가 갑자기 존댓말을 하자 서영의 표정이 묘하게 일그러졌다. 마치 뭐 하는 짓이냐는 눈빛에 소유는 설명을 하기 시작했다.

"맨하탄은 뉴욕의 한 지역의 이름을 딴 것인데요, 칵테일의 제왕격인 마티니와 함께 칵테일의 여왕이라고 불리죠. 이 칵테일에 이런 이름이 붙은 것은 19대 미국 대통령 선거 때 윈스턴 처칠의 어머니가 맨하탄의 한 클럽에서 파티를 열고 처음 선보인 칵테일이어서 이런 이름이 붙은 것입니다. 칵테일은 그저 맛으로만 알기보다는 그 역사나 만든 시기를 살펴보게 되면 그 당시의 사회 풍습이나 전통 등을 알 수가 있죠."

칵테일은 그저 색과 맛과 향으로만 느끼면 그만이라는 생각을 버리라는 듯 소유가 질책 어린 시선으로 서영을 보는 바람에 그녀는 창피함에 얼굴이 달아올랐다.

"누, 누가 몰라서 그런 줄 알아? 색이 별로라서 그런 거였지."

"맨하탄은 원래 그 색이 납니다. 체리보다 약간 흐리죠."

가차없이 대꾸하는 소유를 지켜보는 시원의 눈빛이 다시 한 번 빛났다. 그냥 쉬운 여자라고, 볼품없는 바텐더라고 생각했던 그의 생각을 이번에도 여지없이 날려준 소유가 다시 한 번 예쁘게 보이는 순간이기도 했다. 시원 역시 호텔업에 종사를 하는 사람이고, 많은 여자들을 거치면서 알게 모르게 칵테일에 대해서 많이 알게 됐지만 정말 소유의 칵테일에 대한 사랑만큼은 따라갈 자신이 없었다.

'그래서 자꾸 손이 간단 말이지. 내 걸로 하고 싶은.'

시원은 느릿한 미소를 지으며 소유에게 주문을 했다.

"그럼 난 레인보우(Rain bow)로."

시원의 말에 소유는 어림없다는 표정을 지었다. 레인보우는 그녀가 손님에게 단 한 번도 만들어준 적이 없는 칵테일이었다. 물론, 못 만드는 건 아니었다. 집에서 연습도 해봤고, 스스로 만들어 마시기도 했으니까. 다만, 그만큼의 시간과 정성이 들어가는 것이고, 의미 또한 중요했기에 소유는 시원의 주문을 거절했다.

"그건 곤란합니다. 손님."

"왜지?"

"그 칵테일은 정말 사랑하는 사람을 위해 아껴두세요. 소원을 빌 때 효과가 있을 겁니다.”

장난스런 소유의 표정에 시원이 가슴이 이상하리만치 요동쳤다. 순식간에 바뀐 분위기가 소유의 모습을 마치 다른 사람처럼 보이게 만들었다. 아니, 사람이 아니라 요정 같은. 웃기는 소리처럼 들릴지 모르지만 시원에게 좀 전 소유는 술의 요정 같았다.

“흠, 그런 유래가 있을 줄은 몰랐네. 그럼 어디 보자…… 치치(Chi Chi)는 어때?”

그러면서 시원의 시선이 소유의 제복 가슴 부근을 뚫어지게 쳐다보자 소유는 울컥하고 화가 났다. 물론, 여자 바텐더이기 때문에 간혹 가다 짓궂은 손님을 맞기도 했지만 왜 유독 권시원이라는 남자는 같은 짓을 해도 더욱 얄미운 건지.

“제 가슴은 그렇게 성적 매력을 풍길 만큼 풍만하지 않아서 만들기가 곤란하네요.”

“아하하하. 맞아. 어림잡아 봐도 간신히 A컵 정도야.”

시원의 말에 소유는 얼굴이 빨개지고 말았다. 물론 자신이 여성적인 풍만한 몸매를 갖고 있지 않다는 것을 누구보다도 더 잘 아는 그녀였다. 하지만 하필, 서영이 있는 이 장소에서 그런 핸디캡을 들추다니. 시원의 말에 같이 웃는 서영의 얼굴엔 보란 듯이 비웃음이 걸려 있었다. 당연히 서영의 가슴으로 시선을 돌린 소유는 터질듯이 부푼 서영의 가슴에 남몰래 한숨을 쉬었다.

‘누가 그러던데. 자꾸 만져 주면 커진다고. 자기 전에 한 시간

씩 만지기라도 해봐?'

순간 든 생각에 소유는 서둘러 생각을 지웠다. 왠지 변태 같은 모습이 떠올랐기 때문이었다. 그렇게 시원과 티격태격하는 사이 퇴근 시간이 다 되어갈 무렵 소유는 정석의 전화를 받았다.

"어, 금방 퇴근해. 왜? 뭐? 알았어."

급히 전화를 끊은 소유는 시계를 봤다. 열시에서 오 분 정도 모자란 상황. 소유는 윤미를 바라보며 미안한 표정으로 속삭였다.

"급한 일이 갑자기 생겨서 그러는데요, 조금 일찍 퇴근하면 안 될까요?"

소유의 말에 윤미는 그렇게 하라고 고개를 끄덕였다. 소유가 재빨리 직원실로 향하자 시원이 그녀를 붙잡았다.

"저번에도 1층에서 내내 기다렸다 놓쳤어. 두 번 실수는 하지 않지. 이렇게 급히 어디를 가는 거지?"

"그건 당신이 상관할 바가 아니죠. 이 손이나 좀 놔요. 퇴근해야 하니까."

"왜 그렇게 서두르는 건데?"

"애인이 기다려서요."

휙 손을 잡아 뺀 소유가 직원실로 들어가 버리자 시원의 표정이 일순 굳었다.

"애인이라고? 설마 정찬혁을 두고 한 말은 아니지? 그 녀석은 조만간 서영과 결혼할 남자라고.”

“결혼하기 전까지는 누구의 애인이 됐든 상관없는 거 아닌가
요?”

말을 마친 소유가 휙 하고 직원실 안으로 사라지자 시원은 그
문을 노려봤다.

“젠장, 할 수 없지. 정찬혁을 상대로 하면 정말 해볼 만한 게
임이잖아?”

시원은 자꾸만 빠져나가는 소유를 보며 내심 입맛을 다셨다.

“더 이상 지체하면 안 되겠어. 납치라도 해야겠지?”

표정과는 달리 유쾌하게 말을 중얼거린 시원은 자신을 바라
보는 서영을 보며 웃음을 지었다.

“아무래도 네가 소유를 따로 불러내야겠어.”

말을 하는 시원도 그 말을 듣는 서영의 표정도 은밀한 즐거움
을 감추고 있었다. 그사이 정석이 기다리는 룸으로 들어선 소유
는 잔뜩 긴장한 상태에서 정석을 보았다.

“언제 연락 왔어?”

“좀 전에.”

정석도 긴장감에 얼굴이 잔뜩 굳어진 상태라서 소유는 더욱
불안하기만 했다.

“뭐라고 그래?”

“아니. 그냥 확인 전화였다고. 삼십 분 뒤에 다시 건다고 하더
라고.”

"삼십 분? 왜?"

"잘은 몰라. 전화하는데 누군가가 들어온 것인지, 당황하는 기색이더라고. 그 말만 하고 얼른 전화를 끊었어."

소유는 침을 삼켰다. 심장이 두근두근 무섭게 뛰기 시작했다. 마치 범죄자를 잡기 위해 잠복하는 형사 같은 기분마저 들었다.

"그럼 언제쯤 전화가 오는 건데?"

"앞으로 한 십 분 남았나 봐."

"야, 그럼 진작 얘기했어야지!"

당황한 소유가 정석을 질책하자 정석이 초조한 듯 자리에서 일어나 왔다 갔다 하며 뒷말을 이었다.

"정찬혁 사장한테 연락이 안 되는 바람에 나도 애먹었다고."

"연락은 했어?"

"어, 금방 온다고 했어."

호랑이도 제 말하면 온다는 식으로 그 말이 끝나자마자 문이 벌컥 열리면서 다소 긴장한 표정의 찬혁과 몇 명이 남자들이 들어섰다.

"아직이지?"

"네. 조금 더 있어야 해요."

"좋아. 그럼 핸드폰 줘봐."

얼결에 핸드폰을 넘기자 찬혁이 그 핸드폰을 다시 옆의 남자에게 건네줬다.

"서경원 팀장. 이 핸드폰에 도청장치 하고, 위치 추적해."

"알겠습니다."

서경원이 서둘러 정석의 핸드폰을 열고 무언가 작은 것을 삽입한 뒤에 약간의 조작을 끝으로 다시 핸드폰은 정석에게 넘어갔다. 놀란 정석의 모습에 찬혁이 등을 몇 번 토닥여 주면서 설명하기 시작했다.

"아무래도 이곳이 나을 거라는 생각이 되더군. 그쪽도 분명 위치 추적이나 그 밖의 다른 경로를 통해서 네가 이곳에 있다는 것을 알고 있을 거야. 그러니 위치가 변경되면 곤란하지. 그래서 내가 이곳으로 온 것이고."

찬혁의 설명에 소유와 정석이 고개를 끄덕였다.

"우선 그들이 요구하는 것을 해주겠다고 해. 비디오 촬영 했냐고 물으면 했다고 하고, 테이프를 넘겨받을 장소나 시간 같은 것도 그들이 원하는 대로 해줘. 대신, 최대한 시간을 끌라고. 무슨 말인지 알았지?"

"네."

"됐어. 그사이 우리는 그 전화를 건 번호랑 위치를 추적해서 조사를 할 테니까."

찬혁의 빠른 지도하에 나머지 인원들은 숨을 죽이며 기다렸다.

잠시 뒤, 정석의 핸드폰으로 다시 전화가 울렸다. 긴장감이 일시에 주변을 덮고, 찬혁 역시 긴장한 표정으로 정석에게 눈짓을 했다.

"여보세요?"

[전에 의뢰했던 사람입니다. 제가 부탁한 것은 잘됐습니까?]

"아, 네."

[잘했군요. 정확히 찍은 것이 맞죠? 만에 하나 이상하다거나 조작된 것이 밝혀지면 그쪽도 무사하지는 못할 겁니다. 그럼 그 테이프를 넘겨주시면 바로 입금해 드리죠.]

"아아, 그전에 난 사례금을 좀 올려 받고 싶은데요? 이 몰카를 촬영하느라 몇 날 며칠을 이 비싼 한빛호텔에서 숙식을 했단 말입니다. 그것에 대한 보상까지 만나서 얘길 하고 싶은데요?"

정석의 말에 소유가 경악하고 말았다. 그냥 빨리 넘겨주고 잡으면 될 것을 무슨 실랑이를 하는 건지. 하지만 찬혁이 소유를 만류하듯 눈짓을 하고는 정석에게 계속하라는 손짓을 했다.

[……좋습니다. 그럼 다음 전화에 시간과 장소를 알려주죠. 그럼 이만.]

전화를 끊은 정석을 향해 찬혁이 고개를 끄덕였다.

"잘했어. 금방 전화를 끊었다면 추적하기 곤란했을 거야."

그제야 상황 파악이 된 소유는 크게 한숨을 쉬었다. 찬혁은 그 뒤로도 같이 들어온 두 명의 남자와 무언가를 심각하게 얘기하며 주고받더니 이내 문가로 향했다.

"참, 나소유 씨 시간 늦지 말아요."

그 말을 끝으로 이미 문밖으로 사라진 찬혁을 보면서 소유는 경악했다.

"고모, 힘내. 이제 얼마 안 남았어. 지금 전화 온 거 봐서 알지? 열연해야 할 거야."

다소 장난스런 투로 소유를 툭툭 치며 말하는 정석을 볼 경황이 없는 소유였다. 열한 시까지는 앞으로 삼십여 분도 채 남지 않았기 때문이다. 대체 뭐부터 준비를 해야 하는 걸까. 암담한 표정을 한 채 여전히 넋을 놓은 소유를 질질 잡아끌며 정석이 데려간 곳은 욕실이었다.

"야, 여긴 왜?"

의아한 듯 묻자 정석이 한심스럽다는 듯이 혀를 찼다.

"옷 벗고 할 텐데, 땀 냄새까지 풍기고 싶어?"

그 말에 아무 소리 못하고 욕실 문을 탁 닫는 소유였다.

'너, 해보기는 했냐? 그도 말했잖아. 보는 거랑 실제랑 다르다고. 암만 많이 봤으면 뭐 해? 남자 손도 잡아본 적 없는 주제에.'

한숨을 쉰 소유가 급하게 샤워를 하고 욕실을 나오자마자 정석이 그녀를 닦달하기 시작했다.

"괜찮겠어? 고모, 연애 경험도 없잖아."

"넌 있냐! 그놈의 경험 소리 지겨워 죽겠다, 정말!"

소유가 날카롭게 소리 지르며 침대에서 발딱 일어나 정신없이 주변을 걷기 시작했다.

"다 하면 돼. 간접경험도 무시 못하는 거지, 암."

"저기 고모……."

보다 못한 정석이 소유를 불렀다.

"왜!"

"도움이 될 만한 테이프라도 틀어줄까?"

정석의 말에 소유는 구세주라도 된 양 정석의 두 팔을 꽉 잡았다. 너무도 긴장한 나머지 숨 쉬는 것조차 제대로 할 수 있을지 걱정이 되었었는데 차라리 그거라도 보면 좀 나아질지도 모를 일이었다.

"사랑한다, 조카야. 내가 얘기했니?"

소유의 말에 정석은 픽 웃고 말았다. 나이만 스물일곱이지, 하는 짓은 거의 소녀 수준이다. 말만 거칠면 뭘 하나, 거친 세상 풍파를 겪어보지 못한 고모인데. 정석은 딱 죽을 것 같은 표정을 짓는 소유에게 어깨를 으쓱하며 말을 했다.

"그럴 줄 알고 내가 준비해 놨어."

소유는 정석이 준비한 테이프를 틀며 침을 삼켰다. 뭐, 눈 딱 감고 본 대로 하기만 하면 되는 거다. 하지만 그런 생각은 채 십 분도 못 되어 무너지고 말았다. 화면 가득 펼쳐지는 살들의 영상. 차마 대화라고 부르기조차 민망한 신음 소리들. 대체, 저 높낮이가 다른 신음 소리들을 어떻게 저리 자유자재로 구사하는 걸까. 소유는 앞으로 다가올 걱정에 눈앞이 캄캄해졌다. 얽혀 있는 그 기묘한 체위는 거의 체조선수 수준이었다. 그러고 보니 이 녀석, 이런 테이프는 대체 언제 갖고 온 거지? 그런 생각도 갑자기 날카롭게 울려 퍼진 여자의 교성으로 인해 뚝 끊기고 말았다.

'저걸 내가 해야 한단 말인가, 정말? 그것도 정찬혁이랑?'

그 물음을 끝으로 눈앞에 보이는 것은 아무것도 없는 소유였
다.

정석은 그런 소유를 보면서 내심 미안한 마음이 들었다. 하지
만 이참에 이 테이프를 계기로 소유가 찬혁을 손에 넣기를 바랐
다. 아까 보았던 그 여자보다야 솔직히 외모 면에서 달리기는
하지만. 그래도 나름대로 매력있는 외모 아니던가.

"고모."

"으으~응?"

정석이 조용히 부르자 화들짝 놀라서 대답을 한다. 정석은 한
숨을 쉬었다. 이래 가지고는 정찬혁 사장을 꼬시기는커녕 퇴짜
맞기에 딱 알맞았다.

"보면 뭐 해. 심란하기만 하지."

"그러게 말이다. 민망해서 죽겠다, 나."

"그냥 우선 신음 소리부터 연습해 봐."

"신음 소리?"

"응. 남자들은 굉장히 단순한 동물이야. 굳이 촉감으로 안 느
끼고 듣기만 해도 자극을 받거든."

"그, 그러니?"

"응. 그러니까 저 여자처럼 신음 소리라도 내보라고."

"아, 으응, 아아앙~ 이렇게?"

"국어책 읽어? 좀 더 감정을 실으란 말이야."

정석의 말에 소유의 표정은 처참하게 구겨졌다.

"그게 쉬운 줄 알아?"

"자, 따라 해봐. 아흑, 학, 으응~ 오오, 더요!"

정석의 말과 손짓에 소유는 얼굴이 빨갛게 달아올랐다. 경험 없기는 마찬가지인데 정석이 내뱉는 신음 소리는 왜 그렇게 리얼하게 들리는 것인지. 민망함에 소유는 정석을 툭 쳤다.

"쪼그만 게 못하는 게 없어, 정말!"

"관두자, 관둬. 신음은 그만두고 그럼 유혹하는 눈빛이나 몸짓을 해봐."

"이, 이렇게?"

뻣뻣한 소유의 행동에 정석은 한숨을 쉬었다.

"관두자, 관둬. 저런 목석이 무슨 수로."

"야!"

테이프에서는 신음 소리가 커지고 있었다. 정석이 비디오를 조작해서 다시 처음으로 되돌렸다.

"왜 감아?"

"맨 처음 여자가 남자 앞에서 옷 벗는 것부터 따라 해봐."

"미쳤니?"

"응. 한빛호텔이 걸린 일이라고 했어. 고모가 까닥 잘못했다가는 이 호텔을 통째로 물어내게 생겼는데 미치지 않고서야 견딜 수 있겠어? 원인 제공한 건 나니까 할 말은 없지만 빠져나갈

구멍 있을 때는 무조건 나가고 보는 거라고. 그리고 지금 그 구멍을 만드는 역할은 고모야. 그러니까 못할 것 같으면 나한테 넘겨.”

정석의 말에 소유는 파랗게 질렸다. 그러고 보니, 안 된다고 해서 될 문제가 아니었다.

‘까짓것 죽기 아니면 살기지 뭐.’

죽었다 깨어나도 이 호텔을 물어줄 재간은 없었다. 그렇다고 이제 와서 정석에게 미룰 수도 없는 상황 아니던가. 소유는 몸으로 때운다는 말이 실로 실감나게 다가왔다. 결국 어물거리다가 시간이 다 되어 소유는 천근같은 마음을 가지고 찬혁이 머물고 있는 룸으로 향했다.

정확히 열한 시가 되었을 때 소유는 찬혁이 머무는 룸 앞에 서 있었다. 문을 두드리려 손을 들기를 벌써 여러 차례. 입은 바짝 마르고, 심장은 미친 듯이 뛰었으며 머리마저 몽롱한 것이 정신을 차릴 수 없는 그녀였다. 여전히 문조차 두드리지 못하고 고개만 숙이고 있는데 갑자기 문이 벌컥 열렸다.

“아야!”

“왔으면 들어오지 않고 뭘 하는 거지?”

어이없어하는 찬혁의 질문에 소유는 머리를 부여잡고 끙끙거렸다.

“막 하려던 참이었다구요.”

“들어와.”

찬혁은 이미 가운으로 갈아입은 상태였다. 연한 아이보리 색의 가운을 입은 찬혁의 모습은 무척이나 크게 보였다. 룸 안으로 들어선 소유는 어색해하며 주변을 둘러보았다. 탁자 위에 놓인 비디오카메라에 우선 시선이 갔다. 카메라의 앵글은 커다란 침대로 맞춰 있었다.

찬혁은 잔뜩 긴장한 소유의 모습에 속으로 음흉한 웃음을 지었다. 자신의 계획에 대한 일말의 양심은 갖고 있는 그였다. 하지만 아까 바에서 다정하게 얘기하던 소유와 시원을 본 순간 그마저도 날아가 버리고 말았다. 서영이 만나달라고 하는 걸 거절한 뒤 바로 소유가 일하는 곳으로 갔던 찬혁은 그곳에서 둘의 모습에 질투를 느꼈다. 찬혁은 여전히 긴장하며 어쩔 줄 몰라 하고 있는 소유를 느긋이 지켜봤다. 테이프는 이미 가짜로 만들어서 준비해 놓은 상태였다. 요즘은 컴퓨터 그래픽이 좋아서 약간의 합성만으로도 충분히 가능했다. 물론, 그 처음과 끝 장면은 실제 그 룸에 머물렀던 친구와 그 녀석의 신부에게 부탁했다. 다면 처음과 끝 장면만 합성했고, 중간 과정은 실제 그런 역을 하는 배우들을 써서 이미 의뢰자에게 건넬 테이프는 완성된 상태였다. 물론, 그 모든 것을 아는 것은 찬혁뿐이었고, 그 테이프는 자신이 잘 보관하고 있는 상태였다. 처음엔 테이프를 넘기는 과정에서 그 의뢰자를 잡아 뒤를 캐내려고 했지만 좀 더 두고 봐서 아예 이참에 그 싹을 잘라 버리는 것이 나을 성싶어 아무 소리도 하지 않고 있었다. 나중에 그 테이프가 가짜라는 것을 알고도 아무 소리 못하게, 그리고 역으로 그들을 누를 수 있을 정도로. 찬혁은 때를 기다리고 있는 것이었다. 다만, 그 사실을 소유에게는 알리지 않았다. 찬혁은 짓궂은 표정으로 소유에게 질문을 던졌다.

"저녁은 든든히 먹어뒀겠지? 아무래도 긴 밤이 될 텐데, 그럼 체력 소비가 꽤 될 거야."

헉. 소유는 찬혁의 말에 숨을 삼켰다. 대체, 하는 시늉만 하자고 했으면서 왜 체력 소비가 되고, 든든히 먹자는 말은 무엇인지.

"저기, 그렇게 힘이 들 것 같진 않은데 굳이 그럴 필요 있어요? 힘쓰는 운동하는 거 아니잖아요? 게다가…… 음식 많이 먹으면 배 나온단 말이에요. 그리고, 긴장하면 체할지도 모르고…… 또."

우왕좌왕하는 소유의 모습은 보기 딱할 정도였다. 찬혁은 이쯤에서 더 이상 놀리지 말아야겠다는 생각을 했다.

"배가 풍선이라도 되는 거야? 얼마나 먹기에 배 나온다는 말을 하는 건데? 설마 다 벗을 건가 보지?"

"뭐라고욧?"

"아니. 네 말대로 하면 배를 드러내야 한단 얘긴데 그러기 위해서 윗옷을 다 벗겠다는 뜻 아니었어? 어차피 나는 그럴 생각이었지만 그래도 대담하네. 그만큼 몸매에 자신있다는 소리?"

찬혁의 눈길이 소유의 가슴과 배 부근을 뚫어지게 쳐다보는 것이 느껴졌다.

"어딜 봐요? 그런 뜻이 아니라구요!"

"아니, 네 말이 맞아. 리얼리티를 주기 위해서 아무래도 둘 다 벗는 게 낫겠지?"

미친다, 정말. 소유는 정말 한 대 쥐어박으면서 욕이라도 해 주고 싶은 마음이 굴뚝같았다.

벌게진 얼굴로 씩씩거리는 소유를 더 이상 놀리면 안 되겠다고 생각한 찬혁은 얼른 화제를 바꾸었다.

"그럼 촬영할 수 있는 사람과 카메라를 준비해야겠군."

"어어, 이봐요! 다른 사람이 보는데서 그런 걸 어떻게 찍어요?"

"그럼 다른 방법이라도 있는 건가?"

짐짓 시치미를 떼며 묻자 소유의 표정이 눈에 띄게 구겨지는 것이 보였다. 찬혁은 속으로 혀를 찼다. 물론 이 촬영에서 당연히 리드하는 것은 자신이 아닌 소유여야 했다. 물론 그 테이프는 자신이 영원히 간직할 것이지만 그래도 추억에 남을 만한 것이 있어야 하지 않겠는가. 다른 누구에게도 보여줄 생각은 애초부터 없었다. 하지만 이왕지사 하는 것 정말 평생 추억이 될 만한 것이기를 그는 바랐다. 그리고 그렇게 되기 위해서는 소유를 이런 식으로 자꾸 자극을 주어야만 했다.

찬혁의 은근한 목소리에 소유는 가슴이 철렁했다. 순간 빠르게 머릿속으로 좌르르 펼쳐지는 동영상. 조카와 녀석의 친구들과 같이 봤던 비디오 속의 여자들이 뭘 입었더라? 아무리 생각해도 걸친 것이 기억이 나지 않는 소유였다. 하긴, 기억날 리가 없었다. 옷 입은 사람이 없는 것들이 태반이었던 걸로 기억나니까.

"저기, 그러면 지금 난…… 뭘 해요?"

"뭘 하긴? 깨끗이 씻고 온 것 같으니까 마음의 준비만 하면 되지."

"마, 마음의 준비요?"

"그래. 이를테면 어떤 각도에서 더욱 자극적인 모습이 연출되는지. 어차피 우리가 하는 것은 신혼 첫날밤의 신랑신부 역이니까 말이야. 되도록 얼굴을 가리면서도 최대한 몸을 노출시켜야……."

"스톱!"

"왜 그러지?"

"아하하, 그저 상상만으로도 충분하거든요."

소유의 말에 찬혁은 피식 웃고 말았다. 어쩔 줄 몰라 하며 당황스러워하는 소유의 모습이 그를 자꾸만 자극했다. 도저히 참을 수 없을 정도로. 저런 식으로 말을 할 때 보면 당장이라도 달려들어서 한 입에 확 먹어치우고 싶은 생각마저 들었다. 찬혁은 애써 자신의 감정을 감추며 진지한 표정으로 소유를 쳐다봤다.

"왜, 왜요?"

갑자기 바뀐 시선 때문에 소유가 어색하게 되묻자 찬혁은 진지하게 말하기 시작했다.

"장난이 아니야. 이 테이프에 우리 호텔의 사활이 걸렸다고. 그러니까 진지하게 생각하라구. 전에 보니까 그런 테이프를 많이 본 것 같은데 지금이라도 가서 연습이라도 좀 하든지."

"여, 연습이요?"

"그래. 머릿속으로 아는 것하고 실제 몸으로 하는 것은 많이 다르니까. 한 번에 끝날 일을 계속해서 실수하면 내가 이상한 생각을 할지도 몰라."

"무슨 생각이요?"

얼결에 되묻자 찬혁이 뜨거운 눈으로 소유를 마주했다.

"네가…… 날 좋아하는 것이 아닌가 하는 생각."

"뭐, 뭐요?"

"그런 감정도 아니면서 자꾸 실수하면 오해할 수 있지. 일단, 신체적으로 자극적인 장면을 자꾸 연출해야 하니까. 나도 충분히 자극받을 수 있다고."

"아, 절대 걱정 마세요! 확실히 마스터 했으니까."

"뭘 마스터 한 건데?"

짓궂게 되묻는 찬혁의 얼굴엔 좀 전 진지한 표정은 감쪽같이 없어 보였다. 놀림당한다는 생각도 들었지만 그보다도 자신의 속마음을 들켜서는 안 된다는 생각에 소유는 자신도 모르게 큰 소리로 대답했다.

"내, 내가 얼마나 잘하는지…… 보여주면 되는 거잖아요. 걱정 마요.”

그 말을 하자마자 소유는 부리나케 욕실로 들어갔다. 찬혁은 잠시 그 문을 뚫어지게 쳐다보다 조용히 속삭였다.

“그래 줘, 제발. 그래만 준다면 내 평생을 걸고 널 유혹해 줄 테니까.”

찬혁의 목소리가 은근하게 공기 중에 울렸다.

# [제 12 장] 제 꾀에 넘어간 토끼

**욕**실에서 가운을 걸치고 나온 소유가 맨 처음 본 것은 '참 크다' 라는 생각이 들 정도로 룸 한가운데에 자리한 킹사이즈 침대였다. 성인 몇이 누워도 될 법한 커다란 침대엔 보기에도 황홀할 정도로 금색의 화려한 침구가 펼쳐져 있었다. 분홍과 금실로 짠 침대보에 일정한 패턴으로 수놓아진 문양은 보기에도 너무 고급스러워 차마 엉덩이로 앉기조차 무안할 정도.

침대 옆 협탁 위에 놓인 청동 꽃병에는 하얀색의 수선화가 꽂혀 있었다. 같은 금실과 분홍실로 짠 번 아웃 모양의 커튼의 모습이 눈에 들어오자 소유는 심장이 쿵쿵 울렸다. 오는 내내 머릿속을 가득 매운 것은 과연 어떤 옷을 입어야 하는 걸까라는

생각. 좀 전에 봤던 비디오 속의 여자가 벗은 옷은 차마 옷이라
고 부르기 민망할 정도였다. 찬혁이 입으라고 건네는 옷이 설마
저 커튼처럼 얇디얇은 옷은 아니겠지.

"자, 받아."

"이게 뭔데요?"

"네가 입고 촬영할 옷이지."

흠칫. 파르르 떨리는 손가락으로 간신히 종이백 봉투를 받아
든 소유가 미적미적하는 사이 찬혁이 자신의 양복 상의를 가볍
게 벗었다. 그 모습에 눈을 휘둥그레 뜨는 소유였다.

"지, 지금이요?"

"그럼. 지금 아니고 언제 촬영하자고? 여기서 벗어도 상관없
어. 어차피 다 볼 건데."

쿵. 그 말에 다시 한 번 심장이 내려앉았다. 어차피 다 벗을
것인데, 다 벗을 것인데…….

왜, 이 순간 생각을 못했을까. 자신의 벗은 몸만 보여줄 생각
만 가득했지, 자신이 그의 벗은 몸을 볼 거라는 지극히 간단한
생각을 말이다. 옆을 보니 이미 찬혁은 와이셔츠의 단추를 풀어
내리고 있었다. 그의 손이 움직일 때마다 흰 와이셔츠 안으로
보이는 그의 근육들이 소유를 보고 손짓하는 것 같았다. 내가
미쳤지.

"얼른 시작하자구."

여전히 굳은 표정으로 어기적거리며 욕실로 향하는 소유의

모습에 찬혁은 웃음이 픽하고 나왔다. 저래 가지고는 놀리는 재미만 더해지고 말지.

"참, 내가 얘기했던가?"

"뭐, 뭘요?"

"그 몰카 찍히는 커플 좀 이상한 성 경향이 있어서 말이야."

"이상한 성 경향이라니요?"

얼굴 반만큼이나 커져 버린 눈을 도로록 굴리는 모습에 찬혁은 바람 빠진 웃음소리를 내고 말았다.

"요새 젊은 사람들은 취향이 뭐 가지각색이니까. 아마 이 친구도 그런 성적 취향 때문에 몰카 대상으로 찍힌 게 아닌가 싶은데. 우리가 대역이니만큼 어느 정도는 연기를 해야 할 거야."

"에엑? 무슨 연기를 더 해요?"

"아, 일단 갈아입고 나와. 나와서 얘기하자고."

찬혁이 손가락으로 욕실을 가리키는 바람에 소유는 궁금증을 참고 욕실로 발걸음을 옮겨야만 했다. 찬혁은 소유가 욕실로 사라지자마자 온몸을 떨며 참았던 웃음을 터뜨렸다. 분명, 제대로 입고 나오지는 못할 것이다. 아니나 다를까, 달칵 하고 욕실 문이 금방 열렸다.

"벌써 갈아입었나?"

"아니요, 저기, 근데요…… 이게 어떻게 입는 건지…….."

소유는 차마 옷이 너무 작아서라는 말을 하지 못하고 말끝을 흐렸다. 붉은색과 금색으로 짜인 속옷 색깔도 너무 화려해서 언뜻 손이 안 가는데 우습게도 깃털도 달라붙어 있었다. 그러고 보니 속옷치고 주렁주렁 달린 작은 것들이 이상해 창피함을 무릅쓰고 찬혁에게 질문을 한 소유였다.

"아, 잘 모르는 건가? 그럼 갖고 나와봐. 설명해 줄 테니까."

찬혁의 말에 쭈뼛거리며 욕실을 나온 소유가 어색하게 좀 전 종이백을 찬혁에게 건네었다.

능청스런 표정으로 봉투 안을 뒤적이던 찬혁이 무언가를 꺼내며 짐짓 심각하게 설명을 하기 시작했다. 실상, 이 모든 것을 준비한 것은 찬혁이기에 안에 무엇이 들어 있는지는 다 알고 있는 그였다. 그렇지만 아까도 그랬듯이 소유가 시원과 다정하게 애기하던 것이 괘씸해서 더욱 능청스럽게 행동하기 시작했다.

"이건…… 아무래도 손목에 거는 거 같은데? 음, 가죽으로 된 거라 감도는 좋군. 손목을 묶는 데 사용하는 거 아닐까?"

두 손으로 얇은 가죽 끈을 잡은 찬혁이 양쪽으로 당기자 착착 소리가 제법 날카롭게 울렸다. 신기한 듯 여러 번 그 행동을 반복하는 찬혁의 눈에 소리가 날 때마다 몸을 움찔거리는 소유의 모습이 보였다.

'큭, 표정 정말 압권이네.'

소유의 기절할 것 같은 표정을 본 찬혁이 슬그머니 그것을 풀어 한쪽에 놓고 다시 종이백 안을 뒤지기 시작했다.

소유는 그런 찬혁의 모습을 질렸다는 듯이 쳐다보기만 할 뿐이었다. 아무래도 찬혁의 친구라는 그 커플은 정신적으로 다분히 문제가 있는 것이 분명했다. 멀쩡한 정신으로는 이런 도구들을 신혼 첫날밤에 사용하지는 못할 테니까 말이다. 아무리 성적 취향이 남다르다 해도 저 정도면 사이코 수준이 아닌가? 소유는 정찬혁 역시 평범함과는 거리가 먼데 그 친구들은 오죽할까 싶은 마음에 정말 딱 이 자리에서 사라지고 싶은 마음뿐이었다. 그런 소유의 마음과는 상관없이 신이 난 찬혁이 다시 무언가를 들고는 감탄을 했다.

"오호~ 이런 건 나도 처음 보는데?"

돌돌돌 말린 것을 쫙 펼치자 동그랗게 생긴 것의 끝에 깃털 모양의 털이 달라붙은 채찍 비슷한 것이 나왔다. 그것에 기겁을 한 소유는 서둘러 그것을 찬혁의 손에서 빼앗았다. 언뜻 봐도 그 내용을 알 수 있음직한 물건. 대체, 이런 물건을 어디서 구한 것일까? 질색한 표정으로 찬혁에게서 그것을 빼앗아 든 소유가 그 물건을 저만치 소파 너머로 휙 던졌다.

"이, 이, 이런 걸 대체 뭣 하러 준비한 거예요?"

"어디다 쓰는 물건인 줄 알아?"

놀랍다는 듯이 되묻는 찬혁의 말에 소유는 순간 할 말을 잃었다. 처음 본 순간 채찍이라는 생각이 들었기 때문에 한 행동이지만 채찍치고는 또 그 모양이 좀 이상하긴 했었다. 무턱대고 던져 버린 건 실수였지만 그래도 절대 좋은 의도로 만든 물건은 아님이 분명했기에 소유는 고개를 획 돌리며 대꾸했다.

"뭔지 알면 사용하려구요? 저게 뭔지 알게 뭐예요!"

　　신경질적으로 대답하는 소유의 눈에 저만치 떨어진 물건을 아쉽다는 듯이 바라보는 찬혁의 모습이 보였다. 아무래도 이 남자, 이런 쪽으로 다양한 취향이 있는 건 아닐까? 점점 드는 불안감에 소유의 속마음은 처음과 달리 흔들리기 시작했다.

　　"아무래도 채찍 같은데?"

　　"헉! 그, 그딴 걸 왜 준비한 거래요?"

　　"글쎄. 나도 모르지. 그냥 그 친구가 준비한 것을 나는 받아만 왔는데?"

　　자신도 모르겠다는 듯이 말하는 찬혁을 도무지 믿을 수가 없는 소유였다. 저 안에 또 얼마나 기함할 물건들이 나올지. 신이 난 찬혁이 다시 무언가를 꺼내 들었다. 이젠 그가 뭘 들고 보여 줘도 놀라지 않을 자신이 있는 그녀였다.

　　"이야~ 이런 것도 입나 봐?"

　　"세상에!"

　　경악하는 소유와는 달리 찬혁은 흥미진진한 표정으로 소유와 손에 들린 속옷을 번갈아 쳐다보았다. 그의 손에 들린 것은 분명 여자의 속옷이었다. 그것도 윗부분에 해당하는 거라고 추측되는 이상한 것. 근데 왜 가운데가 뚫려 있는 것일까.

　　"아, 아무래도 불량품 같죠?"

　　창피하고 민망함에 소유는 그것을 똑바로 쳐다보지도 못했다. 하지만 찬혁은 그것을 양손으로 들더니 자신의 가슴에 대보았다.

"그런가? 이거 봐! 구멍도 뚫려 있는데? 이런 것도 입는 건가?"

손가락을 구멍에 집어넣어 뱅글뱅글 돌리는 찬혁의 행동에 소유는 얼굴이 빨갛게 달아올랐다.

"으윽, 대체 뭣 하는 거예요, 지금? 당장 안 놔요?"

서둘러 그것 역시 빼앗았지만 용케 손가락 끝에 걸린 터라 그 모양새가 더 우습게 되고 말았다.

"아아, 알았어, 알았어! 설마 그걸 내가 입기 위해 그런 거라고 생각하지는 않지? 그건 누가 봐도 소유 네 거라고."

제엔장, 뺏어도 개운치가 않은 이놈의 이상한 것들. 소유는 수시로 붉으락푸르락거리는 얼굴을 감출 생각도 못하고 얼굴을 일그러뜨렸다.

"더 이상 꺼내지 마욧! 당신이 입을 것도 아닌데 꺼낼 필요가 있어요? 얼른 안 놔요?"

파르르 떠는 소유를 보며 마지못해 손을 내리는 찬혁의 눈이 종이백을 뚫어지게 쳐다봤다.

"음, 거의 다 봤는데. 맨 마지막을 못 봤네. 하긴, 입고 나오면 어차피 볼 텐데 뭘."

'아아, 정말 이걸 내가 찢어버리고 말지.'

소유는 속으로 씩씩대며 종이봉투를 가슴에 끌어안았다.

"당신 친구 이상한 거 알아요? 이, 이딴 걸 어떻게 입는단 말이에요?"

소유의 말에 찬혁은 짐짓 자신의 바지 부분을 가리켰다.

"난 이미 입고 왔는데. 근데, 아무래도 이거 입고 공항 가면 걸리겠더라고. 속옷에 박힌 징들이 꽤 많아서 말이야."

'아, 젠장. 당신 정말 제정신이에요?'

울상을 짓는 소유의 모습에 찬혁은 결국 큰 소리로 웃고 말았다.

"아하하, 이거 주머니도 있더라고. 그 주머니 용도가 기가 막히지만. 불편해서 다른 걸로 입고 왔는데."

"다, 당신만 그럴 순 없죠. 나도 이런 것 안 입어요, 그럼."

"뭐, 할 수 없지."

아쉬운 마음이 드는 건 사실이었다. 잠시지만 3류 포르노 비디오처럼 가면에 깃털을 달고 채찍을 휘두르는 검은 속옷 차림의 소유를 상상하며 가슴을 떨었던 그이니까.

"그럼 얼른 가서 벗고 와."

그 소리에 퍼뜩 고개를 든 소유는 마지못해 욕실로 걸음을 옮겼다. 싫다는 말이 목구멍까지 나왔지만 더 이상 어물거리다가는 저 이상한 것을 입을지도 모른다는 생각에 그녀는 아무 소리 없이 다시 욕실로 들어갔다. 찬혁은 욕실 문이 닫히고 나서야 경직된 입매를 풀었다.

'그런 표정 지어봤자 그만둘 생각은 없다구.'

소유의 표정은 안쓰러움을 넘어서 절박해 보일 정도였다. 차라리 그가 그만둘까 하는 생각을 하게 될 정도로 말이다. 하지만 그랬다간 자신이 폭발하고 말리라. 서둘러 셔츠를 벗은 찬혁은 양복바지 버클을 한 손에 댄 채 잠시 고민을 했다. 이걸 지금 벗어야 하나, 아니면 소유가 보는 앞에서 과감하게 벗어 던질까. 그녀의 반응이 실로 궁금해졌다. 만약, 벗겨달라고 하면 어떨까? 생각만으로 하체에 묵직한 반응이 오는 그였다.

'킥. 아마 그랬다간 그냥 선 채로 기절할걸?'

그런 생각을 하는 사이 욕실 문이 희미한 소리를 내며 열렸다. 시선을 돌렸지만 어찌 된 일인지 소유의 모습이 보이지 않았다.

"안 나오고 뭐 해?"

"……저기요."

모기만한 목소리로 찬혁을 부리는 소유는 생각도 못했다. 큰소리치는 모습만 봐서인지 들어가던 모습을 보지 못했더라면 소유라고 짐작조차 못할 만큼 작고 흔들리는 목소리였다.

"왜? 얼른 나와, 어서."

재촉하는 목소리에 마지못해 나오는 소유의 모습에 찬혁은 순간적으로 자신이 바지를 벗지 않은 것이 다행이라는 생각이 들었다. 소유의 모습은 상상 그 이상이었다. 마르지도 그렇다고 살이 붙지도 않은 적당한 굴곡이 옷 사이로 뽀얀 살결을 자랑하고 있었다. 절로 신음이 나오려 했지만 간신히 억눌렀다. 신음이라도 냈다가는 저 모습 그대로 다시 욕실로 들어가 문을 잠글 기세였으니까. 찬혁은 아무렇지 않다는 듯이 그녀를 한 번에 슥

훑어봤다.

"다이어트를 좀 해야 하지 않겠어?"

'너무 좋아. 딱 내 품에 안기기 좋은 모습이라구.'

"배가 처져 보여. 아줌마 같은데?"

'아아, 그 날씬한 배를 얼른 만져 봤으면 좋겠다구. 그 납작한 배를 마주 대한다면 얼마나 좋을까.'

예전 처음 만났을 때의 감촉을 기억해 내며 찬혁은 벌써부터 신호를 보내는 몸의 열기에 내심 긴장하기 시작했다.

"그, 그래요?"

울상을 지으며 걱정스럽게 묻는 소유의 모습에도 찬혁은 뚫어지게 그녀의 배를 쳐다보기만 했다. 소유는 찬혁의 눈빛에 얼른 배를 두 손바닥으로 가렸다.

"그러게, 먹지 않겠다고 했었는데. 보기 많이 흉해요?"

"할 수 없지, 뭐. 그 테이프를 받을 사람이 네 배를 원하는 건 아니니까."

'흉하냐고? 아니, 그 하얀 배를 온통 깨물어서 빨갛게 키스마크를 만들고 싶을 정도로 먹음직스러워.'

찬혁은 겉과 속이 다른 말을 하는 와중에 점차 자신의 숨이 차오르는 것을 느꼈다. 이미 반응하기 시작한 몸은 순식간에 달아올랐다.

"카메라 설치는?"

"저 침대를 배경으로 하면 되는 거죠?"

작게 고개를 끄덕인 찬혁이 서둘러 시선을 돌렸다. 검은색과 금색으로 짜인 브래지어 안으로 소담스런 가슴이 보였기 때문이다. 흠흠, 헛기침을 하는 사이 소유는 부지런히 촬영 기구를 꺼내 조립을 하면서 다소 곤혹스러운 표정을 지었다.

"아무래도 여기 샹들리에 위에 설치하는 게 나을 것 같은데."

"으음, 뭐?"

"저기, 의자 좀 붙잡아줘요. 이거 설치해야 하니까."

작고 기다란 특수용 카메라를 한 손에 들고 의자 위로 오르며 소유가 말했다. 얼결에 의자를 붙잡고 보니 찬혁의 눈에 소유의 가슴 부근이 정면으로 보였다. 절로 힘이 들어가는 찬혁은 잠시 시선을 어찌 처리해야 할지 곤혹스러웠다. 움직일 때마다 살짝살짝 벌어지는 브래지어 안의 속살에 절로 얼굴이 붉어지는 그였다.

'정말…… 미치겠군.'

이미 바지는 눈에 띄게 부푼 상태라서 소유가 언제 눈치를 챌지 몰랐다. 그사이 설치를 다 끝냈던 모양인지 소유가 의자에서 내려섰다.

"그럼 시작할까?"

그냥 빨리 시작해 버리는 게 오히려 나을 수 있다 싶어 한 말이었지만 이번엔 소유가 펄쩍 놀랐다.

"이게 무슨 밥 먹는 것처럼 쉬운 줄 알아요? 나, 난……."

찬혁이 잠시 소유의 다른 말을 기다렸다. 그사이 눈을 굴리던 소유가 퍼뜩 생각났다는 듯이 두 손뼉을 쳤다.

"저기, 우리 숨이나 돌리고 하죠? 이왕이면 분위기도 풀 겸 술이나 한잔하는 게 어때요?"

"술?"

미심쩍은 표정으로 소유를 보자 눈을 빛내며 고개를 끄덕이는 찬혁이었다. 아마도, 술의 힘을 빌릴 정도로 긴장된 건가 싶은 마음에 마지못해 고개를 끄덕이는 찬혁이었다.

"많이 마시면 취할 텐데."

"그 정도는 아니구요, 그냥 가볍게…… 긴장을 풀 정도로만요. 이왕이면 양주가 좋죠. 그것도 아주 독하고 센 놈으로."

소유의 말에 찬혁의 표정이 의미심장하게 변해갔다. 그녀가 말술이라는 것 정도는 이미 알고 있는 그였다. 어쩌면 자신보다 더 술이 셀지도 모른다고 정석은 말해줬었다. 그런 그녀가 독한 양주를 찾는 이유가 뭘까. 찬혁은 순간 갈등하지 않을 수가 없었다. 그러다 불현듯 든 생각에 소유를 노려봤다.

"설마 취해서 인사불성 된 상태에서 찍겠다, 뭐 그런 생각은 아니겠지?"

"서, 설마요."

내심 뜨끔한 소유였다. 실상 취할 사람은 자신이 아니라 찬혁 그였다. 술을 마시고 인사불성 된 그를 인형이다 생각하고 찍으면 그만이라는 생각. 하지만 소유는 몰랐다. 찬혁이 그녀의 머리 위에 있다는 걸, 게다가 그 역시 술이라면 뒤로 빼는 성격이 아니라는 걸 말이다. 만약 찬혁이 술에 약한 편이라는 말을 정석에게서 듣지만 않았어도 소유는 제 무덤 파는 짓은 절대 하지 않았을지도 모른다.

"그럼 어떤 술이 좋을까."

고민하는 찬혁을 보며 소유는 슬쩍 미소를 지었다. 술에 관한 한 자신은 베테랑이었다. 찬혁을 단번에 술에 취하게 하고 자신이 대충 포즈만 취해도 촬영은 가능했다. 차라리, 인사불성 된 상태라면 오히려 찍기는 편할 거라고 소유는 생각했다. 그럼 나중에 가서 술 때문에 그런 거라고 꾸며대도 아무 소리 못할 테니까 말이다. 소유는 우리나라에 수입되는 술 중 가장 독한 알코올 도수를 가진 술이 뭐가 있나 빠르게 생각하고는 내심 웃음을 지으며 슬쩍 그 술을 권유했다.

"이왕이면 화끈하게 '바카디151'로 하면 어때요?"

예전에 술을 막 들이붓던 시절, 지금도 기억하고 있는 엄청난 럼주 '바카디151'. 단 두 잔에 말술이라 여겼던 소유의 필름을 통째로 끊어버린 그 술을 과연 정찬혁이 견딜 수 있을까. 소유의 표정을 살피며 되묻는 찬혁은 그 술 이름을 처음 대해보는 것 같았다.

"바카디151? 그런 술도 있나?"

"하하, 그럼요. 있으니까 찾는 거죠."

"그게…… 많이 독한가?"

"하하, 설마요. 그저 맛이 좀 독특해서 목에 넘길 때만 탈 것 같지 그렇게 독하지는 않아요.”

얼른 대답하는 소유를 보며 찬혁은 속으로 피식 웃었다.

‘독하지가 않다고? 우리나라에 수입하는 술 중 가장 독한 술로 알고 있는데 말이지. 나를 속이려고 하는군.’

찬혁은 짐짓 고개를 끄떡이며 소유의 거짓말에 일단 넘어가 주기로 했다. 잠시 뒤, 룸서비스로 바카디151과 양주를 받은 찬혁은 소유를 불렀다.

“이런 복장으로 마시기는 좀 뭣하지 않아요?”

민망한 표정으로 자신을 가리키자 찬혁은 아무렇지 않다는 듯이 대꾸했다.

“그렇다고 다시 갈아입을 필요는 없지. 정 신경 쓰이면 샤워가운이라도 걸치든지.”

소유는 찬혁은 정말 아무렇지 않게 행동하는데 자신이 너무 예민하게 반응하는 것이 아닌가 싶었다. 그래도 그냥 마주하기엔 걸친 옷이 차마 민망한 부위를 드러내는 터라 서둘러 가운을 입고 나온 소유는 탁자에 앉았다.

“음, 향은 괜찮은데. 보드카인가?”

다시 한 번 시치미를 떼며 묻자 소유가 가볍게 고개를 저었다.

“그건 아니구요, 럼주 종류예요.”

내심 찔끔한 소유는 얼른 대답을 하고는 양주잔에 양주를 채웠다. 어서 마시라는 듯이 말을 하자 찬혁은 그것을 한 입에 털어 넣었다. 확하고 불을 삼킨 것처럼 입 안쪽부터 시작해서 목구멍이 얼얼해져 왔다. 당연한 것이, 바카디151의 알코올 도수는 75.5도이기 때문이다.

"어, 어?"

소유는 그 한 잔을 단숨에 삼킨 찬혁을 잠시 지켜봤다. 붉어진 얼굴과 다소 숨이 거칠게 느껴지는 것을 제외한다면 괜찮아 보였다. 적어도 겉으로 드러난 모습은 말이다.

"괘, 괜찮아요?"

"……독하군."

"이 술이 독한 게 아니라 당신이 술에 약한 거예요."

소유의 말에 찬혁은 풀린 눈으로 소유를 쳐다보며 빙긋 웃었다.

"아아, 그런가. 그보다 한 잔 더 줘봐."

찬혁은 일단 소유의 계획에 동참해 보기로 결정을 본 상태였다. 과연 어떤 상황을 원하기에 자신을 만취하게 만들려고 하는지 궁금했기 때문이다.

"괘, 괜찮겠어요?"

걱정스러워하면서도 자신의 계획을 위해서 한 잔 더 건네자 그걸 반쯤 쏟다시피 마신 찬혁이 일순 눈을 찡그리더니 천천히 의자 밖으로 풀썩 쓰러졌다.

"혁, 이, 이봐요!"

자리에서 벌떡 일어난 소유가 바닥에 쓰러진 찬혁에게 다가가 그의 어깨를 조심스럽게 흔들었다. 여전히 미동도 하지 않는 그를 보면서 난처해하는 그녀였다.

"그냥 한 잔만 줄 걸 그랬나 보네. 이래 가지고는 내가 아무리 연기를 한다고 하지만 눈치 챌지 모른다고."

한숨을 쉬며 일단 침대로 찬혁을 옮기려고 그의 머리 뒤를 받치고 일으키는데 돌연 찬혁의 머리가 소유의 가슴 안쪽으로 떨어졌다. 기겁을 했지만 이미 술에 곯아떨어진 이를 어찌하겠는가. 끙끙거리면서 겨우 침대에 찬혁을 눕힌 소유는 이마에 흥건해진 땀을 훔쳤다.

"아무래도 내가 변태 역할을 자청한 건 아닌지 모르겠네. 인사불성인 남자를 붙잡고 뭘 하려는 건지, 원."

툴툴거리면서 찬혁이 바지에 손을 댄 소유는 민망함에 고개를 돌리고 손을 놀렸다. 슬쩍 찬혁이 소유를 쳐다보자 빨갛게 달아오른 한쪽 볼이 유난히 또렷이 보였다. 분명, 자신이 정신을 잃었다고 생각하는 게 분명했다. 그럼, 어디 변태 역할을 누가 더 잘하나 볼까.

"으으~ 음."

찬혁의 신음 소리에 화들짝 놀란 소유가 급히 바지에서 손을 떼었다. 그 틈을 이용해 찬혁은 등을 돌렸다. 잠시 얼굴에 쏟아지는 눈길이 느껴졌지만 잠을 자는 척하는 찬혁이었다.

"차라리 잘된 거야. 이렇게 뒤돌아 있으니까 오히려 나도 편하고 좋지."

예의 중얼거리는 소리가 다시 들려왔다. 찬혁은 소유가 편하도록 옷을 벗기기 쉬운 동작을 하면서 점점 자신의 몸이 흥분으로 주체하기 힘든 상황이 되어간다는 것에 한숨을 쉬었다.

"카메라가 저쪽에 있으니까 이쯤에서 시작하면 되려나."

각도까지 재며 침대에 올라온 소유가 여전히 눈을 감고 있는 찬혁의 벗은 상체를 뚫어지게 쳐다봤다.

"흠, 꽤 괜찮네. 몸에 난 이 상처 자국만 아니라면 정말 완벽한 모습이라고 해도 되겠네. 근데 정말 이 자국은 칼자국인가?"

소유는 아직까지 붉은 부분의 상처를 손가락으로 조심스럽게 매만져 봤다. 오돌도톨한 부분이 손가락에 느낌을 더해주었지만 찬혁의 몸은 단단하면서도 꽤 부드러웠다.

찬혁의 몸이 약간 경직되었지만 소유는 다른 고민을 하느라 그의 변화를 눈치 채지 못했다. 소유의 말에 찬혁의 입가가 슬쩍 올라간 것도 말이다. 소유는 고민스럽게 자신의 옷을 보고 있었다.

"아까 비디오를 보니까 어떻게 했더라? 이렇게 슬립을 벗어 던졌지, 아마?"

가는 슬립의 어깨끈을 손으로 내리며 정석과 보았던 비디오 속의 여자 흉내를 내는 소유였다. 찬혁이 이미 술에 취해 잠이 든 상태라는 것에 안도한 소유는 점차 대범해지고 있었다.

"얼굴을 잘 보이지 않게 하려면…… 이, 이렇게 해서 벗으면 되는 건가?"

고른 숨소리를 내던 찬혁의 숨이 뚝 멈췄다. 불빛을 받아 하얗게 드러난 소유의 가슴 때문에 그의 머릿속은 하얘지고 말았다. 여전히 얼굴을 감출 생각만으로 밑에서 찬혁이 두 눈 시퍼렇게 뜨고 자신의 가슴을 보고 있다는 생각도 못하고 천천히 브래지어를 바닥에 내려놓은 소유가 시선을 찬혁에게 돌려 그를 살펴보더니 이내 다시 고개를 돌렸다.

"다 벗을 필요는 없겠지. 침대 시트로 가리면 그만이잖아. 안 그래? 첫날밤이라면 신혼부부도 민망할 거 아니겠어? 그러니까 이렇게 해도 되겠지."

스스로 만족해하며 시트를 들추고 찬혁의 몸 가까이 몸을 기대는 소유였다. 찬혁의 몸은 놀라울 정도로 뜨거웠다.

찬혁은 더 이상 참을 수가 없었다. 가까이 다가온 소유의 몸을 한 팔로 확 당겼다.

"어어, 으악!"

찬혁의 가슴에 부딪치고 나서야 서둘러 찬혁을 쳐다보니, 그의 풀린 눈동자가 보였다.

"저, 정찬혁 사장님? 저, 정신이 드셨어요?"

천천히 그의 얼굴이 다가오는 바람에 소유는 숨을 죽였다. 아무래도 술김에 눈을 뜬 것 같은데 이런 식은 곤란했다. 정말 곤란했다. 소유는 잡힌 손을 빼려 했지만 힘이 장난이 아니었다. 미친놈과 술 취한 놈은 힘이 장사라는 말이 사실이긴 한가 보다.

"저, 정신 좀 차려요!"

"……시끄러워. 머리 울려. 촬영하는 중 아닌가?"

그제야 안도감에 소유는 손의 힘을 뺐다. 하지만 그 잠깐의 사이 소유는 찬혁의 몸 아래에 말 그대로 깔린 상태였다. 더군다나 속옷 하나밖에 안 입은 다리가 그의 다리와 착실하게 얽혀 있었다.

"그, 그게…… 시, 시늉만……."

"아아, 그래. 하지만 술 때문에 자제가 안 돼. 온몸이 뜨겁다구."

뜨겁고 습한 숨을 내쉬며 소유의 귓가에 말을 하자 소유의 몸이 파르르 떨렸다.

'으아아, 제발 귓가에 숨 좀 불어 넣지 말라구요!'

"제, 제가 할게요. 그럼. 제가 한다구요."

"네가?"

"그, 그래요."

내려다보는 찬혁의 표정이 순간 술 취한 사람인가 싶을 정도로 멀쩡해 보였다. 하지만 소유는 이내 생각을 지웠다. 찬혁이 술 취한 것은 사실이니까. 잠시 그녀를 뚫어지게 쳐다보던 찬혁이 이내 몸을 굴려 그녀의 옆으로 반듯하게 누웠다.

"좋아. 네가 해봐."

"에?"

"뭐 해? 카메라 돌아갈 거 아니야? 올라와."

“어, 어디로요?”

“여기로.”

찬혁의 손을 따라가 보니 찬혁의 허리 부분과 배 중간을 가리키고 있었다. 그것에 얼굴이 확 붉어지는 소유였다.

‘설마, 나보고 자기를 올라타라는 건가?’

뜨거운 눈빛으로 다소 거친 숨을 몰아쉬는 찬혁의 모습에 소유는 망설이며 주춤주춤 일어나 찬혁의 허리에 걸터앉았다. 하지만 무릎에 힘을 주고 시늉만을 하는 터라 더욱 불편하기만 한 소유였다.

‘다, 닿을지도 몰라. 아, 젠장. 그, 그냥 하라고 할걸.’

맨살에 그것도 찬혁의 허리에 엉덩이를 걸치고 앉는다는 것은 상상도 못한 터라 소유의 얼굴은 시커멓게 타 들어갔다. 그런 모습을 아래에서 지켜보는 찬혁의 표정이 순간 음흉하게 변했다.

‘나쁘진 않군. 이런 것도.’

찬혁이 우연인 척 소유의 팔을 툭 치는 바람에 놀란 소유가 얼결에 엉덩이를 내리고 말았다.

“헉. 미, 미안해요!”

“뭐가?”

“아, 아니. 그게…….”

“이젠 시작해.”

“네?”

"네가 리드한다며? 키스부터 시작해 보라구."

"키, 키스요?"

참 묘한 구도였다. 소유의 입장에선 꿈에도 생각 못할 상황. 첫사랑인 찬혁과 거의 알몸으로 침대에 뒤엉켜 있지 않은가. 게다가 상대는 지금 자신의 밑에 깔린 상태였다. 어이없게도 자신이 찬혁을 덮치듯 내려다보고 있었다. 붉게 달아오른 얼굴, 촉촉한 입술, 몽롱하게 풀린 눈. 아아, 그나마 술을 마셨기에 망정이지 안 그랬다면 심장마비로 실려갔을지도 모를 상황이었다. 이도저도 못한 상황에서 얼굴을 가까이 마주하고 있던 소유는 찬혁의 손이 자신의 뒤통수를 누르는 바람에 꽥 소리를 내며 찬혁의 몸에 엎어지고 말았다.

"윽! 무겁다고. 그만 버둥거려."

"아, 미, 미안해요."

다시 고개를 들려하는 소유의 뒷머리를 한 손으로 꽉 잡은 찬혁이 소유의 얼굴을 자신의 얼굴에 눌렀다. 얼결에 입술을 마주한 채 경악한 소유는 생각보다 뜨거운 찬혁의 입술에 당황스러워했다. 지척에서 느껴지는 찬혁에게는 알 수 없는 열기가 느껴졌다.

"언제까지 그러고만 있을 거야? 제대로 안 하려면 내려오라구. 내가 할 테니까."

"아, 아니요, 잠깐만요!"

고개를 들려는 소유와 그 고개를 눌러 얼굴을 가까이하려는 찬혁과의 알력에서 소유는 지금의 상황을 어떻게 처리해야 할지 당황스럽기만 했다. 차라리 잠을 자버렸다면 그나마 나았을 텐데.

"할 줄 모르면 버티지 말고 그냥 내려오지? 하도 눌러대는 바람에 배가 아플 정도야."

실상 소유를 배 위에 올려놓는 순간부터 찬혁은 자신의 열기를 다스리려 애를 쓰고 있었다. 소유가 조금만 살펴봤더라면 찬혁의 표정이 가히 좋지 않다는 것을 알 수 있었겠지만 소유 역시 긴장으로 인해 만만찮은 상태. 대체 어디부터 시작을 해야 하는 건지.

"아, 아니요. 싫어요!"

만약 지금의 위치가 바뀐다면 정말 감당할 수 없는 일이 일어날 것만 같아 소유는 더럭 겁이 났다. 차라리 이렇게 배 위에 올라 있는 것이 나았지, 찬혁의 아래에 눕혀진다면 정말 생각만 해도 심장이 쪼그라들 것 같았다.

"싫다고?"

끄덕끄덕. 소유의 고집에 찬혁은 울고 싶어졌다. 여전히 자신의 배 위에 속옷 하나 달랑 입고 주저앉아서 두 손으로 자신의 가슴과 어깨를 잡고 있는 그녀였다. 그의 몸 상태도 체크 못하는 주제에 고집은 또 얼마나 센지 자신이 한다고만 하고 있으니. 대체, 뭘 할 줄 알기나 하고 그러는 걸까.

"…… 좋아. 그럼 내가 시키는 대로 하기만 해. 알았어?"

끄덕. 급하게 고개를 끄덕이는 소유를 올려다보며 찬혁은 숨을 여러 번 나눠 쉬었다.

"일단은 가볍게 키스부터 시작해서 천천히 입술을 내려."

"어, 어디로요?"

"어디긴! 키스 한 뒤에 턱 쪽으로 입술을 내려 키스를 하다가 목과 귀를 애무하고 가슴으로 내려오란 말이야. 정 못하면 내려와! 내가 할 테니까!"

급기야 참지 못한 찬혁이 화를 내자 소유가 서둘러 대답을 했다.

"아, 알았어요."

"제대로 못하면 내가 그냥 확 해버린……읍!"

찬혁의 협박에 눈 딱 감고 입술을 내린 소유는 생각보다 강하게 찬혁의 입술에 자신의 입술을 부딪쳤다. 말캉하게 느껴지는 입술은 부드럽고 따뜻했다. 훅훅 들어오는 찬혁의 숨이 바로 소유의 코에 닿았다. 그대로 있으려니, 입 안에 침도 고이고, 머리로 피가 모이는지 머리와 눈까지 아픈 소유였다. 이럴 줄 알았다면 차라리 자신이 술을 진탕 마시는 건데.

찬혁은 입술만 내리누른 채 움직일 줄 모르는 소유를 위해서 스스로 키스를 하기 시작했다. 놀란 소유가 숨을 삼키는 사이 급하게 혀를 밀어 넣은 그는 최대한 소유가 느낄 수 있게 키스를 했다. 숨이 차오르고 가늘게 떠는 소유의 몸이 그대로 느껴졌다. 아, 이러다 정말 복상사로 죽을 수도 있겠구나. 찬혁이 순간 든 생각이었다. 자유로운 두 손으로 가는 소유의 몸을 꽉 끌어안았다. 온몸에 부딪치는 소유의 맨살의 감촉은 정말 느낌이 좋았다. 찬혁은 참지 못하고 억누른 신음 소리를 흘리며 정신없이 소유에게 돌진했다. 순식간에 위치가 바뀌고 소유의 벗은 등이 침대시트에 닿았다. 뜨거운 입술을 떠난 찬혁의 입술이 천천히 소유의 턱에서 가는 목으로 내려갔다. 팔딱팔딱거리는 목의 맥박에 입술을 내리면서 한 손으로 천천히 심장 부근을 감쌌다. 무섭게 뛰는 심장이 바로 손바닥 아래 느껴졌다. 미칠 만큼 부드러운 감촉이라 찬혁은 정신을 차릴 수가 없었다. 술을 마신 탓에 더욱 날뛰는 욕망을 자제하기가 벅찼다. 찬혁은 가슴으로 입술을 옮겨 앙증맞은 붉은색의 돌기를 깊게 빨아들였다. 입 안에 쏙 빨려오는 그것을 이를 잘근잘근 애무하자 몸을 휘며 신음을 흘리는 소유였다. 찬혁은 다른 한 손으로도 소유의 다른 가슴을 부드럽게 움켜잡았다.

"그, 그만…… 그만!"

간신히 입술을 뗀 찬혁이 뜨거운 눈빛으로 소유를 쳐다봤다. 열기에 번뜩이는 찬혁의 눈빛을 마주한 소유는 꼼짝도 할 수가 없었다.

"……이렇게 하는 거야. 할 수 있겠어?"

할 수 있겠냐구? 미치지 않고서야 자신이 어떻게 찬혁의 가슴을 애무한단 말인가? 확 달아오른 표정으로 고개를 저을 수도 그렇다고 끄덕일 수도 없는 소유는 울상을 지으며 찬혁을 쳐다봤다. 대답이 없자 찬혁의 얼굴이 좀 더 내려왔다. 훅하고 끼치는 진한 남자의 향기에 소유는 속이 울렁거릴 정도였다.

"……겁먹지 마. 그냥 느끼라구. 끝까지는 안 가. 그저 흉내만 내는 거야. 알았어?"

다정하게 속삭이는 목소리였다. 소유는 얼결에 그의 말에 맞춰 고개를 끄덕였다.

"잘했어. 그래, 그렇게 눈을 감아."

찬혁의 말에 소유가 천천히 눈을 감자 찬혁의 목소리가 한층 떨려 나왔다.

"좋아. 그럼 목에 두 손을 올려."

소유가 가는 두 팔을 찬혁의 목에 감았다.

"잘했어. 그 다음부터는 그저 따라오기만 하면 되는 거야."

천천히 몸이 겹쳐지고 있었다. 말 잘 듣는 아이마냥 찬혁의 말을 듣는 소유를 보면서 찬혁은 온몸에서 땀이 배어나오기 시작했다. 조금만 더, 조그만 더 나아간다면 분명 별천지를 볼 수 있을 거라는 기대감을 가지면서 말이다. 한껏 힘이 들어간 몸은 분출하고 싶은 욕구에 아플 정도였다. 단단하게 긴장된 몸이 서서히 소유의 몸과 일치하기 시작했다.

소유는 찬혁의 말에 얌전히 그가 하는 양을 지켜보기만 했다. 하지만 자꾸만 아랫배를 쿡쿡 찌르는 그 느낌 때문에 겁이 더럭 나고 말았다. 경험은 없지만 그게 무엇인지를 알기에.

"아, 안 되겠어요!"

이런, 젠장. 맘 같아서는 그냥 쭉 밀어붙이고 싶은 마음이었
지만 찬혁은 초인적인 인내심을 발휘하여 간신히 시선을 소유
에게 맞추었다.

"왜?"

억누른 억양이 잇새로 내뱉어지듯 튀어나오자 소유는 순간
급하게 머리를 굴렸다. 찬혁의 얼굴은 온통 흥분으로 가득 차
찡그려진 모습이었다.

"이젠 되지 않았을까요?"

"뭐가?"

"비, 비디오테이프요! 이 정도만 찍어도 반복해서 재생하면
대충 그럴싸한 장면이 나올 거예요! 분명, 절대로 말이죠."

몸을 비틀어 일어나 앉는 소유는 스스로의 변명에 무척이나
만족스러워했다. 실제 해본 적은 없지만 충분히 가능한 일이 아
니던가. 안됐다고 해도 할 수 없는 상황이다, 지금은. 느낌으로
조만간 무슨 일이 일어날 것 같았기 때문이다. 소유의 말을 듣
고 있던 찬혁은 잠시 소유를 쳐다봤다. 아니, 정확히는 노려봤
다.

"……그래? 좋아. 확인해 보면 되겠지."

뜸을 들이듯 대답을 하는 찬혁의 얼굴엔 회심의 미소가 감돌
았다. 소유는 슬쩍 두 손을 교차시켜 가슴을 가렸다. 좀 전 찬혁
의 애무로 가슴은 통증으로 화끈거렸다. 생각해 보니, 정말 대
담한 짓을 한 것 같아 소유는 다시 한 번 얼굴이 붉어지고 말았

다. 휙 하고 이불을 젖히고 일어난 찬혁은…… 전라의 모습이었다. 대체, 언제 아랫것들을 벗었던 거냐고.

급히 눈을 돌렸지만 찬혁의 뒷모습이 각인된 듯 두 눈에 연방 어른거리는 소유였다.

"뭐, 뭐라도 좀 입어야 되지 않을까요?"

침대 구석에 쭈그리고 앉아서 고개도 못 돌리는 소유의 모습에 괜한 오기가 생긴 찬혁이 별것 아니라는 듯 샹들리에 쪽으로 걸어갔다.

"아아, 아까 마신 술 때문에 온몸이 타오른다고. 생각보다 독한 술 아니야?"

뜨끔. 찬혁의 말에 놀란 소유가 대답을 했다.

"그, 그럴 리가요!"

"그래?"

언제 다가왔는지 찬혁의 손에는 좀 전에 마셨던 위스키 잔을 쥐고 있었다. 그것도 한가득 술을 따라서 말이다.

"술을 마시면 긴장이 좀 풀리긴 하지. 자, 마셔봐. 조금은 나아질 거라고."

얼결에 술잔을 받아 든 소유는 차라리 찬혁의 말이 나을 성싶어 그 독한 바카디를 들이켰다. 확하고 불덩이가 목구멍을 넘어가는 느낌에 인상을 슬쩍 썼다. 가뜩이나 긴장으로 바짝 굳어 있던 몸이 일시에 후끈해졌다.

"한 잔 더 할까?"

　장난스럽게 자신의 잔에 다시 술을 따라온 찬혁이 다시 그 술을 마시고. 그렇게 연거푸 잔이 두어 번 오갔다. 하지만 소유는 찬혁이 술을 따르기 위해 몸을 돌린 뒤 입에 있던 술을 뱉어내는 것을 보지 못했다. 결국 찬혁보다 술을 더 마신 소유는 머릿속이 몽롱해짐을 느꼈다.

　"괜찮나?"

　"아, 네에."

　어지러운 듯 머리를 흔드는 소유를 보면서 사악한 미소를 짓는 찬혁이었다. 소유의 곁으로 다가온 찬혁이 소유의 입술에 살며시 입술을 눌렀다. 진한 알코올의 냄새가 확 풍겨왔다. 더없이 달콤한 술, 찬혁은 좀 전과는 달리 유혹하듯 느리게 소유의 입술을 애무했다. 침대에 눕지 않으려면 찬혁에게 의지해야 했던 까닭에 소유는 찬혁의 어깨에 양손을 올려놨다. 느리게 달라붙는 찬혁은 소유의 몸을 일으켰다. 힘이 풀린 탓인지 다리가 휘청거려 맨몸의 찬혁에게 안긴 소유는 적나라한 카메라 불빛 아래 서로의 몸을 꼭 맞추었다. 이어진 찬혁의 키스를 정신없이 받아들이는 동안 붉은빛의 카메라는 정확하게 두 사람의 몸을 녹화하기 바빴다. 소유는 감미로운 찬혁의 키스를 받아들이며 아득하게 멀어지는 정신을 차리기 위해 애를 썼다. 하지만 찬혁이 주는 자극은 너무도 컸다. 천천히 들린 다리가 찬혁의 허리를 감았다. 물론 소유의 자의가 아닌, 찬혁의 의지대로. 다시 한 번 카메라 불빛을 슬쩍 바라본 찬혁은 교묘하게 각도를 바꿔 마치 선 채로 섹스를 하듯 천천히 리듬을 타기 시작했다. 연이어 소유의 신음이 터져 나오고, 그 역시 참기 힘들 정도의 욕구가 들어찼다. 하지만 술 취한 상태의 여자를 어찌해 볼 수는 없는 노릇이었다. 대신, 찬혁은 온몸을 애무하고, 키스하며 아주 격렬하게 소유를 끌어안고는 평소에는 하지 않던 여러 행위들을 몸소 실천하는 만행을 보였다.

'큭큭. 나중에 이 비디오를 보면 기절할지도 모른다구. 하지만 그건 어디까지나 나소유, 당신 탓이야. 그러게 누구한테 그런 잔꾀를 부려?'

찬혁의 몸이, 그의 손이 소유의 몸에서 오르내릴 때마다 탄성처럼 터져 나오는 신음을 자신의 입으로 부드럽게 삼키며 찬혁은 소유의 몸 안 곳곳에 자신의 낙인을 새겼다.

# [제 13 장] 덫에 걸린 토끼

**갑**작스럽게 소유에게 전화를 걸어 아프다며 약을 부탁하는 서영의 요구에 소유는 화가 났다. 하지만 자신 역시 호텔 직원이었고, 게다가 동창이니 야박하게 굴 수가 없어 약을 갖고 서영에게로 간 그녀였다. 하지만 서영이 머문다는 객실 안에는 서영은 없고 권시원이 문을 열어주어 당황한 소유였다.

"서영이는요?"

"금방 온다고 했어. 들어와. 약을 부탁했다고 하던데? 잠시 나간 거니까 들어와서 기다려."

안으로 들어선 소유는 내내 묘하게 빛나는 시원의 눈빛을 보면서 소유는 점점 불안해지기 시작했다.

"저기, 그럼 서영이 오면 그때 다시 오죠."

재빨리 몸을 돌려 그 객실을 벗어나려던 소유는 그녀를 제지하는 시원 때문에 당황스런 표정을 지었다.

"왜 이러시는 거예요?"

"몰라서 묻는 건가? 이렇게까지 하려고 하진 않았는데 당신이 자꾸 도망만 가니 할 수 없잖아."

"비, 비켜요!"

놀란 소유가 시원을 밀어내자 오히려 그는 그녀의 손을 끌어당겼다.

"이것 놔요!"

"이런, 이런. 잠시만 이러고 있으면 된다니까 그러네."

"뭘 그러라는 거예요?"

"조금만 협조해 주면 서로가 좋지 않겠어?"

장난스럽게 말을 한 시원이 순식간에 소유의 상의를 잡고는 손쉽게 찢어버렸다.

"악, 이, 이게 무슨 짓이에요!"

두 손으로 가슴을 가리는 소유의 모습에 시원의 눈빛이 위험하게 가라앉았다.

"……벌써 찬혁이 자식이 손을 쓴 건가, 어?"

그 말에 소유의 낯빛이 붉게 변해갔다. 그날 그렇게 비디오 촬영을 하다 잠이 든 그녀는 정신을 차리자마자 그곳을 도망치듯 나왔었다. 하지만 자신의 온몸에 가득 새겨진 찬혁의 행위에 정신이 아득해진 그녀였었다. 하지만 그 망할 비디오 촬영 이후 삼 일이 지나도록 찬혁은 별다른 연락이 없었다. 물론, 의뢰자가 다시 전화를 걸겠다는 이후 연락이 없기 때문이기도 하지만 소유의 생각은 이미 그 사건과는 멀리 떨어진 상태였다. 당연 지금 소유의 머릿속을 가득 채운 것은 그 비디오 촬영을 하던 날의 기억이었다. 뜨문뜨문 끊긴 기억 그 사이에 자리한 경악할 만한 상황. 몸 안 곳곳에 가득 들어찬 의문의 자국들. 심지어 민망한 부위에도 자국이 잔뜩 새겨진 것을 샤워하면서 알게 된 소유는 자신의 머리를 쥐어뜯으며 울분을 토했었다. 하지만 어쩌랴. 그날 일이 기억나지 않는 것을 말이다. 불현듯 그때의 감각이 떠오를 때마다 느꼈던 그 짜르르한 자극 때문에 소유는 요 며칠 제정신이 아니었다.

'그날 대체 내가 뭘 한 거냐구! 당신 나한테 대체 무슨 짓을 한 거냐구! 그냥, 찍는 척만 한 게 아니었단 말이야?'

기억나지 않는 그 잠깐의 시간 때문에 얼마나 고민하고 초조했던가. 무수히 많은 상상을 하면서 정말 피가 마른다는 생각에 끼니조차 제대로 먹지 못한 그녀였다. 그런 소유의 모습을 지켜보던 시원이 비릿한 웃음을 지었다.

"내가 한 발 늦은 거네. 하지만 지금이라도 늦지 않았겠지."

"다, 다가오지 마요!"

삼 일이나 지났지만 소유의 몸에 새겨진 그 자국들은 여전히 그 흔적을 드러내고 있었다. 소유가 시원을 밀치려 하자 시원은 힘으로 그녀를 제압하고는 소유를 침대로 이끌었다.

"놔요! 놔!"

침대에 내동댕이쳐진 소유가 시원을 향해 악을 쓰려는데 별안간 쾅 하고 문이 열렸다. 그리고 들어선 찬혁의 모습에 소유는 왈칵 울음이 쏟아졌다.

"권시원, 무슨 짓이지?"

"여어~ 너무 일찍 온 거 아닌가?"

찬혁의 뒤에는 안절부절못하는 서영의 모습이 보였다. 내심 당황한 시원이었지만 여전히 능청스런 표정으로 찬혁을 바라보는 그였다. 찬혁의 눈이 소유의 모습을 빠르게 훑어 내리며 경직되어 갔다.

"아아, 오해하지는 마. 난 아직 시작도 안 했다고."

주먹을 쥐고 소유의 근처까지 걸어간 찬혁이 자신의 상의를 벗어서 소유에게 덮어주고는 여전히 딱딱한 표정으로 말을 이었다.

"괜찮나?"

"……네. 그게……."

찬혁은 조심스럽게 소유를 부축해서 그 룸을 나섰다. 찬혁의 뒤를 따라 들어왔던 서영의 뒤로 성진의 모습이 보였다.

"소유 씨 좀 부탁한다."

"어, 그래."

심각한 표정으로 소유를 인계받은 성진은 조심스럽게 그녀를 에스코트해서 소유가 머무르는 룸으로 안내했다. 그녀가 사라지자마자 찬혁의 표정은 야차같이 변해갔다.

"어이, 어이, 무섭다고, 윽!"

퍽 하는 소리에 놀란 서영이 급히 신음을 삼켰다. 찬혁이 시원에게 주먹을 휘두른 것이었다.

"당장 내 눈앞에서 사라져. 다시 한 번 눈에 띄었다간 정말 죽여 버릴 테니까!"

바닥에 쓰러진 시원을 차갑게 노려본 찬혁이 이번에는 서영을 쳐다보며 노기 어린 말투로 다그쳤다.

"너와도 끝이야. 더 이상 결혼을 들먹였다가는 지금 네가 한 짓을 모두 아저씨께 말해주겠어. 아마 그렇게 된다면 넌 한국 땅에 발붙이고 살기도 힘들 거다."

서영이 자신을 찾아와 괜히 시간을 끌 때부터 이상하다 싶은 생각이 들었던 찬혁은 그녀가 자신의 호텔에 머문다고 말을 하는 순간, 컴퓨터로 이미 그녀의 객실 호수를 체크했었다. 여전히 불안한 표정으로 안절부절못하는 그녀의 모습에 혹시나 싶은 마음에 정석에게 전화를 건 찬혁은 소유가 서영을 만나러 갔다는 것을 전해 듣고는 두말 않고 그녀가 잡은 객실로 뛰어든 것이었다. 조금만 늦었더라면 정말 큰일날 뻔한 상황이었다. 찬혁은 끓어오르는 화를 간신히 눌러 참으며 경고조로 다시 한 번 시원을 돌아봤다.

"그 잘난 호텔 조만간 망하는 수가 있으니까 정신 바짝 차리는 게 좋을 거다. 더 이상 날 가지고 장난질하는 거, 두 번 다시 못하게 해주지."

차갑게 말을 마친 찬혁은 더 이상 이곳에 있다간 큰 사고를 저지를 것 같아서 그곳을 나와 버렸다. 성진을 바로 찾아간 찬혁은 그간의 경황을 성진에게 전해 듣고는 내심 고민했다.

'주변 정리부터 먼저 해야겠어. 이대로는 안 될 것 같군.'


다음날 찬혁의 전화를 받은 정석은 소유에게 그 말을 전하고는 이내 의아한 표정을 지었다.

"뭘 그렇게 놀라?"

"어? 아, 아니야. 지금 오래?"

"응."

정석의 대답에 소유의 눈앞이 아찔해졌다. 삼 일 전 그 밤, 대체 무슨 일이 어떻게 일어났을까. 취했던 탓에 전부 다 기억할 수는 없지만 끊긴 필름처럼 중간 중간 나타나는 그 느낌과 모습은 표현할 수 없을 만큼 민망하고도 야한 것이었다. 야한 가죽 속옷, 채찍 비슷한 모양의 끈, 그리고 벗은 찬혁의 상체. 연이어 터진 자신의 신음 소리. 우습게도 부분부분 기억이 안 나는 것이 다행이기도 하고, 아니기도 하고. 소유는 길게 한숨을 쉬었다. 언제까지 모른 척할 수도 없는 것이었고, 시치미를 뗀다고 한들 그가 그녀의 생각에 동참해 줄지도 의문이었다. 게다가 그렇게 고생을 해서 찍은 테이프에 대해서 솔직히 궁금하기도 했다. 대체, 가장 중요한 순간이 왜 기억이 안 나는 건지. 게다가 어제의 일을 겪고 난 뒤라 그런지 찬혁을 만난다는 것이 부담스럽기만 한 그녀였다.

‘고맙다고 해야겠지?’

찬혁이 찾아오지 않았다면 그녀는 정말 큰일을 당할 수도 있었던 상황이었다. 너무도 놀라고 무서웠던 시간이 지나고 나자 찬혁에게 고맙다는 말을 해야 한다는 생각이 든 그녀였다.

소유는 한숨을 쉬고는 찬혁이 있는 사장실로 향했다. 미리 얘기가 되었는지 소유를 보고 웃음을 짓는 성진에게 소유는 인사를 건네었다.

“어제는 정말 고마웠어요.”

“별말씀을요. 그보다 괜찮아요?”

“네.”

“다행이군요. 많이 걱정했어요.”

“고맙습니다.”

소유가 어색해하며 인사말을 건네자 성진은 잠시 그녀를 쳐다보다가 이내 활짝 웃었다.

“맹수 조련사 해보니 할 만해요?”

“네?”

“후후, 아닙니다. 배부른 맹수는 너그럽지요.”

도무지 무슨 소릴 하는 건지. 소유는 어색한 웃음을 지으며 사장실로 들어섰다. 알쏭달쏭한 성진의 말이 머릿속에 계속 맴

돌았다. 하긴, 배부른 맹수는 사냥을 하지 않지. 근데 대체 누가 맹수란 걸까. 문을 열고 들어서자마자 보이는 것은 자신을 쳐다보는 딱딱하게 굳어 있는 찬혁의 모습이었다.

"어서 와."

소유는 어색하게 고개를 숙이고는 재빨리 소파로 가서 앉았다. 그런 그녀를 찬찬히 쳐다보던 찬혁의 시선이 너무도 다정해 보여 소유는 어쩔 줄을 몰라 했다.

"몸은 괜찮아?"

"네? 아, 네네. 하하."

어느 걸 두고 말하는 건지 알 수 없어 소유는 어색하게 대답을 마무리할 수밖에 없었다. 그러면서도 드는 불안함은 정말 자신과 찬혁이 관계를 가진 것인지에 대한 궁금증이었다.

'몸이라니? 어제 일을 말하는 건가? 아니면 삼 일 전? 대체 어느 걸 두고 하는 말이야? 취한 상태에서 첫 경험이라니, 그것도 기억조차 못한다는 건 정말 최악이잖아!'

경악한 표정을 어색하게 감추며 애매모호하게 대답한 소유가 벌게진 얼굴로 고개를 돌리자 찬혁의 표정이 차츰 애매하게 변해갔다.

"어제의 충격 때문인가? 처음엔…… 좀 힘들다고들 하던데."

"헉!"

소유는 찬혁의 말에 신음을 참지 못하고 흘리고 말았다.

"그것도 아니라면 내가 워낙 테크닉이 뛰어났다는 거겠지. 안 그래?"

소유의 표정은 말 그대로 하얗게 탈색되어 버렸다. 지금 자신은 간과할 수 없는 말을 들어버린 것이다.

'아아, 젠장! 정말 제대로 일친 건가. 미치겠다, 기억에 없으니.'

"악! 왜, 왜요?"

갑자기 찬혁의 손이 그녀의 뒤통수를 움켜잡자 소유는 기겁하며 악을 쓰고 말았다.

"왜 그렇게 놀라는 거야? 정말 이상하네."

"아! 그, 그게 갑자기 머리를 만지는 바람에……."

"이 정도의 스킨십에 놀라 버리면 안 되는데. 그날은 그럼 술 취해서 그렇게 적극적이었던 건가?"

"뭐, 뭐가요?"

"정말 시치미 뗄 생각인가 보군. 하긴, 나도 소유 네가 날 덮칠 거라고는 감히 상상조차 못했던 일이니까."

"컥! 더, 덮치다니요!"

경악해서 되묻는 소유를 의심스럽다는 듯이 쳐다보던 찬혁의 표정이 잠시 흔들렸다.

"……설마, 나소유! 그날의 일이 기억에 안 난다느니, 실수였다느니 하는 말을 하려는 건 아니지?"

그러니까, 그날의 일이 뭔 줄 알아야 기억을 하던지, 실수라고 말을 하던지 할 게 아닙니까! 정작 울고 싶은 것은 소유 자신이었다. 뜨문뜨문 기억나는 야한 장면들, 하지만 정작 중요한 것은 기억 전무. 갑작스레 태도가 변한 찬혁의 행동까지. 이러다 정말 심장마비로 죽어버릴 것만 같았다. 아니면 화병으로 죽든지.

"그게…… 그러니까, 그날이……."

여전히 망설이며 말을 못하는 소유를 지켜보던 찬혁이 화난 목소리로 되물었다.

"테이프 보여줘?"

"테, 테이프요?"

"그래. 그날 밤, 비디오를 찍는 중간에 갑자기 술에 취한 네가 정확하게 날 덮쳤지."

"히엑! 그, 그럴 리가요!"

"정말 믿지를 못하는군. 그럼 바로 보여줄 수도 있어. 어차피 그 의뢰인에게 넘기기 전에 복사해 둔 게 있으니까."

치밀한 찬혁의 행동에 소유는 혀를 내둘렀다. 그게 뭐라고 복사본까지 만드나. 그러다가 혹여라도 남의 손을 타서 인터넷에 유포라도 되면 어쩌려고. 고민하는 소유를 향해 찬혁은 결정타를 날렸다.

"술 취하더니 장사더라. 날 밑에 깔아놓고 제대로 하던데. 처음이라고는 믿기지 못할 정도였어, 정말. 당하는 나도 정신이 하나도 없었으니까. 아쉬운 건 아무리 동의했기로서니 그런 취급을 받을 줄은 몰랐거든."

제발, 그런 식으로 설명하지 않아도 된다구요. 울상을 짓는 소유를 보며 찬혁은 기분 좋은 웃음을 지었다. 찬혁은 책상으로 다가서더니 서랍 안에서 검은색 테이프를 꺼내 소유에게 건네었다.

"받아."

"이, 이게…… 그 테이프에요?"

"맞아. 그보다 내게 한 약속은 유효하겠지?"

"약속이라니요?"

"흠, '알아서 다 할 테니까 믿으라는 말'."

찬혁이 목소리를 여자처럼 흉내 내며 표정을 개구지게 지었다.

"삼십이 년 동안 처음 듣는 말인데 묘하게 공감이 가더라고. 그래서 하자는 대로 했지."

'억.'

절로 억 소리가 나오고 숨이 막힌 상태에서 눈앞에 까맣게 변할 징후가 보였다. 아니, 뇌의 주름이 일시에 펴진 것도 아닌데 도무지 기억이 나지 않는 상황이었다. 그렇다고 찬혁이 자신을 상대로 그런 거짓말을 하지는 않을 테니, 분명 사실이긴 할 것이다. 소유는 지금의 상태가 딱 죽고 싶은 상태라고 느꼈다. 남몰래 애 낳고 책임지라는 여자마냥 수줍어하는 저 작태에 소유는 어찌해야 할지 고민스러웠다.

"하하하, 술 취해서 한 말인가 본데, 저는 기억이 나질 않아서요."

당황해서 횡설수설하는 소유를 붙잡은 찬혁이 고개를 숙여 얼굴을 가까이 붙여왔다.

"이런, 그렇게 은근슬쩍 능구렁이처럼 넘어가면 안 되지. 재미만 잔뜩 보고 책임은 못 지겠다, 이건가?"

"아니, 누가!"

"그러니까 그거 보고 다른 소리 하지 말라는 거야."

찬혁의 시선이 소유가 들고 있는 테이프로 향했다. 소유는 자신의 손에 들린 그것이 마치 사형 경고장처럼 느껴졌다.

"난 잠시 나가봐야 하니까 여기서 그것을 본 후에 감상문을 써서 제출하도록 해. 그리 오래 걸리진 않을 테니까 내가 올 때까지 여기 있도록 해."

소유는 너무도 황당한 나머지 아무런 대꾸도 못했다. 세상 천지에 어느 누가 이런 삐리리한 비디오를 보고 감상문을 쓴단 말인가? 게다가 언제 올 줄 알고 기다리라는 건지.

석상이 되어 있는 소유를 뒤로하고 찬혁은 사장실을 나섰다. 문을 나서자마자 묘한 표정으로 그를 바라보는 성진과 눈이 딱 마주치고 말았다.

"으흠, 뭔가 수상한 일을 꾸미고 계시는 것 같은데요, 사장님?"

"수상한 일이라니? 그런 것은 없어. 다만……."

"다만?"

"주인 없는 고양이 목에 방울을 달아놨지."

"그건 또 무슨 소립니까?"

"그런 게 있지. 잠시 나랑 같이 푸른호텔에 좀 다녀오자고."

"푸른호텔이요? 거긴 왜 갑니까?"

성진이 살짝 미간을 접히며 되묻자 찬혁이 양복 상의 안에서 편지 봉투를 꺼내 흔들었다.

"저번 나정석 핸드폰으로 연락해 왔던 얼굴 없는 의뢰자에 대해 알아냈거든."

"어떻게요?"

놀란 성진이 묻자 찬혁은 씨익 웃었다.

"좀 미련한 방법이긴 하지만 확실하게 했지. 푸른호텔 임원과 그 밑의 직속 비서직원들을 상대로 일일이 전화를 하면서 녹취록을 남겼거든. 그거 가지고 국과수에 의뢰했어. 다행히도 우리가 갖고 있던 목소리 음원 샘플이랑 일치하는 목소리를 발견했거든."

"아! 그럼, 그 의뢰자가 푸른호텔에 근무 중이란 말씀인가요?"

"그렇지. 일단은 의뢰자의 이름은 이창희라고 푸른호텔의 기획팀 과장이야. 물론 독단적인 것은 아닐 테고, 아무래도 그 배후가 기획이사 같긴 한데. 일단 만나봐야 알 것 같아서."

"그쪽에서 딱 시치미를 떼면 어쩝니까?"

"나정석이 상당 금액을 요구한다고 했어. 뭐, 연락이 오면 그쪽도 알겠지만 일개 과장이 단시일 안에 만들 수 있을 만한 금액은 아니거든. 분명 그 배후가 돈을 대줄 거라고. 우리는 그 금액을 역추적하면 배후를 알아낼 수 있지.”

간결한 찬혁의 추리에 성진은 고개를 끄덕였다.

“그럼 지금 가실 겁니까?”

“그렇지. 참, 사장실은 내가 올 동안 아무도 들여보내지 못하도록 얘기해 놔.”

“하지만 안에는 나소유 씨가 있는데요?”

“나소유 씨한테 내가 올 때까지 있으라고 얘기했으니까, 이만 가지.”

찬혁은 그 말을 끝으로 사장실을 성진과 나섰다.

소유는 조용한 실내에서 자신이 들고 있는 테이프를 한동안 노려봤다. 이것을 본다면 분명 며칠 전의 일을 정확히 알 수는 있을 것이다. 하지만 왜 이렇게 두려운 거지? 소유는 입술을 잘근잘근 물으며 고민했다. 테이프를 본다는 것이 판도라의 상자를 여는 것만큼 무섭고 힘이 들었다. 그러면서도 그만큼 궁금증도 일고. 소유는 조심스럽게 사장실 문을 열고 비서실에 아무도 없는 것을 확인하고는 재빨리 문을 닫아걸고 잠갔다.

“후우~ 한 번 죽지 두 번 죽냐고. 그래, 이왕 기억 안 나서 고민하느니 속 시원하게 보자, 보자고!”

마음을 다진 소유는 사장실 한편에 있는 비디오 플레이어에 테이프를 넣었다. 잠시 까맣던 화면이 하얘지더니 이내 치직거리는 소리와 함께 화면이 점점 어두워졌다. 소유는 손 안 가득 들어찬 땀을 재빨리 바지에 문지르며 초조하게 화면을 응시했다. 그러다가 그런 비디오를 보기엔 화면이 너무 민망할 정도로 크다는 것을 깨닫고 얼굴이 확 붉어졌다.

"화면이 너무 크다고. 이런 건 작은 화면을 주시하면서 아주 가까이에서 봐야 제 맛이라고."

투덜거리며 소유는 소파에 몸을 기댔다가 화들짝 놀라 뒤로 자빠지고 말았다.

"앗! 저, 저게 누구야? 누구야, 저 여자가!"

벌떡 일어선 소유가 기가 막힌다는 표정으로 화면 속의 여자를 손으로 가리켰다. 분명, 자신이었다. 그 요란한 이상한 속옷을 입었던 것을 기억하고 있었는데 자신이 스스로 옷을 벗고 있었다. 그리고 술 취해서 침대에 누워 버린 찬혁을 이리저리 쿡쿡 찌르며 매만지는 행동에는 너무 놀란 나머지 숨조차 쉬는 것을 잊어버렸다.

'내, 내가 저랬다고? 내가 정찬혁을 상대로 저런 일을 벌였단 말이야?'

화면 가득 펼쳐지는 정사 장면에 소유의 입이 딱 벌어지고 말았다. 진정 자신의 눈에 보이는 것이 사실이란 말인가? 벌린 입 안으로 침이 가득 고이도록 소유는 입을 다물지 못했다.

간혹 터지는 신음 소리는 분명 여자의 목소리였으나, 결코 자신의 목소리가 아니라고 소유는 생각했다. 저런 목소리를 자신이 낸 것이라고는 믿을 수도 없지만 더욱 믿기도 싫었다.

"말도 안 돼! 이, 이건……."

차마 뒷말을 잇지 못하고 소유는 부리나케 비디오의 플레이 버튼을 다시 눌렀다. 팍 하고 꺼지는 소리에도 화들짝 놀란 소유는 성급하게 비디오테이프를 꺼냈다. 머릿속에선 오만 생각이 소용돌이쳤다. 그 와중에도 가장 궁금한 것은 왜 자신을 찬혁이 말리지 않았냐는 것이었다. 실상, 찬혁이 그 모든 내용을 편집해서 보여준 것이라는 걸 모르는 소유는 하늘이 무너진다는 느낌에 소파에 털썩 주저앉았다.

"어떡하면 좋아? 그냥 같이 즐긴 것이니까 없던 일로 하자고 해?"

무조건 발뺌해야 된다고 소유는 생각했다. 창피하다는 것은 정말 전체적인 상황을 몰랐을 때의 일이었고, 버젓이 테이프를 본 이상 무르자고 말할 처지도 못 되었다. 소유는 소파로 다가가 털썩 주저앉아 중얼거리기 시작했다.

"술이, 술이 원수구나, 술이. 그놈의 바카디501. 내가 다시 마시면 사람이 아니라 개다, 개."

머리를 쥐어뜯는 소유는 시계를 쳐다보며 한숨을 푹푹 쉬기 시작했다. 앞으로 정찬혁의 얼굴을 어찌 봐야 하냐고. 소유는 사장실에 혼자 남아 눈물을 삼키며 이 난관을 어찌 극복해야 할지 머리에 쥐가 나도록 고민을 했다.

소유가 그렇게 자신을 질책하는 사이 찬혁은 푸른호텔에 도착했다. 차로 이십여 분 정도를 이동해서 도착한 푸른호텔은 과연 우리나라에서 손꼽을 만한 모습을 하고 있었다. 한빛호텔이 미래지향적인 인테리어에 다소 도시적이라면 푸른호텔은 마치 옛 궁궐을 연상시키듯 그 모습이 우아하고 고전적이었다. 호텔 커피숍으로 들어선 찬혁은 이창희를 상대로 신경전을 벌이는 중이었다. 그는 다소 마른 체구에 신경질적인 외모를 가지고 있었는데 찬혁의 말이 이어질수록 그의 얼굴은 점점 더 파리하게 변해갔다.

"지금 이걸 내가 믿을 거라고 생각합니까?"

"처음 것은 이창희 씨가 전화를 받았을 때 녹음했던 것이고, 두 번째 것은 나정석 씨 핸드폰으로 온 그 의문의 남자 목소리를 녹취한 것이지요."

"이것만 갖고는 내가 그 사람이라는 걸 증명할 수 없잖아요?"

딱 잡아떼는 이창희에게 찬혁은 다시 양복 상의 안쪽에서 다른 서류를 꺼내 테이블 앞으로 내밀었다.

"이것 때문에 기일이 좀 걸렸지. 두 개의 목소리를 샘플로 음원을 검사했는데 말이지 정확히 일치했거든. 국립과학수사연구소의 결과야. 두 개의 음원이 정확히 일치한다고 나와 있지. 결국 동일 인물이라는 얘기야."

"우, 웃기지 마요!"

"이건 이창희 씨 핸드폰 통화목록. 경찰에 의뢰헀서 뽑은 거야. 그곳의 통화내용과 정확히 일치해. 이래도 시치미를 뗄 텐가?"

그 말에 이창희의 표정이 하얗게 질렸다. 찬혁은 몸을 앞으로 굽히며 조심스럽게 어르기 시작했다.

"당신 뒤에 누가 있다는 것까지 다 알고 있어. 혼자서 뒤집어쓴다고 해서 끝날 일이 아니라는 거지. 지금 그 심부름센터 직원들 역시 나한테 구금된 상태에서 경찰의 보호를 받고 있어. 어떡할 텐가?"

잠시 망설이던 이창희가 두 손을 얼굴을 가리고는 큰 숨을 내쉬었다.

"이번 한·중·일 3자 국제회의를 저희 푸른호텔이 아닌 한빛호텔에서 열린 것이 기획이사님의 회사 내 입지를 흔들리게 했습니다. 정규 인사발령 임원승진 대상에서 제외됐으니까요. 추가 인사발령 대상자에 포함되긴 했지만 그러기 위해서는 그에 합당한 업무 능력을 보여야 했습니다. 사장님께서는 이번 국제회의는 그렇다 쳐도 두 달 뒤에 열릴 한국태평양 경제협력 위원회 제19차 PECC가 우리 측 호텔에서 열릴 수 있도록 한다면 추가 인사발령 안을 생각해 보겠다고 했지요."

이창희의 말에 정찬혁은 잠시 생각을 하는 것 같았다.

"우리 호텔이 아니라 다른 호텔도 있는데 왜 하필 우리지?"

"그건…… 다른 몇 개의 호텔은 이미 우리 쪽에서 손을 썼거든요."

"하?"

찬혁은 기가 막혔다. 결국 다들 손을 잡고 한빛호텔에서 등을 돌렸다는 말인데. 찬혁이 피식 웃으며 서류들을 챙기기 시작했다.

"그럼 이것도 알겠군. 내가 이걸 기자회견에 터뜨리게 되면 어떻게 될지 말이야."

"지금 이 말을 믿어줄 사람은 아무도 없을 겁니다. 오히려 이건을 계기로 조금만 언론을 조작하면 한빛호텔을 물 먹이는 건 식은 죽 먹기죠."

이창희가 만족스런 웃음을 지었다. 처음엔 어설프게 당했지만 정신을 차리고 보니 정찬혁 사장도 별거 아니라는 생각이 들었기 때문이다.

"흠, 그럴까?"

찬혁이 별거 아니라는 듯 볼펜을 들어 흔들어 보였다.

"뭘 사인하는 겁니까?"

이창희의 말에 찬혁은 빙긋 웃었다. 볼펜에 붙어 있는 몇 개의 단추를 조작하자 작은 빛이 새어나왔다.

"요즘은 워낙 과학기술이 발달해서 말이야. 몰카를 의뢰할 정도면 기계들도 좀 알 거라고 생각했는데 아닌가 보군. 좀 전까지 했던 모든 말과 당신 얼굴이 이 볼펜 안에 담겨 있거든. 이름은 들어봤나 초고속 특수 카메라라고 말이야."

찬혁의 말에 이창희의 표정이 일그러졌다.

"고마워. 이참에 아예 주변 무리를 죄다 뽑을 수 있게 도움을 줘서 말이야."

자리에서 일어선 찬혁과 성진은 돌이 되어 굳어버린 이창희를 남겨두고 유유히 그곳을 벗어났다. 차를 타고 다시 이동해서 한빛호텔에 도착한 찬혁의 표정은 꽤나 굳어 있었다. 성진 역시 상황을 알고 난 상태에서는 뭐라 말할 수도 없었다. 이런 말 같지도 않은 담합을 하다니. 그렇지만 대놓고 터뜨리기엔 그 덩치가 너무도 컸다.

"어떻게 하실 생각입니까?"

"글쎄. 아마, 이창희를 통해서 말이 흘러들어가겠지. 그럼 그쪽에서 무슨 행동을 하긴 할 테고, 우린 좀 더 기다리다 결정을 내려야겠지."

"그럼, 나정석과 나소유 씨 일행은 어찌 되는 겁니까?"

성진의 말에 찬혁은 잠시 입을 다물었다. 정상적인 수순이라면 오해가 밝혀졌으니 돌려보내야 하는 것이 마땅했다.

"돌려보내야 하지 않을까요?"

"그래야겠지."

사장실에 도착한 찬혁은 다소 경직된 표정으로 문을 열고 들어섰다. 그가 들어서자마자 소파에서 벌떡 일어서는 소유의 모습이 보였다.

"이, 이제 오셨어요? 가신 일은 잘되셨나요?"

찬혁은 고개를 끄덕이는 걸로 대답을 대신하고는 자신의 자리로 향했다. 얼핏 본 소유의 표정은 상당히 긴장되어 보였다.

"감상문은 다 썼나?"

“……아니요.”

“왜? 별로였나 보지? 그거 100% 리얼 연기인데 말이지.”

입을 히죽 벌린 찬혁이 그녀의 벌겋다 못해 까맣게 탈 듯한 얼굴을 바라보더니 이내 장난스런 표정을 지웠다. 딱딱하게 굳은 소유의 표정에서는 조금의 장난스런 모습도 발견할 수가 없었기 때문이다.

“그 테이프, 건넬 생각인가요?”

“당연하지. 그렇잖아도 그 일 때문에 좀 전 의뢰자를 만나고 왔으니까.”

소유는 찬혁의 말에 울컥 이상한 감정을 느꼈다. 물론 합의하에 한 일이고, 여러 사람이 볼 거라는 건 아니지만 그래도 여자로서 수치스러운 것은 사실이었다. 그 내용을 다른 사람도 봤을 거라 생각하니 눈앞이 깜깜해진 그녀였다. 왜 몰랐을까. 자신이 한 일이 얼마나 손가락질 받고 비웃음당하는 일인지를 말이다. 아무리 동기가 근사하다 해도, 사랑 없는 행위는 마땅히 지탄받아야 하는 것이었다. 적어도 두 사람이 다 사랑이 아닌 행위로 이런 일을 벌였다면 그나마 다행이건만. 소유는 스스로 계속 물었었다. 정찬혁에 대한 자신의 감정을 말이다. 사랑까진 아니지만 그 비슷한 감정을 지니고 있다는 것을 새삼 알게 된 지금 그 무엇보다도 비참해진 것은 다름 아닌 자신이니까. 애초에 이런 식으로 일을 하게 된 원인도 찬혁을 향한 감정의 책임도 오로지 자신의 몫이었다.

‘정말 바보 천지 같은 짓을 했네, 나소유.’

쓸쓸한 표정을 지으며 소유는 시선을 바닥으로 내렸다. 찬혁을 탓할 만한 것은 하나도 없었다. 아니, 오히려 그녀를 도와준 그를 고마워해야 하니까 말이다. 하지만 자신과는 달리 그녀에 대해 아무 감정 없이 그런 행위를 즐긴 그가 미운 건 사실이었다.

“……그럼 우린 그만 돌아가도 되는 거지요?”

격해진 감정을 어느 틈에 다스린 건지 소유의 표정은 잔잔했다. 다만, 까맣게 변한 눈동자가 촉촉하게 젖어 있어 찬혁의 마음을 흔들리게 만들었다.

“……그렇지.”

찬혁은 오면서 소유에게 어떤 식으로 자신의 곁에 남아줄 것인지 요구하기 위해 많은 고민을 했었다. 하지만 막상 상처 입은 소유의 모습에 아무런 핑계가 떠오르지 않았다. 장난처럼 행동해서, 책임지라든지, 아니면 술김에 한 것이니 무효라고 제대로 뜨거운 밤을 보내자라든지 유치찬란한 이유는 많고도 많았다. 하지만 그 모두가 찬혁의 진심이었고, 소유에게 건네고 싶은 말들이었다. 다만, 소유의 저 아파하는 표정은 생각지도 못했던 게 실수였다. 무엇을 잘못한 것일까.

찬혁은 나름대로 고민스런 표정으로 뒤돌아 나가는 소유를 보기만 했다. 테이프를 주지 않았다고는 차마 말할 수가 없었다. 그랬다면 정말 일회성 만남으로 제한될지도 모를 일이니까.

어떻게 소유에게 자신의 감정을 전해야 할지 말아야 할지 고민
할수록 그가 느낀 것은 소유의 부재에 대한 안타까움이 다였다.
장난처럼 시작된 행위지만 결코 장난이 아닌 감정을 어찌 전달
해야 될까. 중요한 것은 찬혁은 소유와의 만남을 장난으로도,
일회성의 만남으로도 절대 만들고 싶지 않다는 것이었다.

사장실을 나선 소유는 자신의 룸으로 돌아가 침대 위에 털썩
누웠다. 좀 전에 봤던 영상이 끊이지 않고 그녀를 괴롭히고 있
었다.

"잊자. 그냥 특이한 경험을 했다고 생각하자. 그래도 그렇지,
아무리 일이 중요하다지만 자기 그런 개인적인 장면을 아무렇
지 않게 준다는 게 말이 돼? 정말 강철판이 아닌 다음에야 그럴
수가 없잖아."

머리카락을 마구마구 헤집으며 소유는 연방 중얼거렸다. 그
래도 슬픈 건 슬픈 거였다. 만약 찬혁이 자신을 진심으로 대한
다면 그리 쉽게 그녀와의 정사 장면이 담긴 테이프를 다른 이에
게 넘기는 일은 하지 않을 것이다. 아니, 자신이라면 무슨 수를
쓰더라도 그것을 남의 손에 넘겨주지는 않았을 것이다.

"간접경험이 직접경험을 능가하지 못한다는 거 다 뻥이지. 제
대로 된 키스 한 번 못해본 내가 그 사장을 상대로 그런 일을 하
다니. 미디어의 힘이 크긴 크네 뭐. 그나저나 그런 체위는 대체
어떻게 할 생각을 한 게야."

소유는 연방 중얼거리며 누운 상태에서 두 다리를 번쩍 들었

다. 꽤 힘든 모양새라 다리는 금방 털썩 내려앉았다.

"술 취해서나 가능하지, 맨정신으로는 하라고 해도 못하겠네."

소유는 기억을 되짚으며 인상을 썼다. 그 테이프에서는 말 그대로 이런저런 체위가 다 나왔었다. 몸치인 그녀로서는 상상도 못했던 것들이 어째서 술 취한 와중에는 다 가능했던 걸까 싶어 놀라울 정도였다.

"뭐, 다신 이런 체위 할 일도 없어서 다행이네. 그나저나 일단 오늘 바 사람들한텐 그만둔다고 인사를 해야겠지? 정석이한테도 일이 원만하게 해결됐다고 말해야 하고. 오늘 중으로 나가야 되나, 아니면 내일 오전 중에 나가면 되나."

침대에 누워 소유는 이런 저런 생각을 하며 눈을 가늘게 뜬 소유가 별안간 두 손바닥으로 자신의 얼굴을 짝짝 소리 나게 쳤다.

"힘내자고. 그래도, 이런 호텔에서 몇 날 며칠씩 호의호식한 게 어디야? 그냥 비싼 경험 했다고 치면 되지. 그래, 나소유 굉장히 비싼 경험 했네."

소유는 씁쓸한 표정으로 중얼거리더니 자리에서 일어났다. 다소 이른 시각이지만 미리 준비하고 나가야 다른 이들에게 인사도 할 수 있었기 때문이다.

찬혁은 CCTV의 화면을 껐다. 좀 전 소유의 모습이 마음에 걸려 안 되는 줄 알면서도 감시 카메라를 켰던 것이다. 자신도 모르게 화면에 손가락을 대어 소유의 머리를 톡톡 두드리고 있었다. 작은 화면이지만 소유의 침울한 모습을 위로해 주고 싶었기 때문이다. 그리고 소유가 욕실로 들어서는 것을 끝으로 찬혁은 화면을 껐다.

"흠, 다음에도 술 취한 상태라면 곤란한데. 지금은 그냥 놔주지만 이건 어디까지나 한시적이라는 걸 알아야 해."

작은 웃음이 찬혁에게서 흘러나왔다. 자신과의 일을 그대로 묻어두려고 하는 소유에게 서운한 마음이 들기도 했지만 그렇다고 그녀를 그냥 놔줄 수는 없는 일이었다. 찬혁은 소유를 자신의 곁에 붙잡아두기 위해 부지런히 계획을 세우기 시작했다.

'이렇게 끝내서는 안 되지. 난 그날 이후로 내내 몸이 정상이 아닌데, 혼자만 슬쩍 빠져나가다니, 너무한 거 아닌가?'

찬혁은 잠시 고민을 했다. 치사한 방법이긴 하지만 제일 잘 먹혀들 만한 행동을 해야 하나 싶은 생각에서였다.

"뭐, 치사한 건 둘째치고, 도망가려고 애쓰는 모습이 안타깝긴 하지만 그래도 책임질 일을 했으니 책임은 져야 하지 않겠어?"

찬혁의 생각은 간단했다. 비디오 촬영상 누가 보더라도 술 취한 찬혁을 상대로 소유가 애정 행각을 벌인 모습이 압권이니까 말이다. 물론, 초반에 그런 모습을 넣어놓은 것은 고의적이었다. 소유가 마지막까지 보지 않기를 바랐으니까 말이다. 하지만 뒤로 갈수록 찬혁이 소유의 몸을 안고 어떤 행동을 했는지를 다

봤다면 저렇게 도망가는 수준이 아니라, 그 자리에서 졸도를 하
고도 남았을 것이다.

'아아, 재밌군. 이래서 사기를 치나 봐?'

찬혁은 자신이 철저한 사랑의 사기꾼이 되기로 했다.

"흠, 그럼 상처 입었다는 듯이 책임을 지라고 해야 하나?"

절대 어울리지 않을 것 같은 행동이지만 찬혁은 아주 착실하
게 연기를 해주리라 다짐했다.

"뭐, 아이라도 생겼다고 울면 딱인데 말이지."

자신의 납작하고 탄탄한 배를 바라보는 찬혁의 눈빛은 사악
하기 그지없었다.

# [제 14 장] 임신 소동

소유는 달력으로 슬쩍 시선을 돌렸다. 한빛호텔에서 그렇게 일을 마무리하고 그곳을 나온 지 꼭 한 달째였다. 처음 며칠간은 허한 마음에 일이 손에 잡히지 않았지만 심부름센터도 제법 틀이 잡혀서인지 이제는 꽤 잘 운영되었다.

정석이 또한 학교에서 돌아오면 자신이 맡은 과외 시간 외에는 이곳에서 일을 하고 있었다. 점점 사정이 나아지고 있으니 좋아야 할 기분은 날이 갈수록 더욱 하향곡선을 그리는 중이었다. 그런 소유를 옆에서 지켜보는 정석도 안타깝기는 매한가지였다.

"고모, 사람을 한 명 더 둬야 하지 않을까?"

"아직은 좀 그런데. 그래도 생각은 해보자."

생각 외로 자잘한 일들이 꽤 많이 접수가 되는 바람에 소유의 꽤 빽빽한 업무 접수철을 보면서 고민을 했다. 큰일은 아니지만 사소한 일들은 꽤 많아서 손이 많이 가는 편이었고, 대부분 교통수단을 요하는 일들이 태반이었다. 그래서 없는 돈에 오토바이를 한 대 산 그녀였다. 아무래도 기동성이 있어야 일을 하기 쉽다는 생각에서였다. 작은 경차를 한 대 살까 했지만 아직은 좀 더 두고 봐야 할 듯싶었다. 게다가 정석이 역시 자동차보다는 기동성 면에서 오토바이가 훨씬 낫다는 말을 하기도 했고.

소유는 다시 한 번 한숨을 쉬었다. 호텔을 나온 이후로 정찬혁으로부터는 단 한 통의 전화도 없는 상태였다. 그리고 아닌 척 잊은 척하고 있지만 자신이 은근히 그의 연락을 기다리고 있다는 것을 안 소유는 더욱 소극적이 되고 말았다. 생각했던 사람은 연락 한 번 안 하는데 생각지도 않게 어떻게 알아낸 것인지 권시원의 전화는 수시로 왔다. 그전 일에 대해서 하도 정중하게 사과하는지라 소유는 그의 사과를 받아들일 수밖에 없었다. 막상 무슨 일이 벌어진 것도 아니었고, 미수에 그친 그 사건도 시간이 흐르자 그리 크게 느껴지지 않았기 때문이기도 했다. 소유가 사과를 받아주자마자 그 뒤부터 끈질기게 다시 꺼내는 바텐더 스카우트 건 때문에 요사이 그의 전화를 계속 피하는 소유였다.

"고모, 그 사람인데?"

정석이 오만 인상을 쓰며 소유에게 말하자 그녀가 누구냐는 듯이 눈짓을 했다.

"아아, 매일 스카우트 제의를 하는 남자."

정석은 권시원을 별로 좋아하지 않았다. 생긴 것도 마음에 안 들고, 하는 행동도 마음에 안 든다나. 하긴, 정석은 소유가 다시 바텐더 일을 하는 것을 무척이나 싫어했으니 그를 싫어하는 건 당연한 일인지도 몰랐다. 하지만 소유는 다른 의미에서 그와의 만남을 자제하는 편이었다. 그를 만나거나 통화를 하게 되면 여지없이 찬혁이 떠올랐고, 그러면 가슴이 아팠으니까 말이다.

"없다고 해."

"거기 있는 거 다 안다고 무조건 바꾸래."

"그럼 화장실 갔다고 해."

"그건 좀 전에 써먹었잖아."

"그럼 변비라고 하던가."

시큰둥한 소유의 대답에 정석은 한숨을 쉬며 수화기에서 손을 떼고는 말을 했다.

"고모 변비가 워낙 심해서요, 거의 애 낳는 수준이거든요. 한 번 들어가면 한동안 안 나오니까 나중에 다시 하세요."

정석이 퉁명스럽게 말을 마친 뒤 전화를 끊고 소유를 보자 그녀는 무언가에 경악한 표정으로 자신을 바라보았다.

"왜 그래?"

"……애 낳는 수준?"

소유가 너무 과하게 놀란 표정으로 정석을 보자 새삼 왜 그러냐는 식의 표정으로 그녀를 바라보는 정석이었다.

"뭐, 그런 걸로 그래. 없다고 핑계 대라며? 설마 정말 애 낳는 걸로 오해야 하겠어?"

가슴이 순간 쿵하고 가라앉는 소유였다. 순간적으로 눈앞에 까맣게 변한 소유는 눈을 연거푸 감았다 뜨며 거친 숨을 참았다.

'가만…… 내가 저번 달 생리를 언제 했더라.'

고민이 많았던 탓에 그것까지 신경을 못 썼던 소유는 비로소 정신을 차리며 날짜 계산을 하다가 이내 하얗게 질렸다.

'말도 안 돼. 벌써 예정일이 일주일이나 지났잖아? 설마, 설마 아니겠지. 딱 한 번이었는데, 아니, 어쩌면 그가 피임을 하지 않았을까?'

벌렁대는 가슴을 부여잡으며 소유는 침착하려 애를 썼다. 그렇지 않아도 요새 유난히 예민해진 그녀였다. 식욕도 없고, 늘어지기만 하고.

'이런! 이거 완전히 임신 증상이랑 똑같잖아? 어떻게 하지?'

정신없이 혼란스런 감정을 다잡으려 애를 쓰는 상황에서 자신을 부르는 소리에 소유는 멍하니 고개를 돌렸다.

"고모! 고모! 무슨 생각을 하느라 그렇게 정신을 못 차려?"

"어? 어어. 왜?"

"나, 심부름 나간다고. 갔다 오면 퇴근 시간 비슷할 것 같아서 그냥 바로 퇴근한다고. 오케이?"

“그래. 어서 가봐.”

넋이 나간 소유는 멍하니 대답하고는 자리에 털썩 주저앉았다. 식은땀이 주르륵 흘러내렸다. 그녀 자신은 아직 아무런 준비도 안 된 상황이 아닌가. 게다가 애 아빠는 애는커녕 그녀에게조차 관심이 없는 남자인데. 찬혁에게 마지막으로 그걸 물어봤어야 했는데 그렇지 못한 것은 어디까지나 자신의 실수였다. 대체, 그때는 생각도 안 나던 것이 이렇게 갑자기 뒤통수를 치는 날이 올 줄 누가 알았을까. 소유는 깊게 한숨을 쉬었다. 그에게 연락을 할 수도, 하지 않을 수도 없는 상황이었다. 대체, 뭐라고 말을 한단 말인가?

“아니, 아니, 연락하기 전에 약국부터 가봐야겠다.”

망설이며 일어선 소유는 근심 가득한 모습으로 1층 상가 뒤쪽으로 임신 테스트 시약을 사기 위해 갔다.

다음날, 새벽까지 거의 뜬눈으로 밤을 새운 소유는 시약 확인 결과 음성인 것에 안도했다. 하지만 약사도 그렇게 말하지 않던가. 거의 정확하긴 하지만 틀릴 수도 있다고. 그렇게 생리가 늦어졌다면 병원을 가보는 것이 훨씬 나을 것이라는 말까지 덧붙이면서 말이다. 하지만 차마 산부인과에 갈 엄두는 못 내는 소유였다. 당연히 처녀가, 아니, 처녀는 이제 아니지만 결혼하지 않는 미혼의 여성이 그곳에서 진찰을 받기 위해 다리를 벌리는 짓 따위는 정말 하고 싶지도 않았다.

“에휴~ 결국 전화를 해야 하나?”

여전히 결정을 못 내린 소유는 내심 불안해졌다. 하지만 언제까지 그러고만 있을 수는 없는 상황 아닌가. 일단 피임 여부라도 확인을 해야만 했다. 몇 시간을 고민한 소유는 결국 힘겹게 전화기를 들고 찬혁에게 전화를 걸었다.

"안녕하세요, 김성진 실장님. 저 나소유라고 합니다. 혹시 기억하십니까?"

[아, 네. 잘 지내셨나요, 나소유 씨?]

"네. 실장님도 잘 지내고 계시지요? 저기, 사장님 혹시 자리에 계시나요?"

[정찬혁 사장님이요? 네. 자리에 계십니다. 연결해 드릴까요?]

"네. 좀 부탁드립니다."

수화기를 잡은 손바닥에 땀이 흥건해지기 시작했다. 소유는 등골을 따라 흐르는 식은땀의 느낌에 침을 꿀꺽 삼켰다. 잠시 뒤 찬혁의 목소리가 울렸다.

[그동안 잘 지냈나? 무슨 일로 전화를 한 거지?]

"아, 저기…… 시간이 괜찮다면 좀 만나고 싶은데요."

[나를 말인가? 흐음~ 무슨 일인데 그러지?]

"그게…… 전화로는 좀 곤란한데요."

[좋아. 그럼 시간이 어중간한데 이리로 오겠어?]

"그게…… 좋아요. 그럼 퇴근 후에 여덟 시쯤이면 괜찮겠어요?"

[좋아. 그럼 저녁이나 같이하지. 그 바에서 보자고.]

전화를 끊은 소유는 참았던 숨을 크게 내쉬었다. 막상 임신일지도 모른다는 생각을 하고 나니 의심가는 증상이 한두 개가 아니었다. 눈앞이 어질한 것이 아이를 갖고 나면 느끼는 현기증이라는 것인가? 소유는 눈을 두어 번 깜빡거렸다. 슬쩍 만진 아랫배는 아직까지는 밋밋하지만 그 안에 조그만 생명이 자리하고 있다는 생각에 가슴이 벅찼다.

'그나저나 어떻게 말을 꺼내지?'

영 고민스러울 수가 없었다. 자신을 사랑하지도 않고, 아이에 대해서는 생각조차 못했을 사람일 텐데 그런 사람에게 아이의 존재는 짐 그 이상도 이하도 아닐지도 모른다는 생각이 들었기 때문이다. 그렇다고 해서 무턱대고 산부인과를 찾아가서 정말 임신이라고 하면 과연 자신은 어떤 행동을 해야 한단 말인가? 흔들리는 시선으로 자신을 배를 바라보는 소유는 착잡하기만 했다.

"무슨 드라마 속 주인공도 아니고. 내가 왜 이런 일로 고민을 하는 거지?"

혼자 남은 사무실에서 소유는 약속 시간을 기다리며 내내 천국과 지옥을 오락가락했다.


약속한 시간에 맞춰 오랜만에 찾은 '하이포시스 오리어'는 여전했다. 나른한 분위기와 다소 비밀스런 조명 탓에 속삭이는 연인들이 자주 찾을 것 같은 그런 비밀스런 모습 그대로였다.

"어머? 소유 씨, 오랜만이야!"

윤미의 반가운 목소리에 소유 역시 반가운 웃음을 지었다.

"오랜만이네요. 잘 지냈어요?"

"나야 뭐, 그렇지. 그런데 너무한다~ 그만뒀다고 아예 발길 끊은 줄 알았지, 난."

"하하, 좀 바빴어요."

"그래. 그러고 보니 얼굴도 핼쑥한 것이 피곤해 보여."

"그, 그런가요?"

자신의 얼굴을 한 손으로 만지작거리며 소유는 작게 한숨을 쉬었다. 정말 아이를 가진 것이 맞는 것인가 보다.

"이곳엔 웬일이야? 그냥 온 거야?"

"아뇨. 사장님을 좀 만나야 해서요."

"우리 사장님?"

"네."

"와, 다시 근무하려고 그러는 거야?"

"그건 아니구요. 사장님께 말씀드릴 일이 있어서요."

"그래? 아, 저기 사장님 오시네. 종종 들러, 응?"

"네. 그럴게요."

재빨리 바 탁자 안으로 들어선 윤미가 다가온 찬혁에게 가볍게 인사를 건넸다.

"안녕하세요, 사장님?"

“아. 네. 생각보다 일찍 왔군. 자리를 옮길까?”

자신을 바라보는 찬혁의 모습은 그녀의 기억 속 모습과 똑같았다. 소유는 두근거리는 가슴을 모른 척하며 작게 고개를 끄덕였다. 찬혁의 말에 소유는 바 테이블이 아니라 안쪽의 조용하지만 구석진 자리로 향했다. 마주 앉고 보니 새삼 찬혁의 모습에 눈에 확 들어오는 소유였다. 인텔리 조폭이라고 오해했던 그날부터 지금까지 자신이 찬혁의 얼굴을 단 한 번도 잊지 않았다는 것을 새삼 깨달은 그녀였다. 어쩌면 괜히 찾아왔을지도 모른다는 후회가 새삼 든 그녀였다.

“그동안 바쁜 것 같더군. 잘 지냈나?”

“아, 네.”

찬혁은 소유의 모습을 찬찬히 훑어봤다. 정석을 통해서 근간의 정황을 수시로 연락받던 찬혁은 그렇지 않아도 조만간에 소유에게 연락을 할 셈이었다. 그런데 소유가 먼저 연락을 해오니 오히려 반가울 정도였다.

그 한 달 동안 찬혁은 푸른호텔은 물론이고 특급 호텔의 사장들을 일대일로 만나 몰카 사건을 빌미로 그들의 기동력을 묶을 수 있었다. 거기에 하나 더해 푸른호텔 측은 그 몰카 건과 더불어 시원과의 불미스런 일까지 해서 상당한 신경전을 벌였던 것이다.

확실히 여타의 다른 호텔보다는 푸른호텔 측의 반발이 극심했었다. 물론, 처음에는 무턱대고 반발하던 그들이었지만 그가 갖고 있는 자료를 보고는 입을 딱 다물고 말았다. 무언의 긍정이란 대답을 얻어낸 찬혁은 그렇게 다섯 개의 호텔을 상대로 맨투맨 식으로 각 호텔의 사장과 담판을 지었다.

되도록 빨리 일처리를 한다고 했지만 한 달이라는 시간은 만만한 것이 아니었다. 그사이에도 몇 번이나 소유를 찾아가고 싶은 마음이었지만 그는 확실하게 주변 정리가 된 상황에서 그녀에게 가고 싶었다. 결혼이라는 소식과 함께 말이다. 소유에게 자꾸만 치근대는 시원 때문에 가뜩이나 감정이 안 좋았던 찬혁은 막판까지 실랑이를 벌이는 푸른호텔 측의 기획이사는 물론, 이창희의 일까지 모두 고소 처리하는 것을 취하하는 조건으로 합의를 봤다. 그 결과물로 앞으로 하반기에 열릴 모든 국제대회는 물론 국내대회의 크고 작은 행사까지 한빛호텔이 독점할 수 있도록 협력한다는 협조를 얻어냈다. 다음으로는 호텔 홍보는 물론이고, 젊은이들을 겨냥한 패키지 상품을 개발하여 시범운행에 들어간 상태였다. 대학생들을 상대로 자료조사를 하고, 싼 가격에 대학 행사에 참여할 수 있도록 주요 십여 대학과 자매결연도 맺은 상태였다. 그 모든 일들을 한 달이라는 시간 동안 해결할 수 있었던 것은 찬혁의 추진력 있는 결정과 밤낮을 가리지 않고 일한 체력 덕이었다. 주요한 일들의 마무리 작업이 끝난 지금 찬혁은 비로서 자신의 인생에서 가장 큰 문제를 놓고 소유와 협상을 해야 했다.

"무슨 일로 보자고 한 거지? 아, 그보다 간단한 칵테일 한 잔

할까?”

“아니요! 이젠 술 안 마셔요.”

“그래?”

찬혁은 묘한 표정으로 소유를 쳐다봤다. 무언가 달라졌다. 딱히 짚어내긴 뭣하지만 확실히 분위기부터가 달라졌다는 것을 느낀 찬혁은 세심하게 그녀를 살피기 시작했다. 그러고 보니, 낯빛도 안 좋고, 표정도 그리 밝아 보이지가 않았다.

‘좀 잘 지켜보라고 했더니.’

“아직 저녁 전이지? 그럼 자리를 옮겨서 저녁부터 할까?”

조심스럽게 말을 잇는 찬혁의 모습에 소유는 다급하게 말을 이었다.

“아니요. 그럴 필요까진 없구요. 실은 궁금한 게 있어서 온 거예요.”

“나한테?”

고개를 끄덕이는 소유의 모습에 찬혁은 의아한 표정을 지었다. 결연한 표정으로 고개를 끄덕일 만큼 자신에게 묻고 싶다는 것이 무엇일까. 그리고 그게 무엇인지는 모르지만 별로 좋은 것은 아니라는 생각이 들었다.

“저기…… 그날 있잖아요.”

소유가 조심스럽게 꺼내는 말에 찬혁은 의아한 표정으로 되물었다.

“그날이라니, 어떤 날?”

“그…… 몰카 촬영했던 날이요.”

소유의 입에서 생각지도 못한 말이 튀어나오자 찬혁은 내심 당황했다. 하지만 그건 속내일 뿐 찬혁은 어디까지나 무표정한 모습이었고 건조한 말투로 되물었다.

“아아, 그날! 근데 그날은 왜? 설마 다시 찍고 싶다든가 그런 마음이 있는 건 아니지?”

“전혀요! 단지, 그날…… 음, 술에 취해서 그걸…… 했어요?”

“뭘 했냐는 거지?”

소유는 새빨개진 얼굴이 바의 어두운 불빛에 가려 보이지 않는 것이 다행이라고 느껴졌다. 연방 초조한 듯 혀를 입술을 적시는 그녀의 모습이 찬혁에게 어떤 감정을 불러일으킬지는 생각도 못하고 연방 같은 동작을 반복하기만 했다. 찬혁 역시 이렇게 직설적인 물음을 받을 거라고는 생각 못한 터라 표정이 일순 흐트러지고 말았다.

“그…… 할 때요. 그러니까 호, 혹시 콘돔은 했나요?”

“뭐?”

찬혁은 어리둥절한 표정을 지었다. 갑자기 그런 질문을 한 소유를 빤히 쳐다본 찬혁이 천천히 등을 의자 뒤로 기대었다. 소유가 알고자 하는 내용을 판단하기 위해 찬혁은 소유를 빤히 쳐다보며 천천히 질문을 했다.

“그건 왜 묻지?”

“그…… 아무래도…… 아휴~ 확실한 건 병원을 가봐야 알겠지만.”

찬혁은 병원이라는 말에 깜짝 놀랐다. 어두워서 잘 보이진 않았지만 한 달 전보다 다소 마른 듯한 느낌을 받긴 했었다. 하지만 정석의 말로는 딱히 아픈 곳은 없다고 들었는데. 걱정스런 표정이 드러난 모양인지 소유가 찬혁을 보며 경직되었다. 머리카락을 넘기는 소유의 손이 파르르 떨리는 것이 찬혁의 눈에 유독 선명하게 잡혔다.

“……만약에 이건 정말 확실한 건 아닌데요. 그, 아무래도 알려줘야 할 것 같아서요. 그렇다고 제가 다른 생각이 있는 건 아니라는 걸 꼭 말해주고 싶어요. 난 아이를 빌미로 남자를 붙잡거나 하지…….”

“아이라고?”

벌떡 몸을 일으킨 찬혁 때문에 소유는 뒷말을 이을 수가 없었다. 찬혁은 믿을 수 없다는 표정으로 그녀를 노려봤다.

“누가 누구의 아이를 가졌다는 거지, 지금?”

찬혁은 너무 놀란 나머지 날카롭게 다그치고 말았다. 설마 시원을 몇 번 만났다고 하더니, 벌써 일이 그렇게 진행이 된 것인가? 순식간에 격해진 감정 때문에 찬혁은 거친 숨을 삼켜야만 했다. 자신이 한 달 동안 고군분투하며 그녀를 데려오기 위해 노력할 동안 그녀에게 대체 무슨 일이 생겼다는 것인가? 아이라니, 설마!

“아니, 그게 정확한 건 아니지만 그날 이후로 그러니까……

생리가 없어서요. 아닌 것 같지만 일단 병원을 가야 하는데, 그
게…….”

그제야 찬혁은 소유의 말투가 이상하다는 것을 느끼고는 눈
가를 찌푸렸다. 천천히 자리에 앉으면서 빠르게 머릿속을 정리
한 찬혁은 불현듯 든 생각에 소유를 뚫어지게 쳐다봤다.

“설마…… 내 아이라는 얘기?”

믿지 못하겠다는 찬혁의 말에 소유는 그녀대로 기분이 상했
다. 물론, 자신이 술 취한 김에 찬혁을 어찌어찌한 건 사실이지
만 저리 믿지 못하겠다고 행동할 건 또 뭔가.

“그게, 아직 확실하진 않지만 그럴 가능성이 있기에 한 번 확
인하려고 한 거였다고. 아직 잘은 몰라요. 하지만 요즘 들어 몸
도 이상하고 해서…….”

“임신일지도 모른다?”

“그, 그렇죠. 그래서 병원 가기 전에 우선 그쪽한테 확인하는
거라구요. 그날 아무래도 같이 자긴 했지만 그래도 나와는 달리
그…… 방지 차원에서 준비를 하지 않았을까 해서요.”

소유의 장황한 설명이 이어질수록 찬혁의 입가가 슬쩍 벌어
졌다. 정말 그날 기억이 없는 걸까? 비디오테이프에서 아무리
그런 장면이 연출됐다 한들 경험이 있다면 자신의 몸 상태를 알
았을 텐데. 찬혁은 소유가 이런 쪽으로는 전혀 무지하다는 것을
깨닫고는 자꾸만 벌어지려는 입술을 간신히 눌렀다. 이건 정말
신이 주신 기회였다. 어떻게 관계를 엮어 결혼을 할까 고민하던

차에 그야말로 호박이 넝쿨째 굴러 들어온 것이 아니고 뭐겠는
가?

　'훗, 절호의 기회를 놓칠 순 없지.'

　찬혁은 소유를 바라보다 미안한 듯 시선을 스윽 하고 돌렸다.

　"흠흠, 미안하지만 나도 그때…… 얼결에 당한 일이라, 게다
가 술 취한 상태였고 해서. 그런 쪽으로 준비를 못했는데."

　찬혁의 '당한 일이라' 는 말이 유독 귀에 콱 박혀 소유는 얼굴
이 빨갛게 달아올랐다.

　"……그랬군요."

　소유는 다시금 숨을 삼켰다. 굳이 '당했다' 는 표현을 안 써도
자신이 찬혁을 어찌했다는 것쯤은 알고 있었다. 양심의 가책이
확 밀려와 소유는 한숨을 푹 쉬었다. 결국 자신이 찬혁을 덮쳐
서 임신을 해놓고 아이 얘기를 하는 파렴치한 여자가 되고 만
것이다. 반응을 보니 찬혁 쪽도 적잖이 당황한 모습이었고, 그
닥 유쾌한 모습은 아니었다. 소유는 이내 마음을 다잡았다.

　"만약, 임신한다 하더라도 그쪽한테 책임지라는 말 따위는 절
대 안 할 테니까 그건 걱정하지 않아도 돼요."

　"무슨 소리야? 설마 살인을 하겠다는 건가, 그럼?"

　"……!"

　소유 역시 그런 쪽까진 생각해 보지 않아 경악했다. 아이의
여부만 생각했지 찬혁의 말대로 아이를 어찌할 거라는 생각은
정말 꿈에도 안 했던 것이다. 그러고 보니, 아차하면 자신은 미

혼모가 되는 것이었다.

소유가 아무런 말도 안 하자 그를 오해한 찬혁이 소유를 노려보며 한 자씩 힘주어 말하기 시작했다.

"당신 뱃속의 아이라고 하지만 그 생명의 반은 내 아이야. 임신이 맞는다면 절대 아이를 어찌한다는 생각은 하지 말라고. 무슨 말인지 알겠지?"

"그, 그렇지만……."

"우선은 결혼을 서둘러야겠군."

"네에?"

"그럼 아이가 지금 자라고 있는데 한시라도 빨리 결혼을 해야 할 것 아냐? 난 내 아이가 나중에라도 그런 일로 고민하는 꼴은 못 봐."

"그렇지만 아이 때문에 결혼을 하겠다는 건가요?"

"그럼 아이를 지우기라도 하겠다는 건가? 아니면 아빠가 이렇게 멀쩡히 살아 있는데 혼자 낳아서 키우려고?"

"아니, 아직 확실한 것도 아니고……."

"그럼 설마하니 내가 내 아이를 가진 여자를 내팽개치거나 아이의 존재마저 무시할 정도로 막되어먹은 남자로 생각했다는 건가?"

차가운 질책에 소유는 급하게 고개를 저었다. 그러고 보니 찬혁의 입장에선 굉장히 기분 나쁜 말일 수도 있다는 것을 인지 못했던 그녀의 실수였다.

“아니, 그게 아니구요, 제 말은…….”

“아니. 내 말부터 들어. 아직까지 생리가 없었다는 건 임신이 됐다는 뜻이야. 임신 초에 병원에서 그런 검사를 잘못 받는다면 아이가 이상해지거나 잘못될 수가 있어. 그래서 임신 초기에는 조심해야 된다고 하잖아. 내가 모든 걸 알아서 준비할 테니까 당신은…… 음, 그래, 호텔에서 머무는 게 좋겠군. 심부름센터 도 잠시 보류하고.”

“뭐라구요? 그게 말이 돼요?”

“왜 말이 안 돼? 지금도 몸 상태가 별로 좋지 않아 보이는데. 아이가 잘못되기라도 하면 어쩌려고 그러는 거야?”

아이를 위하는 마음에 고마움을 느껴야 하는 소유였다. 근데, 왜 이렇게 울컥하고 속이 상한 건지. 소유는 찔끔 하고 나오는 눈물을 거칠게 닦았다. 그가 원하는 것은 자신이 아니고, 결혼 이 아니었다. 그저 아이를 갖기 위해서 결혼을 감수하고, 자신 을 아내의 위치에 올려놓으려는 것일 뿐.

“……그건 좀 생각해 보죠. 당장은 힘들어요. 여태까지 접수 한 일도 꽤 있고, 정석이 혼자서 일을 하게 할 순 없다구요. 그 건 내 밥줄이니까요. 게다가…….”

소유가 낮은 목소리로 ‘아이 때문에 책임감에 결혼할 수는 없 잖아요’ 라고 중얼거리는 목소리가 찬혁의 귀에 들려 그는 작게 한숨을 쉬었다. 무슨 생각을 하는 건지 눈에 훤히 다 보였다. 아 무렴 자신이 아이 때문에 그런 결혼을 감수하려고 할까. 자신은 그렇게 착하고 책임감 강한 사람이 못 된다. 설령 아이를 가진 여자가 나타났다 하더라도 그가 정말 사랑하는 여자가 아니라면 이리 쉽게 결혼을 결정하지는 않았을 것이다. 하지만 저렇게 고민하는 소유를 보는 것이 나름 기쁘기도 했다. 자신이 그녀와의 관계를 놓고 근 한 달여간을 얼마나 고민했는지 약간은 그것을 느껴보게 하는 것도 괜찮을 것 같았으니까. 안타깝긴 하지만 무엇보다 결혼식을 무사하게, 그리고 빨리 치르려면 이 방법이 최선이라는 생각이 든 찬혁은 이대로 밀고 나가기로 했다.

'생각할 시간을 갖지 못하게 폭풍처럼 밀어붙여 주지.'

결정을 하고 닌 찬혁은 기분 좋은 모습으로 자리에서 일어섰다.

"어디 가요?"

"저녁 먹어야지. 홀몸도 아닌데 몸보신할 만한 것을 먹어야 하지 않겠어? 음, 우리 호텔에 몸에 좋은 음식이 뭐가 있지?"

"전 괜찮아요."

소유가 마지못해 말하자 찬혁이 고개를 저었다.

"아니야. 입덧 때문에 입맛이 없어질지도 모르잖아. 뭘 좋아하지?"

"전 뭐든 잘 먹어요. 아니, 그것보다……."

"음, 일단 고기를 먹어야겠지. 양식당으로 가야겠어. 괜찮아?"

찬혁의 행동에 소유는 울어야 할지 웃어야 할지 망설였다. 자신에게 잘 대해주는 찬혁이 좋긴 하지만 그건 자신을 위한 것이 아니라는 걸 알기 때문이다. 이대로 아이 때문에 결혼한다는 것은 양심에 걸렸다. 아니, 그보다 아이의 여부부터 확인해야 하지 않을까?

망설이는 소유와는 달리 일사천리로 주문까지 마친 찬혁은 기분 좋은 웃음을 달고 소유를 지켜보고 있었다. 어색해진 소유가 시선을 돌리자 저만치서 다가오는 정석의 모습이 보여 깜짝 놀라고 말았다.

"어? 정석아, 너 여긴 어쩐 일이야?"

"아, 그보다 결혼 축하해, 고모."

"뭐?"

"미래의 고모부 될 분이 연락해 줘서 이렇게 축하 자리에 온 거 아니겠어?"

소유가 놀라서 되묻자 찬혁이 반갑게 정석을 맞이했다.

"어서 와라. 네 것도 같은 것으로 미리 주문했는데 괜찮지?"

"네. 저는 좋습니다. 그보다 고모, 언제 이렇게 된 거야?"

"그게……."

소유가 망설이는 사이 찬혁이 먼저 말을 가로챘다.

"그 비디오 찍은 날부터 불타올랐지."

한쪽 눈을 찡긋하는 찬혁의 모습은 의외로 즐거워 보였다. 소유는 어리둥절한 표정으로 정석과 찬혁을 번갈아 쳐다보았다. 정석은 찬혁과 악수를 하며 진심으로 결혼을 축하하고 있었다.

내심 자리가 끝날 무렵 얘기를 번복하려던 소유는 작금의 사태에 그저 당황스러울 뿐이었다. 그렇게 아이가 좋은 걸까. 소유는 사랑도 아닌 아이로 인해 결혼을 결심한 찬혁이 안쓰럽기도 하고 한편으론 괘씸하기도 했다. 소유가 그런 고민을 하는 것과는 달리 식사 분위기는 내내 즐거웠다.

그 다음부터는 일사천리였다. 소유의 심부름센터를 호텔 내 비즈니스 센터(Business Center)로 옮긴 찬혁은 호텔 조직 내 외주 건 중 상당 부분을 심부름센터의 일로 돌렸고, 아르바이트 인원 또한 대거 투입하여 보다 체계적인 활동을 하게 만들었다. 그리고 하루 업무 보고를 직접 받았고, 결재를 했으며 그 일을 다시 소유에게 보고하는 형식으로 이뤄졌다. 소문은 빠르게 퍼져 '최강 심부름센터' 의 실제 사장이 호텔 사장이라는 소문이 돌았지만 찬혁은 그 소문에 대해 일체 입을 열지 않았다. 무언의 긍정이라는 것처럼 그 소문은 업계에도 빠르게 전파되었고, 혹자는 작은 일부터 직접 실천하는 경영인의 표본이라고 그를 일컬어 매스컴을 타기도 했다.

호텔 사장과 결혼하게 되어 좋은 것은 일단 식장을 잡는 것을 아무 때나 할 수 있다는 것, 모든 준비가 일제히 호텔에서 이뤄지기 때문에 다리품을 팔 일이 전혀 없다는 것이다. 더욱이 호텔 사장의 결혼식이라는데, 어느 누가 소홀히 할까. 소유는 찬혁이 가지고 온 웨딩초대장을 고르며 한숨을 쉬었다. 열 개. 정도의 웨딩초대장 샘플은 모두가 화려하고 고급스러웠으며 또한 아름다웠다. 자신의 친척들은 얼마 되지 않기에 실제 식장에 온다 해도 초라하기 그지없을 것이 분명했다. 반면, 찬혁의 집안은 재계에서는 물론, 그의 인맥을 과시라도 하는 양 초대객 숫자가 어마어마하다고 했다. 그 애기는 찬혁이 아닌 결혼식 준비를 하는 성진에게 직접 들은 애기였다.

"다 예쁘네. 정말 눈이 팽팽 돌 정도로 빠른 행동에 멀미가 날 정도지만."

결혼식은 청혼을 받고 한 달 뒤 넷째 주 토요일 오후 두 시. 신혼여행은 유럽 일주로 정했다. 첫날은 한빛호텔에서 일박을 하고, 다음날 일찍 비행기를 타는 것으로 티켓팅이 된 상태였으며, 웨딩드레스, 반지, 화장품, 그 외의 속옷이라든가 자질구레한 것들은 이미 완벽하게 준비된 상태였다.

그 모든 일이 일주일 안에 다 준비가 된 것이다. 신혼 살림은 찬혁이 갖고 있는 아파트에서 시작하기로 했으면 전에 한 번 가본 곳은 정석이 쓸 수 있도록 이미 조치를 취한 상태라고 한다. 아파트 리모델링은 이미 작업이 들어간 상태로, 그들이 신혼여행을 마치고 돌아올 무렵엔 가구며 모든 것이 완벽하게 준비가 될 것이라고 했다. 그동안 소유가 한 일이라고는 고작 호텔의 최고급 룸에서 먹고 자고 쉬는 일이 다였다. 아, 카탈로그나 잡지책을 보면서 가구며 잡다한 것들을 선택하긴 했다. 그리고 웨딩초대장을 소유가 선택하자마자 바로 인쇄에 들어가 다음날 아침 일괄 배달되었다. 물론, 심부름센터 직원들을 통해 중요

인사들은 직접 받을 수 있도록 했다.

　그날 오후 다소 이른 저녁을 먹기 위해 호텔 내 이탈리아 식당에 먼저 도착해 앉아 있던 소유는 자신을 보고 환하게 웃으며 다가오는 찬혁을 보며 어색하게 웃어주었다. 찬혁은 자리에 앉자마자 찬혁은 조심스러운 표정으로 소유를 살폈다.
　“몸은 좀 어때?”
　찬혁은 실상 소유가 지금이라도 임신이 아니라는 것을 알면 이 결혼을 미루거나 거절할지도 몰라 내심 조바심이 난 상태였다.
　“괜찮아요. 하루 종일 먹고 자고 그러는 바람에 몸이 둔해진 것 같아요.”
　소유의 말에 찬혁이 부드러운 웃음을 지었다.
　“그래도 예뻐.”
　찬혁의 말에 소유는 볼이 확 붉어졌다. 이런 식으로 소유에게 말을 건넬 때는 정말 찬혁이 자신을 좋아하는 건가 싶은 착각이 들 때가 한두 번이 아니었다. 게다가 호텔에서 머물면서 적어도 하루 두 번은 꼭 찬혁과 이렇게 마주 앉아 식사를 하는 소유였다. 일 때문이라도 힘들 텐데도 찬혁은 이것만큼은 철저히 지키는 바람에 오히려 소유가 미안해질 정도였다. 실은 어젯밤부터 몸의 조짐이 이상했던 터라 소유는 내심 당황하는 중이었다.
　“저기요, 만약에 말이에요”

"응? 왜?"

"아, 아니에요. 그것보다 화장실 좀……."

결국 찬혁의 웃은 얼굴에 아무 말도 하지 못한 소유는 화장실을 핑계로 자리를 떴다. 화장실로 들어선 소유는 세면대에서 손을 씻으며 중얼거렸다.

"어떡하면 좋지? 임신이 아닌 것 같은데, 계속해서 숨길 수도 없잖아. 하지만 이 상황에서 어떻게 임신이 아니라고 해!"

소유는 한숨을 푹 내쉬며 어떻게 이 상황을 찬혁에게 말해야 할지를 고민 중이었다. 그때 화장실 문이 열리면서 서영이 나타났다. 소유는 거울에 비친 서영의 모습에 눈을 크게 떴다.

"흥, 어쩐지 갑자기 결혼식을 서두른다 했더니 그런 이유가 있었네."

"기, 김서영!"

"하, 내가 널 너무 우습게봤나 보다? 어떻게 가지지도 않은 아이를 핑계로 찬혁 오빠한테 결혼해 달라고 한 거였니?"

"그, 그게 아니야!"

당황한 소유가 부정했지만 어떻게 보면 그 말도 일리가 있기에 소유는 더 이상의 부정도 할 수가 없었다.

"아니긴 뭐가 아니야? 너 순진한 줄 알았는데 무서운 애로구나? 너 이런 거 오빠랑 오빠네 부모님도 아셔?"

"서영아."

"이따위 사기 결혼! 더 이상 하면 안 되는 거 알지?"

"아니야, 그게 아니야!"

"흥, 내가 이 결혼이 이뤄지게 만들 것 같아?"

소유를 팍 밀치고 화장실을 나간 서영의 뒤를 소유는 부리나케 뒤쫓았다. 하지만 그보다 먼저 찬혁의 앞에 당도한 서영이 뒤따라 들어온 소유를 보며 눈살을 찌푸렸다.

"오빠, 아이 때문이라면 이 결혼 그만둬요!"

"뭐?"

갑작스런 서영의 발언에 찬혁은 눈살을 찌푸렸다. 그러다 서영의 뒤에 눈이 빨개져서 어쩔 줄 모르고 서 있는 소유의 모습에 찬혁의 표정이 점점 굳어졌다.

"나소유, 왜 그러고 있는 거지?"

"그거야 본인이 지은 죄가 있으니까 그런 거죠. 이 결혼 아이 때문에 하는 거라면서요? 거짓 임신으로 오빠한테 결혼을 요구한 거 아니었나요?"

찬혁의 눈빛에 일순 놀란 빛이 감돌았다. 소유는 푹 고개를 숙이고는 더 이상 창피해지지 말자는 생각에 서둘러 고백했다.

"……미, 미안해요. 나 사실 말하려고 했어요. 그런데…… 당신이 너무 좋아해서…… 하지만 속일 생각은 정말 없었어요!"

"흥, 그 말을 누가 믿을 줄 알고?"

서영이 잘됐다는 표정으로 소유를 쳐다보고는 이내 눈을 빛내면서 찬혁에게 다시 시선을 돌렸다. 서영의 표정은 이 결혼을 물릴 수 있다는 희망으로 반짝거렸다.

"오빠, 그 이유 때문이라면……."

"김서영, 그 입 닥쳐."

찬혁은 차가운 시선으로 서영을 노려본 뒤 여전히 고개를 숙이고 있는 소유를 향했다.

"아이가 아니라면 나랑 결혼할 마음이 조금도 없어?"

"흑. 네?"

당황스러운 마음에 고개를 들고 찬혁을 바라본 소유는 그의 눈빛에 결국 눈물이 뚝 떨어지고 말았다.

"난……."

"이 자리에서 정확하게 말해. 아이 외에는 내게 아무런 감정도 못 느끼는 건가?"

소유는 뿌연 눈물을 손으로 닦으며 혼란스런 마음을 다스리려 애를 썼다. 그와 떨어지고 근 한 달, 단 하루도 잊지 못했던 남자가 아니던가. 원치 않은 이유로 자꾸만 얽혔지만 찬혁에 대한 자신의 감정만큼은 나날이 깨닫고 있는 그녀였다.

"……좋아해요."

"뭐?"

"말도 안 돼!"

고개를 들어 찬혁을 마주한 소유는 이내 솔직해지자고 마음을 먹었다. 아이 때문이 아니라도 그에게 마음을 고백할 생각은 수없이 했던 그녀였다. 차라리 잘된 일이라고 생각한 소유는 솔직한 심정을 그에게 고백하기 시작했다.

“……많이 좋아해요. 근 한 달 동안 연락 없는 내내 기다리면서 내가 당신을 좋아한다는 걸 깨달았어요. 아이의 일은…… 정말 고의가 아니었어요. 미안해요.”

찬혁은 소유의 고백에 점차 얼굴빛이 환하게 바뀌었다.

“정말 너무하는군.”

찬혁의 차가운 말에 소유는 가슴이 덜컥 내려앉았다. 그런 소유와는 달리 서영은 기대감에 찬 눈빛으로 찬혁을 바라보았다.

“고백조차 먼저 해버리면 어쩌자는 거야? 정말 앞서가는 신부로군.”

찬혁은 기분 좋은 웃음을 지으며 소유의 손을 잡아끌었다.

“처음부터 알고 있었어. 정말은 그 핑계로 결혼을 생각한 내가 먼저 고백해야 하는 건데.”

“뭐라구요?”

놀란 소유가 크게 눈을 뜨고 찬혁을 주시하자 그게 호탕하게 웃기 시작했다.

“하하하, 정말 너무 둔한 거 아닌가? 뭐, 그 덕에 결혼식을 서두르게 되었지만.”

찬혁의 모습을 지켜보던 서영은 둘의 모습에 기가 막혔다. 그럼 알고도 결혼을 하려 했단 말인가? 서영의 모습에 시선을 돌린 찬혁은 별거 아니라는 투로 말을 이었다.

“결혼식은 앞으로 한 달 이상 남았는데 그전에라도 부지런히 노력하면 상황상 비슷한 거 아닌가?”

서영은 빨개진 얼굴로 홱 몸을 돌리더니 그 음식점을 벗어났
다. 소유는 아직도 믿지 못하겠다는 표정으로 찬혁을 쳐다봤다.
"아, 알고 있었어요? 처음부터 다?"
"응."
"어, 어떻게요?"
더듬더듬 소유가 묻자 찬혁은 대답하려다가 멈칫했다.
'이런, 그럼 그 비디오 촬영까지 다 거짓이었다고 고백해야
되잖아.'
결국 찬혁은 '비밀'이라는 말로 상황을 대충 얼버무렸다. 하
지만 워낙 갑작스런 상황을 겪은 뒤라 소유는 그것에 대해 찬혁
에게 따질 만한 정신이 아니었다.

# [제 15 장] 결혼식과 첫날밤

결혼식을 며칠 앞둔 시점에서 전에 살고 있던 집을 매매한 소유는 잔금을 확인한 뒤, 부동산을 나와 큰 길거리로 향하는 중이었다. 가방 안에는 제법 큰돈이 있던 터라 나름 긴장이 된 소유는 종종 걸음으로 빨리 골목을 벗어나려 했다.

부아아앙~

요란한 소리에 뒤를 돌아볼 사이도 없이 소유는 급하게 다가선 오토바이에 정통으로 가슴을 맞고는 바닥에 뒹굴었다.

'……내 가방.'

감겨지려는 시야 사이로 헬맷을 벗으며 가방을 움켜쥐는 여자의 모습에 소유는 소리쳤다.

'당신…… 서미연?'

그것을 끝으로 소유는 정신을 잃었다. 그녀가 다시 정신을 차리고 눈을 떴을 때 제일 처음 본 것은 찬혁의 걱정 가득한 얼굴이었다.

"괜찮아?"

"……네. 그런 것 같아요."

"소매치기를 당한 것 같아. 다행히 큰 타박상 외에는 별다른 이상은 없다고 하더군."

"……네."

"누군지 얼굴은 기억해?"

소유는 조심스럽게 고개를 저었다. 분명, 서미연이었다. 그녀가 왜 그 골목에서 기다렸다는 듯이 자신을 치고 달아났을까? 물론, 경찰에 고소를 한 상태이니 원망할 수는 있겠지만 그렇다고 소유를 향해 이런 식의 행동을 한다는 것은 지나친 처사가 아닐 수 없었다.

"다행이군. 부동산에 연락해서 수표는 내가 체크했어. 도난신고를 해놨으니 조만간 연락이 올 거야."

"고마워요."

"다음부터는 절대 혼자 다니지 마. 불안해서 혼자 둘 수가 없잖아."

장난스런 찬혁의 말에 소유는 얼굴을 붉혔다.

"안 가봐도 돼요?"

"후유~ 아무래도 신혼여행을 길게 가려면 일을 미리 해놔야 해서. 혼자 있을 수 있지?"

"네. 걱정 말고 어서 가보세요."

연거푸 소유가 권하는 바람에 찬혁은 마지못해 병실을 비웠다. 그가 나가고 나자 소유는 침대에서 몸을 일으켰다. 약간 어지러운 것과, 가슴 부근이 뻐근한 것을 제외하고는 괜찮은 것 같았다.

한숨을 쉬며 정석에게 전화를 하려는데 다시 병실 문이 열리면서 김서영이 들어섰다. 소유는 서영을 쳐다보다 작게 인상을 썼다.

"어떻게 알고 왔니?"

"오빠에 대해서는 거의 다 알고 있으니까."

그 말은 결국 그를 미행했다는 말밖에 되지가 않았다. 소유는 작게 한숨을 쉬었다. 서영을 도저히 이해할 수가 없는 그녀였다.

"그만 포기할 때도 되지 않았니?"

"나도 그렇게 말해주고 싶어. 이렇게 사고까지 난 마당에 결혼을 감행한다는 게 너무 웃기는 거 아냐?"

"내가 사고 난 건 어떻게 알아?"

"그, 그건 병원에 물어보면 다 알아!"

서영이 머뭇거리며 말하자 소유의 눈이 더욱 가늘어졌다. 정석의 말대로 정말 이상한 곳에서 예민해지는 소유였다.

"찬혁 씨 말로는 그냥 피로해서 입원한 걸로 했다고 하던데 누가 그런 소리를 해?"

"뭐, 뭐? 그, 그건…… 너한테 굳이 말할 필요 없어!"

"……너구나."

"뭐라고?"

"서미연에게 날 이렇게 만들라고 사주한 사람 말이야."

"무, 무슨 소리야?"

"그래 놓고 얼마나 다쳤는지 확인하러 온 거 아냐?"

"말도 안 돼! 증거있어?"

"조만간 밝혀질걸? 경찰에 의뢰하면?"

서영의 표정이 삽시간에 검게 변했다. 소유는 그 모습을 보며 화도 났지만 같은 여자로서 서영이 불쌍해지고 말았다.

"다른 좋은 남자도 많은데 왜 미련을 못 버리니?"

"……."

서영은 억울해 죽겠다는 표정으로 소유를 노려봤다.

"내가 너보다 못한 게 뭐가 있는데? 난 아직도 오빠가 왜 너 따위와 결혼하려 하는지 이해를 못하겠어!"

"그럼 내게 이러지 말고 직접 물어보는 게 어때?"

"흥, 오빠랑 결혼한다고 하니까 우쭐해진 모양인데, 그렇다고 해서 네가 그 집에 인정받았다고 생각하면 오해야. 찬혁 오빠네 부모님들은 날 더 좋아하시니까."

"결혼은 찬혁 씨랑 하는 거지, 그 부모님과 하는 게 아니야.

그리고 내가 보기에 넌 찬혁 씨를 사랑하는 게 아니라 나한테 빼앗겼다는 것에 대해 기분이 나쁜 거였니?”

“누가 그렇대?”

소유가 정곡을 찔렀던 모양인지 서영의 표정은 당황스럽게 일그러졌다.

“좋아. 하지만 조만간 이 사건에 대해서 조사하기 시작한다면 모든 것이 밝혀지겠지.”

소유의 말에 서영의 표정이 삽시간에 어두워졌다. 실상, 소유에 대해서 화가 나서 조사를 했던 그녀였고, 사기 사건에 휘말려 서미연이라는 여자를 고소한 것까지 알아냈던 그녀였다. 호텔 일로 찬혁에게 잔뜩 독이 오른 시원과 같이 그녀를 경찰서에서 보석으로 꺼낸 것이 어쩌면 실수였는지도 몰랐다. 그저, 소유가 찬혁에게 떨어져 나오게끔 해달라고 한 일이었지 이런 식으로 그녀가 사고를 일으킬 줄은 정말 몰랐었다.

“난 아무 잘못 없어!”

말을 하면서도 서영은 내심 불안했던 모양인지 입술을 씹어댔다. 병신을 나온 서영은 불안한 마음에 시원에게 전화를 걸었다. 하지만 어제부터 계속 연락이 닿지 않자 서영은 겁이 더럭 났다.

‘혹시 일이 잘못돼서 다른 곳으로 간 건 아니겠지?’

철모르고 싸가지 없다는 소리를 제법 들었지만 마음은 모질지 못한 서영은 결국 망설이다 찬혁을 찾아가기로 마음을 먹었다.

한빛호텔을 찾은 서영은 성진의 제지에 그의 사무실에서 찬혁을 만나기 위해 기다리는 중이었다. 언제까지 기다려야 되는지 물어보자 김성진 실장의 답변이 황당했다.

"요새 사장님 부업을 하셔서요."

"부업이요?"

"네. 심부름센터요."

성진의 말에 서영은 황당한 표정을 지었다. 특급 호텔 사장이면서 체인 호텔만 해도 여덟 곳을 운영하는 찬혁이었다. 리조트며, 펜션까지 어떻게 보면 가장 잘나가는 호텔업계의 유망주가 아니던가. 그런 그가 어이없게도 부업으로 그깟 '심부름센터'를 하다니.

"들어가시죠."

성진의 말에 퍼뜩 정신을 차린 서영이 사장실로 급히 들어섰다. 무언가를 보며 연방 계산기를 두드려 대는 찬혁을 보며 서영은 인상을 썼다. 책상 위에 가득한 서류가 딱 보기에도 복잡해 보였다.

"오빠, 심부름센터 운영해요?"

쳐다보지도 않고 서류를 넘기며 무언가를 체크하던 찬혁이 이내 파일철을 덮으며 기지개를 켰다. 얼마 전의 일도 있고 해서 그런지 서영을 대하는 찬혁의 태도는 찬바람이 쌩 일어날 정도였다. 부모들 간의 우정이 아니라면 정말 다시 보고 싶지 않을 정도로 찬혁은 서영에게 정나미가 떨어진 상태였다.

"이런 식으로 찾아오지 말라고 하지 않았나?"

"하나만 물을게요. 오빠가 우리 부모님한테 나 유학 보내라고 그랬어요?"

"아니. 다만 조언을 해줬을 뿐이지."

"오빠. 정말 궁금해서 그래요. 나보다 소유를 결혼 상대로 택한 이유가 뭐예요? 그 애의 어디가 그렇게 좋았어요? 결혼을 그렇게 서두를 만한 이유가 뭐였냐구요?"

서영이 절절한 음성으로 묻자 찬혁은 잠시 서영을 쳐다봤다. 어렸을 때부터 자주 보아왔고, 서영의 아버지에게 많은 노움을 받았던 찬혁이었다. 전부터 결혼 얘기가 나오긴 했지만 정중히 거절했던 찬혁이었다. 서영이 자신을 좋아한다는 것은 예전부터 알고 있었다. 하지만 결혼 날짜를 잡았음에도 저리 감정 정리를 못하는 서영을 보면서 찬혁은 한숨을 쉬었다.

"사랑하기 때문이라고 말한다면 믿겠어?"

"사랑이요? 얼마나 만나봤다고 그런 감정이 그렇게 생겨요? 오빠, 소유 만나고 결혼까지 겨우 사 개월도 걸렸어요."

서영이 믿지 못하겠다는 투로 대답하자 찬혁은 슬쩍 인상을 썼다.

"사랑이라는 건 얼마나 오랜 시간을 함께했는지도 중요하지만 얼마나 그 사람을 생각하느냐가 더 중요한 거다. 비록 만난 지는 얼마 안 됐지만 소유는 내 심장에 박혔어. 이렇게."

찬혁이 주먹 쥔 손으로 자신의 왼쪽 가슴을 툭 쳤다. 서영은 그 모습을 보며 입술을 꼭 깨물었다.

"소유 사고 난 거…… 실은 내가 그랬어요. 내가 그 서미연이란 여자한테 소유 소식을 알려줬거든요. 하지만 이런 식으로 행동할 줄은 몰랐어요. 정말이에요."

"소유도 알고 있는 거냐?"

찬혁은 한참 만에 질문했다.

"……네. 아마도."

찬혁은 잠시 서영을 지켜보다가 크게 숨을 쉬며 말을 이었다.

"너랑 소유가 다른 이유를 이젠 깨달았을 것 같으니까 더 이상 말은 안 하마. 소유한테 사과해라."

서영은 아무런 말없이 고개를 숙이고 있었다.

"권시원도 이 일과 관련된 거냐?"

서영이 작게 고개를 끄덕였다.

"좋아. 나가봐."

서영이 나가고 나자 찬혁은 천천히 자리에서 일어났다. 소유에게 달라붙는 벌레를 처치하기 위해서였다.

'협박도 회유도 안 먹힌다면 저절로 떨어지게 하는 수밖에.'

찬혁은 소유가 알았다면 아마 기겁했을 만한 계획을 세우며 시원이 숨어 있는 푸른호텔로 향했다. 미리 연락을 해서인지 그를 마중 나온 시원의 표정은 상당히 불쾌해 보였다. 그도 그럴 것이 전에 한빛호텔의 한 객실에게 서영과 짜고 소유를 난처한 상황에 빠지게 하려다가 찬혁에게 들통난 이후의 일들이 알려지면서 그는 현재 대기발령 중에 있는 상황이었다.

"어쩐 일로 날 다 찾아오셨나~"

"뭐, 일 안 하고 편히 노니까 낯빛은 좋군."

찬혁의 깐죽대는 말에 시원은 울컥했다.

"누구 덕에 말이지. 팔자에도 없는 호사를 누리느라 그래."

"거 좋지. 술이나 한잔할까?"

그래서 시작된 술자리는 생각보다 길어졌다. 사이가 아주 안 좋았던 것도 아니고 라이벌 관계로 자주 본 그들이라도 알게 모르게 정이 든 것은 사실인지 술이 서하게 들어가자 제법 화기애애한 분위기가 만들어졌다. 그러다 보니, 속내를 드러내는 말도 알코올의 기운을 빌어 말을 하게 되고. 시원은 결국 찬혁을 원망하듯 고백 어린 말을 중얼거렸다.

"……내가 먼저 봤다면 날 사랑했을걸?"

다소 발음이 꼬인 시원의 말에 찬혁은 피식 웃음을 흘렸다.

"아니, 그래도 나랑 결혼했을 거야."

"그걸 어떻게 그리 장담하지?"

"왜냐하면…… 우린 서로 잘 맞거든."

은근히 풍기는 외설스런 눈빛과 은밀한 말투에 시원은 눈살을 찌푸렸다.

"나랑 해보면 나랑도 잘 맞을걸?"

"하하, 글쎄. 우린 좀 특이한 성 취향을 즐겨서 말이야."

“뭐?”

정신을 차리려는 듯 눈을 크게 뜬 시원이 찬혁을 바라보며 설마하는 표정을 짓자 찬혁이 고개를 작게 끄덕였다.

“이를테면 채찍 같은 걸 좋아한다거나.”

“헉!”

찬혁의 말에 시원이 급히 숨을 삼키며 경악한 표정을 지었다. 찬혁은 속으로 웃음을 삼키며 더욱 은밀한 내용이라는 듯 고개마저 숙이며 작게 속삭였다. 마치, 큰 비밀을 알려주려는 듯.

“잘 묶이는 가죽 끈도 좋고, 낙타 눈썹으로 만든 깃털도 좋고.”

“윽!”

대번에 시원의 낯빛이 변하자 찬혁은 속으로 웃음을 삼켰다.

“한 번 맛들이면 영원히 벗어날 수가 없거든. 그 면에서 우리 둘은 아주 천생연분이야.”

“거, 거짓말!”

당황스럽게 시원이 외치자 찬혁은 상관없다는 식으로 허리를 곧게 폈다.

“뭐, 믿거나 말거나지. 하지만 내가 거짓말할 이유가 있나?”

시원은 찬혁의 말에 좀 전까지 마신 술이 일시에 확 깨는 것을 느꼈다. 그런 시원을 바라보는 찬혁의 표정은 무척이나 능청스런 표정이었다.

다음날, 퇴원을 한 소유는 뭐가 그리 기분이 좋은지 연방 웃음을 남발하는 찬혁을 보면서 의아한 생각에 사로잡혔다.

'뭐가 저렇게 기분이 좋은 거지?

"무슨 일로 급하게 절 찾은 거예요?"

"급한지는 모르지만 꼭 네 의견을 물어야 할 일이 생겨서 말이야. 뭐가 좋은지 결정을 내려줬으면 해."

찬혁이 소파에 가지런히 놓여 있는 종이백 봉투로 시선을 옮기자 소유의 시선 역시 그 뒤를 따랐다.

"이게 뭔데요?"

"가서 봐봐."

짐짓 아무렇지 않은 듯했지만 소유의 시선을 다시 한 번 스윽하고 피한 찬혁의 모습에 소유는 소파로 향했다. 그리고 종이백의 물건들을 꺼내는 순간 확하고 얼굴이 달아올랐다.

"이, 이게 뭐예요, 지금?"

"익숙한 물건이지?"

당연하다는 듯이 묻는 질문에 다시 한 번 눈을 세모꼴로 치켜뜬 소유.

"어떻게 이게 익숙하다는 거예요? 남세스럽게!"

"표현의 자유지. 사랑의 깊이를 더해주기도 하고. 그쪽 것도 풀어봐."

불탄 고구마가 되어 화끈거리는 얼굴을 한 손으로 매만지며 소유는 너무도 당당한 그의 모습에 정말 어찌할 바를 몰랐다.

소위, 여자한테 덮침을 당했으면서도 저리 당당한 남자가 몇이나 될까. 마지못해 다음 쇼핑백에서 물건을 꺼낸 순간 소유는 완전 굳어버렸다. 절대, 잊어버릴 수 없는 것이 들어 있었기 때문이다.

"신혼여행 때 입을 속옷이야."

여전히 무표정한 얼굴이었지만 눈빛만큼은 기대감에 반짝거렸다. 소유는 그런 찬혁을 보며 고개를 설레설레 저었다.

"왜 하필 이 속옷인데요?"

준비해 둔 속옷은 어디 가고 그 문제의 속옷이 나온 것인지 이해가 안 가는 소유였다. 금실과 붉은 실로 얽히게 짜인 그 속옷은 입는 것도 그랬지만 속옷의 기본적인 기능을 전혀 고려하지 않은 것이었다. 두 번 다시 보지 않기를 바랐던 속옷이건만 왜 자신의 손에 다시 버젓이 들리게 된 것인지. 소유는 눈살을 찌푸리며 다른 종이백으로도 시선을 주었다.

"설마, 이거 말고도 또 그 이상한 것들도 있는 거예요?"

찬혁은 슬그머니 시선을 책상 아래로 고정시키면서 대답을 했다. 무언가 굉장히 바쁘다는 듯이 부산스럽게 움직이는 그의 모습에 소유는 말을 건네기가 멋쩍었다.

"친구한테 선물을 받았어. 친구의 성의를 무시할 수는 없는 거니까."

대체, 그런 물건들만 선물하는 그 친구의 얼굴을 보고 싶다고 소유는 생각했다.

"그 친구 취향이 상당히 독특하네요."

퉁명스럽게 말을 하는 소유를 바라보는 찬혁의 눈빛이 마치 먹이를 눈앞에 둔 맹수처럼 빛났다. 그도 그럴 것이, 가짜로 찍은 그 비디오로 인해 결혼을 밀어붙이는 형편이니 진짜 관계가 없었다고 하면 필히 이 결혼을 부정할 것이 분명했다. 그를 향한 소유의 감정이 호의적인 것은 알 수 있지만 아직까지 그와의 결혼을 생각할 정도로 깊어졌다고는 볼 수 없었다. 그나마 상상임신일지도 모른다는 소유의 생각에 이리 몰아붙였던 것인데 잘못하면 그마저도 들통날 상황이라 무턱대고 들이댈 수는 없는 노릇이었다. 하지만 그 한 달이라는 시간이 얼마나 찬혁에게는 크나큰 고문이었는지는 아무도 모를 것이다. 아니, 근처에서 자신을 보며 재미나다는 듯이 웃는 성진만 제외한다면. 상황이 이러니 키스 한 번, 손 한 번 잡는 것도 두려울 정도였다. 한껏 자제하던 몸은 약간의 터치만으로도 짐승처럼 발광할지 모르니까.

하지만 찬혁의 속마음을 전혀 모르는 소유는 그녀대로 고민이 많았다. 그날 이후로 찬혁이 자신에게 접근조차 안 하니, 이게 결혼을 하는 것인지, 아니면 회사 동료를 얻는 것인지 영 구분하기가 힘들 정도였다. 옆에서 지켜보던 정석의 코치대로 야한 화장도 해보고, 보일 듯 말 듯한 옷을 입고 찬혁과 데이트도 해봤지만 이건 무슨 르네상스 시대의 귀족처럼 가볍게 손을 잡는 것으로 끝내고 마니, 마냥 속이 타는 그녀였다. 그의 말대로 임신이 아니어도 결혼을 했을 거라는 건 자신을 그만큼 매력적으로 봤다는 것이 아닐까? 하지만 그날 이후로는 일체 그런 기미조차 안 보이는 찬혁을 볼수록 초조해지는 소유였다.

'내가 실은 그가 말한 것만큼 매력이 없는 것일까?'

그런 고민을 하던 차에 찬혁이 내미는 속옷은 한마디로 사막에서 오아시스를 찾은 격이었다. 창피한 건 창피한 것이고, 사랑은 사랑인 것이다. 점점 더 찬혁이 맘에 드는 소유지만 유독 거리를 두는 그에게 조바심이 이는 건 당연지사. 결혼식도 일주일 앞둔 마당에 첫날밤도 아니고, 첫 경험도 아니니 무엇이 두려우랴. 목석은 아닌 것이 분명하니, 야한 속옷을 입고라도 유혹하는 수밖에. 첫 경험을 기억 못한다는 것은 억울했지만 무엇보다 찬혁의 마음을 확인해야만 했다. 소유는 커다란 결심을 하고 찬혁을 바라봤다.

"저기, 오늘은 많이 바빠요?"

"아아, 저녁 선약이 있어서. 그리 늦지는 않을 거야. 왜?"

"아뇨, 그냥."

"정석이 불러서 같이 식사라도 하지 그래?"

"네."

"그건 갖고 가야지, 여기다 계속 둘 수는 없잖아. 어차피 내가 입을 것도 아니고."

찬혁이 다시 무뚝뚝하게 말하자 소유는 종이백을 들고는 서둘러 그곳을 벗어났다. 만약, 찬혁이 가져가라고 하지 않았다면 있다 몰래 와서라도 가져갈 생각을 했기 때문이었다. 종이백을 들고 나서는 소유는 비장한 표정으로 오늘 밤을 D-day로 잡기로 했다.

'반드시 유혹해 주겠어!'

자신의 룸으로 들어선 소유는 종이백을 침대 위에 쏟아내며 현란한 색채감의 속옷들을 잡고 다시 한 번 두 주먹을 불끈 쥐었다. 그녀는 확인해야 할 필요성이 있었다. 정말 그녀와의 결혼을 찬혁이 어찌 생각하는지에 대해서 말이다.

그 시각, 찬혁은 업무를 대강 정리한 뒤 미리 잡혀 있는 인터뷰를 하고 있었다. 인터뷰는 생각보다 시간도 많이 설렸고, 정신적인 에너지를 소모하게 만들었다. 하지만 서진 신문부 기자와의 인터뷰는 나름 괜찮았기에 저녁식사로 이어진 그 자리는 결국 술자리까지 이어져 찬혁이 자신의 룸을 찾은 것은 꽤 늦은 시각이었다.

'휴~ 피곤하군.'

방문을 열고 들어선 찬혁은 넥타이를 한 손으로 잡아당기며 작게 한숨을 쉬었다. 호텔의 최고급 스위트룸에 객실과 서재를 조화시킨 찬혁의 룸은 쉴 공간과 접대, 그리고 일하는 공간을 완벽하게 갖추고 있었다. 객실을 가로질러 침대로 향하던 찬혁은 무언가 이상함에 걸음을 멈췄다.

'뭐지?'

침대시트가 보란 듯이 봉긋하게 올라와 있는 것이 누군가가 그의 침대에 누워 있는 것이 분명했다. 찬혁은 잠시 침대를 노려봤다. 이런 시간에 자신의 룸으로 찾아올 만한 사람이 없었다. 게다가 자신은 일주일 후면 결혼할 예비 신랑이었다. 물론, 총각파티니 뭐니 말이 많긴 하지만 지금의 찬혁에겐 그 모든 것이 독인 상태였다. 그리고 그 독의 해독은 소유만이 풀 수 있었다.

"무슨 의도인지는 모르지만 내 침대에서 일어나는 게 신상에 좋을 거야."

착 가라앉은 목소리에는 차가움이 뚝뚝 묻어났다. 찬혁의 말에 소유는 애써 침대시트를 뒤집어쓰고 있던 것을 내려야 하나 고민을 해야만 했다. 그냥 두고 보자니 찬혁의 목소리가 너무도 매섭게 들렸다. 고민하는 소유와 달리 찬혁은 상대가 반응이 없자 성큼성큼 침대로 다가오더니 시트째 그 몸을 달랑 들었다.

"악!"

그대로 그 사람을 바닥에 내동댕이치려던 찬혁은 익숙한 비명에 서둘러 그 인영을 다시 침대에 내리고 시트를 벗겼다.

"나소유?"

놀라고 당황한 표정이 가득한 찬혁의 모습에 소유는 어찌할 줄을 몰라 어색하게 웃었다. 어떤 식으로 나올지 궁금하긴 했지만 이렇게 과격한 행동을 하리라고는 생각지 못한 그녀였다.

"꽤…… 늦었네요? 하하."

소유는 첫날처럼 자신을 소파로 집어 던지지 않은 것이 다행이라고 내심 가슴을 쓸어내렸다. 어떻게 된 남자가 이런 협박으로는 아주 도가 터 보였다.

"이 시간에 여긴…… 어쩐 일이야."

찬혁의 목소리가 거의 끝에 가서는 속삭임에 머물렀다. 찬혁의 시선이 소유의 얼굴에서 가는 목으로 그리고 그 야한 속옷에서 떨어질 줄 몰랐다.

"그게…… 저, 실은…… 칵테일을 같이 마시려고."

"……이 시간에?"

간신히 고개를 든 찬혁이 소유의 바로 옆에서 작게 되물었다. 소유는 고개를 끄덕이며 비로소 침대 아래로 두 발을 내디뎠다. 다리에 감긴 얇은 나이트가운이 날씬한 실루엣을 슬쩍 드러내었다.

"네. 이렇게 늦을 줄은 몰랐어요. 한 잔 정도는 괜찮을 것 같은데."

"뭐…… 좋아."

천천히 소유의 뒤를 따라 나오는 찬혁을 느끼며 소유는 긴장함에 침을 삼켰다. 객실 한쪽에 위치한 바에는 아까 소유가 준비한 것들이 가지런히 놓여 있었다. 찬혁은 소유가 그곳으로 다가가자 의아한 표정을 지었다. 칵테일이라고 해서 그저 간단하게 한잔하자는 것인 줄 알았는데 술잔과 술의 양이 상당했기 때문이다.

"설마, 전처럼 그렇게 술 먹고 잠들 생각인 건가?"

"아니요, 설마요."

찬혁의 말에 소유가 얼른 고개를 젓고는 미리 준비한 테이블로 향했다. 이제부터가 시작인 것이다.

"거기 앉아봐요."

소유의 말에 찬혁이 근처의 소파로 가서 앉자 소유가 준비된 것들로 손을 뻗어 칵테일을 만들기 시작했다. 잠시 그것을 지켜보던 찬혁이 놀란 표정으로 소유에게 되물었다.

"굉장한 걸 만드는 것 같은데?"

"굉장한 것까진 아닌데 그 의미는 그렇게도 들릴 수 있죠. 상대에 따라서는."

소유는 준비한 그레나딘 시럽, 마루아, 크림디 민트, 체리브랜디, 블루큐리스, 감리아노, 위스키를 순서대로 리큐르 글라스를 놓고 바(bar) 스푼을 잔 벽에 대고 섞이지 않게 층층이 쌓기 시작했다. 각자의 색으로 그 층을 쌓는 칵테일은 실상 알코올 비중을 응용한 것이었다. 색도 예쁘지만 그 의미가 더욱 아름다운 칵테일. 사랑하는 사람이 옆에 있을 때 레이보우 칵테일 한 잔 시켜놓고 불을 붙인 후 마음속으로 기도하면 소망이 이뤄진다는 의미의 칵테일을 만든 소유는 그것을 찬혁에게 가져간 뒤 불을 붙였다. 화려하게 타기 시작한 칵테일을 바라보는 찬혁에게 소유는 조용히 속삭였다.

"이 레인보우 칵테일에 불을 붙여 기도를 하면 연인들의 사랑을 이뤄준대요."

찬혁의 시선이 천천히 소유에게로 향했다. 어두운 조명에 흔들리는 불빛, 달짝지근한 칵테일 향이 공기 중에 떠돌았다.

"소원을 빌어봐요."

작게 속삭이는 소유의 입술이 움직일 때마다 찬혁의 가슴은 쿵쿵 울렸다. 사랑은 이런 느낌인 거다. 눈빛 하나에도 죽을 듯이 심장이 뛰는. 황홀하게 소유를 바라보던 찬혁의 입가가 살짝 벌어지며 매력적인 웃음이 나왔다. 이 세상의 그 모든 것보다 소중한 것을 받았으니까 말이다.

"네 소원은…… 이뤄졌어."

천천히 찬혁의 얼굴이 소유에게 기울어졌다. 소유는 다가오는 찬혁의 얼굴을 바라보며 천천히 눈을 감았다. 찬혁은 작은 신음을 목 깊숙이 눌러 참으며 두 팔로 소유의 유혹 가득한 몸을 가두었다. 뜨거운 열기가 후끈 주변의 온도를 높이고 있었다. 찬혁은 깊게 입을 맞춘 상황에서 소유의 몸을 번쩍 들어 침대가로 향했다. 스위트룸이니만큼 커다란 침대에 눕힌 소유를 바라보는 찬혁의 눈빛은 그 모든 열기를 합친 것보다도 뜨거웠다. 침대에 누워 눈을 꼭 감고 있는 소유의 모습이 너무도 예뻐 찬혁은 가벼운 입맞춤을 하며 속삭였다.

"예뻐."

소유의 가는 목에 입술을 누른 뒤, 이를 이용해 잘근거리던 찬혁이 혀와 입술로 그곳을 강하게 빨아들이자 소유는 숨조차 쉴 수가 없었다. 천천히 입술을 아래로 내려뜨린 찬혁이 긴장감

에 바짝 긴장해 있는 소유의 가슴의 극점을 원을 그리듯 혀를
이용해 애무를 하자 그녀는 저절로 신음을 터뜨렸다.

"아아, 그만……."

너무도 이상한 느낌에 소유는 찬혁을 밀어내려 했다. 너무 강
한 감각이었다.

"이, 이상해요! 느낌이 너무…… 아!"

찬혁이 소유의 가슴을 한껏 물고는 힘있게 빨아 당기는 바람
에 소유는 감전이라도 된 듯 온몸이 요동쳤다. 놀란 소유의 몸
을 온몸으로 내리누르고 찬혁은 그윽한 눈빛으로 그녀를 바라
보았다. 바로 위에 보이는 찬혁의 눈빛은 흥분과 열기로 어둡게
가라앉아 있었다. 천천히 얼굴을 내린 것과는 달리 입 안 깊숙
이 혀를 이용해서 소유의 입 안을 맘껏 휘젓는 찬혁의 입술을
다급하고, 거칠고, 그리고 초조해 보였다. 가까스로 입술을 뗀
찬혁이 만족한 듯 말했다.

"앞으로는 이 칵테일…… 자주 마실 것 같아."

그 말을 끝으로 찬혁은 더 이상의 단어를 내뱉지 않았다. 간
혹 가다 내지르는 탄성이 소유를 재촉했고 그녀의 신음이 터질
때마다 찬혁의 손은 다급해지고 있었다. 소유는 그 뜨겁고 습한
열기에 정신을 차릴 수가 없었다. 찬혁의 모든 것이 뜨거웠다.
이런 느낌이었다는 걸 그때는 왜 몰랐을까. 어떻게 잊을 수 있
을까. 새로운 감각의 인지에 소유는 힘껏 찬혁을 끌어안았다.
온몸의 수분이 일시에 증발하는 느낌, 그 떨림에 어쩔 줄 몰라

하며 바르르 떨었다.

"하아, 하아."

한껏 숨을 들이쉬는 소유를 향해 찬혁이 다시 부드럽게 속삭이며 소유의 다리 안으로 몸을 약간씩 움직이기 시작했다. 이미 몸은 통제를 벗어난 상황이었다. 찬혁의 다소 거친 행동에 힘을 잃은 소유의 몸이 흔들거렸다.

"괜찮아. 진정해."

작게 속삭이며 다가온 찬혁의 몸이 어느 순간 소유의 몸에 알맞게 들어찼다. 마주 닿은 찬혁과 소유의 중심에서 뜨거운 열기를 넘어 불이 붙은 듯 화끈거리기 시작했다. 절로 벌어지는 여성의 안으로 가득하게 밀려오는 그 묵직함에 소유의 허벅지가 절로 경련을 일으켰다. 커다란 손으로 끊임없이 그 부분을 쓰다듬으며 찬혁은 달래듯 속삭였지만 소유는 그가 무슨 말을 하는지 도무지 집중을 할 수가 없었다. 그보다는 딱딱하게 몸 안으로 가득 밀려들어 오는 것에 몸의 중심이 점점 벌어져 참을 수 없는 통증에 소유의 눈이 커다랗게 떠졌다. 헉하고 숨을 삼키며 아픔에 소리치려는 찰나 찬혁의 메마른 입술이 다시 한 번 소유의 젖은 입술을 삼켰다. 몸을 가르듯 밀고 들어오는 그 아픔은 생전 처음 겪는 고통이었다.

"악! 다, 당신!"

경악한 소유가 찬혁을 휘둥그레 쳐다봤다. 당연히 첫날밤이 아니라고 생각했던 소유로는 지금의 상황이 이해가 안 되었기 때문이다. 그런 소유를 바라보던 찬혁이 짓궂기 허리를 튕기자 소유는 다시 한 번 신음을 흘렸다.

"……마, 말도 안 돼! 이, 이건 사기라구!"

믿을 수 없다는 표정으로 찬혁을 바라보는 소유였다. 하지만 이미 상황은 건널 수 없는 강을 건넌 상태. 약간의 움직임만으로도 소유는 찬혁을 느낄 수가 있었다. 패닉 상태에 빠진 소유의 이마에 쪽 소리 나게 입맞춤을 한 찬혁이 기세 좋게 다시 허리를 움직였다.

"우, 움직이자 마요!"

"안 돼. 날 죽일 셈이야?"

콱 하고 밀려오는 찬혁을 몸 안 깊숙이 받아들이는 소유의 신음은 찬혁의 입에 막혀 울리질 않았다. 찬혁의 등을 밀어내는 소유의 두 손 역시 찬혁의 손에 잡혀 허공을 휘저을 뿐, 여전히 찬혁은 소유의 안으로만 파고들었다. 뜨거운 열기와 땀, 그리고 거친 숨소리가 일시에 뭉쳐져 어지러운 소유는 눈을 다시 감았다. 그러자 더욱 실감나게 몸 안의 이물질의 느낌이 느껴져 움찔하고 절로 다리를 오므리는 탓에 찬혁의 낮게 억눌린 신음 소리가 터졌다. 탄성 같기도 하고, 애원 같기도 한 찬혁의 작은 목소리를 시작으로 소유는 찬혁에 의해 정신없이 흔들리기 시작했다. 거친 동작에 온몸이 열리고 중심 부위가 쓸릴 때마다 소유는 기묘한 감각에 자신도 모르게 날카로운 교성을 질렀다. 매끈한 찬혁의 허리가 큰 힘으로 전진과 후퇴를 반복할 때마다 소유의 신음은 더욱 커져만 갔다. 흔들리는 소유의 흰 허벅지를 붙잡은 찬혁의 손이 수없이 허리와 허벅지, 그리고 그 아래로 끊임없이 움직이고 있었다. 온몸의 세포 하나하나가 찬혁을 느끼고 있었다. 몸 안 가득한 찬혁의 느낌이 너무도 생경스러워 소유는 정신을 차릴 수가 없었다.

"나를 봐."

소유가 힘겹게 눈을 뜨자 땀에 젖은 찬혁의 머리카락 아래로 거친 숨을 삼키며 그녀를 바라보는 찬혁의 얼굴이 보였다. 목에 두르던 손이 기어코 툭 떨어졌다. 찬혁은 두 손 모두를 소유의 머리 위로 올리고는 자신의 두 손으로 완벽하게 깍지를 꼈다. 손가락 사이사이로 단단한 찬혁의 손가락이 그녀의 손을 꽉 움켜쥐었다. 완벽하게 찬혁에 의해 구속된 상태에서 소유는 묘한 충만감을 느꼈다. 바로 위의 찬혁을 온몸으로, 가슴으로, 눈으로 느끼는 것은 기묘한 감각이었다.

"사랑해."

찬혁의 고백에 대답을 하려 했지만 갑자기 확하고 몸 안 가득 다시 밀려드는 찬혁의 행위에 소유는 대답보다 신음을 먼저 흘렸다. 온몸을 결박당한 듯 움직일 수 없지만 소유는 마음만큼은 너무도 자유로웠다. 소유는 두 다리를 찬혁의 허리에 감고는 찬혁의 움직임에 서투른 움직임을 맞추기 시작했다.

"**정**말 그래?"

"응. 아마 남자라면 누구나 다 한 번쯤은 그런 상상을 할걸?"

"엑, 너무 변태 같아!"

"흐흐, 하지만 상상만으로도 그냥 뻑 간다니까 그러네."

"으음, 그래?"

여전히 믿지 못하겠다는 소유의 말에 정석은 애가 달아서 다시 한 번 강조했다.

"내 친구도 다들 거기에 그렇게 적어 냈잖아."

"하지만 아무리 생각해도 이해가 안 가. 어떻게 강제로 당하는데 좋을 수가 있나?"

소유가 눈살을 찌푸리며 믿을 수 없다는 듯이 정석에게 눈을 흘겼다. 정석은 내심 소유의 그런 말에 당황했지만 여전히 뻔뻔하게 밀어붙였다. 무조건 설득해야 했다. 그래야, 자신의 주머니도 두둑해지고, 더불어 졸업 후 미래도 보장된다고 하지 않던가.

"여하간 남자는 여자랑 다르단 말이야. 섹시하고 아름다운 여자가 유혹만 해줘도 감지덕지인데 거기다가 덮쳐 줘봐. 울면서 좋아할걸? 고모부도 아마 그럴 거라구."

그럴 정도가 아니었다. 자신이 지금 이런 말도 안 되는 일로 소유를 설득하는 이유가 대체 무엇 때문이란 말인가. 잘난 고모부 생일 선물이라 이 말이다.

'칫, 생일 선물로 다른 건 필요없으니 고모가 자신을 옴짝달싹하지 못하도록 유혹하게 만들어달라니. 하여간 유부남은 유부남이라니까. 어째 그리 뻔뻔한지.'

정석은 얼마 전 자신과의 술자리에서 찬혁의 생일 선물을 언급했다가 이런 황당한 요구를 받은 것이었다. 자신이 직접 얘길하면 소유 성격에 절대 그러지도 않을뿐더러 아마 각방을 쓰게 될지도 모른다나. 대체, 그 카리스마 있고 잘난 정찬혁 사장은 어디로 가고, 능구렁이 색골 아저씨가 되어버린 건지.

"무슨! 찬혁 씨는 그런 남자가 아니야!"

"아니긴 무슨. 잘나봤자 짐승이고, 못나도 짐승이지."

'흥, 아닌 거 좋아하네. 내가 지금 누구 때문에 이런 가짜 리포트에 친구들까지 불러들여서 고모를 설득하는데?

"그, 그러냐?"

"그래. 아주 환장하게 좋아할 거야."

"야, 넌 말투가 왜 그 모양이냐? 좋으면 좋은 거지, 그게 또 환장까지 할 건 뭔데?"

아무래도 자신의 감정이 말투에 드러났던 모양인지 소유가 의심스런 표정으로 그를 쳐다봤다.

"그, 그 정도로 좋다는 거지 뭐."

"정말일까?"

"그래, 제발 사람 말 좀 믿어라, 믿어! 나라면 결혼하고 나서 첫 생일 선물로 사랑하는 부인이 자신을 확 덮쳐 준다면 그 이상 바랄 게 없겠다!"

소유는 내심 마음이 흔들렸다. 결혼 일주년을 석 달 남짓 남겨놓고 다가온 찬혁의 생일. 대체 뭐가 좋을지 며칠씩 고민을 해도 떠오르는 게 없자 조언이라도 얻을까 하고 정석을 만난 그녀였다.

없는 것 없이 다 가진 남자이니 필요한 물건이 있을 리도 없고, 돈이야 차고 넘치니 비싼 선물도 소용없었다. 그럼 마음을 담은 선물밖에 없지 않겠냐는 정석의 말에 소유는 다시 고민했던 것이다. 뭐, 십대 정도 된다면야 종이학이라도 접고 사랑한다고 천 번쯤 써서 줘도 맛깔스런 이벤트 정도는 되겠지만. 대체, 서른셋의 완벽남에게 필요한 것이 무엇일까. 이게 요 며칠 소유의 고민이었다.

"고모, 내가 애들한테 물어본 적이 있거든? 어떤 스타일의 유혹을 받고 싶냐고. 우선은 분위기야, 분위기."

"분위기?"

"그래. 눈짓 한 번으로 심장이 뚝 떨어질 것 같은 유혹적인 속눈썹의 떨림."

"허? 순정만화 찾는 거니?"

"딱 붙는 가죽 옷 속에 아무것도 입지 않고 드러나는 몸의 실루엣!"

"미쳤구나, 너."

"아, 정말! 하여간 잘 들어봐. 멋진 오토바이에 반쯤 눕다시피 한 여자가 위아래 모두 검정 가죽 옷을 입고 있는 거야. 상의는 물론 지퍼 처리된 걸로. 거의 가슴 굴곡 아래까지 지퍼를 내렸는데 그 사이로 가슴이 보일락…… 악!"

정석의 얘기를 더 이상 들을 수가 없던 소유는 냅다 정석의 뒤통수를 갈겼다.

"하여간 못하는 소리가 없지! 어! 이게 어디서 그런 야한 동영상을 다운 받은 거야, 또?"

"아 씨, 정말!"

고모 남편이 직접 주문한 거라고는 차마 말할 수 없는 정석의 속내는 정말 그의 말처럼 환장하기 일보 직전이었다. 하필이면 가죽 옷이 뭐란 말인가, 가죽 옷이! 이 더운데 땀띠 날 일 있나.

“이게 어디서 눈을 부라려? 이 삼복더위에 그런 가죽 옷 입고 땀띠 나서 소금물로 샤워할 일 있냐, 어?”

“그냥 말이 그렇다는 거지!”

억울함에 악을 쓴 정석은 속으로 이를 갈았다. 차라리 안 하고 말자 싶었던 그를 설득한 찬혁은 정석에게 자동차 키를 흔들어 보여줬다. 이번 일만 잘 성사되면 그에게도 애마가 생긴다는 것이다. 오토바이가 아무리 멋져도 이 여름에 타고 다니기엔 힘든 상황 아니던가. 더군다나 찬혁이 흔들어 보여준 키는 요즘 한창 신세대들에게 인기있는 스포츠형 모델이었다.

“젠장. 하여간 이상한 데서 예민하지, 고모는.”

“뭐라고 중얼거리는 거냐?”

정석이 얼굴이 빨개져서 씩씩거리는 것이 미안했던지 소유가 눈치를 보며 물어왔다.

“이럴 거면 뭐 하러 나한테 물어봐? 그냥 고모 맘대로 하면 되는 거지.”

“이런 말 할 줄 알았나 뭐.”

“젠장, 내 말처럼 해서 고모부가 정말 좋아 죽으면 어떡할 건데?”

“반대로 날 이상하게 쳐다보면 어떡할 건데?”

소유가 맞받아치자 정석은 그녀를 한참이나 쳐다보다 이내 마지못해 입을 열었다.

“만약 고모부가 이상하게 쳐다보면 내가 집으로 들어올게.”

"뭐, 정말?"

소유의 결혼 후 독립을 한 정석이 매번 불안했던 소유는 그를 볼 때마다 같이 살자고 졸랐다. 하지만 그도 눈치는 있는지라 신혼인 그들을 방해하고 싶지는 않았다. 게다가 소유의 뒤에 버티고 서서 독립하라고 무언의 압력을 넣는 찬혁을 무시할 수는 없었다.

'이건 정말 내가 할 수 있는 최대한의 미끼라구!'

"그래. 그럼 된 거지?"

"호오~ 근데 왜 난 이상하다는 생각이 자꾸 들지?"

"나 그냥 간다'?"

"아, 알았어! 알았다고. 까짓것 그런 미친 짓 한번 해본다고 해서 땀띠밖에 더 나겠니? 근데, 정말 찬혁 씨가 좋아할까?"

"좋아할 거야! 맹세코 좋아할 거라구!"

정석은 그렇게 말하고는 서둘러 다음 단계로 넘어갔다.

"고모, 그러기 위해서는 옷이랑 화장이랑 그런 거 해야 하지 않아?"

"근데, 이 여름날 어디서 가죽 옷을 찾아?"

"아아, 그건 걱정 마. 내 친구 중에 의류학과 여친을 둔 친구가 있으니까. 내가 준비해 줄게."

"정말?"

"나만 믿어!"

"어째 미리 다 준비하고 말하는 거 같다, 너?"

하여간 이상한 데서만 예민하다니까. 정석은 그렇게 간신히 소유를 설득해서 찬혁의 생일 선물을 가장한 협박을 무사히 넘길 수 있게 되었다.

정석의 전화를 받은 찬혁은 절로 벌어지는 입을 간신히 다물었다. 왜 갑자기 그런 생각이 들었는지는 자신도 몰랐다. 하지만 한 번 그런 욕구가 들자 점점 걷잡을 수가 없었다. 그래서 정석을 닦달해서 이 모든 것을 뒤에서 조종한 것이 그였다. 소유에게 생일 선물을 기대한다는 듯이 표현해서 부담을 준 것도 그였다.

"좋아. 그럼 어디 한번 기대해 볼까?"


호텔의 맨 꼭대기 층은 보통 펜트하우스라고 해서 일반인들에게는 공개되지 않는다. 특히나 한빛호텔의 경우 펜트하우스가 있다는 것을 아는 이는 몇몇 외에는 없었다. 그도 그럴 것이 한 달 전부터 급하게 시공에 들어간 그곳의 총지휘를 찬혁이 직접 감독을 했기 때문이다. 그리고 그 얘기를 슬쩍 그 얘기를 소유에게 흘린 것도 그였다.

띠링. 정석의 문자를 받은 찬혁은 천천히 몸을 일으켰다. 그와 동시에 다시 울리는 문자 메시지.


〈고모부, 지금 고모 짐차 엘리베이터 타고 올라갔어요.〉

〈잠깐, 하늘공원으로 올래요? 기다릴게요.〉

찬혁은 천천히 심호흡을 한 뒤, 소유가 기다리는 곳으로 발걸음을 옮겼다. 엘리베이터 문이 열리고 아무도 없는 복도 끝의 비상구 문을 열자 수목원을 그대로 옮겨놓은 듯한 모습이 드러났다. 중앙에 위치한 흰색의 분수대 옆으로 검은색의 가와사키 오토바이가 그 자태를 자랑하고 있었다.

"왔어요?"

조심스럽게 울리는 목소리에 시선을 돌린 찬혁의 심장이 쿵 하고 내려앉았다. 더웠던 모양인지 분수에 앉아 손으로 물을 튕기며 소유의 모습이 환상처럼 다가왔다. 웃는 모습도, 부서지는 햇살도, 그리고 그보다 작게 조각나서 반짝이는 그 물방울도 마치 그림 같았다.

"찬혁 씨?"

"아! 어, 어쩐 일이야?"

"그냥…… 당신이 생각나서요."

두근두근. 요란한 심장 소리 때문에 소유의 말이 안 들릴지도 모른다는 바보 같은 불안감을 느낀 찬혁은 저도 모르게 심장 부근을 한 손으로 지그시 눌렀다. 자신이 짜놓은 각본이지만 이렇게 놀랄 거라고는 생각 못했던 그였다.

"날이 많이 덥죠?"

스윽 하고 목 쪽에 채워져 있던 금속형의 지퍼가 하얗게 빛나며 천천히 소유의 가슴을 지나 내려가자 그보다 더 하얀 소유의 속살이 드러났다. 찬혁은 저도 모르게 침을 꿀꺽 삼켰다. 이건 상상 그 이상이었다. 정말 피가 마르고, 입술이 타는, 손가락을 시작으로 한 그 간질거림이 그를 집어삼키고 있었다.

"이리 와서 앉아봐요. 왜 그러고 있어요?"

조용조용 말하는 소유에게 이끌리듯 다가간 찬혁은 말 잘 듣는 아이처럼 소유의 옆에 앉았다. 분수대는 대리석으로 만들어 그 폭이 제법 넓었다. 천천히 뻗은 소유의 손이 그의 셔츠 깃을 살짝 잡아당길수록 그는 숨이 막혔다. 입 안이 바짝 말라 아무런 말을 할 수가 없었다. 천천히 자신에게 몸을 싣는 소유를 아래에서 쳐다보자 현기증이 인 찬혁이 슬쩍 눈을 감았다 떴다. 자신을 바라보며 환하게 웃는 소유의 입술이 소리 없이 열렸다.

"생일 축하해요. 사랑해요."

그건 순식간이었다. 찬혁의 셔츠가 요란한 소리를 내며 양쪽으로 거칠게 벗겨졌다. 급박감에 저도 모르게 소유의 손을 잡은 찬혁이지만 나머지 소유의 손이 그의 중심을 잡자마자 힘이 쭉 빠져 버렸다.

"가만히 있어요. 오늘은 내가…… 위예요."

거의 들릴 듯 말 듯 작은 속삭임이었다. 찬혁은 자신이 정말 이대로 죽어도 좋겠다는 생각이 들 정도였다. 소유의 손이 그의 옷을 탈의할 동안 찬혁은 그 가죽 옷 사이로 드러난 소유의 가슴을 애무했다. 익숙한 행동인데도 오늘따라 유독 손끝이 떨리는 찬혁이었다.

"읏!"

"움직이지 말아요."

딱딱하게 굳은 몸이 약간의 힘만으로 그냥 팍 하고 터질 것만
같아 찬혁은 당황했다. 어느 사이엔가 자신을 올라탄 소유가 황
홀할 정도의 웃음을 지으며 자신이 그녀에게 했듯이 그런 애무
를 하는 터라 정신이 없는 그였다.

"소유…… 읏."

소유의 둔부가 지그시 자신의 중심을 누르자 찬혁은 눈앞이
하얘지는 경험을 했다. 하얗던 시야가 정상으로 돌아오자마자
보이는 것은 가죽 옷 사이로 드러나는 소유의 여체였다. 그 모
습에 찬혁은 절로 숨을 삼켰다. 천천히 몸을 내려 그의 몸을 애
무는 소유의 느린 행동에 찬혁은 조바심이 들었다.

"이…… 바지…… 아, 젠장."

급한 마음에 소유의 엉덩이를 잡은 그는 어떻게 해서든 그 바
지를 벗기려 했지만 바지는 마치 피부라도 되는 양 자신과 밀착
되어 있었다.

"바지가…… 안 벗겨져요."

소유가 당황스럽게 말을 하며 울상을 짓자 찬혁은 이리저리
바지를 벗기려 했지만 8월의 더운 날, 가죽 바지는 땀과 딱 밀착
되어 살가죽처럼 오히려 소유의 하체에 더욱 달라붙었다. 소유
도 당황하긴 마찬가지. 하지만 이미 욕망으로 터지기 일보 직전
인 찬혁만큼은 못하리라.

무어라 짜증스레 중얼거리던 찬혁은 벌떡 일어나서는 급하게 펜트하우스를 향해 달려갔다. 잠시 뒤 찬혁이 갖고 온 것은 부엌용 가위였다.

"혁, 그, 그걸 가지고 대체 뭐 하려고요?"

"저 악마 같은 것을 잘라내야지!"

흉흉한 기세로 달려든 찬혁은 순식간에 소유의 바지를 말 그대로 죽죽 찢기 시작했다. 하도 황당하고 당황스러워 말도 못하고 그저 하는 양을 지켜본 소유는 자신의 모습을 보고는 픽 하고 웃고 말았다.

"바지가 순식간에 치마가 됐네요."

"……다신 가죽 옷은 쳐다도 안 볼 거야."

가위를 저만치 던진 찬혁이 소유를 끌어안자 소유가 찬혁을 등 뒤로 밀었다.

"어, 어?"

"오늘은 내가 위라니까요?"

생글거리며 웃는 소유는 찬혁을 올라타고 이제껏 찬혁이 소유에게 그래 왔듯 달콤하고도 은밀한 애무를 하기 시작했다. 하지만 그건 차라리 고문에 가까웠다. 하지만 그건 정말 황홀하고도 달콤한 고문이었다. 찬혁은 절정에 치닫는 순간 더 이상 참지 못하고는 다시 그 주도권을 잡았다.

한낮의 열기보다 더한 열기가 지난 뒤, 찬혁은 여전히 소유의 품 안에서 나오지 않고는 그 여운을 즐기고 있었다.

“음, 좋아.”

“뭐가요?”

“모두 다. 다만 한 가지 그놈의 가죽 옷이 그렇게 속 썩일 거
라고는 생각 못한 것만 빼면.”

다시 생각해도 억울하다는 표정을 짓는 찬혁을 보며 소유는
비로소 자신이 정석과 찬혁의 꾀에 빠졌다는 것을 알았다.

“당신, 지금?”

“어? 아, 다시 시작해 볼까?”

“누구 맘대로…… 앗!”

찬혁의 저돌적인 애무에 소유는 더 이상 정신을 차릴 수가 없
었다.

그날 뒤로 소유와 찬혁은 가죽으로 시작된 그 모든 것에 이를
가는 기이한 증후군을 가지게 된 것은 후일의 것이었다.


결혼 육 년차.

“엄마, 이렇게 해?”

“응.”

고사리 같은 손으로 소유의 배를 연방 문지르는 현재의 머리
를 소유가 장난스럽게 잡아당겼다.

“현재는 동생이 생겨서 좋아?”

“응.”

“왜 좋아?”

아삭.

소리만큼 과즙이 입 안 가득 들어차 소유는 인상을 썼다. 하지만 신만큼 또 그렇게 맛있을 수가 없어 요즘 사과를 부쩍 입에 달고 사는 편이었다. 예의 그 가죽 옷 사건이 있은 날부터 얼마 안 되어 아이를 가진 소유는 아직도 그날의 기억만 하면 웃음이 새어나왔다. 물론 속아 넘어간 자신도 그렇지만 가죽 옷이 안 벗겨져 쩔쩔매던 찬혁의 모습은 도무지 잊혀지지가 않았다. 벌써 오 년이라는 시간이 흘렀지만 지금도 여전히 그녀를 웃게 만드는 과거이기도 했다. 하긴, 오죽했으면 현재가 가죽으로 된 옷을 입는 것조차 싫어하는 찬혁이 아니던가. 특히 찬혁과 소유는 가죽으로 된 그 어떤 옷도 가지고 있지를 않았다.

"음, 아빠가 좋아하니까."

"응? 아빠가 좋아하는 거랑 현재가 좋은 거랑 뭐가 다른대?"

이제 네 살배기는 현재는 소유의 말에 제 딴에는 심각하게 고민을 하는 듯했다. 작게 찌푸린 눈살을 보던 소유는 화사하게 웃었다. 정말 찬혁의 모습과 판박이었다. 속된 말로 씨도둑은 못한다고, 어찌 그리 하나부터 열까지 찬혁을 빼다 박았는지 모르겠다고 소유는 생각했다.

"아빠는, 음…… 엄마가 생명이랬어. 아빠의 생명. 그래서 엄마가 잘못되면 아빠도 같이 죽는대. 근데 엄마가 동생을 나으면 아빠 생명은 세 개로 늘어나잖아. 나랑 동생이랑 엄마랑. 그럼 오래오래 세 번은 살 수 있잖아."

현재의 말에 소유는 부드러운 웃음을 지었다. 처음 찬혁을 만나고, 협박당하고, 말도 안 되는 비디오를 촬영하고, 그 뒤의 결혼까지. 그 모든 것들은 그녀에게 너무도 소중한 추억이었다.

"엄마 생명도 아빠랑 현재랑 동생인데. 그럼 우리 모두 아주 오래오래 살겠다, 그치?"

"응. 응. 근데, 아빠는 왜 만날 엄마한테만 달라붙어 있어?"

"어? 그, 원래 부부는 그런 거야."

당황한 소유가 현재의 질문에 대답하자 현재가 고개를 저었다.

"아니야. 놀이방의 내 짝은 아니라고 했어. 걔네 엄마 아빠는 만날 따로 논다는데?"

"하하, 아니야. 그건 짝이 잘못 본 것일 수도 있지."

"근데, 왜 아빠는 엄마가 화장실만 들어가면 따라 들어가?"

"어, 어? 그거야, 엄마가 화장실 갈 때마다 아빠도 화장실을 가고 싶은가 보지."

"하지만 집에는 화장실이 두 개나 더 있잖아."

현재의 말에 소유의 얼굴이 붉게 변했다. 그러자 그런 소유의 모습을 본 현재가 두 손을 짝 소리 나게 마주쳤다.

"와아~ 엄마도 선생님이랑 똑같이 얼굴이 붉어지네. 내가 궁금해서 오늘 놀이방 선생님한테도 같은 질문을 했는데 선생님도 엄마처럼 얼굴이 빨개졌어."

현재의 말에 소유는 기겁을 하고 말았다. 대체, 이 아이가 무슨 생각으로 그런 질문을 유치원 선생님한테 했던 걸까. 그리고 그 질문을 받고 당황해했을 선생님이 생각나자 소유는 정말 창피했다. 소유는 그런 난처한 질문을 더 이상 하지 말라는 식으로 현재를 코를 잡고 살살 흔들었다.

"아이그, 내가 너 때문에 못살겠다! 조그만 게 너무 조숙해, 너무!"

"아빤 그게 좋대 뭐!"

"아이가 아이다워야지 뭐가 좋아?"

"사나이 대 사나이로 얘기가 통해서 좋댔어! 엄마는 모르지? 나는 아빠랑 비밀 약속 많이 했다?"

"비밀 약속?"

"응. 하나만 가르쳐 줄까?"

그때 침실 문이 열리면서 찬혁이 들어섰다.

"정현재, 그건 사나이 대 사나이로 약속한 건데 그러면 안 돼."

"아, 맞다! 아빠, 약속한 거 사 왔어요?"

"자~"

찬혁의 손에는 레고퍼즐이 들려 있었다. 그 모습에 소유는 한숨을 쉬고는 일어나려고 침대가에 팔을 짚었다.

"어어, 내가 일으켜 줄게."

재빨리 다가온 찬혁이 조심스럽게 소유를 일으키고는 부드럽게 안았다.

“오늘 뭐 하고 있었어?”

“그냥. 책 보고, 영화 보고, 산책하고, 현재랑 놀았어요.”

“잘했어.”

찬혁이 침대에 앉아 있는 소유의 머리에 자신의 입술을 묻고 작게 쿡쿡거리며 웃었다.

“뭐가 그리 좋아요?”

“음~ 당신 배가 점점 불러갈수록 아, 내가 돈을 많이 버는구나 그런 생각이 들었거든.”

“그게 뭐예요!”

“어어, 들어봐. 돈을 많이 벌어서 이것저것 많이 먹여주니까 먹는 대로 살이 찌는 거잖아.”

“뭐예욧?”

어이없다는 듯이 소유가 눈을 흘겼다. 여전히 소유를 품에 안고 있는 찬혁의 한 손이 소유의 배를 부드럽게 쓰다듬었다.

“아빠, 그거 돼지 아냐? 먹을수록 살찌는 거. 그거 돼지야, 돼지.”

레고퍼즐에서 시선을 떼지 않고 현재가 말을 하자 소유가 찬혁의 가슴을 툭 쳤다.

“봐요. 내가 현재한테까지 돼지 소리 들으면 좋겠어요?”

“하하, 내 취미가 돼지 키우긴데 뭐.”

“그럼 특기는 뭔데요?”

장난스럽게 맞장구를 치는 소유의 귓가에 입술을 묻고 찬혁은 조그맣게 속삭였다.

"돼지 잡기. 쿡."

"이이가 정말!"

화르륵 하고 정말 불만 붙는다면 얼굴이 타버릴 것 같아 소유는 한 손으로 얼굴을 감쌌다. 곧 그 손 위로 찬혁의 커다란 손이 덮어졌다.

"예쁘군."

"이렇게 배불러서 얼굴이 부은 아내를 보고 하는 소리라고는 믿지 못하겠네요."

찬혁의 손이 소유의 손에서 목으로, 다시 그 아래로 내려와 어느덧 풍만한 가슴을 덮었다.

"아아, 이상하단 말이지. 정말은 뚱뚱하고 볼품없다고 말해야 하는데, 왜 내 눈에는 그렇게 예쁘게만 보이는 건지."

찬혁의 손이 의뭉스럽게 움직이자 소유가 그 손을 붙잡았다.

"현재 있어요."

찬혁은 눈을 반짝 하고 빛내더니 현재를 바라봤다.

"현재야, 아빠 엄마랑 뱃속의 동생이랑 인사해야 되니까 너도 그만 그 퍼즐 갖고 네 방으로 가야지."

"아, 네. 참, 아빠 손 닦고 만져요. 아니, 그보다 같이 화장실 들어가서 씻으면 되겠네."

중얼거리며 일어선 현재가 주섬주섬 레고퍼즐 조각을 줍더니 냉큼 자신의 방으로 가자 소유는 어이없다는 듯이 찬혁을 바라

봤다:

"대체, 현재한테 무슨 소리를 한 거예요? 아까 현재가 한 말 때문에 내가 얼마나 민망했는지나 알아요?"

"자자, 씻어야지. 아아, 피곤하다!"

기지개를 쫙 펴며 찬혁이 서둘러 옷을 벗자 소유는 고개를 저으며 침대에서 일어서서 그의 옷을 받아 들었다.

"오늘 신입사원 면접이라고 했죠? 정석이는 붙을 것 같아요?"

"글쎄, 면접관들의 점수를 보니 상당히 높긴 하던데. 아무래도 '검사' 라는 게 무시를 못하는 직업이니까."

"걔는 그냥 검사나 하지 왜 심부름센터에 들어오겠다고 하는 건지."

"우리 심부름센터가 어때서?"

"우리 심부름센터가 무슨 심부름센터예요? 직원만도 수십 명인데다가 모두가 뛰어난 인재들이잖아요. 아마, 역대 이래 우리 직원들처럼 연봉 높은 심부름센터 직원은 없을걸요?"

"하하, 맞아."

"안 힘들어요?"

"힘들기는 뭘. 힘들 때마다 그 테이프를 보면 힘이 솟구친다고."

"맙소사, 당신 아직도 그 테이프 안 버렸어요?"

소유가 기가 막힌다는 듯이 욕실로 들어서려는 찬혁을 잡아

세웠다.

"당연하지. 그걸 왜 버려? 하도 보는 바람에 테이프가 좀 늘어져서 아쉽지만 버리다니!"

"대체 왜 그 테이프를 그렇게 애지중지하는 거예요?"

소유의 말에 찬혁이 장난스런 표정을 지었다.

"당연하지. 당신이 날 덮치는 장면이 고스란히 담겨 있는 건데, 그걸 내가 왜 버려?"

"그러니까 버리라고 하는 거잖아요!"

"그럼 새로 찍든지. 새로 찍고 나면 예전 것은 없던 것으로 해줄게."

"그런 걸 왜 다시 찍어요? 두 번 다시 그런 일은 없을 거예요!"

"그렇기 때문에 내가 그 테이프를 더욱 소중히 생각하는 거라고. 세상에 단 하나밖에 없는 거잖아. 그보다 안 씻어?"

"난 이미 씻었어요."

"왜? 내가 씻겨준다니까."

"그래서 내가 일부로 씻은 거라구요. 씻겨준다는 핑계 대면서 이거저거 할 거 다 하면서, 흥."

"아아, 정말 너무하네. 요즘 유일한 내 소일거린데 말이야. 태어날 우리 아이를 위해서라도 아빠의 손길은 중요한 거라고."

능청스런 찬혁의 말에 소유는 기가 막혔다. 그게 어딜 봐서 뱃속의 아이를 위한단 말인가.

“아무튼 난 씻었으니까 어서 들어가서 씻고 와요. 어어, 어어~ 찬혁 씨!”

“자자, 들어가자구.”

요령있게 소유를 욕실로 밀어 넣은 찬혁의 표정은 마치 먹이를 눈앞에 두고 어떻게 요리해서 먹을까 하는 그런 눈빛이었다. 익숙하게 샤워기를 틀고 스펀지에 샤워 젤을 듬뿍 짠 찬혁이 소유의 몸 구석구석을 닦기 시작했다. 하지만 갈수록 그 손길이 오묘하게 변하는 터라 소유는 어찌할 바를 몰랐다.

“으음, 이제…….”

샤워기의 물로 소유의 몸의 비눗기를 모두 닦아낸 찬혁이 조심스럽게 욕실 벽으로 소유를 밀었다. 습한 수증기와 뜨거운 열기 때문에 욕실은 뿌연 수증기로 가득했다. 가늘게 신음하는 소유의 목소리와 찬혁의 거친 숨소리가 연이어 들리기 시작했다.

한참 후에 욕실에서 나온 소유는 피곤해서 손가락 하나 까딱 못하고 찬혁에 의해 머리를 말리고, 옷을 입고, 침대에 누웠다.

“많이 힘들어?”

조심스럽게 묻는 찬혁의 얼굴은 생기로 가득 차 보였다. 소유는 순간, 왜 둘이 같이 즐겼으면서 자신은 이리 힘들어하는지 억울하기만 했다.

“먹는 게 다 정력으로만 가죠?”

손가락으로 찬혁의 맨가슴 한 부분을 톡톡 두드리며 묻자 찬혁이 목 깊숙이 웃음을 터뜨렸다.

"정말 그런다면 당신, 지금 이 정도로는 어림없다구."

말을 한 뒤 찬혁은 시계를 보더니, 별안간 안 방 벽에 걸린 TV를 켰다.

"안 피곤해요?"

"아아, 볼 게 좀 있어서."

소유 역시 침대에 누워 TV를 보자 잠시 뒤, 11시 뉴스가 보도되기 시작했다.

—다음은 요즘 한창 호텔업계에 새로운 바람을 몰고 온 내용입니다. 보수적인 호텔 이미지를 벗고 신세대의 젊음으로 승부하는 한빛호텔의 영업 방법이 젊은이들에게 큰 호응을 얻고 있습니다. 호텔이라는 다소 특권층이나 부를 상징하던 의미에서 탈피해 가족 단위 모임이나 동창들의 모임으로 그 의미가 더욱 포괄적으로 바뀌게 된 것입니다. 실 예로, 한빛호텔의 경우 주말의 홀 예약 건수를 보면 비수기인 달에도 거의 모든 홀에 예약이 마감되고 있습니다. 이는 한빛호텔의 젊은 사장의 차세대적 혁신 경영의 한 예로, 호텔을 이용한 손님들에게 멤버십 제도로 할인율을 적용하는 것은 물론, 젊은이들의 취향에 맞게 서비스를 파격적으로 개선하였으며 한빛계열 리조트나 콘도를 같이 이용할 경우 보다 많은 서비스를 제공한다고 합니다. 자, 현장 나오세요.

잠시 화면이 바뀌고 익숙한 한빛호텔의 모습이 눈에 들어왔다. 그곳의 한 손님과 얘기를 주고받는 리포트는 소유도 익히 아는 인물이었다. 대학을 졸업하고 보도국에 들어간 혜연은 요즘 한창 리포트로 얼굴을 알리는 중이었다. 찬혁 역시 그녀를 알아보고는 눈을 가늘게 떴다.

"내가 그때 저 두 녀석을 신고했더라면 지금 같은 모습은 절대 볼 수 없었을걸?"

"그걸 말이라고 해요? 다시 말해두지만, 정석이랑 나는 정말 억울했다구요."

"알아. 하지만 그 덕에 나 같은 충실한 남편을 만났잖아."

"아, 근데 정말 그때 정석이랑 혜연이의 몰카도 갖고 있어요?"

"그런 것따윈 애초에 없었어. 단지 당신을 잡기 위해 트릭을 좀 썼을 뿐이지."

"그럴 줄 알았어요. 아무렴 우리 정석이가…… 가만, 설마, 당신 그럼 나랑 찍은 몰카도 혹시 조작한 거 아니에요?"

"그게 무슨 말이야? 그건 정말 있는 그대로를 담은 거라고."

내심 찔끔한 찬혁이었지만 그는 정색을 하며 되받아쳤다.

"아니야, 그럴지도 몰라. 당신은 그러고도 남을 사람이라구요! 내가 설마 아무리 술을 많이 마셔도 그렇지 남자를 덮친다는 게 말이 되냐구요?"

"나니까."

"그게 무슨 소리예요?"

“나 정도 되니까 그런 거지. 이 정도면 덮칠 만하지 않아?”

찬혁의 너무도 뻔뻔한 말에 소유는 할 말을 잃었다. 이 남자는 협박만 잘하는 게 아니라 뻔뻔함에도 일가견이 있다는 것을 새삼 깨달은 소유였다.

“당신 말이에요, 좀 뻔뻔하다고 생각되지 않아요?”

“내가 뭐가 뻔뻔해?”

“그때, 그날도 아무 일도 없었으면서 그렇게 감쪽같이 속였잖아요!”

소유가 새삼 억울하다는 듯이 찬혁을 노려보자 찬혁이 얄미울 정도로 생글생글 웃었다.

“이제야 하는 말이지만 난 언제쯤 당신을 덮칠까 내내 고민하고 있었거든. 근데 스스로 만든 함정 때문에 다가갈 수가 있어야지. 당신 스스로가 그 기회를 나한테 만들어줬다고.”

찬혁의 말에 소유는 어이없다는 듯이 웃고 말았다. 말이나 못하면 덜 밉기나 하지.

“그런 의미에서 나 좀 덮쳐 주지?”

“사람 무안하게 자꾸 이럴 거예요?”

“남자도 가끔은 그런 덮침을 당할 필요가 있다니까. 굉장히 새로운 느낌이라구. 응?”

소유는 서둘러 양손으로 두 귀를 막았다. 이런 식으로 장난스럽게 조르기 시작하면 상당히 끈질기다는 걸 알기 때문이다.

“절대, 절대, 그런 일 없어요!”

“아, 누가 나 안 덮쳐 주나~ 덮쳐 주면 고이 당해줄 텐데 말이지. 언제쯤인지 기억도 안 나~ 아, 날 덮쳐 줘요, 제발~”

“그 입 좀 닫아요!”

현재가 들을까 봐 소유는 서둘러 찬혁의 덮침 타령을 막았다. 장난스럽게 눈을 반짝이는 찬혁의 모습에 소유는 마음속 깊이 웃음이 나왔다. 이런 남자, 어디서 구할 수 있을까. 아마, 다시는 만날 수도 없는 사람임에는 분명했다.

“후회해도 소용없어요? 내가 오늘 확실히 덮쳐 줄 테니까! 그래서 다신 그런 소리 못하게 만들고 말 거라구요!”

“킥킥. 내가 바라던 바야.”

“호호, 그거 알아요? 당신 친구가 줬다던 그 이상한 물건들 아직도 내가 다 보관 중이거든요?”

“뭐?”

찬혁이 놀랍다는 듯이 묻자 소유가 묘한 웃음을 지었다.

“어디, 오늘은 제대로 한번 놀아볼까요? 하하하!”

장난스런 소유의 말투에 찬혁은 자신이 속았다는 것을 알고는 소유를 번쩍 안아 들었다.

“그럼 속옷부터 바꿔 입어야겠군.”

그렇게 그들의 덮침 타령은 밤새도록 계속되었다.

문 앞에서 레고퍼즐을 들고 고민하던 현재는 다시 걸음을 돌려 자신의 방으로 향했다.

“덮치는 건 동물이나 하는 거랬는데, 엄마 아빠는 동물인가?

아, 사람은 동물이라고 선생님이 그렇게 말했지, 참."
　현재는 스스로의 생각에 대견하다는 생각을 하며 자신의 방
으로 들어갔다.

# [에필로그] 2

"다음."

한빛그룹의 신입사원 면접을 치르는 사무실은 긴장감에 가득 차 있었다. 대기실에서 기다리는 인원들만 수십여 명. 3차에 걸친 시험을 모두 통과하고 면접시험만 남은 상태라 사람들의 표정은 더할 나위 없이 긴박해 보였다. 다섯 명씩 면접실로 들어서는 동안 나머지 인원들은 초조하게 주변을 둘러보거나 고개를 숙이고 있었다.

"혹시, 어느 부서 지원하셨어요?"

앳돼 보이는 남자의 말에 옆에서 눈을 감고 있던 한 젊은 남자가 고개를 돌려 그를 바라봤다.

“심부름센터요.”

“엣? 나도 그쪽 신청했는데.”

“어, 저도요.”

공교롭게도 다섯 명의 면접 대기자중 세 명이 하필이면 심부름센터를 지원한 상태였다.

“전공은 뭔데요? 전, 응용통계학과인데.”

“전 법학과입니다.”

“전 체육학과요.”

나머지 두 명은 그런 세 사람의 대화를 경청하는 정도였다.

“이번 모인 사십 명 중 이십 명 정도가 한빛호텔에서 근무를 할 수 있다고 하던데요. 그룹 내 지원자가 가장 많은 부서라고 하더라구요. 처음엔 왜 그런가 싶어 의아했죠. 친구 녀석 말이 심부름센터 직원이야말로 승진하는 지름길이라고 하던데, 아직까지는 잘 모르겠어요.”

처음 말한 남자와 달리 내내 침묵을 지키고 있던 이가 묘한 웃음을 지으며 설명하기 시작했다.

“그냥 호텔 업무라고 생각하면 오산이에요. 모든 업무를 총괄해야 하기 때문에 거의 팀별로 움직인다고 하더군요. 다섯 개 팀과 두 개의 라인이 지속적인 업무 순환을 한대요. 업무 평가부터 해서 실질적인 업무 기획과 결재까지 모두 한빛호텔 사장 정찬혁의 손을 거친대요. 심부름센터는 기동성을 요하기 때문에 다른 부서와는 달리 거의 맨투맨으로 결재를 받아요. 다시 말하면 까마득한 아래의 신입사원이 자신이 작성한 업무를 사장에게 직접 보고한다는 거죠. 보기 드문 형태죠. 자신의 일은 스스로. 그게 바로 그 심부름센터의 모토래요. 참, 심부름센터 직원들에겐 일괄적으로 오토바이를 지급한대요.”

“아, 그 얘기는 저도 들었어요. 그래서 우스갯소리로 오토바이는 기본적으로 다룰 줄 알아야 원서를 낼 수 있다잖아요. 근데, 실질적인 호텔의 실세들만 모인다면서요? 정말 그럴까요?”

“이미 알 만한 사람들은 다 알고 있는데요 뭘.”

정석은 그들의 말을 들으며 내심 뿌듯해졌다. ‘최강 심부름센터’는 자신과 소유가 직접 창업했던 것이다. 물론, 그 뒤에 정찬혁이라는 거물을 등에 업고 지금은 업계 최고, 최상을 모토로 가장 기동력있는 업무를 한다고 정평이 나 있다. 실제 업무 등을 모두 도맡아 하게 된 찬혁은 요즘 내내 입을 귀에 걸고 있는 중이었다. 소유가 두 번째 아이의 출산을 앞두고 있기 때문이었다. 그전에는 형부인 찬혁이 업무를 총괄한 뒤 소유에게 보고를 하는 형식으로 되어 있었는데, 라인을 두 개로 구축하면서 소유의 편의를 봐준 것이었다.

“참, 한빛호텔 정찬혁 사장님 아주 소문난 공처가라면서요?”

“아하하, 그 유명한 일화 있잖아요. 각계 호텔 사장들의 정기적인 모임에 참석했던 정찬혁 사장이 와이프가 체했다는 소리에 새파랗게 질려서 뛰쳐나갔다면서요? 그것도 차가 막힌다는 이유로 오토바이를 타고 쏜살같이 갔다던데, 정말인가요?”

"아주 정확하게 알고 계시네요. 그 말 다 맞아요."

정석은 으쓱한 기분이 돼서 대답했다.

"아, 이제 우리 차례네요. 우리 모두 합격해서 같이 볼 수 있으면 좋겠어요."

정석 역시 고개를 끄덕였다. 지금 이 문을 들어서면 자신이 내내 그렇게 자랑스러워하는 형부가 그를 기다리고 있을 것이다. 대학을 졸업 전에 사시에 패스한 정석은 연수원 점수 또한 월등해서 검사로 임명을 받았다지만 그는 찬혁의 호텔에서 일하기를 원했다. 처음 그가 소유와 시작했던 사업을 찬혁이 이렇게 키운 만큼 자신의 모든 열정과 꿈을 투자할 생각이었다.

# [작가후기]

올해 들어 유난히 폭염주의보가 많았던 것 같습니다. 여름의 끝자락 이라고 말하기가 민망할 정도로 더위가 기승을 부리네요. 가끔 사방이 아파트로 둘러진 그 속에서 힘든 것도, 좋은 것도 모두 잊고 있다 보면 이게 바로 도심 속의 신선이지 않을까 하는 바보 같은 생각도 해봅니다. 왜 나이 드신 분들이 가끔 하시는 말씀들이 있으시잖아요. 넘치지도 모 자라지도 않는 삶이 가장 행복하다고. 그 중도를 지키는 것이 아마 가장 힘들기에 그렇게 말씀하시지 않았나 싶습니다. 요즘같이 너무 딱딱 맞 아떨어져야지만 안심할 수 있는 그런 삶이 과연 행복한 건지 다시 한 번 되돌아 볼 수 있는 시간을 갖는 것도 좋을 듯싶어요. 때론 좀 모자라기 도 하고, 손해 보기도 하고, 그러다가 어쩌다 한 번 남는 것을 가지고 행 복해할 수 있는 그런 여유로운 마음을 가졌으면 얼마나 좋을까 하는 바 람도 가져봅니다. 특히 아이를 키우는 부모의 입장에서 보면 참 살아가 는 모든 것이 조금만 덜 각이 졌으면 하고, 살짝만 둥근 모서리였으면 좀 더 여러 사람들과 어우러지는데 쉽지 않을까 하는 상상을 하면서 씁 쓸한 마음이 드는 것은 어쩔 수가 없나 봅니다. 아마도 그런 마음으로 주인공들을 그렸지 않나 싶습니다. 저 역시 이런 사람이었으면, 이런 사 회였으면 좋겠다는 희망을 담아서 말이죠.

　‘최강 심부름센터’는 작년부터 잡고 있던 글이었습니다. 평범하고 소시민인 여주가 겪는 작지만 다사다난한 사건들 속에서 가족의 소중함을 알고, 사랑을 경험하게 된다는 내용만을 본다면 지극히 평범한 내용입니다. 하지만 그 평범하고 보통인 삶이 실상은 우리에게 얼마나 큰 활력을 주는지, 행복한 소망을 심어주는지는 우리 모두가 알고 있는 것이지요.

　남과 다르기는 쉽지만, 남과 같아지는 것은 그만큼 어려운 법입니다. 결혼이라는 것도 둘이 만나 하나가 되는 것이 아니라, 둘을 버리고 새로운 하나를 만든다는 말이 새삼 가슴에 와 닿네요. 어수룩한 여주가 반듯한 사회의 틀 안에서 사기도 당하고, 힘든 고생도 하고, 가슴 아픈 시련도 겪지만 천천히 그녀만의 틀을 만들어가는 모습을 나름대로 그려보려고 했습니다. 그 어설픈 인생의 틀 안에는 조카에 대한 사랑도, 죽은 오빠 내외에 대한 책임감도, 그리고 자신의 인생에 대한 나름대로의 청사진도 들어 있습니다. 그 모든 것이 한데 섞이기 위해 이리저리 채이고, 깨지면서 또 다른 인생의 틀을 만들게 되는 거지요. 그 새로운 틀 안에는 이제 시작인 그녀의 사랑이, 새로운 가족이, 그리고 미래에 대한 꿈이 담겨 있습니다. 그리고 그 모든 것들은 실제 우리들의 일상에서 반복되는 것이기도 하고요. 한 번 사는 인생에 딱 한 명만이 주인공이라면 우린 모두 주인공인 셈입니다. 그래서 매번 이렇게 후기를 쓸 때마다 고민이 됩니다. 책 속의 주인공들에게도 제가 고민하던 것들을 표현해 주었는지를 말입니다. 어쩌면 작은 시간, 더더욱 조그만 공간 안에 그 모든 것을 표현해야 했기에 혹시라도 모나고 틀어지기 쉬운 일상을 넣은 건 아닐까 하는 걱정도 됩니다. 최소한 그 공간에서만큼은 정말 행복했으면 하는 바람으로 이 글을 쓰면서 이 못난 글이 이렇게 작은 틀로 다시 자리 매김 할 수 있도록 힘을 실어준 남편과, 우리 딸 지현이, 준형이에게 다시 한 번 사랑한다고 말하고 싶군요. 제 틀을 단단하게 만드는데 가장 큰 공헌을 한 사람들이니까요. 끝으로 저와 같이 작업을 하면서 주인공들에게 커다란 인생의 길잡이 역할을 해주신 청어람 관계자님들께 다시 한 번 감사드립니다.

—한여름의 중심에서 이 진희 올림